너로 물들다

너로물들다

초판 1쇄 인쇄일 2016년 12월 22일
초판 1쇄 발행일 2016년 12월 29일

지은이 | 파란딱지
펴낸이 | 김기선
편집장 | 김은지

펴낸곳 | 와이엠북스(YMBOOKS)
출판등록 | 2012년 7월 17일 (제382-2012-000021호)
주소 | 서울시 도봉구 노해로 379, 1005호(창동, 대성빌딩)
전화 | 02)906-7768 / **팩스** | 02)906-7769
E-mail | ymbooks@nate.com

ISBN 979-11-322-4002-0 03810

값 9,000원

너로 물들다

YMBOOKS ROMANCE STORY

파란딱지 장편소설

차 례

프롤로그

결 좋은 짧은 단발머리를 찰랑거리며 뛰어가는 여자에게 남자들의 시선이 닿았다. 오밀조밀한 이목구비에 흰 피부가 앳돼 보였지만, 세미 정장 너머의 실루엣과 풍기는 분위기는 성숙했다.

한 번쯤 말을 걸고 싶게 만드는 묘한 분위기에 남자들이 망설이는 사이, 여자는 바람처럼 사라졌다. 남겨진 남자들이 여자가 사라진 곳을 아쉬운 듯 쳐다봤지만, 그런 그들의 생각을 알 리 없는 여자는 여전히 목적지를 향해 뛰어가며 미간을 구길 뿐이었다.

아, 진짜 오늘따라 길은 왜 이렇게 막혀서는. 그냥 지하철을 탔으면 될 걸 급한 마음에 택시를 잡아탄 것이 잘못이었다. 평소보다 30분은 지체된 러시아워를 탓하며 다은은 발걸음을 재촉했다.

7시에 입고된다고 했는데, 시간은 벌써 7시를 넘어서고 있었다. 진열되기 전에 미리 와서 기다리라고 했었는데. 초조한 마음을 이기지 못하고 다은이 입술을 짓이겼다.

우여곡절 끝에 목적지에 도착해 장난감코너를 두리번거리는데 막 진열장에 배치되는 장난감이 눈에 들어왔다. 늦지 않았음에 안도하며 그녀가 조금 전보다 더 속도를 내기 시작했다.

하지만 목적한 곳에 닿기 전, 장난감코너 구석에서 울고 있는 대여섯 살 정도의 어린아이를 먼저 발견하고야 말았다. 목적을 위해서는 당장 움직여야 했지만 차마 그럴 수 없었다.

"꼬마야, 무슨 일이니?"

"엄마, 엄마……."

흐느끼느라 제대로 말도 잇지 못하는 아이의 머리를 쓰다듬으며 다은이 걱정스럽게 말했다.

"엄마 잃어버렸어? 언니하고 같이 찾아볼까?"

아이가 고개를 저었다. 아마도 낯선 사람을 따라가지 말라는 엄마의 말을 충실히 따르는 것 같았다.

잠시 고민하던 그녀는 휴대폰으로 재빨리 마트 상담실을 검색해 전화로 미아가 있다는 사실을 알렸다. 곧이어 방송으로 아이의 인상착의와 있는 장소를 알려주는 방송이 흘러나왔다.

"지금 방송 나오고 있지? 엄마 금방 오실 거니까 조금만 기다리자."

계속해서 달랜 덕분에 울음소리가 잦아들기는 했지만, 아이는 여전히 흐느끼고 있었다.

조금이라도 안심시켜야겠다는 생각에 아이의 앞에 쪼그리고 앉은 다은이 가방에서 종이 한 장을 꺼냈다.

"잘 봐."

순식간에 종이학 한 마리가 완성되었다.

"우와."

아이의 입에서 순수한 감탄사가 새어 나왔다. 잠시나마 지금의 상황을 잊은 듯 미소 짓는 아이의 손에 학을 놓아주며 눈을 찡긋했다.

"행운을 가져다주는 종이학, 멋지지? 이제 곧 엄마 오실 거야."

몇 분 후, 그녀의 말대로 아이의 엄마가 나타났다. 연신 고맙다 인사하는 엄마와 아이를 뒤로하고 황급히 목적지로 향한 다은은 그곳에서 딱 하나 남은 장난감을 발견할 수 있었다.

한 달의 수고가 결실을 맺으려는 순간, 감격에 겨워 장난감으로 막 손을 뻗으려는데, 어깨 너머에서 튀어나온 누군가의 손이 먼저 장난감에 닿았다.

명백한 새치기. 잔뜩 미간을 구기며 돌아서는데, 덥수룩한 수염이 들어왔다. 후줄근한 운동복 주머니에 한 손을 집어넣고 덥수룩한 수염과 꾹 눌러쓴 모자로 '나 할 일 없는 백수요'를 온몸으로 뿜어내는 남자가 다은의 눈앞에 서 있었다.

사람에 대한 편견이 별로 없는 그녀였지만, 그런 그녀도 무의식적으로 한 걸음 물러서게 할 만한 비주얼이었다.

장난감을 뺏겼다는 생각은 이미 저 별 어딘가로 사라지고 다은은 평생 처음, 다른 사람의 외모를 자신의 기준으로 평가하며 작게 혀를 찼다.

저 덥수룩한 수염만 없어도 꽤나 매력적이었을 텐데…….

마치 세상에 둘만 있는 듯 묘한 기류가 흘렀다. 아슬아슬하게 유지되던 평화를 깬 건 남자였다.

자신의 손에 안착했어야 할 장난감이 어느새 남자의 손으로 완전히 넘어가 있는 걸 발견한 순간, 이성이 빠른 속도로 돌아왔다.

"그거 내가 먼저⋯⋯."

다은의 입에서 날카로운 목소리가 튀어나왔다.

"보다시피 지금은 내 손에 있는데?"

남자의 입에서 장난기 하나 없이 진지한 목소리가 흘러나왔다. 다은은 날려 보이는 외모와 달리 지나치게 반듯한 목소리에 한 번, 남자의 짧은 말에 다시 한 번 눈살을 찌푸렸다. 생각 같아선 따끔하게 쏘아붙여주고 싶었지만, 무려 한 달의 숙원이 남자의 손에 들려 있으니 일단 이성적으로 행동해야 했다.

"내가 먼저 손 뻗었잖아요."

"증거 있나?"

"증거⋯⋯ 라면."

당황한 그녀가 매장 안 CCTV를 찾아 헤맸지만, 그 어디에도 CCTV는 보이지 않았다.

"마음의 눈 있잖아요."

즉흥적으로 튀어나온 말에 머리를 쥐어박고 싶었다. 마음의 눈이라니, 이게 무슨 어린이 교육 프로그램도 아니고.

그런 그녀의 마음을 알 리 없는 남자가 예의 그 장난기 없는 담백한 목소리로 말했다.

"미안, 난 그런 동심 따윈 없어서."

벽에다 말을 해도 이것보다는 나을 것 같았다. 차라리 작전을 바꾸자. 이런 사람에게는 막무가내가 더 효과적일 수 있었다.

"내가 먼저 손 뻗었거든요!"

남자의 시선이 한참을 다은에게 머물렀지만, 그녀는 물러서지 않았다. 마치 눈싸움이라도 하듯 마주쳤던 시선을 먼저 피한 건 -정확히는 무심히 돌아섰지만- 남자였다.

"내가 좀 바빠서."

그쪽 사정이야 알 바 없다, 그러니 그쪽 사정은 그쪽이 알아서 해라. 꼭 그렇게 말하는 것 같았지만, 이대로 물러설 수는 없었다. 성큼성큼 멀어지는 남자를 따라 뛰어간 다은이 그의 앞을 막아섰다.

"그거 나한테 팔아요. 두 배 쳐줄게요."

인심 썼다. 불우이웃도 돕는데 하물며……. 하지만 남자는 녹록지 않았다.

"싫다면?"

예상치 못한 대답에 저절로 미간이 구겨졌다.

"이걸 꼭 사야 하는 정당한 이유를 말한다면 줄 수도 있어."

어린아이들이 즐비한 장난감 판매대 한복판에서 브리핑이라도 하라는 거야? 다은의 시선이 잠시 흔들렸지만, 오기가 생겼다. 하라면 못할 줄 알고?

"6살 조카, 한 달 전부터 사달라 조르는 중. 해외 직구도 중고시장도 다 찾아봤지만, 직구한 상품은 소리가 나지 않는다는 단점이. 중고시장은 물건도 찾아볼 수 없거니와 폭리를 취하려는 장삿속이 거슬려 패스. 결국, 노력으로 얻는 걸 선택했고 휴대폰이 뜨거워질 정도로 전화해 겨우 입고 일자를 알아냈지만, 실패하길 수십 번. 친구와의 약속도 깨고 불굴의 의지로 도착해 드디어 손에 넣으려던 찰나, 그쪽 손에 들어가버렸으니. 이만하면 자격 있지 않아요?"

숨 쉴 틈 없이 이어지는 브리핑에 남자의 입매가 부드러워졌다. 비웃음인 것 같아 살짝 기분이 상했지만, 지금은 그런 2차원적인

너로물들다 11

문제를 신경 쓸 때가 아니었다. 다은은 오직 남자의 입에서 나올 대답에 온 신경을 집중했다. 웃지만 말고 대답을 하라고!

그런 그녀의 생각을 읽기라도 한 듯 남자가 입을 열었다.

"그렇게 중요한 거였단 말이지."

기다렸던 대답이 아니었다. 뭐야? 지금 나 가지고 논 거야? 화가 나 한마디 쏘아붙이려 할 때, 남자가 다시 입을 열었다.

"충분히 자격 있네. 그럼 가져."

다은의 품에 장난감을 안긴 남자가 성큼성큼 멀어졌다. 그토록 염원하던 장난감을 차지하고도 찝찝한 이 기분은 뭐지?

남자가 사라진 곳을 응시하며 다은이 고개를 갸웃했다.

1. 인연은 필연으로

"얼굴이 그게 뭐야? 면도 안 했어?"

현관으로 들어서는 현에게 수은이 눈을 흘겼다. 절친 수한의 누나, 엄밀히 말하면 피 한 방울 섞이지 않은 남이었지만 피보다 더 진한 가족애를 나누는 사람들. 현의 벽을 유일하게 허물 수 있는 게 그들이었다.

"오랜만에 보는 동생한테 꼭 그렇게 면박을 줘야겠어?"

말과 달리 웃고 있는 얼굴에 수은이 작게 고개를 흔들었다. 선우현을 누가 말리겠는가!

"작업 끝나자마자 지후 보러 오느라 면도 못 했어."

수은이 작게 한숨을 내쉬었다. 작업 중에는 수염을 밀지 않는 게 현의 징크스였다. 예전에 딱 한 번, 자신이 한 잔소리를 이기지 못하고 작업 중에 수염을 밀었다가 완전히 망한 이후로 그 징크스는 더 심해졌다.

"가서 면도부터 하고 와."

수은의 단호한 태도에 결국, 현은 조카 지후는 보지도 못한 채 화장실로 직행할 수밖에 없었다.

화장실 거울 앞에 선 현이 거침없이 수염을 밀어냈다. 얼굴의 반을 가리고 있던 수염이 점점 사라지고, 마지막 수염까지 제거하고 나자 거울에 비친 모습은 조금 전과 동일인이라고 생각할 수 없을 정도로 말끔했다. 그린 듯한 눈썹과 진갈색으로 빛나는 눈, 쭉 뻗은 코와 붉은 입술. 남자치고는 전체적으로 선이 고운 얼굴이었지만, 그렇게 단정하기만은 어려운 남성미가 온몸에서 뿜어져 나왔다.

그 묘한 매력이 선우 엔터테인먼트 대표이자 작곡가로만 활동하는 그를 여전히 연예계에서 탐내는 이유이기도 했다.

뒷정리까지 말끔하게 끝내고 밖으로 나오자 문 앞에서 대기하고 있던 조카 지후가 환하게 웃으며 그를 향해 손을 내밀었다. 현이 지후를 번쩍 들어 올렸다.

보고 싶었다 중얼거리며 폭 안겨오는 지후는 그동안의 피로를 풀어주는 비타민이었다.

"삼촌이 지후 주려고 뭐 사 왔는데."

지후가 순식간에 몸을 떼냈다.

"다이노 킹?"

지후가 말하는 장난감 이름에 현이 입꼬리를 올렸다. 문득 마트에서 마주쳤던 단발머리 여자가 생각났기 때문이었다.

울고 있는 아이를 먼저 발견한 건 현이었지만, 그녀가 자신보다 한발 빨랐다. 기본적으로 다른 사람에게 관심 없는 그였다. 자신과 관련된 사람들에게 관심을 두고 배려하긴 했지만, 항상 그 사이에는 벽 하나를 세워진 채였고 그래서 웃고 있지만 무슨 생각을 하는지 모르겠다는 말을 자주 들었다.

그런데 이번엔 달랐다. 아이 문제도 해결됐으니 목적지로 가면 될 텐데도 이상하게도 그 여자에게서 시선을 뗄 수가 없었다. 직원에게 맡기지 않고 끝까지 아이의 옆을 지키는 모습이 인상적이었다.

장난감코너에서 다시 만난 그녀는 아이를 대할 때와 180도 다른 모습이었지만, 불편할 텐데도 아이를 위해 쪼그리고 앉아 종이를 접는 모습은 마치 한 폭의 그림처럼 머릿속에 남아 있었다. 거기까지 생각하던 현이 작게 미간을 구겼다. 그녀가 종이를 접는 모습과 묘하게 겹쳐지는 잔상이 떠오를 듯 말 듯 애를 태웠다.

감정 과잉인가? 감정의 유일한 분출구인 작곡이 막 끝나서 그런지 자신답지 않게 감상적이었다.

그렇게 제 생각에 빠져 있던 현은 옷소매를 잡아당기는 지후로 인해 현실로 돌아왔다.

"그거 사 오려고 했는데 절박하게 필요하다는 사람이 있어서 삼촌이 양보했어."

"절박? 그게 뭐야? 호박하고 비슷한 거야?"

딱 그 나이 또래의 호기심 어린 질문에 입가에 미소가 떠올랐다.

"아니, 우리 지후보다 그 장난감을 더 많이 가지고 싶어 하는 아이가 있다는 뜻이야. 그건 삼촌이 다음에 꼭 사줄게. 그러니까 이번엔 이거 가지고 놀자."

그렇게 가지고 싶던 장난감이 아니라는 사실에 실망스러울 법도 하건만, 장난감을 받아 든 지후의 표정은 진지하기만 했다.

"응. 지후는 조르는 아이 아니야. 호박한 사람한테 양보할게."

지후와 함께 장난감 상자를 열고 있을 때, 휴대폰이 울렸다. 발신인을 확인한 현의 입에서 한숨이 새어 나왔다.

"전화 안 받아?"

언제 왔는지 수은이 전화 받기를 재촉했다.

"괜찮아. 안 받아도 돼."

"그러지 말고 받아. 회사 대표라는 사람이 그렇게 책임감 없어서 되겠니?"

결국, 그는 내키지 않는 전화를 받아야 했다.

-대표님, 어디세요? 오늘 중요한 회의 있다고…….

전화기 너머 수정의 목소리에 저절로 미간이 구겨졌다.

"나 없이 진행하라니까."

조금 전 지후를 대할 때와 완벽하게 달라진 말투에는 냉기마저 감돌았다.

-안 이사님도 휴가 가신 마당에 대표님까지 빠지시면 회의 진행이 되겠어요?

"나 이제 막 작업 끝났어. 잊었나?"

-그럴 리가요. 작업 끝나시는 날에 맞춰 회의를 잡은 건데.

"그럼 그 회의 미뤄. 난 오늘 못 가니까."

단호하게 제 할 말만 전한 현이 그대로 전화를 끊어버렸다.

그 시각, 다은은 언니 지은의 집에서 그녀의 푸념을 듣고 있었다. 장황하게 늘어지는 대화의 주제는 형부 준석의 지나친 과보호.

동업자와 프렌치 레스토랑을 경영하는 능력 있는 남자, 정준석. 그 남자의 유일한 약점이 바로 자신 앞에 있는 지은이었다.

어디에 있어도 환하게 빛이 나는 외모에 밝고 따뜻한 성품까지 지닌 지은이니 그럴 만하다는 생각이 들긴 했지만 그래도 준석의 아내 사랑은 유별났다.

"그게 다 언니를 너무 사랑해서 그런 거지."

"알지만, 한 번씩은 너무 과하다는 생각이 들어."

한 사람에게 오롯이 사랑받는 게 어떤 느낌인지 모르니 지은의 기분을 다 알 수 없었지만, 솔직히 다은은 지은이 부러웠다.

"넌 연애할 생각 없는 거야?"

"생각이야 항상 있지. 근데 이상하게 기회가 없어."

"기회는 항상 있었지만 네 쪽에서 거부한 거잖아. 소개팅도 딱 잘라 거절하고."

"내가 뭘……."

다은이 볼멘소리를 뱉어냈다.

"넌 너무 아빠 바라기야. 아빠 같은 남자가 어디 흔하니?"

성품도 좋은 데다, 다정하고 가정적인 명실상부 최고의 신랑감, 길지 않은 인생이었지만 지은은 그런 남자를 딱 두 명 만나봤다. 아버지, 장우와…….

"있잖아. 형부."

지은의 생각을 읽기라도 한 듯 다은이 대신 대답하고는 뒷말을 이어갔다.

"연애할 생각이 없는 건 아닌데, 억지로 하고 싶은 생각도 없어. 기회가 되면 언젠간 하게 되겠지."

사랑도 받아본 사람이 할 줄 안다는데, 사랑을 듬뿍 받고 자란 다은은 오히려 부족함을 못 느껴서인지 연애에 대한 생각 자체가 별로 없는 것 같았다. 더 얘기해 봐야 제 입만 아플 것 같아 지은이 슬쩍 화제를 돌렸다.

"그나저나 여행 계획은 세웠어?"

"아니, 회사 그만두면 학원 다니면서 본격적으로 세워보려고. 아직은 아무 생각 없어."

배시시 웃는 다은에게 지은이 곱게 눈을 흘겼다.

"다른 건 다 결정하기 힘들어하면서, 이런 건 단번에 결정 내리니?"

의논 한마디 없이, 어느 날 갑자기 회사를 그만두겠다고 말한 다은이었다. 신중한 성격이니 잘 알아서 결정했겠지만, 지은에게 는 뜬금없다 느껴졌다.

"언니도 알잖아. 세계 일주가 내 꿈인 거."

물론 알고 있었다. 어릴 때부터 세계 일주가 꿈이라고 귀에 딱 지가 앉도록 말했으니까. 하지만 이제 와서 그걸 이루겠다고 모든 걸 버리겠다는 −지은이 보기에는 그랬다− 다은이 대단하다는 생각 이 들었다. 해보고 싶은 건 해야 한다며 두말없이 허락한 부모님도 그렇고.

"혼자 여행한다는 게 쉬운 일 아닌 거 알지?"

지은의 목소리에 걱정이 가득 담겼다.

"그럼, 준비 철저히 할 거니까 걱정하지 마. 근데 우주 일어날 때 되지 않았어?"

다은이 도착한 지 30분이 지났건만 여전히 자는 중인지 방에서 나오지 않는 우주였다.

"이대로 쭉 자 줬으면 하는 게 솔직한 마음인데, 그래도 저녁은 먹여야겠지?"

지은의 푸념에 다은이 자리에서 일어났다.

"내가 데리고 나올게."

곤히 잠든 우주를 흐뭇하게 바라보던 다은이 작게 속삭였다.

"우주야. 이모가 다이노 킹 사 왔는데."

장난감 이름이 나오는 순간, 우주의 눈이 번쩍 뜨였다.

"진짜? 진짜야?"

조금 전까지 단잠에 빠져 있던 아이답지 않게 단숨에 다가온 우주가 다은의 손에 들린 장난감으로 손을 뻗었다.

"대신, 밥 다 먹고 뜯는 거야. 약속."

다은이 내민 새끼손가락에 고사리 같은 손가락을 걸며 우주가 큰 소리로 외쳤다.

"응, 약속!"

약속대로 저녁을 말끔하게 해치운 우주가 장난감을 가지고 노는 동안, 자매는 오랜만에 차 한 잔의 여유를 즐겼다.

"형부가 그렇게 애써도 안 되던 걸 어떻게 구한 거야?"

순수하게 호기심이 담긴 질문에 다은이 브이를 해 보였다.

"끈기의 승리라고나 할까? 시간 날 때마다 마트 가서 담당하는 직원분들을 따라다녔더니 노력이 가상했는지 입고됐다고 문자 주더라고."

"고생했어. 우주한테 다시 한 번 말해줘야겠다. 이모가 그렇게 고생해서 사 온 거라고."

"자칫하면 못 사 올 뻔했어. 산적한테 뺏겨서."

"산적?"

알아들을 수 없는 말에 지은이 고개를 갸웃했지만, 휴대폰이 울리는 바람에 둘의 대화는 거기서 끝났다. 액정에 뜨는 이름에 다은이 입을 삐죽였다. 20년 지기 친구이자 국내 가장 핫한 가수, 강민의 이름이 반짝이고 있었다.

"어쩐 일이셔? 컴백 때문에 정신없을 텐데."

-빅뉴스. 우주가 그렇게 갖고 싶다는 장난감 득템!

"이미 늦으셨습니다. 그거 지금 우주가 가지고 노는 중."

다은의 대답에 강민의 목소리가 한풀 꺾였다.

-하아, 진짜. 무슨 타이밍이 이러냐?

얼마 전, 해외진출로 고민하던 강민이 철학관에 같이 가달라고 조를 때, 같이 가주는 대신 장난감을 구해주기로 약속한 게 마음에 걸리는 모양이었다.

"됐어. 철학관 건은 노력이 가상해서 퉁 쳐줄 테니까 신경 쓰지 마."

그제야 강민의 목소리가 밝아졌다.

-고맙다, 친구야. 그럼 난 이 기회에 대표님한테나 잘 보여야겠다.

"왜? 대표님 아들이라도 주게?"

-뭐, 비슷해.

"그래, 부디 성공하길 빈다."

휴대폰을 내려놓는 다은을 향해 우주가 쪼르르 달려왔다.

"이모, 고마워. 진짜 진짜 좋아."

뺨에 쪽 소리가 나도록 뽀뽀하고 다시 쪼르르 달려가는 우주를 바라보며 다은은 문득 마트에서 만났던 남자를 떠올렸다. 그가 장난감을 선물하려던 아이는 누구였을까?

조카? 아니면 아들? 그 아이도 우주만큼 좋아했겠지? 선물 못 받아서 많이 실망하려나? 이럴 줄 알았다면 양보하는 건데.

생각 같아선 강민이 득템했다는 장난감을 그 남자에게 전해주고 싶었지만, 전해줄 방법이 없었다.

거기까지 생각하던 다은이 격하게 고개를 흔들었다.

진짜, 허다은! 오지랖도 병이다. 처음 만난 남자 걱정을 왜 하니?

하지만 마트에서 만났던 멋진 목소리의 산적은 그 후로도 한참, 그녀의 머릿속에 둥지를 틀고 있었다.

다음 날, 생방송을 마치고 회사로 돌아온 강민이 곧장 선우현 대표의 사무실을 찾았다.

"대표님, 이거 필요하세요?"

강민이 내미는 상자를 무심히 쳐다보던 현이 상자에 적힌 장난감 이름을 확인하더니 손을 내밀었다. 명백하게 필요하다는 표현이었다.

"필요하시다니 다행이네요. 필요한 걸 드릴 수 있어 영광입니다."

강민의 장난스러운 말에도 현은 한마디 대꾸 없이 지갑을 열어 5만 원짜리 두 장을 꺼냈다.

"아, 그냥 드리려던 건데⋯⋯."

"공과 사는 구분해야지. 뇌물 안 받아."

딱 잘라 거절하니 내미는 돈을 안 받을 수가 없었다. 결국 강민은 현이 내민 5만 원짜리 두 장을 받아 들었다.

정가가 얼마더라? 거스름돈을 드려야 하나? 심각하게 고민하는 강민에게 현이 말을 건넸다.

"요즘 스케줄 많다면서? 힘들면 말해. 몸 상해 가면서까지 올인할 필요는 없어."

"……."

"한두 해 하고 말 것도 아니고, 몸은 챙기면서 일해야지."

현의 말에 강민이 슬며시 미소 지었다. 선우현 대표는 항상 이런 식이었다. 악착같이 이득을 내려 혈안이 되어 있는 다른 제작자와는 태생부터가 다르다고 할까?

하긴, 음원으로 얻는 저작권 수익만도 국내 TOP3 안에 드니 그럴 수도 있겠다 싶었지만, 재물욕은 있는 사람이 더하다는 말도 있으니 그냥 성격일지도 몰랐다.

"네. 힘들면 바로 말씀드릴게요."

"그래, 그러도록 해."

말이 끝나기 무섭게 휴대폰이 울렸다. 액정 위 발신인을 확인하는 현의 입가에 미소가 떠올랐다.

"더 할 말 있나?"

"아뇨. 그만 가보겠습니다."

강민이 몸을 돌리자 등 뒤로 통화하는 현의 목소리가 들려왔다.

"뭐 좀 먹었어?"

조금 전과 180도 달라진 말투에 강민이 슬쩍 현의 얼굴을 곁눈질하며 문으로 다가섰다.

막 문 앞에 다다랐을 때, 짧은 노크 소리가 들리더니 문이 열렸다. 보고하러 들어오던 매니저 인규가 강민을 발견하고 실소를 토해낸다.

"강민, 또 여기 있냐? 넌 왜 네 방 두고 대표님 사무실에서 진을 치냐?"

"대표님 통화 중이셔."

그제야 인규가 현에게로 시선을 돌렸다.

"뭐 먹고 싶은 거 없어? 형님 며칠 안 계신다면서? 그래, 부탁하고 가셨어."

평소와 다른 목소리와 말투가 생소할 만도 한데 인규는 현이 통화하는 상대를 알고 있다는 듯 빙그레 미소 지을 뿐이었다.

"근데 그건 뭐냐?"

강민의 손에 들린 5만 원짜리 지폐를 턱짓하며 인규가 물었다.

"장난감 값."

한숨 섞인 대답에 알 만하다는 듯 인규가 킥킥거리기 시작했다.

"대표님이 어떤 분이신데 감히 뇌물 따위를……."

"그런 거 아니거든!"

그렇게 둘이 티격태격하고 있는데 현이 인규를 불렀다.

"김 실장, 혹시 집에서 간단하게 먹을 수 있는 국이나 반찬 같은 거 잘하는 집 아나?"

"글쎄요. 전 그냥 식당에서 사 먹는 편이라……. 한번 알아볼까요?"

인규의 말이 끝나자 그때까지 가만히 둘의 대화를 듣고 있던 강민이 손을 번쩍 들었다.

"기막히게 하는 집, 제가 압니다."

"어디? 나한테 먼저 말해봐."

인규가 못 미더운 얼굴로 강민을 재촉했다.

"다은이네 반찬가게."

"아~ 거기라면 인정하지. 대표님, 이번에는 강민이 말 들으셔도 될 것 같습니다."

인규의 너스레에 현이 물어왔다.

"그래서 거기가 어디지?"

한여름의 열기를 뚫고 반찬가게 안으로 들어선 다은은 곧장 에 어컨으로 직행했다. 그녀에게 여름은 쥐약이었다. 긍정적인 성격 답게 추위와 더위 중 더위만 타는 걸 다행이라 생각했지만, 한여름 의 뙤약볕은 그런 긍정 마인드마저 무색하게 만들었다.

"많이 덥지? 배달하느라 고생했어."

언제나처럼 환한 미소를 지으며 지은이 차가운 음료수를 내밀 었다. 벌컥벌컥 숨 한 번 쉬지 않고 들이켠 음료가 온몸을 시원하 게 식혀주었다.

"근데 범수는 갑자기 무슨 일이래?"

배달전담 직원 범수가 결근한 건 이번이 처음이었다.

"아직은 모르겠어. 그냥 급한 일이 생겼다면서 휴가 내겠다고 하더라."

"설마 다음 주도 이러는 건 아니겠지? 오늘은 토요일이라 내가 대타 뛰었지만, 다음 주에도 이러면 상당히 곤란할 텐데."

"설마 그러기야 하겠어?"

말은 그렇게 하지만 지은도 걱정되는지 얼굴이 어두웠다.

아담하긴 했지만, 엄마인 김경선 여사로 시작해 언니 지은에게 까지 이어오고 있는 반찬가게에는 단골이 꽤 많았다.

일을 찾아 하는 성격답게 지은은 현실에 안주하지 않고 1년 전부터 도시락 배달을 하기 시작했고, 지금은 꽤 알려진 배달 전문점으로 거듭났다.

"엄마라도 계시면 걱정이 좀 덜 될 텐데."

마침 경선은 몇 년을 벼르고 별러 미국 이모 집에 가신 지 이제 겨우 이틀째였다.

"엄마한텐 절대 얘기하지 마. 당장 달려오실지도 몰라."

지은의 말에 다은이 고개를 끄덕였다.

"엄마라면 충분히 그러고도 남지. 게다가 아빠까지 합세하면 비행시간도 반으로 줄여서 오실지 몰라."

다은의 농담에 키득거리던 지은이 자리에서 벌떡 일어났다.

"내 정신 좀 봐. 국 올려뒀는데!"

지은이 조리실로 들어가고 나자, 다은은 다시 에어컨 앞으로 다가섰다. 시원하다 못해 차갑기까지 한 바람에 얼굴이 얼어붙는 듯 한기가 들었지만, 그래도 좋았다.

그렇게 한참을 에어컨 바람에 얼굴을 맡기고 있는데 딸랑 문이 열리는 소리가 들려왔다.

"어서 오세요."

다은이 습관적으로 인사하며 문 쪽으로 고개를 돌렸다.

한눈에도 잘생겼다 감탄사가 나오게 할 만한 남자가 서 있었다. 분명 처음 보는 사람인데 낯설지 않은 느낌, 다은이 고개를 갸웃했다. 다음 순간, 눈과 눈이 마주쳤다.

에어컨이 여전히 다은의 얼굴에 찬바람을 불어넣고 있었지만, 진갈색 눈동자가 자신에게 닿자 이상하게도 얼굴이 화끈거렸다. 당장에라도 시선을 피하고 싶었지만, 그럴 수가 없었다.

두 사람의 시선이 서로에게 얽혀들었다. 한번 맞닿은 시선은 물리적인 제재가 있기라도 한 듯 한참을 그 자리에 머물렀다.

처음엔 호기심, 다음은 승부욕에 남자와 눈싸움을 하던 다은은 시간이 지나도 오롯이 자신에게만 머무르는 시선이 부담스러워졌다.

'왜 사람 얼굴을 저렇게 빤히 쳐다봐? 얼굴에 뭐가 묻었나?' 하던 처음의 생각은 어느샌가 '누군가에게 이렇게 오롯이 시선을 받은 적이 있던가?'로 바뀌었다. 모르는 사람이 쳐다보고 있음에도 이상하게 싫지 않은 느낌. 그녀로서는 처음 접해보는 종류의 느낌이었다.

그렇게 시간의 흐름도 잊을 만큼 오롯이 서로에게 집중해 있던 그때.

"어서 오세요. 찾는 것 있으세요?"

주방에서 나온 지은이 현을 발견하고 언제나처럼 상냥하게 인사했다. 그제야 두 사람은 현실로 돌아왔다.

"아, 네."

간단한 대답 후 현은 다시 한 번 다은에게로 시선을 돌렸다. 며칠 전, 마트에서 자신에게 강한 인상을 남겼던 단발머리의 여자를 이곳에서 만나다니.

"제가 좀 권해드릴까요?"

상냥한 지은의 목소리에 겨우 다은에게서 시선을 돌린 현이 계산대로 다가섰다. 이곳에 온 목적은 따로 있었고, 지금은 그 일이 중요했다.

"입덧을 심하게 하는데, 먹을……."

현의 말이 이어졌지만, 다은의 귀에는 '입덧'이란 단어만 맴돌왔다. 더위를 식힌다는 핑계로 에어컨에 바짝 붙어 남자로부터 시선을 돌리고 있었지만, 목소리만은 또렷하게 들려왔다.

지은이 상냥하게 몇 가지를 권하는 중간, 다시 남자의 목소리가 들려왔다.

"너덧 살 아이 먹을 만한 반찬도 좀 부탁드립니다."

자상한 남편에 자상한 아버지까지. 아버지 장우를 떠올리게 하는 남자였다. 이상형의 남자를 만났는데 하필이면 유부남이라니. 괜찮은 남자는 다 유부남이라던 친구 재인의 말이 떠올라 다은은 참지 못하고 웃음을 뱉어냈다.

그리고 다음 순간, 남자의 시선이 느껴졌다. 괜스레 민망해진 다은이 작게 묵례 후 문을 나섰다. 진갈색 눈동자가 끈질기게 따라붙었지만, 그녀는 눈치채지 못했다. 그저 남자의 시선에서 벗어났다는 안도감에 긴 한숨을 내쉴 뿐이었다.

퇴근 시간이 가까워지고 있었지만, 다은은 벌써 30분째 상사의 잔소리를 듣고 있었다.

"허다은 씨, 경력이 얼만데 아직 이런 초보적인 실수를 하는 겁니까?"

조각난 원단을 흔들며 김 과장이 노기 어린 음성을 쏟아냈다. 노처녀 히스테리. 아침부터 기분이 안 좋아 보이더니 기어코 꼬투리를 잡고야 말았다.

억울했다. 분명 저 원단으로 샘플을 제작하라 지시한 건 그녀였고, 이건 좀 아닌 것 같다고 조심스럽게 의견을 내놓은 다은을 윽박지른 것도 그녀였다. 제가 하지도 않은 일을 덮어쓰는 게 한두 번도 아니었고 좋은 게 좋은 거라고, 진실은 반드시 밝혀질 거라 웃으며 넘어갔지만, 오늘만은 견딜 수 없었다.

"과장님, 그건 제가 한 게 아니……."

"또 변명입니까? 허다은 씨는 변명 말고 잘하는 게 뭡니까?"

'B 사감과 러브레터'에 나오는 B 사감처럼, 존대하면서 상대를 깎아내리는 데 선수인 김 과장의 말에 다은의 눈썹이 꿈틀거렸다.

가만있으니 가마니로 보이는 건가? 이래도 허허, 저래도 허허 하니까 건드려도 된다 생각하는 거지? 지렁이도 밟으면 꿈틀한다고! 다은은 손에 꼭 쥐고 있던 수첩을 꺼내 그 안에 자리 잡은 쪽지 하나를 꺼내 들었다.

"여기 있습니다."

김 과장이 잔뜩 찌푸린 얼굴로 쪽지를 펼쳐 들었다.

"과장님이 저한테 주신 시안입니다."

쪽지에는 김 과장의 필체로 날짜, 원단 이름과 수량 등이 꼼꼼하게 적혀 있었다.

"저는 과장님이 주신 대로 성실하게, 온 정성을 다해 샘플을 만들었습니다."

과장의 손에 있던 쪽지가 파르르 떨렸다.

"제가 이 원단은 아닌 것 같다고 말씀드렸을 때, 과장님이 하신 말씀 기억나시나요?"

과장의 얼굴이 발갛게 물들었다.

"잘 알지도 못하면서 그냥 주는 대로 만들어요…… 라고, 분명 그렇게 말씀하셨죠."

"흠흠."

그래도 양심은 있네. 아니라고 딱 잡아떼지는 않는 걸 보니.

"그만두는 그날까지 조금 더 주의 기울여 일하겠습니다. 그러니 조금만 봐주십시오."

그렇게 모든 상황은 한 번에 정리되었다. 퇴근하려던 다은의 옆으로 직장 동료이자 친구인 재인이 다가왔다.

"왜 그랬어? 나 같으면 한번 잡은 기회 놓치지 않았을 텐데."

"뭐하러? 이제 일주일 후면 다시 볼 사람도 아닌데."

다은은 일주일 후면 퇴사하기로 되어 있었다. 적성에도 맞지 않는 의류회사에서 4년이나 잘 버텼으니 이제 내가 하고 싶은 일 하고 살아도 되지 않겠냐며 환하게 웃던 다은이었다. 드물게 단호한 태도라 말릴 수도 없었지.

머릿속의 생각들을 털어내듯 재인이 작게 고개를 흔들었다.

"그래도 네가 그동안 당한 게 얼만데! 만만한 게 너라고, 저 기분 안 좋을 때마다 쥐 잡듯 잡았잖아."

말을 하면서 더 열이 받는지 재인의 목소리가 점점 커졌다.

"너무 그러지 마. 생각해보면 불쌍한 사람이잖아."

재인이 코웃음 쳤다. 김 과장은 유독 감정의 기복이 심해 좋은 날은 좋게 좋게 넘어갔지만 나쁜 날은 아주 작은 것도 꼬투리 잡아 사람을 들들 볶는 경향이 있었다.

"정에 굶주려서 그래."

다은을 빤히 바라보던 재인이 고개를 내저었다.

"하여튼 넌 너무 물러서 탈이야."

"무른 게 아니라 좋은 게 좋은 거잖아."

좋은 게 아니라 무른 거라니까! 말해봐야 무엇하리, 삶의 신조가 긍정이라 입버릇처럼 말하는 허다은은 그런 사람인 것을. 좀 약아도 될 것을 그렇게 당하고도 당하는 저보다 때리는 상대를 더 안쓰러워하는 허다은! 입 밖으로 나오려는 말을 겨우 주워 담으며 재인이 화제를 돌렸다.

"맥주 한잔 어때?"

"미안, 오늘은 일찍 가봐야 해. 나중에 하자."

재인과 헤어진 다은이 걸음을 서둘렀다. 이렇게 퇴근을 서두르는데는 다 이유가 있었다. 하루였던 범수의 휴가가 길어지면서 -다리 골절상으로- 반찬가게 영업에 차질이 생겼기 때문이었다. 하루 이틀은 퀵서비스를 이용한다고 해도 장기적으로 그럴 수는 없었다. 한 달 정도면 다시 나올 수 있다는데 그렇게 짧게는 아르바이트를 구하기도 힘들었고 서비스적인 문제도 있었다.

고민 끝에 다은이 낸 결론은 자신이 대타로 배달을 뛰는 것이었다. 물론 지은은 펄쩍 뛰었다. 배달 특성상 차보다는 바이크를 이용해야 하는데, 대학 시절 바이크를 타다가 신호를 무시하고 달리던 차와 접촉사고가 난 이후 다은이 바이크를 타는 것은 암묵적으로 금기사항이었다.

하지만 대안은 없었다. 결국, 지은은 조심해서 타야 한다는 다짐을 받고서야 그 제안을 수락했다.

반찬가게에 도착한 다은은 곧바로 저녁 도시락 배달을 시작했다. 바이크가 수리 중이라 자동차로 배달해야 했기에 서둘러야 했다. 배달시간과 러시아워가 거의 겹쳐지는 시각이라 며칠은 자동차로 대체한다 해도 장기적인 대안은 되지 못했다.

도시락 배달이 모두 끝나고 막 가게 문을 열고 들어서는데 휴대폰이 울렸다. 강민이었다. 잘 시간도 없어 쪽잠 잔다면서 이럴 시간에 잠이나 좀 더 자지. 걱정이 대부분인 생각을 밀어내며 다은이 통화 버튼을 드래그했다.

-가게 알바 못 나온다면서?

이건 또 어떻게 알았대? 다은의 식구들 일에는 타의 추종을 불허하는 정보력에 헛웃음이 나왔다.

"소식도 빠르네."

-내가 누나랑 좀 돈독하잖냐. 그래서, 알바는 구했어?

"아니, 그냥 내가 대신하기로 했어."

-뭐?

"미리 말해두는데 바이크로 배달할 거야. 정식으로 연수받을 거니까 걱정은 안 해도 되고. 대답 됐지? 그만 끊자, 친구야!"

악문 잇새로 예상 질문에 대한 답을 뱉어낸 다은이 휴대폰을 내려놓았다.

"강민이 전화?"

다은의 표정만으로도 상대를 눈치챈 건지 지은이 웃는 얼굴로 물어왔다.

"응. 지겨운 강민."

"넌 다른 사람한텐 다 친절하면서 유독 강민이한테만 그러니."

"친구니까. 나라도 이렇게 해줘야지. 애가 너무 헤벌레하다니까."

어릴 때부터 사랑만 듬뿍 받고 자랐던 강민은 커온 환경 그대로 좋은 게 좋은 거란 사고방식을 가지고 있었다. 덕분에 구김이 없고 사교성이 좋았지만, 반대로 귀가 얇고 어린애 같은 구석이 아주 많았다.

"그래도 잘해줘. 친구잖아."

"충분히 잘해주고 있거든요! 우주 기다리겠다. 어서 가봐."

다은이 지은을 재촉했다. 우주 컨디션이 좋지 않다고 유치원에서 전화가 왔던 터였다.

"혼자 괜찮겠어?"

"알아서 할 테니까 걱정하지 말고 가봐."

미안해하는 지은을 밖으로 내몰고 남은 반찬들을 확인하던 다은은 가게 문이 열리는 소리에 혀를 찼다.

"뭐 또 잊어버린 거지? 하여간 덜렁거리……."

뒤돌아선 그녀의 목소리가 힘을 잃었다.

사무실에서 강민의 무대를 모니터하던 현이 짧게 한숨을 내쉬었다. 화면은 빠르게 돌아가고 있었지만, 도무지 집중할 수 없었다.

한번 집중하면 아무것도 보이지 않던 얼마 전과 달리, 근래 들어 집중력이 현저하게 떨어졌다. 한동안 일만 했으니 그럴 때도 된 건가? 그런 생각을 하며 고개를 돌리던 현이 움직임을 멈췄다.

아직 지후에게 전해주지 못한 장난감이 눈에 들어왔다. 잊어버릴 만하면 다시 단발머리 그녀를 생각나게 하는 요상한 물건.

오늘은 꼭 지후에게 가져다줘야겠다 마음먹으며 현이 다시 화면으로 다시 시선을 돌렸다.

그렇게 얼마의 시간이 흘렀을까? 강민의 무대가 끝나갈 즈음, 탁자 위 휴대폰이 진동하기 시작했다.

-혹시 지난번에 지후 엄마한테 반찬 사다 준 적 있었어?

전화기 너머 들려오는 수은의 남편, 하진의 질문에 현이 고개를 갸웃했다.

"네. 거기 음식이 괜찮다기에."

-거기 상호 좀 알려줘. 지후 엄마가 그 음식은 좀 먹더라고.

신기한 일이었다. 친정엄마도 시어머니도, 심지어는 동생 수한의 음식도 거부하던 수은이 음식을 먹었다는 게…….

"다행이네요. 상호가…….."

거기까지 말하던 현의 머릿속에 불현듯 한 가지 생각이 떠올랐다.

"제가 사다 드리죠."

-그럴 필요 없어. 내가 가면 돼.

"어차피 지후 장난감 때문에 들르려고 했어요."

대답하는 현의 얼굴에 미소가 떠올랐다.

할 일의 반을 남겨두고도 미련 없이 사무실을 나선 현은 지독한 러시아워를 뚫고 반찬가게에 도착했다. 평소라면 이런 러시아워에 차를 몰고 나오는 일 따위는 하지 않았으리라.

마치 뭐에 씐 것처럼 출발하고 보니 러시아워. 평소라면 짜증날 법도 했지만, 이상하게도 그렇지 않았다.

어느새 콧노래까지 흥얼거리는 자신을 발견한 현이 헛웃음을 토해냈다. 이건 마치 크리스마스에 선물을 기다리는 아이의 마음 같지 않은가?

반찬가게 문을 열고 들어서자 제일 먼저 찰랑거리는 단발머리가 눈에 들어왔다.

"뭐 또 잊어버린 거지? 하여간 덜렁거리…….."

들리는 목소리는 마트에서의 그날과 똑같았다. 낭랑하면서도 가볍지 않은 목소리, 노래를 부르면 어떨지 궁금해졌다.

무심코 돌아서던 그녀의 얼굴에 당황한 기색이 역력했다. 아마도 다른 사람일 거라, 생각한 모양이었다.

"아, 죄송해요."

"괜찮습니다."

두 사람 사이에 어색한 기운이 감돌았다. 당황한 다은은 무슨 말을 꺼내야 할지 갈피를 잡을 수 없었다. 사람을 대하며 이렇게까지 당황하긴 처음이었다.

언니라면 무슨 말을 했을까? 고민하던 다은이 떨어지지 않는 입을 겨우 열었다.

"찾는 게 있으신가요?"

떨리는 목소리가 마음에 들지 않아 저도 모르게 미간을 구기는데, 남자의 대답이 들려왔다.

"너무 맵거나 자극적인 것 빼고 하나씩 주세요."

"네? 다요?"

다은의 목소리가 커지자 현이 표 나지 않게 미소 지었다. 역시, 예상대로 감정을 숨기지 못하는 타입. 어쩐지 조금 놀려주고 싶어 천천히 그녀의 말을 따라 했다.

"네. 다요."

다은의 머리가 바쁘게 돌아가기 시작했다. 자극적인 걸 뺀다 해도 스무 가지 정도. 유통기한이래 봐야 겨우 며칠인데.

"하지만 이걸 다 사 가면……."

"사가면?"

"음식 버리면 벌 받아요."

조금 전과 다르게 힘이 실린 목소리에 현이 작게 미간을 구겼다. 그 모습을 바라보던 다은이 한풀 꺾인 목소리로 말했다.

"물론 다 드실 수 있다면 얘기가 다르겠지만."

"절대 버릴 일은 없을 거라 약속하죠."

느릿하게 입술을 끌어올리는 현에게 잠시 넋을 놓고 있던 다은이 저도 모르게 고개를 흔들었다.

정신 차려, 허다은! 손님 앞에서 이게 뭐 하는 짓이야!

"네, 그럼 그 약속 믿고 포장해 드릴게요."

주객이 전도된 대화에 현의 미소가 깊어졌지만, 허둥지둥 반찬들을 포장하느라 다은은 눈치채지 못했다.

이거, 이거. 이건 좀 맵겠지? 나름 신경 써서 반찬을 고르고 있는데, 걸음을 옮길 때마다 따가운 시선이 따라오는 것만 같았다.

호기심을 이기지 못한 다은이 슬쩍 현을 쳐다봤지만, 현은 반대쪽 냉장고에서 반찬들을 구경하고 있을 뿐이었다.

하긴, 저렇게 멋진 남자가 왜 나 같은 여자를 쳐다보겠어. 게다가 유부남이잖아? 입덧하는 아내를 위해 반찬까지 사다 주는 남자가 다른 여자에게 눈을 돌릴 리가 없지. 논법은 이상했지만, 결론은 하나였다.

"다 됐습니다. 총 스무 개, 괜찮으신가요?"

다시 한 번 확인하는 다은에게 현이 환한 미소로 답했다.

"약속은 꼭 지키죠."

무슨 남자가 저렇게 예쁘게 웃어? 유부남이 저러는 건 반칙이잖아. 처음으로 심장을 떨리게 한 남자가 유부남이라니. 현이 사라지고 난 가게 안에서 다은이 생각을 털어내듯 격하게 고개를 흔들었다.

문득 며칠 전 강민의 성화에 못 이겨 갔던 철학관에서 들은 말이 떠올랐다.

조만간 더할 나위 없는 천생연분을 만난다고 했었지.

빨간 립스틱을 칠한 음산한 얼굴의 여자가 분명 그렇게 말했었다. 그때는 한 귀로 흘려들었지만, 생각해보니 꽤 기분 좋은 일이었다. 조만간 나에게도 나만 생각해주는 사람이 나타나겠지. 한결 좋아진 기분으로 다은이 반찬 포장을 시작했다.

다은이 생각에 빠진 그 시간, 가게를 나선 현은 양손 가득 들린 봉투에 실소를 토해냈다. 며칠 동안 머릿속을 채웠던 의문을 풀겠다는 생각으로 왔는데 어쩌다 일이 이렇게 되어버린 건지. 집에서 밥 먹는 일은 손에 꼽을 정도이니 이 음식들이 수은의 입맛에 맞기를 바랄 뿐이었다.

묵직한 쇼핑백을 고쳐 쥐던 현이 문 앞에 붙은 광고지를 발견하고 미소 지었다. '도시락 배달합니다'라는 문구가 불빛에 반짝이고 있었다.

2. 픽업 서비스

다음 날, 정시 퇴근 후 가게 문을 열고 들어서던 다은은 얼굴을
꽁꽁 싸맨 강민을 발견하고는 실소를 토해냈다. 어제 전화 온 걸
냉정하게 끊어버렸더니 기어코 찾아온 모양이었다.

"결국, 찾아오셨어?"

하지만 강민의 대답을 들을 수는 없었다. 어제 일로 토라진 게
분명했다. 이번엔 또 얼마나 가려나.

"누나, 6시까지 부탁해."

"알았어. 30개라고 했지?"

지은과 강민 사이에 오가는 대화를 가만히 듣고 있던 다은이 입
을 열었다.

"도시락 배달?"

강민이 고개를 끄덕였다. 꽁꽁 싸매고 있음에도 그 아래 미소

짓는 얼굴이 보이는 것만 같았다.

"다른 건 몰라도 바이크 연수는 내가 할 테니까 그렇게 알고 있어. 그리고 도시락 늦지 않게 배달해라. 바이크 말고 차로!"

어제 먼저 전화를 끊은 것의 복수인지 강민은 그렇게 제 할 말만 하고 쏜살같이 가게를 빠져나갔다.

그로부터 몇 시간 후, 다은의 입에서 짜증 가득한 목소리가 흘러나왔다.

"진짜, 강민!"

더 험한 말을 쏟아내려 했지만 곱게 눈을 흘기는 지은 때문에 뒷말을 삼켜야만 했다.

"강민이 무슨 죄가 있다고."

"있지. 왜 없어? 일손 없는 거 뻔히 알면서 도시락을 30개나 주문하면 어쩌자는 거야? 이건 분명 나한테 복수하는 거야."

쉴 새 없이 불만을 토해내는 다은을 바라보며 지은이 고개를 저었다.

"그 말 다 들어주고 싶은데, 이제 시간 다 되어가. 힘들면 내가 갈까?"

웃는 낯으로 하는 말에 뭐라 토를 달 수 있으랴? 결국, 다은은 배달에 나설 수밖에 없었다.

목적지에 다다를 때쯤 강민에게 전화를 걸었지만, 신호만 갈 뿐 전화를 받을 수 없다는 메시지만 반복해서 들려왔다.

아! 진짜 강민! 투덜거리며 강민의 매니저 인규에게도 전화했지만, 그쪽도 마찬가지. 크게 한숨을 내쉰 다은이 차에서 내리며 투덜거렸다.

"그래, 그렇지. 나 골탕 먹이려고 일부러 그러는 거지? 강민 내 이걸 그냥!"

으드득 이를 갈며 차 뒷문을 열자 절로 한숨이 새어 나왔다. 다섯 개씩 포장. 양손에 두 개씩 들면 세 번, 아니 운이 좋아 강민을 만난다면…….

양손에 도시락 가방 하나씩을 들고 생각에 잠겨 있던 다은은 바로 옆에서 들려오는 목소리에 화들짝 놀랐다.

"도와줄까요?"

"네?"

저도 모르게 튀어나온 답. 목소리의 주인공을 확인한 다은의 눈이 커졌다. 심장을 두근거리게 했던, 아니 지금 이 순간도 두근거리게 하는 남자가 엷은 미소를 띤 채 자신을 향해 손을 내밀고 있었다.

다은은 멍하니 남자의 얼굴을 바라봤다. 내가 꿈을 꾸고 있는 건가? 이 사람이 왜 여기 있는 거지? 제 생각에 빠져 실례인 줄도 모르고 뚫어져라 남자를 바라보던 다은은 남자의 헛기침 소리에 현실로 돌아왔다.

미쳤어. 길 한복판에서 뭐 하는 짓이야? 분명 자신에 대한 책망이 먼저였지만, 생각한 것과 다른 말이 튀어나오고야 말았다.

"반찬, 버리신 건 아니죠?"

생각 없이 나온 말에 다은은 제 머리를 치고 싶은 심정이 되었다. 미치려면 곱게 미칠 것이지. 당장에라도 도시락을 집어 던지고 도망가고 싶은 걸 꾹 참으며 어색하게 미소 지었다. 입을 열었다간 또 무슨 헛소리를 할지 알 수 없었다.

다행히 남자는 그녀의 질문을 곧이곧대로 받아들인 모양이었다.

"버리진 않았을 겁니다."

"하하. 그럼 다행이네요. 그럼 전 이만."

빠른 걸음으로 지나치려던 다은을 잡아끈 건 무시할 수 없게도 매력적인 남자의 목소리였다.

"도와드릴까, 라고 물었습니다만."

무시할 수 있다면 좋으련만, 그러기에 그녀는 너무도 예의 바른 사람이었다.

"말씀은 고맙지만, 안 그러셔도 돼요."

이제 한계였다. 도시락 열 개를 든 팔은 점점 아파 왔고, 조금 전 실언으로 피폐해진 가슴은 점점 더 너덜너덜해졌다. 빨리 남자에게서 벗어나야겠다는 생각에 의식적으로 걸음을 빨리했지만 남자는 어느새 긴 다리로 성큼성큼 걸어와 그녀의 옆에 자리하고 있었다.

"목적지가 선우 엔터테인먼트 아닙니까?"

다은의 눈이 커졌다. 저 남자가 내 목적지를 어떻게 알고 있는 거지? 궁금증이 얼굴에 드러나기라도 한 걸까? 남자가 상냥하게 덧붙였다.

"제 목적지도 거깁니다."

한 손에 들려 있던 도시락이 남자의 손으로 넘어갔다. 그걸로는 부족했는지 나머지 도시락에도 손을 뻗는 남자에게 다은이 어색하게 말했다.

"이건 제가 들게요."

"무거워 보이는데……."

"이래 봬도 힘세요!"

다은은 속으로 욕지거리를 내뱉었다. 꺼내는 말마다 푼수도 이런 푼수가 없었다.

그래, 이왕 푼수로 찍힌 거 궁금한 거 하나만 물어보자.

"우리, 어디선가 본 적 있지 않아요?"

"······그런 질문, 구시대적 작업 멘트 아닌가요?"

웃고 있는 눈이 농담임을 말해주고 있었지만, 그냥 넘어갈 수 없는 말이었다.

"남의 남자에게 작업 멘트 던질 만큼 도덕성이 없진 않거든요!"

아무리 완벽한 이상형이라고 해도 상대는 유부남이었다. 그러니 그녀에게 있어 그는 그냥 이상형의 발현, 그 이상도 그 이하도 아니었다.

"······남의 남자?"

작게 되뇌는 남자의 목소리가 들리는 것 같았지만, 일일이 장단 맞춰주고 싶지는 않았다.

"방금 전 질문은 못 들은 걸로 하세요."

대화를 끝냈다고 생각하고 발걸음을 옮기는데 남자가 다시 다은을 따라붙었다.

"생각해봐요. 어디서 마주쳤는지."

뭐야? 그래서 구면이라는 거야, 아니라는 거야? 다은이 입을 삐죽였다.

"그런데 이거. 따뜻할 때 먹어야 하는 거 아닌가?"

남자의 지적에 그제야 도시락의 존재를 깨달은 다은이 걸음을 빨리했다. 남자의 말은 틀리지 않았고, 이 남자에게서 벗어나고 싶었다.

남자를 지나쳐 걸음을 재촉하던 그때, 어디선가 반가운 목소리, 아니 외침이 들려왔다.

"허다은!"

목소리의 주인공을 확인한 다은의 얼굴에 안도감이 차올랐다. 얼마나 서둘러 온 건지 거칠게 숨을 몰아쉬며 강민이 그녀의 앞에 멈춰 섰다.

"미안, 연습한다고 전화 온 거 몰랐어."

10분 전이었다면 왜 이제 온 거냐고 소리 질렀겠지만, 지금은 아니었다. 구세주도 이런 구세주가 없었다.

"연습하다 보면 그럴 수도 있지, 뭐."

평소와 다른 반응이 진짜 화가 나서라고 생각했는지 강민이 다시 한 번 사과했다.

"미안하다니까, 화 풀어라."

미안, 지금은 네 장단에 맞춰줄 수가 없어. 너 눈치 없는 거 아는데, 지금은 내 사정이 더 급하거든.

"일단 도시락부터. 저기 저분한테 좀 받아줘."

"응? 누구?"

마침내 강민의 시선이 다은의 뒤쪽 남자에게 닿았다.

"어? 대표님."

뭐? 대표님? 다은의 눈이 커졌지만, 강민은 이미 남자의 곁으로 사라지고 난 후였다.

"아, 마침 잘 나왔어. 차에도 도시락 남아 있죠?"

남자의 질문에 다은이 멍하니 고개를 끄덕였다.

"혼자 들기 힘들 테니까 인규 불러서 같이 들고 와."

"네? 네⋯⋯."

강민이 우왕좌왕하는 사이, 다은의 옆으로 다가선 남자가 다시 한 번 미소 지었다.

"선우, 현이라고 합니다."

그랬다. 그는 국내 가요계의 살아 있는 전설, 선우현이었다.

텔레포트라도 한 건지 겨우 정신을 차린 다은은 선우현 대표의 사무실이 분명한 곳에 서 있었다.

"대표님, 이쪽이 일전에 말씀드린 저의 20년 지기 친구 허다은입니다."

강민의 소개에 다은이 어색하게 묵례했다.

"보기보다 부끄럼을 타는 타입이라, 대표님이 이해하세요."

이럴 땐 눈치 없는 강민을 혼내야 하는 건지 칭찬해야 하는 건지. 자신의 날카로운 시선을 느꼈을 텐데도 강민은 태연하기만 했다.

그래, 여기가 네 영역이라 이거지? 두고 보자. 다은이 바득 이를 갈았다.

"배달을 직접 하나 봐요?"

"네⋯⋯."

짧은 대답이 못마땅했는지 강민이 장황한 설명을 덧붙이기 시작했다.

"배달 직원이 일이 생겨서 한동안 못 나온다나 봐요. 애가 며칠 후면 다니던 회사 그만두고 백수거든요. 그래서 그동안 배달 대타를⋯⋯."

청산유수처럼 줄줄 늘어놓는 말을 가만히 듣고 있던 다은이 표

나지 않게 강민의 옆구리를 꼬집었다.

"아~ 아프잖아!"

눈치 없는 것! 아프라고 꼬집었다! 제발, 눈치란 것 좀 장착해라! 입 밖으로 낼 수 없는 말을 속으로 삼키며 다은이 강민의 설명에 종지부를 찍었다.

"그런 사정으로 제가 직접 배달하고 있어요."

"아……. 그렇군요. 그럼 안 되겠네요."

"네? 뭐가?"

"식사를 제때 못하는 편이라, 도시락 배달할까 했는데."

현의 얼굴에 그늘이 지자, 강민이 다시 한 번 다은의 대답을 가로챘다.

"걱정하지 마세요. 당연히 되죠. 허다은, 가능하지?"

생각 같아서는 안 된다고 딱 잘라 거절하고 싶었지만, 명분이 없었다. 따지고 보면 자신은 엄연히 반찬가게 고용인 신분, 가게 매출과 관련된 부분을 멋대로 결정할 수는 없는 일이었다.

"네. 그, 그럼요."

마지못해 한 대답에 현의 얼굴이 밝아졌다. 강민에게 들은 대로라면 선우현 대표가 자신보다 다섯 살은 많을 텐데 저렇게 해맑은 표정을 지을 수 있다는 게 신기하기만 했다.

"그럼 점심으로 부탁해요."

"대표님, 사람은 무조건 밥심이에요. 아침도 주문하세요."

저 오지랖. 다은이 강민에게만 들릴 복화술을 내뱉었다.

"아침은 집에서 드시겠지."

임신한 부인도 있고, 네다섯 살 아이도 있는데 설마 아침을 못

먹을까? 하지만, 강민은 모르는 소리 말라는 듯 고개를 흔들었다.

"아, 그 생각을 못 했네. 미안하지만 아침도 가능할까요?"

저 목소리를 어찌 거역할 수 있을까? 다은은 결국 고개를 끄덕일 수밖에 없었다. 어떻게 나왔는지도 모르게 다은이 현의 사무실을 나서자, 강민이 졸졸 따라 나왔다.

"연수 언제부터 시작할까?"

"내가 알아서 할 테니까 신경 쓰지 마."

잘 시간도 없어서 차에서 쪽잠 자는 걸 뻔히 아는데 연수라니, 게다가 뭘 가르칠 때 강민은 지독한 잔소리쟁이였다.

"어떻게 신경을 안 써? 무려 바이크라고!"

"나 바빠. 절대 너한텐 안 받을 거니까 그렇게 알아."

"너, 진짜……."

강민의 말이 끝나기 전에 뒤쪽에서 생각지 못한 목소리가 들려왔다.

"강민, 잠깐만 보지."

돌아보지 않아도 그것이 현의 목소리라는 걸 알 수 있었다. 괜스레 쿵쾅이는 심장을 진정시키며 다은이 강민에게 들릴 듯 말 듯 속삭였다.

"나중에 얘기하자."

다은이 돌아가고 얼마 후, 현의 사무실에 인규가 모습을 드러냈다.

"대표님, 도시락 최고였습니다. 덕분에 저녁 잘 먹었습니다."

인규의 인사에 현이 별것 아니라는 듯 고개를 끄덕였다. 사실, 오늘의 도시락 주문은 순전히 현의 아이디어였다. 곡 해석 문제로 자신의 사무실을 찾은 강민에게 슬쩍 야근하는 직원들의 식사 걱정을 했고, 예상대로 강민은 다은의 반찬가게 도시락을 권했다.

시나리오대로 착착 진행된 몇 시간 전 일을 회상하며 현이 미소 지었다. 여전히 머릿속이 복잡하기는 했지만, 며칠 동안 머릿속을 가득 채웠던 의문이 어느 정도는 풀렸고, 덕분에 직원들의 사기도 올라갔다. 게다가 다은이 직접 배달을 한다는 것까지 알게 되었으니 도시락 주문 한 번에 많은 소득을 얻은 셈이었다.

속내를 숨긴 현이 여전히 도시락에 대해 찬양을 늘어놓는 인규를 응시했다.

"정말 최고였습니다. 사 먹는 밥, 패스트푸드, 다 지겨웠는데 완전 집밥으로 눈물 흘리면서 먹었다니까요. 그런데 전화로 주문하시면 될 걸, 왜 굳이 강민이를 시키시고……."

"친분이 있다잖아."

무심한 듯 내뱉는 말에 한껏 업된 인규가 다시 입을 열었다.

"친분이야, 있죠. 있는 정도가 아니라 완전 대박이죠. 이런 표현 그렇지만, 오늘 배달 온 다은이 말입니다."

"다…… 은이?"

현의 눈가가 설핏 구겨졌지만, 인규는 눈치채지 못했다.

"동성 친구 같기도 하고, 친누나 같기도 하고, 가끔은 와이프 같기도 하단 말이죠. 하긴, 다은이가 있어서 강민이가 저 정도로 사람 구실 하는지도 모르겠네요."

'와이프'라는 단어에 심기가 불편해졌다.

"그 정도면 스캔들 걱정해야 하는 것 아닌가?"

의도하지 않았지만, 목소리에 냉기마저 돌았다. 혹시나 불호령이 떨어질까 살짝 긴장한 인규가 조심스럽게 말했다.

"전혀 그런 사이는 아니니 걱정하지 마세요."

"그렇다면 다행이고."

어느새 평소로 돌아와 있는 목소리에 인규가 가슴을 쓸어내렸다.

"어, 재인아."

-배달 끝났어?

자신의 송별회 자리, 오전 근무 후 가게로 온 다은은 직원들의 퇴근 시간에 맞춰 약속 장소로 가기로 되어 있었다.

"대충 끝났어. 그쪽은?"

-우리도 거의 끝났어. 약속 장소로 바로 올 거지?

"응, 그래야지."

-오늘은 끝까지 가는 거다!

언제는 끝까지 안 갔느냐고 되묻고 싶었지만, 재인이 말하는 끝까지란 제정신이 아닐 때까지임을 알기에 곧바로 수긍했다. 전화를 끊고 가게로 들어서자 지은이 포장하던 손을 멈추고 다은을 반겼다.

"고생했어. 회식 가봐야지?"

"안 그래도 재인이 전화 왔어. 완전히 벼르고 있던데?"

"그래도 과음은 안 돼."

지은이 짐짓 엄한 표정을 지어 보였다.

"알아서 할게요. 배달은 이게 끝이지?"

"아, 한 개 있긴 한데 그건 퀵 아저씨 부르면 돼."

"응? 분명 이게 끝인 것 같은데."

다은이 고개를 갸웃했다.

"강민이 소속사 사장님 있잖아."

"아, 그거 내일부터 아니었어?"

분명 내일부터라고 했는데.

"응, 그랬는데 오늘 저녁부터 가능하겠냐고 아까 전화 왔더라고."

부인이 입덧이 엄청 심한가? 생각하며 다은이 도시락을 손에 들었다.

"됐어. 퀵 아저씨 부르면 금방……."

"가는 길이니까 그냥 내가 갈게."

선우 엔터테인먼트에 도착한 다은은 곧장 안내데스크로 걸어갔다. 맡겨놓고 가면 될 거라 생각했기 때문이었다. 하지만 현실은 달랐다.

"성함이 어떻게 되시죠?"

안내직원의 질문이 당황스러웠다. 겨우 도시락 배달인데, 이름도 물어보는 건가?

"허다은이라고 합니다."

"아, 허다은 씨. 들어가세요."

마치 기다렸다는 듯 직원이 문을 열어줬다. 들어가라는데 안 들어갈 수도 없고, 결국 현의 사무실 앞에 도착한 다은이 작게 한숨을 내쉬었다. 일이 왜 이렇게 돌아가는 거야?

이 문을 열면 그 사람이 있을까? 바쁜 사람이라고 했으니 없을 가능성이 더 크겠지.

하지만 그녀의 바람은 현실이 되지 못했다. 똑똑, 노크하자 기다렸다는 듯 현의 목소리가 들려왔다.

"들어오세요."

문고리를 잡는 손이 가늘게 떨려왔다. 허다은, 대표님은 그저 이상형의 발현이야. 결코, 닿을 수 없는 연예인 같은 존재. 완벽한 이상형 앞에서 떨리는 것까지 뭐라 할 수는 없지만 제발 티 좀 내지 말자. 그렇게 자신을 다잡으며 크게 심호흡한 다은이 힘차게 문을 열었다.

　"도시락 배달 왔습니다."

　살짝 떨리는 목소리를 눈치채지 못했기를. 그런 생각을 알 리 없는 현이 자리에서 일어나더니 그녀의 곁으로 다가섰다. 순간, 옅은 무스크 향이 코끝을 스쳤다.

　그냥 근처 책상에 두고 가려던 계획은 수포로 돌아갔다. 태연히 자신의 옆으로 다가와 손을 내미는 남자에게 다은이 반사적으로 도시락을 내밀었다. 내민 손과 받아 든 손끝이 살짝 스치자 당황한 나머지 저도 모르게 손을 빼냈고, 순식간에 도시락이 바닥으로 하강했다. 어쩔 줄 몰라 하는 다은을 대신해 떨어지기 직전 도시락을 잡은 현이 싱긋 미소 지었다.

　"죄…… 죄송합니다."

　"괜찮아요. 잘 받았으니 됐죠."

　"네, 그럼 전 이만 가볼게요."

　도망치듯 사무실을 나온 다은의 얼굴에 홍조가 피어올랐다. 왜 이런지 모르겠네. 진짜!

　남자와 대면하며 이렇게 바보같이 행동한 적은 없었다. 아무리 이상형의 남자라고 해도 그렇지! 나이 헛먹었다는 생각에 실소가 튀어나왔다.

　"어? 허다은!"

익숙한 목소리에 다은이 고개를 들었다. 얼굴 가득 환한 웃음을 머금은 채 자신의 곁으로 다가오는 강민을 보니 이상하게도 안도감이 들었다.

"오늘은 스케줄 없어?"

평소와 달리 살가운 인사에 강민이 가늘게 실눈을 떴다. 꿰뚫는 듯한 시선을 애써 외면한 다은이 때맞춰 울리는 핸드폰을 드래그했다.

-다은아, 어디야? 우린 벌써 도착했어.

"아, 미안. 어디 좀 들른다고. 지금 바로 갈게."

통화가 종료되자 강민이 슬쩍 말을 건넸다.

"송별회?"

대체 나에 대해 모르는 게 뭘까? 아마 우리 식구가 아는 건 다 알겠지.

"맞아. 송별회. 나 바빠서 이만 간다."

걸음을 옮기는 다은의 뒤로 강민이 소리쳤다.

"녹다운되기 전에 전화해라. 바로 달려갈게."

언제부터 그렇게 챙겼다고. 입을 삐죽이며 다은이 발걸음을 재촉했다.

송별회 자리는 화기애애했다. 평소에 까칠하던 김 과장도 다은이 그만두는 마당이라 그런지 살갑게 인사를 건넸다. 절제해 마시는 편인 다은이었지만 한 잔, 두 잔 건네지는 술을 다 받아 마시다 보니 어느새 주량을 훌쩍 넘겨버렸다.

힘겹게 눈을 뜬 다은이 타는 듯한 목을 부여잡으며 눈을 깜빡였다. 눈꺼풀이 천근만근이었다. 분명 회식 자리였던 것 같은데, 여기가 어디지?

느낌으로 봐서는 차 안. 그러고 보니 재인이 뭐라고 했던 것 같은데? 강이 데리러 온다고 했던가? 녀석, 얼굴 팔리면 어쩌려고? 안 하던 짓을 다 하네. 기특해서 칭찬이라도 해주고 싶었지만 지금은 원초적인 욕구 해결이 먼저였다.

"물 없어?"

차가운 물병이 다은의 손으로 전해졌다. 습관적으로 뚜껑을 열고 아무 생각 없이 벌컥벌컥 물을 들이켜는데 옆자리에서 남자의 목소리가 들려왔다.

"천천히 마셔요."

"풉."

남자 목소리에 입에 머금었던 물이 뿜어져 나왔다.

"이런, 내가 놀라게 했나요?"

손수건을 내미는 손을 따라 다은의 눈이 옮겨갔다. 제발, 아니길. 제발, 아니길. 하지만 신은 그녀의 편이 아니었다.

"설마 닦아주길 바란다거나 그런 건……."

"아뇨."

술에 취했음에도 단호하게 제 생각을 전한 다은이 주머니에서 주섬주섬 손수건을 꺼냈다. 도움은 필요 없다는 강경한 태도였다. 현이 작게 미간을 구겼지만 나오는 목소리는 다정하기만 했다.

"술 많이 마신 것 같은데 괜찮아요?"

"네, 괜찮아요."

"다행이네요."

그 말을 끝으로 대화가 끊겼다. 이게 어떻게 된 거냐 물어봐야 하는데 입이 떨어지지 않았다.

설마, 내가 전화한 건가? 고객의 전화번호라며 현의 번호를 저장해뒀던 기억이 나 불안했다.

그런 그녀의 고민을 눈치챈 건지 현이 설명을 덧붙였다.

"강민이 일이 생겨서 내가 대신 왔어요."

"아, 네……."

대체 왜? 강민, 내 이걸 그냥!

"집이 이쪽이라고 들었는데."

현의 말에 다은이 놀란 눈으로 창밖을 살폈다.

"네, 저기 세워주시면 돼요. 데려다주셔서 감사합니다."

차가 멈춰 서기도 전에 감사 인사를 전하고 안전띠까지 풀어버린 다은은 차가 멈추기 무섭게 조수석 문을 열었다.

이대로 바람처럼 사라지는 거야!

차에서 입구까지의 거리를 가늠하는데, 현이 뭔가를 내밀었다. 숙취해소음료였다.

"꼭 마시고 자요."

미소 짓는 얼굴에 심장이 떨려왔다.

몇 시간 전, 다은에게 도시락을 전해 받은 현은 걸음아 나 살려라 도망가는 그녀의 모습에 저도 모르게 미소 지었다. 얼마나 급했는지는 미처 닫지 못한 문이 증명해주고 있었다.

당황하는 거며 도망치는 거며, 하는 짓이 귀여웠다. 생각해보면 하나부터 열까지 귀엽지 않은 구석이 없었다.

마트에서 아이를 달래던 그때도, 장난감 때문에 쉴 새 없이 브리핑하던 그때도, 반찬가게에서 우연히 마주쳤던 그때도, 무거운 도시락을 들고도 한사코 자신의 도움을 거절하며 또박또박 제 할 말을 하던 그때도. 여자에게 이렇게 관심을 가졌던 적이 있을까 싶을 정도로 시선이 갔다.

그녀에 대해 좀 더 알고 싶었다. 이런 감정들이 시야에도 영향을 미친 건가? 그런 생각을 하며 열린 문을 닫으러 다가서다가 의도치 않게 강민과 다은의 대화를 듣게 되었다.

이상하게도 둘의 대화에 집중하는 자신이 낯설어 문을 닫으려는데, 강민의 외침이 들려왔다.

"녹다운되기 전에 전화해라. 바로 달려갈게."

현은 조용히 문을 닫았다. 성인답지 못하게 몰래 엿듣는 취미라니. 절로 한숨이 나왔다. 탁자에 도시락을 내려놓고 가만히 자신의 손을 바라봤다. 조금 전 다은과 스친 손의 감촉이 생생하게 떠올랐다. 겨우 손끝이었지만, 따뜻하고 부드러운 감촉을 다시 한 번 느끼고 싶었다. 손이 닿았던 곳을 물끄러미 바라보던 현은 노크 소리에 현실로 돌아왔다.

"대표님, 강민입니다."

"들어와."

사무실로 들어서던 강민이 책상 위 도시락을 발견하고 미소 지었다.

"아! 도시락."

"친구가 배달해주고 갔어."

"안 그래도 마주쳤어요."

"급한 일이 있나 보던데……."

현이 도시락으로 시선을 옮기며 무심하게 말했다.

"오늘 송별회가 있거든요."

송별회? 회사를 그만둔다는 얘기는 강민에게서 언뜻 들은 것도 같은데. 그래서 배달 알바를 하는 건가? 생각은 길게 이어지지 못했다.

"연습 중인데 영 느낌이 안 살아서 한번 봐주십사 하고 들렀어요."

선우 엔터테인먼트에서 지극히 평범한 일이었다. 작곡가인 현이 가수의 노래를 듣고 문제점을 지적해 주는 것은. 하지만 지금은 내키지 않았다.

"지금은 좀 바쁜데."

"저 오늘 일 없어서 시간 많아요. 한가하실 때 한번 봐주세요."

"그러지."

"식사 맛있게 하세요."

강민이 사무실을 나가고 난 뒤, 현이 스르르 눈을 감았다. 시간을 다툴 만큼 바쁜 일은 없었으니 잠깐 강민의 연습을 봐주는 건 어려운 일이 아니었다. 그런데도 거절한 건 자신답지 않았다.

왜 그 순간 강민이 다은에게 건넨 마지막 말이 떠올랐는지 알 수 없었다.

'녹다운되기 전에 전화해라. 바로 달려갈게'라니, 자신이 연예인이라는 자각은 있는 건가? 회식 자리라면 사람들도 많을 텐데, 아무 대책 없이 바로 달려가겠다고?

강민을 걱정하는 마음이라 애써 정당화했지만, 자꾸만 상상되는 건 강민에게 기댄 다은의 모습이었다.

다은이 배달해준 도시락으로 식사를 마치고 일상적인 업무를 보고 있는데 노크도 없이 사무실 문이 열리더니 강민의 매니저 인규가 뛰어 들어왔다.

"대표님!"

노크도 없이 헐레벌떡 뛰어 들어오는 게, 예사롭지 않았다.

"뭐가 그렇게 급해?"

"방금 MK사에서 전화가 왔는데 강민을 모델로 발탁하고 싶답니다."

MK사라면 아시아를 넘어 세계적으로도 알아주는 스포츠 브랜드였다. 이제껏 한국에서 모델로 발탁된 건 톱배우 김현준을 제외하고는 처음 있는 일.

이 일이 잘 성사된다면 강민의 해외 진출에 좋은 디딤돌이 될 터였다. 하지만 잔뜩 흥분한 인규와 달리 현의 반응은 담담하기만 했다.

"잘됐군."

뭔가 반응이 더 나오길 기다렸지만, 그 말뿐이었다.

"대표님, 이번 일은 강민을 떠나 우리 회사로서도 고무적인……."

현이 부드럽게 인규를 말을 잘랐다.

"김 실장, 첫술에 배부를 생각하지 마. 그냥 발탁하고 싶다고만 했을 뿐이야. 조건이 어떤지, 어떤 광고인지 결정된 건 아무것도 없어."

"아, 그렇긴 하지만 그쪽 담당자가 잠깐 한국에 들어온 모양입니다. 강민을 직접 만나보고 싶다고……."

"지금 말인가?"

"네, 물론 되도록이라고 하긴 했습니다."

인규가 말끝을 흐렸다. 지금까지의 경험으로 미루어 볼 때, 현이 이런 급한 만남을 좋아할 리 없었다.

"강민 스케줄은?"

"없습니다. 오늘은 쉬게 해주라고 하셔서."

"그럼 일단, 강민 의견을 물어봐."

현의 대답에 인규의 얼굴이 밝아졌다. 강민이야 두말할 것 없이 오케이할 거고, 그럼 일은 일사천리로 진행될 게 뻔했다.

"강민이야 당연히 오케이하겠죠."

해외 진출에 목마른 아이인데요. 인규는 뒷말을 삼키며 휴대폰을 드는 현을 말없이 기다렸다.

"아, 윤 부장. 쉬는데 미안. MK사에서 강민을 좀 보고 싶어 하는 모양이야. 지금 한국에 있다는군. 아, 그래. 그래 주면 고맙지. 30분?"

반쪽짜리 대화를 들은 것뿐이었지만, 무슨 내용인지 추측하고도 남았다. 중요한 일은 모두 대표인 현이 결정했지만, 회사의 전반적인 운영은 동업자인 안도준 이사와 윤수정 부장이 담당했다. 작곡을 병행해야 하는 그가 회사를 모두 이끌어가기는 힘들었기 때문이었다.

"윤 부장님, 들어오신답니까?"

"마침 근처라는군. 30분쯤 걸린다니까 윤 부장 오는 대로 약속 잡아봐."

"네, 알겠습니다."

거수경례까지 하고 돌아서는 인규를 보며 현이 고개를 흔들었다. 다시 악보로 시선을 돌리려 했지만 이미 집중력은 흐트러진 뒤였다. 잠시 고민하던 현이 자리에서 일어섰다. 안 이사가 부재중이니 자신이 그 역할을 해야만 했다.

인규가 MK사의 접촉이란 큰 소식을 전했음에도 강민의 반응은 예상과 달랐다. 해외 진출을 그리도 염원했으니 좋아서 팔짝 뛰어도 모자랄 판에, 강민이 하는 말은 이랬다.

"형, 시간 조금만 늦추자."

"지금도 늦은 시간인데 여기서 시간을 더 어떻게 늦춰?"

"오늘은 친구 노릇 제대로 해야 한단 말이야."

"친구? 이 상황에 친구가 생각나냐?"

다은이 강민에게 가족만큼 소중한 친구라는 건 알고 있었지만, 일생일대의 기회를 잡고도 친구 타령이나 하고 있는 게 한심해 인규가 꽥 소리를 질렀다.

"걔 한번 취하면 누가 업어 가도 모른다고."

"알아서 잘하겠지. 애도 아니고."

"아까 전화했더니 제정신 아니었다고."

강민의 얼굴이 어두워졌다. 이대로 뒀다간 MK사고 뭐고 공중분해될 것만 같았다.

"다은이는 내가 알아서 할게."

"형이? 그럼 형은 같이 안 갈 거야?"

일단 강민을 설득하기 위해 한 말이었기에, 돌아오는 질문에 할 말이 없었다.

"무슨 문제 있나?"

말싸움하느라 현이 들어서는 것도 몰랐던 두 사람은 생각지 못한 목소리에 동시에 시선을 돌렸다.

"대표님, MK사와의 미팅 조금 미뤄도 될까요? 제 친구 상태가 지금 많이 안 좋은데 케어해줄 사람이 저밖에 없어서……."

"강민, 무려 MK라고!"

"알아. 아는데, 그래도……."

답답한 소리에 인규가 목소리를 높였다.

"강민, 너 진짜 공인이라는 자각은 있는 거냐? 네가 거기 나타나면 사람들이 가만있겠어?"

"변장하고 가면 되지. 금방 올게. 한 시간이면 충분하다니까."

"왜 이렇게 고집이야? 이런 기회가 흔한 줄 알아?"

"어차피 늦은 밤인데 한 시간 늦춘다고 큰일 나는 것도 아니잖아."

둘의 대화를 가만히 듣고 있던 현이 해결책을 제시했다.

"그 친구, 내가 책임지지."

"대표님께서요?"

설마, 이런 말이 나올 거라 생각지 못했던 강민이 놀란 눈을 크게 떴다.

"김 실장은 당연히 동행해야 할 테고, 다른 사람에게 맡기는 건 믿음이 안 갈 테고."

"그렇긴 한데……."

"왜? 나도 믿음이 안 가나?"

"아니, 그런 게 아니라 대표님께 부탁드리기가……."

망설이는 강민을 보다 못한 인규가 끼어들었다.

"대표님께서 해주신다면 완전 안심이죠. 안 그래?"

인규가 강민의 대답을 종용했다.

"네, 뭐. 그렇긴 한데."

대답은 그렇게 했지만, 여전히 안심되지 않는지 강민은 완전한 긍정의 답을 내놓지 않았다. 그때, 연습실 문이 열리고 윤 부장이 모습을 드러냈다.

"마침 대표님도 계셨네요. 오는 길에 MK사와 통화 끝냈어요. 그쪽도 시간이 없나 봐요. 지금 바로 출발해야 늦지 않을 것 같네요."

그 말 한마디에 모든 상황이 종료되었다. 강민에게 선택의 여지는 없었다.

강민이 알려준 장소로 차를 몰며 현이 미간을 구겼다. 이젠 소속 연예인 친구 픽업 서비스까지 해야 하는 건가 싶었지만, 이상하게도 그게 싫지 않았다.

다은이 있다는 장소에 도착해 전화를 걸었지만, 신호만 갈 뿐 통화는 이루어지지 않았다. 상태가 안 좋다더니 무슨 일이 생긴 건 아닐까 걱정하며 다시 한 번 통화 버튼을 누르자 두어 번의 신호 후 낯선 여자의 목소리가 들려왔다.

"아, 허다은 씨 휴대폰 아닙니까?"

-다은이 친구분? 진짜 오셨나 보네.

발음이 꼬여 정확하게 알아들을 수는 없었지만, 대충 그런 내용인 듯싶었다.

"네, 바로 앞입니다."

-잠깐만 기다리세요. 지금 데리고 나갈게요.

그리고 잠시 후, 두 여자가 나왔다. 정확하게는 술 취한 여자 한 명과 인사불성인 여자 한 명. 인사불성인 여자가 다은인 건 금방 알 수 있었다. 이상 작용을 보이는 눈이 여전히 제 할 일을 충실히 하고 있었으니. 현이 둘의 앞으로 다가서자 술 취한 여자가 깔깔거리며 다짜고짜 다은을 그에게로 밀었다.

몸을 가누지 못하고 휘청거리는 다은을 겨우 자신의 품으로 인도받은 현이 안도의 한숨을 내쉬었다.

그 모습이 뭐가 그렇게 좋은지 술 취한 여자가 깔깔거리며 웃기 시작했다.

"그럼 다은이 잘 부탁드립니다."

위태롭게 90도로 인사한 여자가 사라지고 나자 현이 자신의 품에 안긴 다은을 바라봤다.

인사불성이 된 채 누구 품인지도 모르고 편안하게 안겨 있는 여자라니. 부정적인 생각으로 가득 찬 머릿속과 달리 입가에는 부드러운 미소가 떠올랐다.

비틀비틀 눈도 못 뜬 채 술 냄새를 풀풀 풍기는 모습조차 귀여웠다.

조심스럽게 다은을 차에 태우고는 근처 편의점에서 물 한 통과 숙취해소음료를 사 다시 차로 돌아왔다.

언제 일어났는지 차 안에서는 다은이 한창 조수석 문과 씨름 중이었다.

"아씨, 뭐야? 왜 안 열려? 나 납치당한 거야?"

술에 취해 발음이 뭉개졌지만 분명 그렇게 말하고 있었다.

"납치 아니니 안심해요."

안심시키려 한 말인데 그게 오히려 그녀의 의심을 부추긴 모양이었다. 휙 고개를 돌린 다은이 초점이 맞지 않는 눈을 가늘게 떴다.

"어? 이 목소리는……. 산적?"

분명 산적이라고 하는 것 같은데, 이 상황에 그 단어가 튀어나온 이유를 알 수 없었다.

"근데 수염이 없네. 목소리는 맞는데……. 뭐지? 꿈꾸는 건가?"

중얼거리던 다은이 다시 현을 힐긋거리고는 뭐가 좋은지 히죽거렸다.

"이왕 만났으니까 궁금한 거 물어봐야지. 장난감. 아, 그거 이름 뭐였지? 무슨 킹이었는데. 그거 구했어요?"

그제야 '산적'이 마트에서의 그날, 덥수룩한 자신의 수염을 떠올리며 하는 말이라는 걸 깨달은 현이 실소를 토해냈다.

"그날 친구가 구했다고 해서 안 그래도 주고 싶었는데, 연락처를 몰라서…… 미안해요."

뭐가 그리도 미안한지 가누지도 못하는 고개를 연신 숙이며 사과하던 다은이 고개를 푹 숙이고는 더는 움직이지 않았다. 아무래도 불편할 것 같아 자세를 바로잡아주려 다가가던 현은 갑자기 확 들리는 얼굴에 움찔 물러섰다.

"어? 대표님?"

"그래요. 나예요."

"이상하다. 분명 아까는 산적이 나왔는데……."

웅얼거리는 목소리가 그대로 들려왔다. 혹시나 했지만 역시 그녀는 '산적'과 자신이 동일인임을 모르고 있었다.

"우와, 진짜 대표님이다. 이제 꿈에까지 등장하시는 거예요? 오늘 반가운 사람 여럿 보네."

예고도 없이 현의 바로 앞까지 얼굴을 들이민 다은이 해맑게 웃으며 말했다.

"가까이서 보니까 더 잘생겼어. 완전 내 이상형인데, 왜 하필……."

말을 끝내기도 전에 고개가 다시 꺾였다. 여전히 불편한 자세로 잠든 다은을 바라보며 현이 긴 한숨을 내쉬었다.

그 이후, 집으로 가는 내내 다은은 얌전히 잠들어 있었다. 잠들었다기보다는 기절했다는 편이 맞는 표현이었겠지만, 현의 눈에는 그렇게 보였다. 이렇게 경계심이 없어서야. 자신이 아닌 다른 남자 앞에서도 이런 모습 보일 수 있다 생각하니 괜스레 화가 났다.

강민이 알려준 주소에 도착해서도 다은은 눈을 뜨지 않았다. 목을 꺾으며 꾸벅꾸벅 조는 모습이 불안해 보여 살며시 이마에 손을 갖다 댔더니 머리가 창 쪽으로 향했다. 현이 창과 그녀의 머리 사이에 손을 들이밀었다. 간발의 차로 창문과 접촉하지 않은 머리가 현의 손등 위를 차지했다.

운전석에서 조수석까지 손을 뻗었으니 허리가 뒤틀려 상당히 불편한 자세임에도 손을 빼고 싶지 않았다. 자는 사람 쳐다보는 취미는 없는데, 이상하게도 그녀에게서 눈을 뗄 수가 없었다.

한 번씩 찡그려지는 이마와 작게 떨리는 속눈썹, 발갛게 물든 볼과 그보다 더 선명한 붉은 입술까지, 다은의 모든 게 현의 시선을 잡아끌었다. 여자를 한 번도 이런 시선으로 본 적은 없었다. 게다가 이런 감정을 느낀 적도 없었는데. 사귀던 여자들은 물론이고 첫사랑의 그녀에게조차도.

대체 허다은의 어디가 이렇게 자신을 잡아끄는 걸까? 심각한 고민에 빠진 현과 달리 다은은 입을 오물거리며 잘도 자고 있었다. 진짜 미치게 귀엽네. 현이 참지 못하고 다은의 뺨에 손을 가져다 대려는데 그녀가 몸을 뒤척이기 시작했다.

도둑이 제 발 저린다고, 화들짝 놀라 황급히 운전석으로 몸을 피했다. 그 탓에 다은이 창문에 머리를 박았지만, 취해서인지 별 충격은 없는 듯 운전자가 누군지 확인하지도 않고 물을 내놓으라 요구했다. 당연히 강민일 거라 생각한 모양이었다. 이 상황에서 나라는 걸 알면 어떻게 반응할까 궁금해졌다.

"천천히 마셔요."

반응은 금방 돌아왔다. 역시, 감정을 쉽게 숨기지 못하는 타입. 자신을 포장하기에 급급한 곳에서 살아왔던 현에게는 그런 반응이 너무도 신선했다. 자꾸 '도덕성'을 들먹이는 게 마음에 걸렸지만, 현은 이내 그 생각을 털어버렸다.

다은을 집에 데려다주고 집으로 돌아가는 길, 운전하던 현이 갓길에 차를 정차시키고는 수첩을 꺼내 들었다.

위화감, 違和感, Incompatibility, 조화되지 않은 어설픈 느낌. 아무렇게나 휘갈겨 쓴 글씨를 한참 들여다보다가 눈을 감았다. 다은을 볼 때마다 느껴지던 묘한 이질감의 정체를 알 수 없었다. 대체 뭘까? 첫 만남부터 지금까지의 모습을 떠올리던 현이 번쩍 눈을 떴다. 모두 다른 상황들이었지만, 한 가지 공통점이 있었다.

'선명하게.'

이제야 다은을 볼 때마다 느꼈던 위화감의 정체를 알 것 같았다. 그녀 주위는 언제나 선명했다. 마치 그곳의 주인공이 그녀인 것처럼. 하지만 왜?

하나가 해결되자 또 다른 의문이 떠올랐다. 시력에 이상이라도 생긴 걸까? 하지만 그녀를 제외한 나머지 일상은 모두 그대로인데?
풀리지 않은 의문을 한참 고민하던 현이 다시 차를 출발시켰다. 내
일 그녀를 만나면 다시 한 번 확인해봐야겠다 생각하면서…….

3. 고마움을 갚을 기회

요란하게 울려대는 휴대폰에 다은이 번쩍 눈을 떴다. 오전 7시. 전날 먹은 술과 부족한 잠의 영향으로 쉽게 일어날 수 없었지만, 생각보다는 양호한 상태였다. 고개를 갸웃하던 다은이 지난밤의 기억 한 자락을 떠올렸다.

숙취해소음료. 왜인지 그걸 건네던 현의 얼굴이 떠올라 있는 힘껏 고개를 흔들었다. 덕분에 머리가 울리긴 했지만, 쓸데없는 생각을 털어내는 데는 효과적이었다.

시각을 확인한 다은이 휴대폰을 들었다.

"언니, 나 지금 출발해. 조금 늦었다."

-피곤할 텐데 오늘은 내가 할게.

전화기 너머 걱정스러운 지은의 목소리가 들려왔지만, 책임감하면 허다은. 이만한 일로 일을 게을리할 순 없었다.

"나 끄떡없어. 금방 갈게."

휴대폰을 주머니에 넣으려는데 '2'라고 쓰인 문자 알림 메시지가 눈에 들어왔다.

[허다은, 잘 들어갔나? 살아 있으면 응답해라.]

강민이었다.

아무리 생각해도 어제는 모든 게 꿈인 것만 같았다. 아니, 꿈이었으면 했다.

술 먹고 인사불성 된 건 기억에도 까마득한 일, 아무리 끝까지가겠다고 마음먹었다지만 그렇게까지 인사불성이 된 건 명백한자신의 잘못이었다.

게다가 잘 알지도 못하는 남자 ―정확히는 유부남― 의 차를 타고집으로 오다니! 허다은! 너 정신을 어디에다 놓고 사는 거니? 어떻게 차에 타고 집까지 왔는지는 전혀 기억이 나지 않았다. 기억나는건 타는 듯한 갈증에 눈을 떴을 때부터. 설마, 그사이에 실수라도한 건 아니겠지? 아무리 애써도 떠오르지 않는 기억에 머리카락을쥐어뜯던 다은이 체념의 한숨을 내쉬었다.

그렇게 자신에 대한 고찰이 끝나고 나자 강민에 대한 분노가 끓어올랐다.

강민, 이 자식! 감히 날 유부남한테 팔아넘겨? 너 이따 두고 봐!다은이 바드득 이를 갈았다

가게에 도착한 다은에게 지은이 걱정스러운 얼굴로 물어왔다.

"얼굴이 말이 아니네. 정말 괜찮은 거야?"

"응, 괜찮아. 숙취해소음료, 그거 먹어서 그런지."

"그런 것도 챙겨 먹었어?"

일상적인 질문이었지만, 괜스레 뜨끔했다.

"아…… 그냥."

대충 얼버무리고는 화제를 돌려버렸다.

"이것만 하면 되는 거야?"

"저기, 주소하고는 다 적어뒀어."

아침 식사라고는 하지만, 고객의 대다수가 직장인인 데다 직장으로 배달받는 사람들이 많아 8시가 좀 넘은 시간부터 배달이 이루어졌다. 오늘은 총 열 곳. 대부분 단체 배달인 데다 근처라 어려울 건 없었다.

"아, 선우 엔터테인먼트는 마지막에 부탁해. 좀 늦게 출근한다나 봐."

"응."

모든 배달을 마치고 선우 엔터테인먼트에 도착한 다은은 건물을 들어서기 전부터 쉴 새 없이 연습 중이었다.

"어제는 감사했어요. 제가 그렇게 술을 많이 먹는 편은……. 아, 아니야. 이런 것까지 시시콜콜 말할 필요는 없잖아? 그냥 어제는 감사했어요. 이것도 아닌가? 그냥 모르는 척 도시락만 두고 나와? 그래, 꼭 있으란 법도 없잖아. 없을 수도 있어. 없어라, 없어라. 제발 없어라."

"주문이라도 외워요?"

생각지 못한 목소리에 놀란 다은이 화들짝 놀라며 한 발 물러섰다. 누군지 확인하지 않아도 알 수 있었다. 젠장, 목소리는 좋아서.

평상심을 찾으려 애썼지만, 한없이 어색한 인사가 흘러나왔다.

"하하, 안녕하세요."

"보고 인사해줄래요?"

그렇게 말씀하셔도 그럴 수 있을 리가. 그냥 대충 넘어가주면
어때서, 남녀칠세부동석이란 말도 있는데. 되지도 않는 말을 갖다
붙이며 투덜거리는데, 다시 그의 목소리가 들려왔다.

"할 수 없네요. 내가 보는 수밖에."

뚜벅뚜벅. 한산한 복도라서인지 구두 굽 소리가 유난히 크게 울
렸다. 바로 앞에서 뚝 끊긴 구두 굽 소리와 함께 반짝반짝 윤이 나
는 멋스러운 구두가 다은의 시선 아래에 있었다. 그리고 다음 순
간, 예고도 없이 현의 얼굴이 불쑥 다가왔다.

예상치 못한 공격에 다은은 또 한 번 펄쩍 뛸 수밖에 없었다. 심
장이 남아나지 않을 것 같지 않았다.

"괜찮아요?"

괜찮을 리 없었지만, 괜찮지 않다 답할 수도 없었다.

"흠흠. 괜찮아요."

"다행이네요. 걱정했어요."

그러니까 그 걱정은 왜 하시는 건데요? 그냥 아는 사람을 향한
다고 하기엔 너무 부담스러운 관심이라고요.

눈빛으로 마음을 표현할 수 있다면 얼마나 좋을까 생각하며 다
은이 조금 전 연습했던 말을 뱉어냈다.

"어제는 감사했습니다. 혹시 제가 실수한 건 없었나요?"

"실수라면……."

그의 표정과 끝맺지 못한 말이 많은 것을 말해주고 있었다. 실

수, 했구나. 다은이 눈을 질끈 감았다.

"죄송해요. 술 때문이니 너그럽게 이해해주세요."

"그냥은 안 되겠는데."

"네? 그럼 어떻게……."

별스러운 말을 한 것도 아닌데 현의 얼굴이 밝아졌다. 대체, 왜? 생각이 표정에 드러난 건지 그가 다은의 말을 잡아챘다.

"나중에 내 부탁 하나 들어줘요."

불안이 엄습했다. 무슨 부탁을 하려고. 하지만 이상하게도 반박할 수가 없었다.

"많이 덥죠? 올라가서 시원한 음료수라도 한잔하고 가요."

"아뇨. 배달이 있어서."

"이상하네. 분명 마지막으로 해달라고 했는데. 설마, 나 피하는 거예요?"

당연히 피하는 거죠. 하지만 생각을 입 밖으로 낼 수는 없었다. 대답이 없는 걸 긍정으로 받아들였는지 현이 나지막하게 속삭였다.

"곤란한데."

"대체 저한테 왜 이러세요?"

생각만 한다는 게 입 밖으로 고스란히 튀어나와버렸다.

"몰라서 물어요?"

네, 몰라서 묻는 거예요. 눈을 동그랗게 뜬 다은이 말 대신 눈으로 긍정을 표했다. 현이 싱긋 미소 지었다.

"관심 있어서요."

"네?"

다은의 목소리가 커졌다.

"몰랐어요?"

그녀의 반응에 아랑곳없이 담담한 질문이었다. 순간, 화가 치밀었다.

"그런 말씀 함부로 하시면 안 되죠. 가정도 있으신 분이."

다은의 대답에 현이 미간을 구겼다. '가정'이라니, 대체 그런 생각을 왜 한 걸까 의아했지만 그녀의 표정을 보건대 자신을 유부남이라 확신하고 있는 것 같았다.

다가가려 할 때마다 '도덕성'을 들먹이며 그래서는 안 된다고 한 게 그래서였단 말이지. 인간적인 거부가 아니라 도의적인 거부라 생각하니 한결 마음이 가벼워졌다.

일단, 자신을 싫어하는 건 아니라는 결론. 그렇다면 한 발 더 다가서도 되지 않을까? 그런 생각을 하며 현이 입을 열었다.

"없다면?"

"네?"

생각지도 못한 질문에 당황했는지 다은이 눈을 동그랗게 떴다.

"없다면 괜찮은 건가?"

웃음기 없는 진지한 질문이었다.

현의 눈을 홀린 듯 바라보던 다은이 겨우 입을 열었다.

"그럼…… 괜찮겠죠."

대답이 만족스러운 듯 현의 입꼬리가 유려하게 호선을 그렸다.

"괜찮다니 다행이네요."

그제야 자신이 무슨 말을 했는지 깨달은 다은이 숨을 멈췄다.

미쳤어. 대체 무슨 말을 한 거야? 한없이 당황스러웠지만, 반드시 바로잡아야 할 말이었다.

"아니, 그런 뜻이 아니고……."

뭐라고 설명해야 하지? 다은이 머릿속으로 단어를 고심하고 있는데 현이 쐐기를 박았다.

"생각 없이 나오는 말이 진짜죠."

순식간의 그의 얼굴이 다은의 코앞까지 다가왔다.

"난 그렇게 생각해요."

코끝을 스치는 박하 향, 오롯이 자신의 모습을 담은 진갈색 눈동자에 다은은 저도 모르게 숨을 멈췄다.

눈싸움에서 한 번도 먼저 눈을 돌린 적이 없었건만, 이 남자 앞에만 서면 자동으로 고개가 돌아갔다.

"지금은…… 이쯤할까요?"

이쯤? 그럼 다음이 또 있다는 거야?

올 때와 마찬가지로 현의 얼굴이 순식간에 멀어졌다.

그제야 참았던 숨을 내쉬는 다은을 바라보며 현이 장난스럽게 미소 지었다. 사디스트적 취향이 있는 것도 아닌데 자꾸 놀리고 싶었다.

출근 시간이 가까워져서인지, 건물 안에 하나둘 사람들이 들어서기 시작하자 기회를 놓치지 않고 다은이 현에게 도시락을 내밀었다. 어서 받으라 눈으로 재촉했지만, 그는 그럴 생각이 없는 듯 가만히 다은을 바라볼 뿐이었다.

떠넘기듯 던져주고 가면 될 걸, 어쩐지 그럴 수가 없었다. 작게 한숨을 내쉰 다은이 입을 열었다.

"저 일하러 가야 해요."

사정 설명까지 했지만, 현은 여전히 다은을 바라볼 뿐이었다. 오롯이 자신에게만 향한 시선이 부담스러워져 조금 전보다 큰 목소리로 말했다.

　"저 일하러 가야 한다고요."

　"나도 그래요."

　"그럼 일하러 가세요."

　새침한 얼굴로 또박또박 말하는 다은을 보며 현이 미소 지었다. 이게 허다은의 매력인가? 빈틈이 많은 것 같으면서도 어느 순간 돌변해버리는 모습. 반짝이는 눈동자와 꾹 다문 입술이 너무나 고집스러워 보였다. 다은을 가만히 응시하던 현이 드디어 입을 열었다.

　"그럴까요?"

　생각지 못한 대답과 함께 현이 도시락으로 손을 뻗더니, 도시락 대신 그녀의 손을 잡았다. 너무 놀라 저절로 입이 벌어졌다.

　"그럼 몇 시간 후에 봐요."

　한쪽 눈을 찡긋해 보이며 현이 멀어져갔다. 도시락과 함께.

　현과 헤어진 후, 다은은 바로 강민에게 전화를 걸었다. 스케줄이 없었던 듯 강민은 바로 전화를 받았다.

　"너희 회사 대표님, 가족 없어?"

　차마 부인과 아이라는 말을 할 수 없어 슬쩍 돌려 물었다.

　-가족? 결혼했냐고 묻는 거라면 안 했어.

　다은의 눈이 커졌다. 그럼 최소한 지금은 혼자라는 얘기였다.

　"그럼 돌싱?"

　전화기 너머로 강민이 숨넘어갈 듯 웃어댔다.

-돌싱? 우리 대표님 들으면 넘어가겠다. 멀쩡한 총각을 돌싱으로 만들어?

생각만 한다는 게 저도 모르게 입 밖으로 새어 나온 모양이었다. 그럴 리가, 분명 입덧이라고 했는데…….

"진짜 결혼 안 했어?"

혹시나 하는 마음에 다시 한 번 확인했다.

-내 말 못 믿어? 완벽한 총각이라니까!

"하지만 왜……."

-왜라니? 나 같아도 그렇게 살겠다. 가만있어도 남들 부러워할 여자들이 줄을 섰잖아. 굳이 한 사람한테 정착하는 건…….

강민의 말이 계속되고 있었지만, 전혀 집중할 수 없었다.

유부남이 아니라니……. 하지만 그렇다고 현과 자신 사이에 연결고리가 생기는 건 아니었다. '관심 있다'는 말을 듣기는 했지만, 해석하기 나름인 말이었다. 도끼병 환자도 아니고, 우리나라에서 내로라하는 여자들이 줄을 선다는데 그런 사람이 뭐가 아쉬워 나 같은 사람 -평소의 그녀는 절대 자신을 깎아내리지 않았지만, 레벨 차이가 너무 많이 나는 지금은 예외였다- 에게 개인적인 관심을 가지겠는가. 그저 지나가는 호기심 정도겠지.

로맨스만을 믿기에 다은은 너무나 현실적이었고, 연예계에 몸담고 있는 강민에게서 들은 얘기도 너무 많았다.

뻔한 결론이었지만, 썩 기분 좋지는 않았다. 어차피 다른 세계에 사는 사람이라 선을 그어봐도 기분은 나아지지 않았다. 복잡한 머릿속을 알 리 없는 강민이 계속해서 말을 이어갔다.

-안 그래도 전화하려 했는데 딱 맞췄네. 이 몸이 MK사와 계약하

게 될지도 모른다는, 아니 99퍼센트 그렇게 될 거라는 거 아니냐.

"축하해."

무미건조한 축하 인사가 튀어나왔다. 전화 통화라고 하지만 강민이 그걸 모를 리 없었다.

-감정을 좀 실어봐.

"미안, 오늘 감정 소모가 좀 심했어."

너무하는 거 아니냐는 강민의 투덜거림이 그 후로도 한동안 이어졌지만 다은의 머릿속은 온통 선우현이라는 남자로 채워져 있었다.

가게로 돌아와 한참을 고민하던 다은이 재료를 손질하고 있는 지은에게 조심스럽게 질문했다.

"언니, 진짜 잘나가는 남자가 지극히 평범한 여자에게 '관심 있다'고 한다면, 그 말의 의미가 뭘까?"

"뜬금없이 무슨 말이야."

"아니, 그냥 소설 보다가……."

다은이 뒷말을 얼버무렸지만, 지은은 별 의심 없이 받아들이는 것 같았다.

"소설에서는 당연히 한눈에 반했다는 거 아닐까?"

"그래? 그럼 현실에서는?"

"그거야 앞뒤 상황을 살펴봐야지. 이성적인 관심일 수도 있지만 능력에 대한 관심일 수도 있고, 단순히 인간적인 관심일 수도 있는 거잖아."

'인간적인 관심'이라는 단어가 다은에게 확신을 줬다. 그래, 그건 어디까지나 강민의 친구에 대한 인간적인 관심이었던 거야. 그것도 모르고 잠시나마 도끼병 환자처럼 '가정도 있으신 분이 이러시면 안 된다' 따위의 말을 했으니 얼마나 황당했을까?

한참 머리를 쥐어뜯던 다은이 번쩍 고개를 들었다.

그래, 이건 남자에 대한 면역력이 없어서 그런 거야. 그러니 면역력을 기르면 나아지겠지.

"언니! 형부가 말하던 그 소개팅, 나 할래."

지은의 얼굴이 밝아졌다. 한 달 동안 소개팅 얘기를 꺼냈지만, 꿈쩍도 하지 않던 다은이 드디어 마음을 바꾼 것이었다.

"그럼 지금 약속 잡을까?"

"응. 난 어차피 시간 되니까 그쪽 시간에 맞춰서 최대한 빨리."

일단, 면역을 기르는 거야. 그럼 나하고 안 어울리는 이런 소녀 같은 반응도 없어지겠지. 다은이 그렇게 마음을 다잡는 사이, 지은은 신나서 준석에게 전화를 걸고 있었다.

오지 않길 바랐던 점심시간이 기어코 돌아왔다. 점심은 사 가는 사람들이 대부분이라 배달이 그렇게 많지 않았다. 일찌감치 배달을 마친 다은이 슬쩍 지은의 눈치를 봤다. 말을 꺼내야 하는데 입이 떨어지지 않았다.

"선우 엔터테인먼트만 배달하면 끝이네."

중얼거리는 지은의 목소리가 들려오자 망설이던 다은이 드디어 입을 열었다.

"언니, 그래서 말인데 그거……."

용기 내 한 말이었지만, 지은은 포장에 집중하느라 다은의 말을 놓쳐버렸다.

"갑자기 만들려니까 좀 힘드네. 오늘은 직원들하고 같이 먹는다고 대량 주문했거든. 혼자 못 들 거야. 차에 실어줄게."

결국, 다은은 지은이 이끄는 대로 도시락을 들고 차로 다가섰다.

"이거 실어주고 우주 유치원 가봐야 해."

"유치원은 왜?"

"상담하는 날인데 저녁엔 바쁘니까 좀 일찍 잡았어."

왜 하필이면 오늘인 건데? 하지만 그런 마음을 알 리 없는 지은은 차에 실린 도시락들을 점검하며 당부의 말을 전했다.

"도착하면 사무실로 전화하래. 사람 내려 보낸다고."

"응……."

대답하는 다은의 얼굴이 울상이 되어 있었다.

선우 엔터테인먼트에 도착한 다은은 벌써 몇 번째 심호흡 중이었다. 전화해야 하는데 왜 이렇게 망설여지는지 알 수 없었다.

하지만 해야 할 일을 뒤로 미룰 수는 없는 일, 마음을 다잡고 휴대폰을 들었다. 달칵거리는 신호음이 들려오자 상대방의 대답을 기다리지도 않고 다은이 선수 쳤다.

"도시락 배달 왔습니다."

-아, 도착하셨어요?

예상과 다른 목소리, 다은의 이마에 주름이 졌다.

"네. 그런데……."

-제가 지금 내려갈게요.

그리고 잠시 후, 처음 보는 남자 두 명이 차 쪽으로 뛰어오고 있었다.

"도시락 배달 온 거 맞으시죠? 저한테 주시면 제가 가지고 올라 갈게요."

"네."

뒷좌석에 실린 도시락을 건네주며 다은이 슬쩍 질문했다.

"그런데 대표님은 어디 가셨나요?"

"급한 일이 있으셔서 잠시 자리를 비우셨어요. 이게 다인가요?"

"네."

"그럼 잘 먹겠습니다."

꾸벅 인사하고 돌아서는 사람들의 모습이 사라질 때까지 그 자리에 서 있던 다은이 긴 한숨을 내쉬었다.

뭐야? 아침엔 그렇게 적극적으로 나오더니. 몇 시간 후에 보자던 말은 인사치레였던 거야?

입을 삐죽이던 다은이 고개를 흔들었다. 차라리 잘됐지, 뭐. 마주치지 않은 게 어디야?

하지만 현과 마주치지 않았다는 것에 안도해야 했음에도 이상하게 실망감이 들었다.

무슨 정신으로 도착했는지, 가게로 돌아온 다은은 차에서 내릴 생각도 하지 못한 채 상념에 빠져들었다.

완벽하게 이상형에 솔로인 남자가 '관심 있다'고 하는데도 무작정 기뻐할 수 없다니. 이렇게 슬픈 일이 또 있을까?

엎치락뒤치락 줄타기하는 마음을 제대로 정리해야겠다 마음먹으며 차에서 내리려는데, 불현듯 몇 시간 전 지은이 했던 말이 떠올랐다.

'유치원 갔다가 저녁 장사 때쯤 올 거야. 그러니 너도 가서 쉬어.'

진짜! 정신을 어디에다 두고 있는 거야? 허다은! 지금은 봄도 아니고 여름이라고. 봄 타는 것도 아닌데 이게 뭐니?

작게, 크게 있는 대로 한숨을 내쉬며 차에서 내려섰다. 집에 혼자 있는 것보다는 가게라도 지키는 게 낫겠다 싶었다.

"진짜, 오늘 왜 이러니?"

작게 혼잣말하며 돌아서려는데.

"무슨 일 있었어요?"

생각지 못한 목소리에 놀라 그만 발이 엇갈려버렸다. 중심을 잃은 몸이 휘청인 건 다음 순간.

"조심해야죠."

부드러운 목소리와 함께 옅은 무스크 향이 코끝을 스쳤다. 정신을 차린 다은은 자신이 누군가의 품 안에 안겨 있음을 깨달았다. 그 사람이 누군지 확인할 필요도 없었다.

용수철처럼 몸을 튕겨내 재빨리 남자의 품에서 떨어졌다. 등 뒤에 닿는 차 때문에 더는 떨어지지 못하는 게 안타까웠다.

"그러다 또 넘어져요."

예상했던 대로 선우현 대표였다.

"괜…… 괜찮아요."

"아닌 것 같은데요?"

어느새 코앞까지 다가온 얼굴에 다은이 고개를 돌렸다.

"이러지 마세요."

"왜요? 내가 뭘 했는데요?"

"너무 가깝잖아요."

"아, 그런가요? 난 더 가까이 보고 싶었을 뿐인데."

농담인지 진담인지 알 수 없는 말을 남기고 현이 순식간에 멀어졌다. 속으로 열까지 센 다은이 입을 열었다.

"여긴 어쩐 일이세요?"

평상심을 가장했지만, 목소리가 떨리는 건 어쩔 수 없었다.

"약속 지키러 왔어요."

"약속…… 이요?"

"몇 시간 후에 보자고 했잖아요."

"하지만 급한 일이……."

황급히 입을 닫는 다은을 보며 현이 미소 지었다. 급한 일이 있긴 했다. MK사와의 계약 건으로 급하게 만나자는 제의를 거절할 수 없어 다녀오는 길이었다. 그마저도 다은을 만나고픈 마음에 얼굴만 잠깐 비쳤음에도 타이밍이 어긋나버렸다.

저녁까지 기다릴 수 없어 이곳으로 달려오며 얼마나 많은 생각을 했는지…….

"있었어요. 해결하고 약속 지키러 왔죠."

다정한 목소리에 다은의 시선이 홀린 듯 현에게 닿았다. 부드럽게 미소 짓는 얼굴이 너무나 매력적이었다. 하지만, 반드시 따져야 할 게 있었다.

"대체 저한테 왜 이러세요?"

작은 목소리였지만, 현의 귀에 또렷이 들려왔다.

"관심 있다고 했잖아요. 이상하게도 다은 씨가 있는 곳에서는 시야가 선명해져요. 눈을 뗄 수 없다고 할까? 이런 느낌은 처음이에요."

현의 대답에 다은이 무미건조한 감탄사를 뱉어냈다.

"아~"

'인간적인 관심'이 아니라 호기심이었구나. 매번 보던 화려한 꽃들 사이에서 처음으로 발견한 안개꽃이 신기했겠지. 자신을 향한 관심이 '인간적인 관심'도 아닌 '호기심'이라는 게 더 허탈했다.

"대표님은 호기심이 강하신가 봐요."

"그렇기도, 아니기도 해요."

장난스러운 대답이 의심을 부추기고 있다는 걸 모른 채 현이 미소 지었다.

"저기, 대표님."

"말해요."

작게 한숨을 내쉰 다은이 자신의 생각을 쏟아냈다.

"사실, 전 면역력이 없어요. 그냥 심심해서 찔러보고, 궁금하다고 한 번 더 찌르고. 그런 건…… 면역력 있는 사람한테 하세요. 전 보기보다 단순한 사람이라 감당하기 힘들어요."

드디어 속마음을 그대로 말해버렸다. 혼자 지레짐작한 걸 수도 있었지만, 말하고 나니 오히려 후련했다. 이 정도 했으면 저 남자도 알아들었겠지.

"그렇게 들었다면 미안해요. 내 말은 그런 뜻이 아니……."

"물론 별 의미 없이 하신 행동이란 거 알지만, 그래도 짚고 넘어가고 싶었어요."

작지만 단호한 목소리였다. 저렇게 명확히 선을 긋는데 더 말하는 건 의미 없다는 생각에 현이 생각을 바꿨다. 지금은 한발 물러서야 했다.

"무슨 말인지 알아들었어요. 식사 맛있게 해요."

웃는 얼굴과 달리 나오는 말은 쓸쓸하기만 했다. 그렇게 현은 다은에게서 멀어져갔다.

다은과 헤어져 사무실로 돌아온 현은 책상 위 카드를 물끄러미 응시했다. 직접 전해주고 싶은 마음에 찾아갔지만, 오히려 역효과가 날 것 같아 그대로 가져와버렸다.

'관심'이란 말이 그렇게 부담스러웠던 걸까? 쓸쓸하게 미소 짓던 다은의 얼굴을 떠올리는 순간 저도 모르게 가슴이 답답해졌다.

만나면 쉽게 풀 수 있을 거라 생각했던 의문은 여전히 풀리지 않았다. 왜 유독 그녀만 선명하게 보이는 거지? 그녀의 표정 하나, 행동 하나에 동하는 마음. 이건 또 뭘 뜻하는 걸까? 단순한 관심? 아니면…… 거기까지 생각하던 현이 작게 한숨을 내쉬고는 인규를 호출했다.

"미안한데 이 출입증, 허다은 씨한테 좀 가져다줘."

인규의 입이 살짝 벌어졌다가 이내 닫혔다. 출입증이라니, 아무리 강민과 친구 사이라고는 하지만 엄연히 외부인이 아닌가? 하지만 인규는 한마디도 하지 못했다. 악보로 눈을 돌리는 현을 방해해서는 안 된다. 그게 선우 엔터테인먼트의 불문율이었으므로.

인규가 나가고 나자 현이 눈을 감고는 의자 등받이에 머리를 기댔다. 인규가 저렇게 놀라는 것도 무리는 아니었다. 미공개 곡 작업이 많고, 연예인이 많으니 자연적으로 외부인을 경계하는 분위기에서 직원 외의 사람에게 출입증을 만들어주는 건 -그것도 자신이 직접 지시해서- 처음이었다.

애초에 이런 정의할 수 없는 감정 자체가 처음이었다. 거부하는 상대에게 어떻게 진심을 내보여야 하는 걸까? 고민하는 현의 이마에 굵은 주름이 졌다.

한편, 현의 사무실에서 나온 인규는 곧바로 다은의 반찬가게로 향했다. 일을 미뤄두지 않는 성격이기도 했지만, 현의 뉘앙스가 만드는 즉시 전해주라는 것처럼 들렸기 때문이었다.

"마침 있었네."

가게 안으로 들어서는 인규를 발견한 다은이 반갑게 인사했다.

"오빠, 어쩐 일이세요?"

"이거 전해주러 왔어."

인규가 건네는 카드를 받아 들며 다은이 고개를 갸웃했다.

"출입증이야. 우리 회사, 이게 있어야 출입할 수 있거든. 출입할 때 이거 터치하면 문이 자동으로 열려."

"이거 전하러 일부러 오신 거예요? 배달 갈 때 받아도 되는데."

가져다주고 오라는 명령(?)을 받았다고는 차마 말할 수 없어 인규가 목소리를 흐렸다.

"뭐, 겸사겸사. 배달은 시간이 생명이잖아. 한시라도 빨리 주는 게 좋을 것 같아서."

"네, 고마워요. 오빠, 날도 더운데 시원한 레모네이드 드시고 가세요."

다은이 권했지만, 인규는 바쁘다며 한사코 거절하고는 후다닥 자리를 떴다.

그렇게 바쁜데 이걸 전해주러 온 거야?

인규 오빠가 다정다감한 성격이었나? 3년이 넘게 알고 지냈지만 저런 모습은 처음이었다.

카드를 바라보는 다은의 입가에 미소가 떠올랐다. 인규의 배려에 조금 전까지 우울했던 기분이 조금은 나아지는 것 같았다.

그로부터 몇 시간 후, 다은은 현의 사무실 앞에 서 있었다. 죄지은 것도 없는데 이렇게 망설일 게 뭐야? 그렇게 자신을 채찍질하며 문고리에 손을 가져다 대는 순간, 짜 맞춘 듯 문이 열렸다.

문이 열리고 나타난 현의 모습에 잠시 멈칫하던 다은이 도시락을 내밀었다.

"배달이요."

"아, 고마워요."

그뿐이었다. 부드러운 음성도 미소 짓는 얼굴도, 진갈색 눈동자도 그대로였지만 어쩐지 자신을 향해 있지 않은 것만 같았다.

애써 담담함을 가장하며 마지막 인사를 건넸다.

"네, 그럼 안녕히 계세요."

뒤돌아서는 다은의 온몸에 서늘한 기운이 감돌았다. 그나마 남아 있던 호기심마저 사라져버린 걸까? 어쩐지 허탈해졌다.

어깨를 축 늘어트린 채 멀어지는 다은의 등 뒤로 현의 시선이 따라붙었지만, 그녀는 눈치채지 못했다.

멀어지는 다은을 바라보는 현의 마음도 편하지만은 않았다. 하지만 지금은 신중하게 행동할 때였다. 제 마음 그대로를 표현했음에도 밀어내기만 하는 다은이었다. 자칫 잘못하다가는 면역력 없다는 그녀가 멀리 달아날지도 모른다.

"대표님, 보고 계속할까요?"

등 뒤로 들려오는 목소리에 현실로 돌아온 현이 고개를 끄덕였다. MK사와의 미팅에 대해 보고하러 온 수정의 존재를 잊고 있었다.

"구체적인 건 더 접촉을 해봐야 하겠지만, 여러 가지 면에서 유리한 조건이에요. 파격적이라고 표현하는 게 맞겠네요."

현의 시선이 수정에게 닿았다. 자신이 작곡을 시작할 때부터 알던 사이인 윤수정. 처음엔 가수지망생과 작곡가로 만났었고, 한때는 자신이 좋다고 따라다니기도 했었다.

가수보다는 제작 쪽에 재능을 보인 수정은 현이 기획사를 설립했을 무렵 가수의 꿈을 접고 제작 쪽으로 길을 찾아 꽤 이름을 알린 상태였지만, 현이 기획사를 설립했다는 소식에 한달음에 달려와 함께하기를 자청했었다. 그녀가 없었다면 선우 엔터테인먼트는 이만큼 자리 잡을 수 없었을지도 몰랐다.

"강민 계약 건은 신중하게 재검토해봤는데 결론은 같아요. 이런 파격적인 조건에 계약하지 않는 건……"

드물게 흥분한 수정이 목소리를 높이자, 현이 부드럽게 그녀의 말을 잘라냈다.

"내가 보기엔 아니야. MK사 광고모델이 대부분 해외 쪽 배우들이더군. 그동안 광고 음악은 다른 쪽에 맡겼을 테고. 이번 건 어쩌겠다고 하던가?"

"아, 그게, 전적으로 우리한테 맡기겠다고……"

그것 또한 의외였다. 그렇게 큰 회사에서 선우 엔터테인먼트 ─국내에서는 알아주는 기획사였지만─ 에 전적으로 의뢰한다는 자체가, 그게 더 파격적인 거 아닌가? 수정의 생각 너머로 현의 목소리가 들려왔다.

"바로 그거야. 결국, 음악은 우리 쪽에서 책임지라는 거지."

"아!"

그제야 모든 게 착착 맞아떨어졌다. 국내외의 주목을 받는 강민을 모델로 내세우고, 국내뿐만 아니라 해외에서도 인정받은 선우현의 곡을 받겠다. 왜 그 생각을 못 했을까? 성공할 경우 강민은 물론 현의 입지도 굳힐 기회이긴 했지만, 어찌 보면 말만 번지르르한 꼼수일 수도 있었다. 수정은 다시 한 번 현에게 감탄할 수밖에 없었다. 무심한 듯하면서도 정확하게 상대가 쥐고 있는 패를 읽는 능력은 가히 최고라 할 만했다.

"그래서? 강민은?"

현의 질문에 현실로 돌아온 수정이 본론을 꺼내 들었다.

"생각보다 신중해요. 바로 계약하자고 할 줄 알았는데 대표님 의견에 따르겠다고 하더라고요. 그러니 대표님만 결정하시면 돼요."

"계약하고 콘셉트가 나오면 작곡에 들어간다. 이런 스케줄이 되는 건가?"

"네. 어차피 대표님 스케줄은 여유로우시니까 일정상으로는 괜찮긴 한데."

"일단 검토해보지."

수정이 고개를 끄덕이고는 결재판을 챙겨들었다.

"사적인 질문 하나 하지. 사람들에게 둘러싸여 있어도 단번에 찾아낼 수 있는 사람이 있다면……."

"그런 사람이라면 당연히 캐스팅해야죠."

동문서답에 현이 작게 한숨을 내쉬었다. 한 번도 이런 유의 사적인 질문을 한 적이 없으니 업무적으로 받아들이는 건 어쩌면 당연했다. 결국, 현은 제 감정을 설명하는 일은 생략하기로 했다.

"들이대는 남자는 별로인가?"

수정의 눈이 커졌다. 선우현의 입에서 저런 질문이 나올 거라 상상이나 했겠는가. 좀 더 캐묻고 싶은 마음이 굴뚝같았지만, 현이 그걸 허락할 리 없었다. 후일을 기약하며 수정이 지극히 사적인 모드로 입을 열었다.

"사람에 따라 다르겠죠."

우문현답이었다.

면역력이 없다 말하는 다은에게 어떻게 다가가야 할까? 심각해지는 현의 얼굴에 묻고 싶은 질문이 잔뜩 있었지만, 수정은 말없이 사무실을 나섰다. 수정이 나가고 난 뒤로도 한참, 현의 고민은 이어졌다.

현의 사무실 앞에 도착한 다은이 작게 한숨을 내쉬었다. 지난 이틀, 그를 보지 못했다. 의식적으로 피하는 건지, 진짜 일이 있어 그런 건지 알 수 없었지만, 기분은 썩 좋지 않았다. 분명 오늘도 없겠지? 그렇게 생각하며 노크하려는데, 기다렸다는 듯 문이 열리며 현이 환한 미소와 함께 다은을 반겼다.

"드디어 만났네요."

대답할 말이 생각나지 않았다. 멍하니 도시락을 건네는 다은에게 그가 전혀 예상하지 못한 말을 해왔다. 내가 들은 말이 진정 저 사람의 입에서 나온 걸까, 의심스러웠다.

그런 다은의 반응과 상관없이 여전히 미소 띤 얼굴로 현이 다시 한 번 같은 말을 하기 시작했다.

"지난번 일 갚을 기회를 주겠다고요."

얘기가 왜 이런 식으로 진행되는 걸까? 물론, 지난번 송별회 때 집에 바래다준 일을 갚겠다고 했었다. 하지만 그게 그냥 인사치레였다는 건 저 사람도 충분히 알고 있을 텐데.

"그건……."

이제 막 시작하는 말을 현이 부드럽게 잘랐다.

"설마 한 입으로 두말하는 건 아니겠죠?"

"그럴 리가요. 갚을 기회를 주신다는데 갚아야죠."

이상하게도 오기가 생겨 저도 모르게 도전적인 어조가 되어버렸다. 웃는 낯으로 은근히 긁어대는 저 부드러운 목소리 때문일까? 아니면, 내 안에 내재된 뭔가가 발현되는 걸까?

"바이크 연수한다고 들었어요."

놀란 다은이 눈을 동그랗게 떴다. 저건 또 어떻게 아는 거지? 답은 나와 있었다. 강민! 대체 비밀이 없어.

"알다시피 강민은 요즘 많이 바쁘고……."

갑자기 강민 얘기가 나오는 것도 이상했다. 바이크 연수와 강민이 무슨 관계가 있다고. 대체 무슨 말을 하려고 저렇게 뜸을 들이는 걸까? 저도 모르게 눈이 가늘어졌다.

"그래서 내가 대신 연수시켜줄게요. 익숙해질 때까지."

"네?"

다은의 목소리가 사무실 안에 울려 퍼졌다.

"뭘 그렇게 놀라요?"

아무렇지 않게 묻는 저 남자에게 되묻고 싶었다. 이 상황에서 놀라지 않는 게 이상한 거 아니냐고.

"애초에 강민한테 연수받을 생각도 없었어요. 말씀은 고맙지만……."

"그럼 그냥 받아들여요."

말이 통하질 않는다. 이럴 땐 돌려 말하는 것보다 직설적으로 말하는 게 나았다.

"싫어요."

"그럼 지난번 거 갚는다 생각해요."

그제야 현이 지난번 일 갚을 기회를 주겠다, 먼저 말한 이유를 알 수 있었다. 이래선 빼도 박도 못하잖아. 하지만 왜?

"연수해주시는 게 지난번 일을 갚는 거라니, 상식적으로 이해가 안 가요."

"가끔 상식을 벗어나는 일을 할 때도 있어야죠. 강민한텐 내가 얘기할게요."

"아니요!"

다은이 비명에 가까운 목소리를 뱉어냈다. 반사적으로 나온 거부였다. 자신을 묘한 눈으로 바라보는 현을 피하며 다은은 조금 전보다 확연히 낮아진 목소리로 말했다.

"강민한테는 말하지 마세요."

그랬다간 몇 날 며칠을 시달릴 게 뻔했다. 꼬치꼬치 캐묻는 말에 대답하다가 결국엔 잠시나마 현에게 품었던 마음을 들킬 수도 있고. 자신과 관련된 일에서만큼은 이상하리만큼 눈치가 빠른 강민었으니 그런 일이 일어나지 않도록 원천 봉쇄해야 했다.

"좋을 대로 해요."

분명 자신이 바라는 대답이었건만, 씨익 웃는 얼굴이 위험해 보이는 건 왜일까? 등줄기가 서늘해지는 게, 꼭 맹수 앞 초식동물이 된 느낌이었다. 그런 다은의 생각을 아는지 모르는지 현은 착실히 다음 진도를 나갔다.

"연수는 빠를수록 좋겠죠? 오늘 어때요?"

현의 사무실을 나서며 다은의 한숨이 깊어졌다. 왜 일이 이렇게 되어버린 걸까? 할 말, 안 할 말 꽤 잘 구분하는데 왜 저 남자 앞에만 서면 마음대로 되지 않는 걸까? 다시 돌아가 안 된다고 해버릴까? 고민했지만, 또 그러고 싶지는 않았다.

이 모순된 감정은 뭐란 말인가! 결국 다은은 여러 가지 이유를 들어 -강민도 바쁘고 따로 연수해줄 사람을 구하는 것도 시간이 걸릴 테고 등등- 자신의 결정을 정당화했다.

이렇게 된 이상, 연수에만 신경 쓰겠어. 두 주먹을 불끈 쥐며 자신에게 다짐, 또 다짐했다.

"이게 마지막이야. 선우 엔터테인먼트."

식탁 위에 나란히 놓인 두 개의 도시락에 다은이 고개를 갸웃했다.

"두 개야?"

"응, 두 개. 그 대표님, 목소리도 좋고 예의도 바르시더라. 미안해하면서 주문했어."

현을 칭찬하는 말이 왜 기분 좋게 들리는지 알 수 없었다. 대체 왜? 흉보는 말을 들어도 시원찮을 판에!

"이것만 배달하고 퇴근해. 저녁땐 형부가 도와준댔어."

지은이 덧붙이는 말에 다은의 눈이 반짝였다.

"진짜 그래도 돼?"

"그럼. 오늘은 금요일이잖아."

불금을 중요시하는 형부 준석은 그날만큼은 지은과 함께하길 원했다. 범수가 있을 때도 금요일만은 일찍 퇴근했다는 걸 떠올리며 다은이 미소 지었다.

"너도 같이할래?"

"됐어. 형부 눈총 받을 일 있어?"

조카 우주도 시부모님께 맡긴 상황, 둘만의 데이트를 방해했다간 준석의 뒤끝을 얼마나 감당해야 할지 알 수 없었다. 물론, 그런 게 두려워서는 아니었지만.

유난히 미안해하는 지은을 달래며 다은이 밖으로 나섰다. 여분의 도시락 주인이 궁금해졌다.

회사의 공식적인 점심시간, 현의 사무실에 수정이 찾아왔다.

일주일에 한 번 정도는 직원들과 식사하던 현이 요즘은 혼자 해결한다는 소식을 듣고 구제해주러 온 길이었다.

"슬슬 식사 시간이네요. 오랜만에 같이 식사하시죠."

"오늘은 곤란한데? 선약이 있어."

"아, 선약……."

아무리 봐도 이상해. 여자의 직감이 그렇게 말하고 있었다. 조만간 술자리라도 만들어 비밀을 캐봐야겠다 심각하게 고민하고 있는데 노크 소리가 들려왔다.

문이 열리고 보이는 여자의 모습에 수정이 고개를 갸웃했다. 손에 들린 도시락을 보니 배달하는 직원인 것 같은데, 배달 직원이 왜 여기까지? 잠시 의아했지만, 기밀 사항이 있는 것도 아니었기에 대수롭지 않게 고개를 돌리는데 그 순간 전에 없이 진심으로 미소 짓는 현의 얼굴이 눈에 들어왔다. 수정이 놀란 눈을 크게 떴다. 자신이 눈치채지 못한 사이, 그에게 큰 변화가 일어난 게 분명했다.

"들어와요."

그렇게 생각해서인지 목소리마저 상기된 것 같았다. 이게 다 내 착각인 건가? 수정이 고개를 갸웃하는데 이번에는 평소와 다름없는 현의 목소리가 들려왔다.

"윤 부장, 그만 나가보지."

"네, 그럼."

호기심이 일었지만, 이쯤에서 물러나야 했다. 수정이 나가고 나자 현이 다은을 불렀다.

"이리 와요."

부드러운 목소리에 다은이 쭈뼛거리며 그의 옆으로 다가섰다.

"식으면 맛없으니까 빨리 식사하세요."

"어디 가요? 밥 먹어야죠."

그제야 자신의 손에 들린 도시락이 둘의 것이란 걸 깨달은 다은이 입매를 굳혔다. 이게 내 거였어? 당연히 조금 전 사무실을 나간 여자의 것이라 생각했는데…….

"설마, 2인분을 혼자 먹으라고 할 건 아니죠?"

"……."

"나, 혼자 먹는 거 정말 싫어해요."

혼자 먹으라 말하고 쿨하게 돌아서야 한다 생각했지만, 이상하게도 냉정하게 돌아설 수 없었다. 밥 한 끼 같이 먹는다고 무슨 일이 생기는 것도 아닌데……. 그렇게 결론 내린 다은이 도시락을 내려놓았다.

"오늘은 시원한 냉면이 먹고 싶었는데……."

다은의 말이 떨어지기 무섭게 현이 도시락을 옆으로 밀어냈다.

"그럼 냉면 먹으러 갈까요?"

"아뇨. 생각이 바뀌었어요. 이게 더 맛있을 것 같아요."

당황한 현을 대신해 다은이 도시락을 펼치고는 환하게 웃었다.

"뭐 하세요? 어서 드세요."

생각보다 편안한 식사 시간이었다. 일상적인 대화가 가끔 오가기는 했지만, 기본적으로 조용한 식사. 하지만 그 조용함도 별로 어색하지 않았다.

식사가 끝나고 나자 다은이 식사 내내 벼르던 말을 꺼냈다.

"연습은 다음에 해야겠어요. 어제는 말씀 못 드렸는데 바이크가 수리에 들어갔거든요."

오해할까 싶어 최대한 조심스럽게 말했는데 현은 오히려 반기는 것 같았다.

"잘됐네요. 다은 씨 연수할 바이크 준비해뒀거든요."

생각지 못한 말에 다은의 눈이 동그래졌다.

"면허는요?"

현의 질문에 언제나 지갑에 넣어 다니던 면허를 꺼냈다.

"아, 여기요."

"귀엽네요."

스쳐 지나가듯 작은 목소리에 다은이 저도 모르게 되물었다.

"네?"

"면허증 사진요."

"아……."

"이 모습도 귀엽지만, 지금이 더 예뻐요."

립 서비스가 분명하다 생각하면서도 가슴이 콩닥콩닥 방망이질
치는 건 어쩔 수 없었다.

저렇게 멋진 남자가, 저렇게 멋진 목소리로 칭찬하는데 아무 감
흥 없는 게 이상한 거지. 그럼, 그게 이상한 거야. 그렇게 자신을 정
당화하며 어색하게 웃어 보였다.

"그럼 이제 소화시키러 가볼까요?"

현이 자리에서 일어섰다.

그의 안내를 받으며 지하 주차장으로 내려간 다은은 눈앞에 보
이는 바이크에 입이 벌어졌다.

"네? 이걸요?"

"왜? 마음에 안 들어요?"

다은이 힘차게 고개를 저었다. 마음에 안 드냐니, 그럴 리가!

"그럴 리가요. 단지, 제가 타고 다닐 바이크와 너무 차이가 나
서……."

"스쿠터는 아니라고 했잖아요."

"네, 그건 그렇지만……."

배달용으로 쓰는 오토바이는 일반적으로 모는 스쿠터는 아니었
다. 하지만 그렇다고 이렇게 좋은 것도 아닌데.

"일단 이걸로 연습하고, 다음에 다은 씨 걸로 해요."

현의 말이 계속되고 있었지만, 바이크에 온통 마음이 뺏긴 다은
에게 그 말이 들릴 리 없었다.

"싫어요?"

"아뇨! 싫은 건 아닌데 부담스러워요."

만져보는 손길이 조심스러웠다. 현이 그런 다은을 안심시켰다.

"아, 별로 비싼 건 아니에요."

비싸지 않을 리 없었다. 단지 시세를 모르는 거겠지.

"이게 대표님 거예요? 이건 최신 모델인데…… 혹시 최근에 사신 건가요?"

아주 잠깐 현이 곤란한 표정을 지었지만, 바이크에 정신이 팔린 다은은 눈치채지 못했다.

"네, 뭐……. 일단 시승 한번 해볼까요?"

현이 다은의 앞으로 헬멧을 내밀었다.

"음. 타본 지 오래돼서 좀 겁나요."

살짝 겁먹은 모습에 부드럽게 미소 지은 현이 다른 헬멧을 손에 들었다.

"그러니까 뒤에 타요."

바이크를 타고 도로로 나서자 질주가 시작되었다.

"대표님, 좀 천천히 가시면 안 돼요?"

처음부터 작정한 듯 달리는 현을 향해 다은이 소리쳤지만, 소음 때문인지 답은 들려오지 않았다.

자동차를 탈 때, 운전석과 조수석에 따라 달라지는 느낌처럼 자신이 몰 때와 뒤에 탈 때의 느낌은 완전히 달랐다.

게다가 현의 허리에 팔을 두르는 게 어색해 겨우 셔츠 양쪽을 쥐고 있었기에 균형 잡기가 더 힘들었다. 속도가 줄어드는가 싶더니 현의 목소리가 들려왔다.

"꽉 잡아요."

말이 떨어지기 무섭게 바이크가 바람을 가르며 속도를 더했다. 점점 빨라지는 속도에 다은은 현의 허리를 꽉 껴안을 수밖에 없었다.

러시아워가 시작되기 전이라 그런지 도로는 생각보다 한산했다. 그 한산한 도로 위를 누구나 한번 돌아볼 법한 바이크가 질주하고 있었다.

헬멧을 쓴 채라 얼굴을 확인할 수는 없었지만, 비율 좋은 몸을 가진 남자와 그 남자의 등 뒤에 딱 붙어 있는 여자. 게다가 멋진 바이크까지.

남들이 보기에는 그림 좋다 하겠지만, 현의 뒤에 딱 붙어 있는 다은은 그런 분위기를 즐길 수 없었다.

속도감 때문에 현의 허리를 껴안고 등에 몸을 기대고 있었지만, 신호에 걸릴 때나 속도가 줄었다 싶으면 재빨리 그에게서 멀어지는 통에 붙었다 떨어지기를 반복하는 다은의 얼굴은 점점 울상이 되어갔다.

드디어 바이크가 완전히 정차하자 다은은 빛의 속도로 내려 현에게서 떨어졌다. 그런 다은의 반응을 다른 뜻으로 해석한 현이 헬멧을 벗으며 걱정스레 물어왔다.

"무서웠어요?"

자신이 몰던 때와 확연히 다른 속도감에 무서웠던 건 사실이었다. 하지만 그것보다는 몸을 움직일 때마다, 힘이 들어갈 때마다 팔 밑으로 느껴지는 남자의 근육에 가슴이 두근거렸다.

"네. 조금요."

다은이 헬멧을 벗으며 불분명한 목소리로 답했다.

"땀 많이 흘렸네요. 더위 먹은 건 아니죠?"

"아니에요. 그냥 좀 덥네요."

애써 웃는 다은의 얼굴 너머, 속마음은 한 단어로 표현할 수 있었다. 망했다. 무더운 여름, 헬멧을 벗은 얼굴 모양새가 어떨지는 보지 않아도 알 것 같았다.

자신은 그런데, 저 남자는 땀 흘리는 모습조차 어쩜 저렇게 잘생겼을까? 머리를 적시고 밑으로 흐르는 땀 한 방울에 섹시함이 가득 묻어났다.

"잠깐 있어요. 시원한 것 좀 사 올게요."

"아, 네."

자신에게서 멀어지는 현을 확인한 다은이 그제야 배낭 안 거울을 꺼내 얼굴을 확인했다. 붉게 달아오른 얼굴, 땀으로 피부에 붙어버린 머리카락.

아무리 좋게 봐도 이건 아니었다. 눈동자를 굴려 현의 소재를 파악하며 재빨리 수습에 들어갔다.

수습이라야 이마에 붙은 머리카락을 떼어내고 땀을 닦는 것뿐이었지만, 그게 어딘가! 대충 정리하고 나자 다은의 쪽으로 돌아서는 현이 보였다.

빛의 속도로 거울을 제자리에 돌려놓은 다은은 자신 앞의 바이크로 눈을 돌렸다.

"일단 이거 마셔요."

어느새 다가온 현이 차가운 음료를 건넸다.

"감사합니다."

현이 건넨 음료를 한 번에 쭉 들이켠 다은이 눈을 질끈 감았다. 찬 음료를 한 번에 들이마셔서 그런지 머리끝이 삐쭉삐쭉 솟아오를 만큼 짜릿했다.

"괜찮아요?"

눈을 질끈 감는 행동에 걱정스러웠는지 현이 다정하게 물어왔다.

"그럼요. 대표님도 이렇게 드셔보세요. 완전 시원해요."

다은과 음료를 번갈아 쳐다보며 현이 어색하게 미소 지었다.

"어서요."

다은의 재촉에 망설이던 현이 음료를 쭉 들이켰다. 시원함과 짜릿함, 약간의 고통까지.

현의 얼굴에 많은 감정이 스쳐 지나갔다. 그 모습에 괜스레 기분이 좋아진 다은이 한층 밝아진 목소리로 말했다.

"어때요? 시원하죠?"

아직 고통에서 완전히 벗어나지 못했는지 인상을 찌푸리던 현이 그제야 다은에게로 시선을 돌렸다.

"시원하긴 한데 뭔가……."

적당한 단어를 찾는 듯 미간을 찌푸리는 현에게 다은이 적당한 단어를 제시했다.

"자학하는 것 같죠? 좀 무식한 방법이긴 한데 정말 더울 때, 갈증 날 때 이렇게 하면 순식간에 시원해져요."

"좋은 거 배웠네요."

장난스러운 미소에 어울리는 장난스러운 목소리. 목소리 하나만으로도 사람을 녹일 수 있다는 게 이런 걸 말하는 거겠지? 이 남자에게 홀리지 않기 위해서 정신 바짝 차려야 할 것 같았다.

"그럼 연수 시작할까요?"

다은이 먼저 선수 쳤다. 장난기 하나 없는 말에도 현의 미소는 사라지지 않았다.

"가르칠 땐 스파르타식이니까 각오해요."

스파르타식이라고 했지만, 현은 한없이 다정했다. 준비해 온 가방 안에서 기본적인 안전용품들이 나왔다.

그중, 무릎보호대를 손에 든 현이 다은의 앞으로 다가섰다. 다은이 받으려 손을 뻗었지만, 현은 그대로 무릎을 꿇고 다은의 다리에 보호대를 장착했다.

"아, 제가······."

"내가 할게요."

미소 짓는 현을 말릴 수 없어 다은은 어정쩡한 자세로 그의 서비스를 받을 수밖에 없었다. 겨우 몇 초였지만 뭔가 간질거리는, 생소하지만 싫지 않은 느낌이 들었다. 현에게서는 언제나처럼 옅은 무스크 향이 풍겼다.

"다은 씨?"

"네?"

"너무 긴장하지 말아요. 오토바이도 자전거랑 비슷해서, 한 번 타본 사람은 쉽게 배우니까. 그리고 내가 있잖아요."

마치 자신의 마음을 아는 것처럼 부드럽게 달래주는 목소리가 좋았다. 아니야, 저건 어디까지나 인간적인 배려일 뿐이야. 결코, 너에 대한 관심이 아니라고. 그러니까 착각하지 말자.

"방법만 알려주시면 제가 알아서 할게요."

사무적이고 딱딱한 어조, 좋아. 이 말투 그대로 가는 거야. 하지만 이어지는 바이크 강습에 다은의 결심은 어이없이 무너졌다.

"일단 여기에 손을, 그리고 발은 이쪽에……."

저렇게 친절하게 설명해주지 않아도 되는데. 원래 다정한 성격인 걸까?

"한번 달려볼래요?"

"네?"

달콤한 목소리에 빠져 있던 다은은 갑작스러운 제안에 당황한 채 외마디 비명 같은 대답을 내놓았다. 그런 반응이 바이크에 대한 두려움 때문이라고 생각했는지 현이 한층 더 다정한 목소리로 안심시켰다.

"내가 있으니까 걱정하지 말고 천천히 달려봐요."

현이 시키는 대로 클러치와 브레이크를 잡고 스타트 버튼을 누르자, 바이크가 서서히 앞으로 나갔다.

"어, 어……."

다은이 어쩔 줄 몰라 하며 당황하자 옆으로 다가온 현이 바이크를 멈춰 세웠다.

"안 되겠어요. 내가 뒤에 탈게요."

곧이어 뒷좌석에 올라탄 현이 부드럽게 다은의 손 위에 자신의 손을 겹쳤다.

"자, 천천히."

꿈속을 헤매는 것 같았다. 귓가를 스치는 부드러운 목소리와 따스한 체온. 어떻게 흘러갔는지도 모를 시간이 지나고 나자 제법 익숙해진 다은은 혼자서 바이크를 모는 데 성공했다.

"역시, 면허는 그냥 딴 게 아니었네요."

현의 칭찬에 절로 미소가 떠올랐다.

"하지만 조금 더 익숙해진 다음에 속도 내는 게 좋을 것 같아요."

"네."

말 잘 듣는 아이처럼 다은이 순순히 답했다.

"내가 계속 가르쳐줄게요. 그러니까 천천히 해요."

나도 천천히 다가가고 있으니까요. 입 밖으로 나오지 못한 말을 삼키며 현이 미소 지었다.

연수가 끝나고 바이크에서 내리던 다은이 신음을 뱉어냈다. 앉아 있을 땐 몰랐는데, 바이크에서 내리자 온몸이 고통을 호소해왔다.

"괜찮아요?"

현이 다가와 다은을 부축했다.

"아니, 그 정도는 아니에요."

다은이 작은 목소리로 반발했지만, 그는 아랑곳하지 않고 다은을 의자에 앉혀 어깨를 주무르기 시작했다. 생각지 못한 터치에 다은이 살짝 몸을 뺐다.

"대표님, 진짜 괜찮아요."

"그렇다면 뭐."

너무 쉽게 수긍하니 어쩐지 아쉬웠다. 뭐? 아쉬워? 다은이 한탄하고 있을 때 현의 목소리가 들려왔다.

"그런데 계속 그렇게 부를 거예요?"

"네?"

"앞으로 계속 마주쳐야 할 텐데 대표님은 너무 딱딱하잖아요?"

조금 전의 다정하던 것과 묘하게 괴리감이 느껴지는 말투에 다은이 시선을 들었지만 언제 그랬냐는 듯 부드럽게 웃는 얼굴에 자신이 과민 반응을 보인 거라 결론 내렸다.

"그럼 뭐라고 불러요?"

"다은 씨 부르고 싶은 대로 불러요."

부르고 싶은 거라면 대표님이란 호칭이 딱인데, 그냥 그대로 부르면 안 되나? 하지만 기대감 가득한 얼굴로 자신을 바라보는 현에게 차마 그렇게 말할 수는 없었다. 뭐라고 불러야 하나 고민하는데 현이 부드럽게 재촉했다.

"뭐라고 부르고 싶어요?"

"……대표님요."

한동안 침묵이 흘렀다. 잘못한 게 없는데도 잘못한 듯한 묘한 상황이 부담스러워 다은이 괜스레 헛기침했다.

"그게 편하다면 그렇게 불러요."

"네. 말씀 편하게 하세요. 나이도 저보다 많으시잖아요."

"때가 되면요."

'때'라는 게 뭔지는 몰랐지만, 다은은 그저 고개를 끄덕일 수밖에 없었다.

대표님은 좀 너무했나? 하지만 달리 부를 말도 없잖아? 그렇게 생각에 빠져 있는데, 뺨 위에 이질적인 감각이 느껴졌다. 부드럽고도 뜨거운 무엇, 그게 현의 손이라는 걸 깨달은 순간 다은은 저도 모르게 침을 꿀꺽 삼켰다.

뺨을 스치는 손, 가까워지는 얼굴. 이건 분명……. 왜 그런지도 모르게 자연적으로 눈이 감겼다. 하지만 뺨에 닿았던 손이 귀 뒤로 넘어가자 뭔가 잘못됐다는 느낌이 들었다.

"머리카락이 뺨에 붙었어요."

귓가를 스치는 목소리에 다은이 눈을 뜬 순간 현의 입가에 미소가 떠올랐다 느낀 건 자신의 착각이었을까? 하지만 지금 그런 게 문제가 아니었다.

개인적인 관심은 접어달라 말한 게 바로 얼마 전이건만, 뭔가를 기대한 듯한 이 행동은 뭐냐고. 쥐구멍에라도 들어가고 싶은 순간이었다.

"아! 감사합니다."

민망함에 큰 소리가 나와버렸다. 대체 뭘 기대한 거야? 우린 단지, 바이크를 연수해주는 이와 연수받는 이라고!

"오늘은 이쯤하죠. 처음부터 너무 무리하면 안 좋아요."

귓가를 스치는 목소리가 너무나 달콤했다. 다은은 대답 대신 고개를 끄덕였다.

자리에서 일어나는 현을 바라보며 다은이 작게 한숨을 내쉬었다. 하루 종일 긴장해 있어서인지 온몸이 노곤해 당장에라도 눕고 싶었다. 그런 생각을 알 리 없는 현이 뜻밖의 제안을 해왔다.

"간단하게 저녁 먹고 갈래요?"

"네? 아뇨. 전 그냥 집에……."

하지만 말이 끝나기도 전에 현이 사람 홀리는 미소를 지었다.

"내가 배가 고파서 그래요. 같이 가주지 않을래요?"

이성은 뒤돌아보지 말고 집으로 가라 말하고 있었지만, 이성과 감정 사이에서 이성이 꼭 승리한다는 보장은 없었다. 현의 미소에 홀린 다은이 저도 모르게 고개를 끄덕였다.

"그럼, 이제 앞자리는 나한테 양보해요."

현이 헬멧을 쓰며 미소 지었다.

도로 위를 달리는 바이크 위에서 다은은 최대한 현에게서 떨어지기 위해 고군분투했다. 처음 그의 뒤에 앉았을 때처럼 최대한 접촉을 피하려 했지만, 그럴 때마다 바이크가 속도를 더하는 바람에 다은은 꼼짝없이 그의 등에 몸을 기대야 했다.

'CAFE MIN'이란 가게 앞에 바이크가 멈춘 건 출발한 지 약 20분이 지난 후였다. 잔뜩 긴장해 있던 탓에 온몸이 쑤셔왔다.

가게로 들어서자 카운터에 서 있던 남자가 현을 반겼다.

"어서 오세요."

악수를 청하는 남자의 손을 덥석 잡은 현이 반갑게 인사했다.

인사가 오가는 동안 다은은 가게 내부로 눈을 돌렸다. 아담하지만 따뜻하고 세련된 인테리어. 가게를 가득 메운 손님이 이곳의 인기를 실감하게 했다.

"분위기 좋네요."

다른 공간과 약간은 격리된, 거리가 내다보이는 창가에 자리 잡고 앉은 다은이 다시 한 번 주위를 살피며 말했다.

"아담하지만 꽤 유명해요."

"네."

군더더기 없이 깔끔하지만 세련된 느낌. 어쩐지 현과 잘 어울리는 공간이었다.

"솔직히 다은 씨가 바이크를 탄다고 했을 때 놀랐어요. 매치가 안 된다고 할까?"

익숙한 말이었다.

"그런 말 많이 들어요. 고등학교 다닐 때 꿈이 전국 일주하는 거였거든요. 전국 일주 생각하니까 바이크가 생각나더라고요. 그래서 고등학교 졸업하자마자 배우러 다녔어요."

"아, 그랬군요. 그래서 전국 일주는 했어요?"

"아뇨. 운 좋게 면허는 땄는데, 그 직후에 사고가 났었어요. 원래도 좀 무서웠는데 그러고 나니 더 못 타겠더라고요."

담담하게 말했지만, 듣고 있는 현의 얼굴이 걱정이 스쳤다.

"그런데 괜찮겠어요?"

"조심해서 타면 될 것 같아요. 어차피 속도감을 느끼려고 타는 건 아니니까요."

다은의 말을 가만히 듣고 있던 현이 심각한 어조로 물어왔다.

"사고도 났었는데 겁나지 않아요?"

"조금 겁나기도 해요. 하지만 뭐든 다 마찬가지잖아요. 차도, 비행기도, 배도. 사고의 위험은 항상 존재하죠."

"……."

"이 정도 두려움은 극복해내야죠."

그 말을 끝으로 둘의 대화가 끊겼다. 자주 오는 탓에 안면 있는 사장의 딸 윤아가 현에게 다가왔기 때문이었다.

"아저씨, 우리 아빠 못 봤어요?"

아마도 주방에 들어간 아빠를 찾으러 온 모양이었다.

"아빠 음식 만들고 계실 텐데."

현의 대답에 윤아의 얼굴이 울상이 되었다.

"엄만 동생한테만 관심 있고, 나는 외톨이야."

잔뜩 골이 난 윤아를 달래려는데 다은이 윤아에게 말을 걸어왔다.

"그럼 친구 만들어줄까?"

윤아가 반짝이는 눈으로 고개를 끄덕였다. 다은이 탁자 위 냅킨을 집어 들더니 마트에서의 그날처럼 뭔가를 접기 시작했다.

그 순간, 신기하게도 어릴 때 돌아가신 이제는 기억조차 희미한 어머니가 떠올랐다. 앉아 있는 시간보다 누워 있는 시간이 많았던 어머니가 돌아가시기 직전 힘없는 손을 움직여 유일하게 접어줬던 종이비행기.

'이것밖에 못 해줘서 미안해.'

어머니의 가녀린 목소리가 들려오는 것만 같았다. 눈앞에 자욱했던 안개가 걷히는 기분. 왜였을까? 까맣게 잊고 있던 기억이 떠오른 건.

"와아."

윤아가 뱉어낸 감탄사에 현실로 돌아온 현은 탁자 위 가지런히 놓인 종이학 두 마리에서 눈을 뗄 수 없었다.

다은이 접어준 종이학을 들고 연신 감탄사를 쏟아내던 윤아가 자신을 향해 헐레벌떡 뛰어오는 아빠에게 자랑하기 시작했다.

"이거 봐, 아빠. 언니가 접어줬어. 내 친구래."

제 아빠의 손에 이끌려 가면서도 종이학에서 눈을 떼지 못하는 윤아를 바라보며 다은이 미소 지었다.

꾸밈없는 순수한 그 미소에 현의 심장이 쿵쾅거리기 시작했다. 생각했던 것보다 다은에 대한 감정이 훨씬 깊다는 걸 깨달아버렸다. 그래서였나? 저도 모르게 붉게 물든 뺨에 손을 가져다 대려 했던 건. 이성을 찾지 못했다면 그대로 키스해버렸을 게 뻔했다.

'조바심'과는 거리가 먼 자신을 자꾸 자신이 아니게 만드는 사람. 감정의 폭풍이 현의 머릿속을 잠식했다. 그 순간, 조금 전 다은이 했던 말이 떠올랐다.

'이 정도 두려움은 극복해내야죠.'

그래, 두려움은 극복하면 되는 거지. 복잡한 머릿속과 달리 결론은 너무나 쉽게 나왔다.

오롯이 자신에게만 닿은 시선이 부담스러웠는지 다은이 테이블로 시선을 내렸다.

"종이접기, 잘하네요."

감정의 폭풍을 겪은 사람답지 않게 담담한 목소리였다.

"조카 때문에 배우기 시작했는데 꽤 재미있어요. 시간도 잘 가고, 완성하고 나면 뿌듯하기도 하고. 특히 애들한테 잘 먹히죠."

벽을 허물고 해맑게 웃는 모습이 영락없이 아이 같았다.

"다은 씨."

"네?"

"가지고 싶은 게 생겼어요."

뜬금없는 말에 다은이 눈을 동그랗게 떴다.

"이렇게 간절하게 가지고 싶었던 건 처음이에요."

"그럼 가지시면 되잖아요."

자신이 무슨 말을 하는지도 모른 채 다은이 해답을 내놓았다. 현의 입가에 그린 듯한 미소가 떠오른 건 다음 순간.

"이제부터 그렇게 해보려고요."

일단은 다은 씨 속도에 맞춰서 다가가 볼게요. 전하지 못한 말이 현의 입 속으로 사라졌다.

4. 이웃사촌

알람 소리에 눈을 뜬 다은은 평소처럼 벌떡 일어나지 못하고 멍하니 천장을 응시했다. 밤새도록 현과 함께 바이크를 타는 꿈을 꾸었다. 너무 무리했던 걸까? 하지만 어제는 진짜 모든 게 다 좋았다. 다시 현의 바이크를 타고 집으로 돌아온 것도 좀 무섭긴 했지만 바이크의 매력을 다시 한 번 느낀 것도.

하지만, 이상하게도 그와 나눴던 마지막 대화가 계속해서 떠올랐다.

가지고 싶은 게 생겼고 그걸 가지겠다고 했었지? 별 의미 없이 한 말일 수도 있는데 이상하게도 자꾸 생각이 났다. 하긴, 생각해 보면 그가 하는 모든 것이 그랬다. 말은 물론이고 하는 행동까지. 원래 그런 사람이려니 생각하면 되는데 사소한 말과 행동에 하나 하나 반응하고 신경 쓰는 자신이 마음에 들지 않았다.

꼬리에 꼬리를 무는 생각들 사이에서 방황하던 다은은 다시 한 번 울리는 알람에 정신을 차렸다.

"연습은 잘했어?"

가게로 들어서는 다은을 반기며 지은이 지나가듯 물어왔다.

"응. 잘했어."

"무섭거나 그렇진 않고?"

"전혀. 강사가 좋았어."

말을 꺼내고도 아차 싶었다. 아니나 다를까?

"강사? 누구?"

지은의 질문에 사실대로 말할 수 없어 배달 얘기로 슬쩍 화제를 돌려버렸다. 다행히 지은은 별 의심 없이 주말 배달에 관해 설명해주었다.

지은이 건넨 배달 명부를 몇 번이나 확인했지만, 선우 엔터테인먼트는 보이지 않았다. 하긴, 주말이니까. 그렇게 생각하면서도 묘하게 서운한 마음은 어쩔 수 없었다. 주말 즈음 연수하자던 현의 말이 맴돌았다.

바쁜 사람이라는 건 알고 있었지만, 그래도 못 지킬 거면 미리 연락이라도 해야 하는 거 아닌가? 괜스레 화가 났다. 씩씩거리며 휴대폰을 든 다은이 다다닥 자판을 찍어 내려갔다.

[오늘, 연수는 없는 거죠?]

보낼까 말까 고민하고 있는데 지은이 옆으로 다가왔다.

"뭐 해?"

순간, 놀란 다은이 저도 모르게 전송 버튼을 눌러버렸다. 이미 가버린 문자를 되돌릴 수도 없고. 제발 현이 이 문자를 확인하지 않기를 바라며 다은이 휴대폰에서 시선을 뗐다. 그런 다은의 바람을 비웃기라도 하듯 곧바로 휴대폰이 진동했다. 문자도 아닌 전화가, 그것도 현에게서. 슬금슬금 뒷걸음쳐 밖으로 나온 다은이 가게를 힐긋거리며 통화 버튼을 눌렀다.

"네."

-안 그래도 데리러 가던 중인데, 텔레파시가 통했나 봐요?

생각지 못한 말에 다은은 펄쩍 뛸 수밖에 없었다.

"지금요?"

-25분 후 도착이에요.

순간, 울컥해졌다. 내가 갈 테니 넌 나오기만 하면 된다는 거야? 내가 어떤 심정으로 당신을 대하고 있는데, 자꾸 당신에게로 향하는 마음을 붙잡느라 얼마나 힘든데, 당신이 하는 의미 없는 말과 행동들에 내가 얼마나 흔들리는데.

하지만 자존심 때문이라도 제 마음을 입 밖으로 쏟아낼 수 없었다. 애써 마음을 꾹 눌러 담고는 냉랭한 어조로 말했다.

"왜 제 스케줄은 생각도 안 하고……."

-전화 안 받기에 가게로 했었는데, 20분 후 마감이라던데요?

"네? 언제요?"

-한 시간 전쯤?

한 시간 전? 아무리 생각해도 현에게 전화 온 기억은 없었다. 그때, 머리를 스치는 번호 하나가 있었다.

"혹시 사무실 전화로 하셨어요?"

-네. 휴대폰 배터리가 다 되어서. 이제 22분 남았네요. 조금 이따가 봐요.

전화를 끊고 난 다은이 뒤늦게 떠오른 의문에 짙은 한숨을 내쉬었다. 배터리가 다 되었다면서 전화는 어떻게 하는 건데!

시간 개념 정확한 지은이 문을 닫는 걸 도우며 다은은 초조하게 시각을 확인했다.

"가자. 태워줄게."

역시나 예상대로 지은이 같이 가자 권했다.

"아니야. 나 오늘 연수받기로 했어. 언니, 먼저 가."

"그럼 약속 장소까지……."

말이 끝나기도 전에 지은을 차로 밀어 넣으며 다은이 극구 사양했다. 그렇게 지은이 떠나고 몇 분 후, 멀리서 익숙한 바이크가 보였다.

곧이어 바이크가 다은의 앞에 멈춰 서더니, 현이 헬멧을 벗었다. 마치 드라마의 한 장면처럼, 혹은 유명 잡지 모델처럼 너무나 멋진 모습에 다은이 홀린 듯 그를 바라봤다.

"내 얼굴에 뭐 묻었어요?"

명백히 짓궂은 질문이었다. 저 남자는 자신이 잘난 걸 너무 잘 알고 있어. 다은은 그렇게 정의 내렸다.

"아뇨. 그냥 궁금해서요."

"뭐가요?"

"대체 이렇게까지 하시는 이유가 뭘까?"

현의 시선이 오롯이 다은에게 닿았다.

"글쎄, 뭘까요?"

어느새 자신에게로 되돌아오는 질문에 다은이 미간을 구겼다. 대체 저 남자에게 무슨 말을 듣고 싶어서 그런 시답지 않은 질문을 한 거야? 마치 바라기라도 한 것처럼.

머릿속에서 주고받고 한 생각들에 화들짝 놀란 다은이 제 머리를 콩 쥐어박았다. 미쳤어. 미쳐도 보통 미친 게 아니야. 바라긴 뭘 바라? 생각해도 꼭! 다시 한 번 머리를 쥐어박으려는데, 이번에는 단단한 머리 대신 그보다는 부드러운 뭔가가 닿았다.

다은이 고개를 들었다. 자신에게로 숙인 현의 몸과 쭉 뻗은 팔. 그 순간 자신의 손에 닿았던 그것이 현의 손이란 걸 깨달은 다은이 한 발 뒤로 물러섰다. 하지만 그렇다고 그에게서 벗어난 건 아니었다.

"아플 것 같아서."

목소리가 더없이 다정해서 응석을 부리고 싶어졌다. 말도 안 되는 생각을 밀어내며 다은이 현에게서 멀찍이 떨어졌다.

"다음부터는 먼저 약속하고 만나요. 이런 식의 일방적인 통보는 좀 불쾌하네요."

"아, 거기까지는 생각 못 했네. 미안해요."

순순히 잘못을 인정하는데 더 할 말이 뭐가 있겠는가? 냉정하게 안 된다고 하지 못한 자신의 잘못도 일부 있었으니 이 일은 이쯤에서 넘어가는 게 맞겠지?

작게 한숨을 내쉰 다은이 헬멧을 들었다.

지난번과 같은 장소, 같은 자리. 달라진 게 있다면 현이 뒤에 타고 있지 않다는 것 정도였다. 아주 작은 변화임에도 그게 왜 그렇게 허전하게 다가오는지. 다은은 벌써 몇 번째 똑같은 실수를 반복하고 있었다. 마치, 제발 뒷자리에 와서 앉아 달라는 듯.

그런 다은의 숨겨진 마음을 눈치채기라도 한 걸까, 마음대로 안 되는 바이크를 원망하며 정차해 있는데 현이 대뜸 뒷좌석에 올라 탔다.

"안 되겠네요. 오늘까지는 보조해야겠어요."

등 뒤로 온기가, 손 위로 강인한 남성의 손이 겹쳐졌다. 그저 연수일 뿐임에도 콩닥콩닥 뛰는 심장은 어쩔 수 없었다. 아이러니하게도 느껴지는 이 충만감은 뭔가?

"자, 천천히 브레이크를 밟아요."

헬멧을 쓰고 있었음에도 숨결이 그대로 느껴지는 것 같아 긴장한 나머지 급브레이크를 밟아버렸다. 급정거하며 휘청이는 바이크 위에서 다은은 제 머리를 쥐어박고 싶었다.

이렇게 못 배우는 학생은 아니었는데, 오늘따라 덜떨어지는 학생 같은 자신의 모습이 한심했다.

다은이 주춤하는 사이, 현이 손을 뻗어 시동을 끄고는 바이크에서 내려서더니 대뜸 다은의 종아리 위에 손을 얹었다.

전혀 생각지 못한 접촉에 당황해 다리를 빼려 했지만, 쉽지 않았다. 고작 한 손으로 다은의 다리를 옥죈 현이 아무렇지 않게 말했다.

"힘, 줘봐요."

"네?"

"브레이크 밟을 때처럼."

그제야 다은은 지금 이 행위가 연수의 일환임을 깨달았다. 이렇게까지 할 필요 없는데, 라고 생각하면서도 하루라도 빨리 이 어색한 연수를 끝내야 한다는 목표의식이 그녀를 착실한 학생으로 만들었다.

"잘했어요. 그럼 이제 속도 줄일 때처럼 서서히 힘을 빼볼래요?"

시동이 꺼진 상태에서 하는 거라 감이 잘 오지는 않았지만, 그래도 실제라 생각하며 천천히 브레이크를 밟았다.

"한 번 더 해봐요."

마치 헬스클럽에서 PT 받는 것처럼 -한 번도 받아본 적은 없었지만- 이어지는 신체 접촉에 의미를 부여하지 말자 마음먹으면서도 신경 쓰이는 건 어쩔 수 없었다. 두어 번의 연습 끝에 현이 몸을 일으켰다.

"뭘 그렇게 긴장해요?"

긴장 안 하게 생겼어요? 이런 터치, 익숙하지 않다고요! 라고 외치고 싶었으나, 차마 그럴 수 없었다.

"네? 제가 언제요?"

다은이 시치미를 뚝 뗐다.

"그래요? 여긴 분명 긴장한 것 같은데……."

현이 다시 한 번 다은은 종아리께를 터치했다. 불시에 당한 접촉에 더 긴장한 건 말할 것도 없었다.

"아까보다 더하네. 연습인데 뭘 그렇게 긴장해요. 실전도 아닌데."

남자한테 종아리를 잡혔는데 긴장 안 하는 게 이상한 거 아니냐고 쏘아붙이고 싶었지만, 연애경험 없는 걸 드러내는 것 같아 마음과는 다른 말을 뱉어냈다.

"안전 때문에 그러죠."

"걱정하지 말아요. 내가 있잖아요."

아무렇지 않은 얼굴로 아무렇지 않게 저런 말을 하다니. 아무리 봐도 선수야. 듣고 웃어넘겨도 될 말을 잡아챈 건 그래서였다.

"사고 나면 책임지실 거예요?"

다소 까칠하게 나온 질문에도 현은 망설임이 없었다.

"내가 다치는 한이 있어도 다은 씨는 다치게 안 해요."

드라마에서나 나올 법한 대사를 역시나 드라마에서나 나올 법한 남자에게서 듣다니. 다은의 얼굴이 경계심 없이 풀어졌다. 온몸이 녹아내리는 것만 같았다. 헬멧을 쓰고 있는 게 천만다행이랄까? 이런 얼굴, 들키지 않아도 되니.

그러나 그녀가 그런 생각을 하기 무섭게 헬멧이 벗겨졌다.

미리 대비하지 못한 얼굴이 고스란히 노출되었다. 우스꽝스러울 게 분명한 얼굴을 바라보면서도 현은 미소를 잃지 않았다.

"그러니까 나만 믿어요."

덧붙이는 말에 정신이 혼미해졌다.

"여기 맞죠?"

현의 질문에 다은이 고개를 끄덕였다. 지난번 연수 때는 일이 있다며 중간쯤에서 헤어졌는데, 오늘은 그럴 수가 없었다. 이런 상황을 벗어날 만한 변명거리를 몇 개나 생각해뒀는데도 진갈색 눈동자가 닿으니 머릿속이 백지가 되어버렸다.

"지난번에 봤을 때도 그랬지만, 좋네요."

"지은 지 오래되긴 했지만, 살기 괜찮아요. 다들 오래 사신 분들이라 이웃 간 정도 좋고, 도로에서 떨어져 있어 시끄럽지 않고, 상권도 괜찮아서 사는 데 불편한 거 없어요. 물론, 대표님이 사시는 곳하고는 비교도 안 되겠지만요."

"꼭 그렇지는 않은데. 우리 집 가볼래요?"

그러니까 대화가 왜 이런 식으로 연결되는 거냐고요. 그의 장난에 반응하지 말자 다짐했지만, 이런 식의 농담에는 반응하지 않을 수가 없다.

"제, 제가 왜요!"

"아니, 그냥. 우리 집하고 비교가 안 된다기에. 내가 다은 씨 집에 가보고 싶지만 들여보내줄 리 없고, 그러니 우리 집에라도 가자는……."

더 듣고 있다가는 저 말발에 휩쓸려 진짜 그의 집으로 갈 것만 같았다. 이럴 때는 냉정하게 돌아서야 해.

"오늘 감사했습니다."

다소 딱딱한 인사에도 그는 아랑곳하지 않았다.

"감사만?"

얼마 전과 같은 대화에 다은이 한숨을 내쉬었다.

"신세 갚을게요."

대답이 떨어지기 무섭게 현이 새끼손가락을 펼쳤다. 이건 흡사…….

"문서로 남기고 싶지만 우린 어느 정도 신뢰를 쌓은 사이니까 손가락으로 대신할게요. 다음에 내가 원하는 것 하나 들어주는 걸로 해요."

생각지 못한 전개에 벙쪄 있는 다은의 손을 제 앞으로 끌어당긴 현이 서로의 새끼손가락을 걸었다.

"약속 성립."

뒤늦게 정신을 차린 다은이 머릿속에 떠오른 생각을 그대로 입 밖으로 뱉어냈다.

"스킨십은 안 돼요."

너로물들다   115

"그건 제외."

현의 입가에 미소가 떠오른 순간, 다은은 쥐구멍에라도 들어가고 싶었다. 선을 긋겠다고 한 자신이 그 선을 넘는 발언을 해버리다니. 이래서는 그를 의식하고 있다는 걸 알려주는 꼴밖에 되지 않았다. 일단, 이 자리를 벗어나야 해. 그에게서 두어 걸음 물러선 다은이 꾸벅 인사했다.

"안녕히 가세요."

대답은 듣지도 않고 통로로 뛰어가는 다은을 바라보며 현이 작게 고개를 저었다. 놀리지 말아야지 하면서도 자꾸 놀리고 싶어졌다. 놀라서 동그랗게 뜬 눈도 좋았고, 토라진 듯 앙다문 입술도 좋았다. 생각해보면 어느 하나 좋지 않은 게 없었다. 통로로 얼핏 보이는 엘리베이터 층수를 확인한 현이 눈으로 층수를 세어가며 아파트 베란다를 바라봤다. 이내 한 곳에서 불이 켜졌다.

1505호. 현은 호수를 되뇌며 헬멧을 썼다. 오늘은 그녀가 사는 층을 안 것만으로도 충분히 만족스러운 하루였다.

다음 날, 퇴근 시간이 다 되어가도록 현에게선 연락이 없었다. 감 잃어버린다고 매일 연수해야 한다더니 그새 잊기라도 한 거야? 입을 삐죽이며 다은이 휴대폰을 노려봤다.

"기다리는 전화라도 있는 거야?"

지은이 이상하다는 듯 물어왔지만 대충 얼버무렸다.

"아니, 그냥……."

대답하면서도 눈은 휴대폰에 고정된 채였다. 그로부터 얼마 후, 휴대폰이 진동했다.

[오늘은 일이 있어서 연수 못 할 것 같아요. 나중에 전화할게요.]

예상했던 일이었지만, 힘이 쭉 빠졌다.

배달이 끝나고 집으로 돌아가는 길, 한참을 고민하던 다은이 집에 다다를 때쯤 휴대폰을 들었다. 뚜루루, 몇 번의 신호 후 드디어 기다리던 목소리가 들려왔다.

-안 그래도 전화하려고 했는데.

인사치레의 말일 수도 있었지만, 그래도 기분은 한결 나아졌다.

"오늘 연수 없는 거죠? 그거 확인하려고 전화했어요."

꽤 퉁명스럽게 질문했는데 돌아오는 목소리는 다정했다. 문제는 질문과 전혀 상관없는 말이라는 것뿐.

-어디예요?

대체 이런 게 왜 궁금한 걸까, 생각하면서도 순순히 답했다.

"집에 들어가는 길이에요. 질문에 답이나 해줘요."

-1분만 기다려요.

뚝 하고 끊기는 전화에 어이가 없어 헛웃음을 토해내는데 그런 다은의 앞으로 그림자가 졌다.

"삼십…… 칠 초……."

자신의 앞에서 흐트러진 숨을 고르는 현을 보며 다은이 놀란 눈을 동그랗게 떴다.

"여긴 어쩐 일이세요?"

"이사했어요. 이제 이웃사촌이니까 잘 부탁해요."

"이사요? 갑자기 이사는 왜요?"

속의 말이 입 밖으로 고스란히 튀어나왔다.

"새로운 작업 들어갈 때면 가끔 그래요. 새로운 환경이 새로운 곡을 쓸 수 있게 해주거든요."

이해하기 힘들었지만, 그럴 수도 있다는 생각에 다은이 고개를 끄덕였다. 아마도 그 새로운 환경의 집이 자신의 집 근처인가 보다. 터덜터덜 그와 함께 걷다 보니 어느새 집에 도착해 있었다.

"안 바래다주셔도 되는데, 감사합니다. 그럼 안녕히 가세요."

꾸벅 인사하고 엘리베이터로 들어가는데 현이 따라 들어왔다.

"일단 들어가요."

꼭 데이트하고 바래다주는 것처럼 자연스러운 행동이 당황스러웠다.

"아니, 굳이 그렇게까지."

다은이 거절했지만 이미 엘리베이터 문은 닫히고 난 후였다. 층수 누르기를 망설이는 다은 대신 현이 10층을 눌렀다.

"우리 집은 15층인데요."

"그래요?"

시치미 뗐지만 알고 있는 게 분명했다. 그럼 왜 10층을 누른 걸까? 드디어 엘리베이터가 멈춰 서고, 그때까지 이유를 생각하던 다은은 현의 손에 이끌려 어느 집 대문 앞에 멈춰 섰다.

"새로 이사 온 집."

연달아 이어지는 충격에 정신을 차릴 수가 없었다. 그러니까 이사한 곳이 여기라고? 자신이 사는 집 다섯층 아래? 이걸 어떻게 받아들여야 할까? 우연? 필연?

"여…… 기예요?"

다은이 다시 한 번 확인했지만, 현은 대답 대신 잠금장치를 해제할 뿐이었다.

느긋한 현과 달리 다은은 머릿속에 떠오른 의문들에 머리가 터지기 직전이었다. 왜 하필 여기예요? 돈도 많다면서요? 이 후진 아파트로 이사 온 이유가 뭐예요? 수많은 질문이 머릿속을 어지럽게 만들었다. 그리고 그중 하나의 질문이 기어코 입 밖으로 새어 나왔다.

"왜 하필 여기예요?"

"누가 살기 좋다고 해서요."

대외적인 이유를 내세우며 현이 미소 지었다. 가까이 있고 싶어서라고 말하고 싶었지만, 그랬다간 다은이 더 거리를 둘지도 모를 일이었다.

사랑은 타이밍이라 했던가?

다은을 바래다주고 집으로 돌아오는 길에 하필이면 러시아워에 걸렸고, 신호가 걸렸던 곳이 하필이면 공인중개사 사무실 바로 옆이었으며, 그 많은 전단 중 눈에 들어온 것이 하필이면 다은의 아파트, 같은 동 같은 라인의 월세 광고였다니.

이 정도면 운명이라 할 만하지 않은가? 그러니 이제 나한테서 도망 못 가. 그렇게 두지도 않을 거고.

여전히 당황한 표정으로 어쩔 줄 몰라 하는 다은을 보며 현이 환하게 미소 지었다.

"안 들어올 거예요?"

부드러운 목소리였지만, 붙잡힌 손은 그것뿐만이 아님을 말해주고 있었다.

"제가 왜 들어가요?"

"이삿날은 자장면 먹어야 하잖아요. 첫날인데 혼자 먹으라고요? 이웃사촌끼리 너무하네."

한 번 더 거절하고 싶었지만 혼자 외롭게 식사할 그를 생각하니 마음이 편치 않았다.

"그럼 그냥 가서 먹어요. 잘하는 집……."

"이삿날은 시켜 먹는 거라면서요."

"그래도……."

아무리 그래도 집에 들어가는 건 좀 그렇단 말이에요. 다은은 온 얼굴에 자신의 감정을 담았다.

"아무 짓도 안 할게요. 겁내지 마요."

"하하. 겁이라뇨. 제가 왜요."

"그럼 못 들어올 이유 없겠네. 어서 들어와요."

손의 악력이 강해졌다. 버티던 다은은 결국 어쩔 수 없이 집 안으로 한 발 내디딜 수밖에 없었다. 등 뒤로 현관문이 닫히는 소리가 유난히도 크게 들려왔다. 별것도 아니건만 왜 이리 긴장되는지 알 수 없었다.

"꽤 튼튼하게 지어진 아파트라던데……."

알 수 없는 말을 하는 현을 멍하니 쳐다보던 다은이 뒤늦게 그의 말뜻을 눈치챘다.

"하하, 그럼요. 10년을 이곳에서 살았는데 진짜 튼튼하게 지어졌죠."

나 뭐라는 거니? 입 밖으로 나온 말을 주워 담고 싶었다. 이 남자와 있으면 왜 자꾸 푼수가 되어가는지 모르겠다. 친구는 닮는다더니 점점 강민을 닮아가는 건가?

"계속 그렇게 있을 거예요?"

어느새 현의 얼굴이 코앞까지 다가와 있었다.

"아, 아뇨. 들어가야죠."

슬쩍 옆으로 몸을 비킨 다은이 거실로 들어섰다. 그 모습을 보던 현의 입꼬리가 슬쩍 올라갔다. 어딜 봐도 '나 면역력 없어요'를 온몸으로 표현하는데, 무슨 짓을 할 수 있을까?

생각보다 기다림이 길어질 것 같다는 생각을 하며 현이 다은의 뒤를 따랐다.

거실은 생각보다 단출했다. 힐긋 훑어본 주방 쪽은 더했다. 하긴 혼자 뭘 해 먹는다는 걸 상상할 수 없는 비주얼이긴 하지. 무심히 하는 행동 하나하나가 화보인 남자이니까. 그래도 있을 건 있어야 하는데 다은이 보기엔 없는 것투성이였다.

"이게 다예요?"

"휑해 보여도 있을 건 다 있어요. 안쪽에 다 숨어 있어서 그렇지."

대답하는 현은 나이에 어울리지 않게 천진해 보였다. 저런 표정도 지을 수 있구나, 신기했다.

이삿날은 자장면을 먹어야 한다며 현이 전단 세 개를 가져왔다.

"거긴 다 맛없어요. 제가 시킬게요. 자장면이면 돼요?"

"탕수육도."

"네, 그럼 세트로."

다은이 망설임 없이 휴대폰을 들었다. 전화하는 다은을 바라보며 현은 자신 안의 유혹과 싸워야 했다. 자신에게서 멀찍이 떨어져 있는 게 접근 금지를 표하는 것 같아 자꾸 건드리고 싶었다.

"네, 사장님. 이사 온 건 아니고, 하하. 서비스 많이 주세요."

자신을 대할 때와는 사뭇 다른 말투. 경계가 풀린 허다은은 저런 모습인 건가? 현의 얼굴이 부드러워졌다.

"30분쯤 걸린대요."

"그래요? 그럼 올 때까지 집 구경할래요?"

손을 잡아끌려던 현이 마음을 바꾸고는 다은을 앞서 갔다. 집 구경이랄 것도 없었다. 꾸며진 방이라곤 침실과 작업실이 전부였으니. 작업실 문을 열자 다은의 눈이 휘둥그레졌다.

"우와."

저도 모르게 감탄사가 튀어나왔다. TV에서나 보았을 법한 전문 기계들이 다은의 경계를 무너뜨렸다.

"내 밥줄."

가감 없는 표현에 웃음이 새어 나왔다.

"진짜예요. 이거 없으면 굶어야 할지도 몰라요."

"거짓말. 강민한테 다 들었거든요? 대표님 진짜 부자라면서요."

"글쎄, 부자의 정의가 뭘까?"

그냥 넘어가도 좋으련만, 그는 그럴 생각이 없는 듯 여전히 미소 띤 얼굴로 다은의 말을 기다렸다. 이런 질문에 꼭 답을 해야 하나 싶었지만, 물으니 답할 수밖에.

"금전적으로 풍족한 거겠죠."

"그게 부자의 정의라면 나도 부자네요."

마치 남 말 하듯, 그렇게 말하는 현은 어딘가 슬퍼 보였다.

"이건 뭐 하는 거예요?"

화제를 돌리기 위해 한 질문이었지만, 친절한 설명이 이어졌다. 버튼 하나를 누르니 비트가 바뀌고, 또 하나를 누르니 악기 소리가 들리고. 다은은 생전 처음 해보는 기계 조작에 빠져 연신 감탄사를 쏟아냈다.

"소질 있는데요?"

"아닐걸요? 초등학교 다닐 때, 언니 따라 피아노 학원을 갔었거든요. 6개월을 꼬박꼬박 갔지만 실력이 전혀 늘지 않았어요. 선생님이 저처럼 못 치는 아이는 처음이라고 했어요."

현의 눈앞에 꼬맹이 다은과 무신경한 피아노 선생님의 모습이 펼쳐졌다. 그 말을 들었을 때 그녀의 마음이 어떠했을지 짐작되고도 남았다.

"사실, 나도 그 비슷한 말 들었어요."

"네?"

"오기가 생겨서 그날로 그만두고 독학했었죠."

"그 선생님 사람 보는 눈이 참 없었나 봐요. 대표님께 실력 없다니."

"사람은 누구나 가끔은 자기 보고 싶은 것만 보니까."

현의 말이 떨어지기 무섭게 다은이 입을 열었다.

"전 안 그럴게요."

현의 시선이 다은에게 닿았다.

"전 절대 보고 싶은 것만 보지 않을게요."

말을 하고 보니 혼자 과잉 반응을 보인 것 같아 민망했지만, 다시 그 상황이 된다 해도 같은 말을 할 것 같았다.

왜일까? 어차피 내 말이 저 사람에게 위로가 될 리도 없을 텐데. 머릿속에 떠오른 의문이 해소되기도 전에 인터폰 소리가 들려왔다.

"아, 왔나 봐요."

구세주라도 만난 듯 다은이 재빨리 뛰어나갔다. 다은이 사라지고 난 자리에 우두커니 서 있던 현이 손을 들어 가슴께로 가져갔다. 쿵쾅쿵쾅 뛰는 심장이 자신의 것이 아닌 것 같았다.

"하아, 진짜 자꾸 진도 나가고 싶게 만드네."

작게 속삭인 현이 그녀가 사라진 곳을 따라 걸어 나갔다.

능숙한 손놀림으로 랩을 벗겨낸 다은이 자장면 한 젓가락을 입에 넣는 현을 초롱초롱한 눈으로 쳐다보며 질문했다.

"어때요?"

현이 미소 지었다. 저 눈을 보고 다른 답을 할 수 있을까?

"맛있어요."

그제야 다은의 표정이 밝아졌다.

"그렇죠? 역시 이 동네에선 이 집이 최고예요."

젓가락으로 크게 한 젓갈 집던 다은이 현의 눈치를 보더니 슬금슬금 젓가락 위 면발을 내려놓았다. 처음 집었을 때의 절반이 채 안 되는 양을 입 안으로 밀어 넣는 다은을 보며 현이 미소 지었다. 예쁘게 보이고 싶긴 한 걸까?

"자주 시켜 먹는 집인가 봐요?"

우물우물 면발을 씹어 삼킨 다은이 작게 헛기침했다.

"아뇨. 우리 집은 배달 음식 금지예요. 반찬가게를 하는 데다 워낙 웰빙을 외치시는 분들이라 안 계실 때 한 번씩 시켜 먹는 정도?"

"맛있어요?"

"네!"

저도 모르게 큰 목소리가 튀어나왔다. 진짜, 허다은 너 이럴래? 푼수에 어린아이까지, 대체 어디까지 내려갈 거야?

"다행이네."

맛있게 자장면을 먹던 다은이 탕수육을 입 안으로 넣는 현에게 질문했다.

"소스는요?"

"아, 안 찍는 게 더 좋아서."

"진짜요? 저도 그런데."

뭐가 그렇게 좋은지 킥킥거리는 다은의 얼굴에 현의 시선이 한참을 머물러 있었다.

다은에게서는 항상 빛이 났다. 그래서일까? 그녀가 가까이 있을 때면 매일 보던 풍경도 이전과는 확연히 달라 보였다.

흰 캔버스에 선명한 붉은 점 하나가 서서히 퍼져나가는 것만 같은 느낌. 흑백이던 세상에 여러 가지 색깔들이 제 빛깔을 뽐내고 있었다.

그녀의 미소가, 그녀의 말 한마디가 이렇게나 자신을 변화시키다니. 다은으로 인해 현은 새로운 세상을 알아버렸다. 그러니 이제 그녀가 아니면 안 돼. 어느새 현은 그녀가 아니면 완성되지 않는 세상에 서 있었다.

알람이 울리기도 전에 눈을 뜬 다은은 침대에 가만히 누워 천장을 응시했다. 같은 아파트에 현이 잠들어 있을 거란 생각에 심장이 쿵쾅거렸다.

하지만 언제까지 그러고 있을 수는 없었다. 국정 공휴일이라 배달이 없긴 했지만, 쉬는 날은 가게가 바쁜 날인 데다 엄마의 부재로 더 바쁠 지은의 일을 도와줄 요량으로 평소보다 일찍 집을 나섰다.

엘리베이터에 탑승하고 습관적으로 손가락을 움직이는데, 유난히도 눈에 띄는 숫자. 저도 모르게 손가락을 가져다 대던 다은이 그것이 현의 층수임을 알아채고 펼쳤던 손가락을 말아 쥐었다.

대체 무슨 생각인 거야? 작게 한숨을 내쉰 다은이 이번엔 망설임 없이 1층을 눌렀다.

오늘따라 엘리베이터 속도가 느리기만 했다. 바뀌는 숫자에 눈길을 주던 다은이 울리는 휴대폰에 주머니를 뒤졌다.

액정에 반짝이는 '대표님'이란 글자에 저절로 한숨이 나왔다. 받을까 말까 고민했지만, 걸려오는 전화를 받지 않은 적은 한 번도 없었으니 답은 나와 있었다.

"아침 일찍 어쩐 일이세요?"

자신의 귀에 들리는 목소리가 자신의 것이 맞는지 의심스러울 만큼 수줍기만 했다.

-어디…….

현의 말이 끝나기도 전에 때마침 엘리베이터 문이 열렸다. 한 발 내딛는 다은의 귀에 묘하게 울리는 현의 목소리가 들려왔다.

"여기 있었네요."

당황한 다은과 달리 현은 성큼성큼 엘리베이터에 올라타더니 망설임 없이 닫힘 버튼을 눌렀다.

"하마터면 엇갈릴 뻔했어요. 분명 출근은 이보다 늦다고 했던 것 같은데?"

"아, 오늘 바쁜 날이라 평소보다 일찍 나섰어요."

"아, 그랬군요. 근데 그 휴대폰, 언제까지 귀에 대고 있을 거예요?"

그제야 휴대폰을 귀에 대고 있다는 걸 깨달은 다은이 황급히 손을 내렸다. 민망함이 물밀 듯 밀려왔다.

"이, 일찍 출근하시네요."

"주말엔 출근 안 해요. 물론 특수한 상황이라면 하긴 하지만, 지금은 그런 상황이 아니고. 그럼 내가 왜 이 시간에 여기 있을까요?"

다은이 그 이유를 알 리 없었다. 아주 잠깐 자신을 기다린 건 아닐까 생각했지만 그랬다면 약속을 했거나 하다못해 전화라도 했을 거라는 생각이 들었다.

"뭔가 다른 바쁜 일이라도……."

"아니."

대답과 동시에 1층에 도착한 엘리베이터 문이 열렸다.

"여기가 아닌데."

들릴 듯 말 듯 나지막하게 내뱉은 현이 닫힘 버튼을 눌렀다. 어디로 가는지도 모른 채 그가 하는 대로 이끌려 가던 다은은 어느새 지하 주차장에 도착해 있었다. 아침부터 대체 이게 무슨 일인지. 생각지 못한 상황들이 연속적으로 일어난 탓인지 정신을 차릴 수가 없었다.

"아까 못했던 대답 할까요?"

"네?"

"바쁜 일 없어요."

분명 뒷말이 있을 것 같다는 생각이 듦과 동시에 심장이 속도를 더해 뛰기 시작했다.

"그럼 이 시간에 왜……."

언제나처럼 예고도 없이 현의 얼굴이 불쑥 다가왔다.

"궁금해요?"

물론 궁금했지만, 들어서는 안 될 대답이 나올 것 같아 다은은 격하게 고개를 흔들었다.

"아뇨! 절대 안 궁금해요."

손사래까지 치며 거부하는 다은을 보며 현이 입꼬리를 올렸다.

"그래요? 난 꼭 말하고 싶었는데."

더 듣고 있다가는 머리가 어떻게 될 것만 같았다.

"전 버스 타고 가야 해서 그만 가볼게요."

다은이 꾸벅 인사하고 돌아섰지만, 현이 그런 그녀의 손을 잡아챘다.

"데려다줄게요."

"아니……."

"아니요, 됐어요, 그러지 마세요 등, 부정적인 대답은 거절할게요."

"아니……."

습관처럼 튀어나온 부정적인 대답에 현이 짐짓 심각한 어조로 말했다.

"난 분명 거절한다고 했는데?"

"제가 왜 제 의견도 말 못해야 하는 건데요?"

순식간에 바뀐 태도에 당황한 건 현이었다.

"전 분명히 거절했고, 못 받아들이셔도 어쩔 수 없어요. 그럼 먼저 가볼게요."

꾸벅 인사하고 돌아선 다은이 보이지 않을 때까지 현의 시선은 그녀를 좇았다. 사람 좋은 미소를 짓다가도 저렇게 한 번씩 제 의견을 당당하게 말할 때면 이상하게도 꼭 안아주고 싶어졌다. 약한 듯하면서도 강하고, 강한 듯하면서도 약하고. 그 종잡을 수 없는 매력에 하루가 다르게 빠져가고 있건만, 다은은 여전히 곁을 내주지 않았다. 현의 입에서 긴 한숨이 새어 나왔다.

"오늘 저녁, MK사와 최종 만남이 있습니다. 어떻게 할까요?"

사무실에 찾아온 수정이 바로 본론을 꺼내 들었다. 요 며칠 사무실을 자주 비웠더니, 그것에 대해 시위를 하는 모양이었다. 다은의 일로 머리가 터질 것 같았지만 일은 일. 작게 한숨을 내쉰 현이 입을 열었다.

"계약하고 싶다는 생각에는 변함없는 건가?"

수정의 대답은 확고한 'Yes'였다. 이런 좋은 기회를 놓치는 건 바보나 할 짓이라는 게 그녀의 생각이었다.

"그럼 계약해."

긍정적인 답을 기대했지만, 정작 망설임 없이 답이 나오자 얼떨떨했다. 알아서 하란 말과 계약하라는 말은 엄연히 달랐다. 작업이 끝난 지 얼마 안 된 상황에서 다음 작업을 진행하겠다니 평소의 그답지 않았다. 현이 작업에 있어 중요시하는 게 영감과 시간, 시간이 짧으면 흡족한 곡을 만들어내기 힘들다는 게 그의 지론이었다.

"대신 계약 조건은 이대로."

현이 건네는 서류를 확인한 수정의 눈이 커졌다.

"이건……."

"어차피 몸이 달아 있는 건 그쪽이잖아?"

모든 촬영은 국내에서, 강민의 스케줄에 맞출 것. 계약금은 MK사의 요구 수준에 맞추되, 광고 음악은 다음 강민의 미니앨범에 수록될 메인 곡으로 할 것과 광고가 전파를 타기 전, 곡을 공개한다. 파격적인 계약 조건이었다.

결국, 모든 저작권은 100퍼센트 선우현과 강민에게. 광고 음악까지 고려해 강민을 섭외하려던 MK사로서는 뒤통수를 얻어맞는 일이 될 수도 있었다.

"이대로 괜찮을까요?"

수정의 목소리에 걱정이 가득 묻어났다.

"기회를 이용하라 가르쳐준 건 윤 부장 아니었나?"

"한 번씩 이렇게 뒤통수를 치시네요."

"MK사도 머리 꽤나 굴렸을 텐데, 우리 쪽에서도 확실하게 베팅해야 하지 않겠어? 한번 주도권을 놓치면 다시 잡기 힘들어. 법률자문은 끝낸 상태니 이대로 진행하면 될 거야."

하나 틀린 게 없는 말이었다. 법률 자문까지 끝냈다는 말에 수정이 고개를 끄덕였다. 언제 이런 걸 준비했는지. 현의 사업가적기질은 이렇게 한 번씩 그녀를 놀라게 했다.

"오늘 참석하실 거죠?"

"아니. 안 이사가 대신 참석할 거야."

"네? 안 이사님, 여행 중이시라고……."

몇 년 만에 얻은 휴가를 마음껏 즐기겠다며 회사를 나선 게 불과 며칠 전이었다. 그런데 돌아온다고?

"놀아보니 별론가 봐. 어제 전화 왔기에 출근하라고 했어."

몇 년 만의 휴가를 재미없다고 일하겠다 하는 인간이나, 그런친구에게 출근하라고 하는 인간이나. 수정으로서는 이해되지 않았지만, 그게 안도준과 선우현이었다.

"안 이사님이 참석하시는 것과 별개로 대표님도……."

"난 더 중요한 일이 있어."

그 중요한 일이 다은과의 만남이라는 걸 알 리 없는 수정이 미간을 구기더니 조금 전과 확연히 다른 어조로 물어왔다.

"요즘 좀 수상해요. 갑자기 이사한 것도 그렇고."

"이사 다니는 게 한두 번인가?"

물론 그렇긴 했다. 새로운 환경에서 작곡이 더 잘된다는 이유로 1년에 한두 번 이사 다닌 건 사실이었지만, 직접 장소를 알아본 적은 한 번도 없었다. 이렇게 촉박하게 진행된 적도.

며칠 전, 갑자기 이사하겠다 통보하는 바람에 방음 공사하느라 얼마나 힘들었던가! 하필이면 골라도 그런 오래된 아파트를!

여자의 직감이 말하고 있었다. 뭔가 이상하다고.

"혹시 연애하세요?"

벼르던 질문이 드디어 수정의 입 밖으로 새어 나왔다. 긍정도 부정도 하지 않은 채, 현이 의미심장하게 미소 지었다.

평소와 다름없이 배달을 끝내고, 마지막 배달 장소인 선우 엔터테인먼트에 차를 세운 다은이 거울로 자신의 모습을 확인했다. 땀을 많이 흘려서인지 오늘따라 초췌해 보이는 게 영 마음에 들지 않았다.

지은이 비상용으로 항상 차에 넣어두는 콤팩트를 꺼내던 다은이 흠칫 놀라며 다시 제자리에 집어넣었다. 내가 언제부터 이렇게 외모에 신경 썼다고? 여름에 땀 흘리는 게 당연한 거고, 그러다 보면 초췌해 보일 수도 있는 거지.

선우현을 의식하는 자신이 마음에 들지 않았다. 큰 의미 두지 말자. 그냥 연수받으러 가는 거야. 그 이상도 그 이하도 아니라니까. 세뇌하듯 되뇌며 현의 사무실에 도착한 다은은 습관적으로 크게 심호흡했다. 이상하게도 이곳에만 서면 심장이 두 배 속도로 뛰곤 했다.

막 노크하려고 손을 뻗는데, 안쪽에서 여자 목소리가 들려왔다. 무슨 말을 하는지 정확히 들리지는 않았지만 무척이나 다정한 대화였다. 그 순간, 노크하려던 다은의 손이 아래로 떨어졌다. 이상하게도 심장 한쪽이 아려왔다.

마음을 가다듬고 다시 노크하려 손을 드는데 사무실 문이 벌컥 열렸다. 여자가 놀란 듯 외마디 비명을 지르며 한 발 물러섰다. 시야가 넓어지자 여자의 모습이 한눈에 들어왔다. 언젠가 한 번 마주친 적 있는 여자는 머리끝부터 발끝까지 완벽하게 꾸며진 모습이었다. 순간, 콤팩트라도 좀 바르고 올 걸 하는 후회가 들었다.

"무슨 일이시죠?"

여자의 목소리에 정신을 차린 다은이 도시락을 들어 보였다.

"도시락 배달⋯⋯."

다은의 말이 끝나기도 전에 수정이 손을 내밀었다.

"저한테 주고 가세요."

마치 이 안에 들어올 생각 따윈 버리라는 듯 선을 긋는 말투에 다은이 고개를 끄덕이며 도시락을 내밀었다. 그때 수정의 뒤에서 나타난 손이 도시락을 낚아챘다.

"내가 알아서 할 테니, 윤 부장은 그만 가봐."

현을 한 번, 다은을 한 번 쳐다본 수정이 가볍게 묵례하고 멀어지자 현이 다은의 손을 잡아끌었다.

"연수하러 가볼까요?"

"네? 하지만 도시락……."

"밖에서 먹죠, 뭐."

아침에 거절당해 조금은 의기소침해져 있지 않을까 생각했는데 현은 평소와 다름없었다. 그에게 자신은 딱 그만큼의 존재일 뿐이라는 걸 다시 한 번 확인받는 것만 같았다.

현에게 이끌려 도착한 곳은 회사에서 얼마 떨어지지 않은 공원이었다. 꽤 자주 오는 곳인 듯 한적한 벤치에 자리를 잡은 현이 도시락을 펼쳤다.

"일단, 먹고 시작해요."

"왜 자꾸 제 밥까지 주문하시는 거예요?"

"혼자 먹는 거 싫다고 했잖아요."

"그럼 다른 분하고 드시면 되잖아요."

예를 들면 아까 그 여자분이라든가. 목구멍까지 차오르는 말을 차마 입 밖으로 뱉어낼 수는 없었다. 입을 삐죽이는 다은과 눈을 맞추며 현이 나지막하게 속삭였다.

"다른 사람하고는 먹기 싫어."

존댓말이 대부분이었지만, 가끔 저렇게 반말을 할 때면 저도 모르게 심장이 쿵쾅거렸다. 게다가 저런 의미심장한 말까지. 왜 저런 말들로 자꾸 흔드는 걸까? 흔든다고 흔들리는 나는 또 뭐고. 기껏 제대로 거절했다 생각했는데 다시 원점이라니. 젓가락으로 밥을 쿡쿡 찔러 화풀이를 해대며 다은이 퉁명스럽게 말했다.

"그런 말, 그렇게 막 하지 마세요."

"내가 무슨 말을 했는데요?"

눈을 빛내며 물어오는 현이 기가 막혀 대답 대신 밥을 입 안으로 밀어 넣었다. 그냥 원래 저런 사람인 거야. 자꾸 의미를 부여하지 마.

밥이 코로 들어가는지 입으로 들어가는지 모르게 식사가 끝났다.

"덕분에 잘 먹었어요. 커피는 내가 살게요."

"도시락도 대표님이 사셨잖아요."

"그런가? 그럼 커피는 다은 씨가 사요."

멋대로 결론 낸 현이 앞서 갔다. 분명 커피는 됐다고 하려 했는데, 왜 또 이렇게 결론이 나버리는 걸까? 커피 한잔 사는 게 뭐 그리 큰일이겠냐만, 자꾸 그에게 끌려가는 게 마음에 들지 않았다. 커피는 됐다고 왜 말을 못해! 아침처럼, 좀 더 내 의견을 말하라고! 현의 뒤를 따르며 다은이 자신의 머리를 콩 쥐어박았다.

멀지 않은 곳에 있는 노점상 앞에 멈춰 선 현이 다은을 향해 손짓했다. 여느 공원에나 가면 있을 법한 자그마한 노점상에서 부채를 부치며 무료하게 앉아 있던 아주머니가 현을 발견하고는 벌떡 일어났다.

"아이고, 총각. 어서 와."

"아주머니, 잘 지내셨어요?"

살갑게 인사하는 현에게 아주머니가 함박웃음을 지어 보였다.

"나야 잘 지냈지. 그런데 오늘은 혼자가 아니네. 데이트 중이야?"

다은이 아니라고 말하려는데, 현이 먼저 선수 쳤다.

"네. 데이트 중이에요."

뻔뻔스러운 말에 다은이 입을 벙긋거렸다. 아무렇지도 않게 거짓말을 하다니. 그런 마음을 알 리 없는 아주머니가 다은을 유심히 살폈다. 지금이라도 사실대로 말해야겠다 생각했지만 입은 쉽게 떨어지지 않았다.

"아이스커피 두 잔 주세요."

현의 말에 다은에게로 향했던 호기심 어린 시선을 거둔 아주머니의 손이 바빠졌다. 손을 움직이면서도 아주머니의 입은 쉬지 않았다.

"오늘은 말끔하네. 데이트 때문이야?"

말끔? 그럼 평소엔 지저분하기라도 하다는 거야? 얼굴에 그런 마음이 나타나기라도 한 건지 아주머니가 미소 띤 얼굴로 다시 입을 열었다.

"가끔 같은 사람일까, 의심될 때가 있거든."

"아, 네."

처음으로 입을 연 다은이 반가웠는지 아주머니의 수다가 계속되었다.

"내가 이 총각 안 지 5년이 넘었는데, 여자 친구 데려온 건 처음이야."

설마……. 당연히 의심스러웠지만, 굳이 되묻지는 않았다. 자신과는 전혀 상관없는 일이었다.

"자, 다 됐어. 오늘은 특별히 더 맛있게 만들었어."

아주머니가 건네주는 아이스커피 두 잔이 각자의 손에 쥐여졌다.

"잘 먹을게요."

"그래, 다음에도 꼭 같이 들러. 그땐 더 맛있게 만들어줄게."

아주머니의 환송을 받으며 노점상에서 어느 정도 벗어나자 다은이 불퉁하게 입을 열었다.

"데이트 아니잖아요. 여자 친구도 아니고."

"일일이 설명하기 귀찮아서."

아아, 귀찮아서? 귀찮아서 여자 친구가 아닌 사람을 여자 친구로 둔갑시켰다고? 참, 속 편하게 사시네. 입을 삐죽이며 아이스커피 한 모금을 들이켠 다은이 눈을 동그랗게 떴다.

"너무 맛있어요."

"저 사장님, 바리스타 자격증도 가지고 계신다던데⋯⋯."

마치 큰 비밀이라도 말하는 것처럼 현이 목소리를 낮췄다.

노점상에서 다시 벤치로 돌아오는 길, 어느새 다은의 커피는 바닥을 드러내고 있었다. 한 잔 더 마시고 싶은 마음은 굴뚝같았으나 그랬다간 오늘 잠은 포기해야 했다. 아쉬움을 담고 커피잔을 내려놓는데 현이 웃음기 어린 말을 건네왔다.

"좋아하는 걸 보니 자주 와야겠네요."

"저 혼자 와도 돼요."

정확히는 저 혼자 올 거예요. 데이트도 아닌데 뭐하러 같이 와요? 거기까지 생각하던 다은이 작게 미간을 구겼다. 마치 사탕을 뺏긴 아이처럼 '데이트'란 단어에 집착하는 자신이 이상했다.

"그건 안 되죠. 내가 알려줬으니 나하고 같이 와야죠."

대체 저런 논리는 어떤 근거로 나오는 걸까? 내가 그렇게 만만해 보이나?

"대표님은 친구 없어요?"

뜬금없는 질문에 현이 웃음을 터트렸다.

"어떨 것 같아요?"

"없을 것 같아요. 밥 같이 먹을 사람도 없고, 커피 같이 마실 사람도 없고."

"그러니까 다은 씨가 같이 해줘야죠."

"제가 왜요?"

현이 정색하는 다은을 가만히 바라봤다. 진갈색 눈동자에 오롯이 자신이 담기자 부담스러워진 다은이 시선을 내렸다.

"글쎄, 왜일까? 난 내 마음 전할 만큼 전했으니 다은 씨가 곰곰이 생각해봐요."

바로 귓가에서 들려오는 속삭임에 다은이 흠칫 몸을 떨었다. 하지만 현은 언제 그랬냐는 듯, 어느새 바이크 앞에 서 있었다. 내가 착각한 건가? 하지만 그렇다고 하기엔 너무 선명한 목소리였는데…….

"이제 시작해볼까요?"

현의 목소리가 상념을 깨트렸다.

이제 제법 익숙해졌다고, 다은은 현의 도움 없이 곧잘 바이크를 탔다. 물론 속도를 즐기는 다른 운전자들에 비하면 지나칠 정도로 안전운전이었지만, 이 정도면 배달하는 데는 무리가 없었다.

바이크로 다시 차가 있는 회사까지 돌아오자 다은이 결심했던 말을 꺼냈다.

"대표님 덕분에 바이크 연수 잘 받았습니다. 이제 어느 정도 익숙해졌으니 연수는 그만해도 될 것 같아요. 그동안 감사했습니다."

일방적인 통보인 걸 알고 있었다. 하지만 이 이상 연수를 받는 건 무리였다. 도시락만 배달하는 것과 사적으로 만나는 것은 의미부터가 달랐다. 인정하기는 싫었지만, 마음이 자꾸 그에게로 향했다. 그러니 이쯤에서 선을 그어야만 했다. 현이 어떤 반응을 보일지 걱정스러웠지만, 예상외로 무척이나 담담한 목소리가 들려왔다.

"나도 덕분에 즐거웠어요."

예상했던 대답이었음에도 뭔가 허전했다. 진짜 이게 끝인가? 실감이 나지 않았다.

"사고 안 나게 조심해서 운전해요."

현이 웃는 낯으로 말했다. 끝나면 시원할 줄 알았던 바이크 연수는 다은에게 생소한 감정을 남기고 그렇게 끝이 났다.

집으로 돌아온 다은이 침대에 털썩 주저앉았다.

'나도 덕분에 즐거웠어요. 사고 안 나게 조심해서 운전해요.'

현이 했던 말이 머릿속에 맴돌았다. 분명 자신이 먼저 끝내자 말했고, 그는 그러자 답한 것뿐인데 단 한순간의 망설임도 없이 긍정한 게 못내 서운했다.

얼마나 시간이 지났을까, 휴대폰이 드르륵 진동했다.

혹시나 하는 기대에 재빨리 휴대폰을 들었지만, 발신자는 강민이었다.

"슈퍼스타께서 어쩐 일로 전화를 다 주시고."

저도 모르게 목소리가 퉁명스러워졌다.

-이 오라버니가 드디어 MK사와 계약을 했다는 거 아니냐.

"축하해."

-뭐야? 그것뿐?

미안하다. 내가 지금 네 기쁨을 함께해 줄 만큼 여유롭지 못하거든. 너희 대표님 때문에! 입 밖으로 나오려는 말을 겨우 삼키며 다은이 조금 전보다 밝은 목소리를 뱉어냈다.

"한턱내야지."

-역시 귀신. 내일 축하파티 할 거야. 시간 안 되더라도 비워라.

저녁에 데리러 갈게.

"오케이."

마치 자신의 우울한 기분을 알기라도 하는 것처럼 전화한 강민이 고마웠다. 축하파티라니, 실컷 마시고 우울한 기분 털어버려야지.

하지만 다음 날, 강민의 축하파티 자리에서 다은은 웃을 수 없었다. 현의 사무실에서 봤던 쌀쌀한 인상의 여자가 떡하니 한 자리를 차지하고 있었기 때문이었다. 인규는 매니저이니 당연히 동행한다고 해도 저 사람은 왜?

강민의 소개로 그녀가 이번 계약을 성사시킨 윤수정 부장이라 소개받은 다은이 어색하게 인사했다.

"강민 베프라면서요? 우리 전에 대표님 사무실에서 봤었죠?"

처음 봤을 때와 달리 수정이 살갑게 인사해왔다.

"실장님, 지난번 대표님이 쏘신 도시락 드셨잖아요. 그거 얘네 도시락이에요."

"어머, 그래요? 너무 맛있게 먹었는데. 배달도 하나요?"

"네."

인상이 별로 좋게 남지 않아서인지 저도 모르게 딱딱한 대답이 튀어나왔다. 그런 다은을 보며 수정이 엷게 미소 지었다.

"지난번엔 내가 좀 딱딱했죠? 그날 좀 그럴 일이 있어서……. 일 특성상, 외부인 출입을 엄격하게 금하고 있거든요."

처음 듣는 얘기였지만, 충분히 이해 가능한 부분이었다. 강민의 베프였으나 회사에 찾아갈 때는 항상 밖에서 만났다. 그게 회사 방침이라고 했었다. 아마도 엄격하게 제한하고 있는 거겠지.

"출입증 발급, 대표님께서 직접 지시하셨다는데 많이 친해요?"

다은이 눈을 동그랗게 떴다.

"몰랐나 보네."

대화는 거기까지였다. 뭐라 더 말하려던 수정은 룸 문이 열리고 들어선 현을 확인하고는 입을 다물어버렸다. 다은의 입이 벌어진 건 말할 것도 없었다.

"늦어서 미안. 그럼 이제 시작할까?"

현이 성큼성큼 다은의 옆으로 다가왔다.

"이건 그냥 회사 회식이잖아."

다은이 악문 잇새로 강민에게 속삭였다.

"개인적으로 초대하고 싶은 사람이 너밖에 없었어."

아무렇지 않게 답하는 강민이 답답했다. 그걸 지금 말이라고 하냐? 그게 변명이 된다고 생각하냐고! 하고 싶은 말이 많았지만, 하고많은 자리 중에 제 옆에 앉는 현 때문에 더는 말할 수 없었다.

"또 보네요."

"네, 강민이 초대해서."

어색한 대답에 현이 미소 지었다. 엄밀히 말하면 강민의 초대가 아니라 자신의 초대였다. 어제 다은과 헤어지는 길에 강민에게 전화해 축하파티를 해주겠다 한 것도, 베프인 다은을 초대하면 어떻겠냐 제안한 것도 다 자신이었으니. 물론, 그녀에게 그 얘기를 할 생각은 없었다.

속이 답답한지 맥주잔을 벌컥벌컥 들이켜는 다은을 보며 현이 그녀에게만 들릴 정도로 나지막이 속삭였다.

"너무 많이 마시지 말아요. 저번처럼 인사불성 되면 어쩌려고."

다시 맥주잔을 들던 다은이 멈칫했다. 절대 그런 일이 일어나서는 안 돼. 손에 든 맥주잔을 꽉 쥐며 다은이 마음을 다잡았다.

하지만 세상 일이 어디 제 마음대로 되는가. 축하 파티답게 수없이 많은 건배가 이어졌다. 계약 축하, 회사 발전, 한국 가요계의 부흥, 세계 평화. 그래도 거기까지는 괜찮았다. 부어라 마셔라 한 탓에 얼큰하게 취한 수정이 현에게 저돌적으로 질문했다.

"대표님, 솔직히 말씀하세요. 연애하시죠?"

현은 웃기만 할 뿐, 대답하지 않았다.

"너무해. 예전에 대표님 좋다고 그렇게 따라다닐 때는 한 번 쳐다보지도 않으시더니."

강민과 건배하고 있던 다은이 수정의 말에 홱 고개를 돌렸지만 아무도 신경 쓰지 않았다. 수정의 말이 이어졌다.

"그렇다고 감정이 남아 있는 건 아니에요. 단지, 지금 누구 만나는지 아닌지 그게 알고 싶다고요."

인규가 현의 눈치를 보며 옆에서 말렸지만, 술 취한 사람을 이길 수는 없는 노릇이었다. 수정의 술주정이 도를 더해가자 절대 열릴 것 같지 않았던 현의 입이 열렸다.

"아직은 아니야."

'아직 아니야'는 '조만간 그렇게 될 것 같아'로 바꿔도 전혀 어색하지 않은 말이었다. 그렇다는 건, 조만간에 누구를 만나게 된다는 걸까? 그게 설마…….

거기까지 생각하던 다은이 작게 고개를 저었다. 하다 하다 이제 김칫국까지 마시는 거야? 만약 그 상대가 자신이었다면 연수를 그만하자고 했을 때 그렇게 무덤덤한 반응을 보이지는 않았겠지. 결국, 그에게는 좋아하는 다른 사람이 있다는 뜻이었다.

순간 억울해졌다. 그런 사람이 있는데, 나한테 왜 그랬던 건데?
사람 헛갈리게. 그때부터 다은은 경쟁이라도 하듯 술잔을 비웠다.
다은이 술잔을 비우자 제일 신난 건 이미 술에 취한 강민이었다.

"오늘은 이 오라버니가 책임지고 데려다줄 테니까 마음껏 마셔."

그렇게 비우는 족족 잔이 채워졌다.

5. 늦지 않았기를

"으……."

잠에서 깬 다은의 입에서 앓는 소리가 새어 나왔다. 망치로 얻어맞은 듯 머리가 아파서 꼼짝할 수 없었다. 겨우 눈을 떴지만, 세상이 빙글빙글 도는 통에 도로 눈을 감을 수밖에 없었다.

대체 왜 이렇게 머리가…….

거기까지 생각하던 다은이 감았던 눈을 번쩍 떴다. 어젯밤의 패악이 생각났기 때문이었다. 분명 룸에서 술을 마셨고, 마셨고, 마셨다. 그다음은? 필름이 완전히 끊겼는지 더는 생각나지 않았다.

울리는 머리를 부여잡고 자리에서 일어나 휴대폰을 찾았지만 옷에도, 가방에도, 침대에도, 어디에도 휴대폰은 없었다. 결국 힘겹게 거실까지 나와 집 전화를 들었다.

-고객님의 전화가 꺼져 있어 소리샘으로 연결됩니다. 삐 소리 후…….

배터리가 없는지 음성사서함으로 넘어간다는 메시지만 반복됐다. 강민이 가져갔겠지. 생각하면서도 이상하게 불안해졌다. 강민에게 전화해볼까? 무심코 시각을 확인하던 자리에서 벌떡 일어났다. 완전한 지각이었다.

고양이 세수에 이만 닦고 출근한 다은은 가게 앞에서 주차하는 지은과 마주쳤다.

"미안, 많이 늦었지?"

"아침 배달은 했으니까 걱정 말고 가서 좀 쉬어."

정신력으로 버티려 했으나 이미 한계에 달한 몸이 아우성치고 있었다. 결국 다은은 가게 일 돕는 걸 포기하고 고개를 끄덕였다.

"그럼 방에서 조금만 쉬다 나올게."

가게 안쪽에 마련된 쪽방에 몸을 눕히며 다은이 앓는 소리를 뱉어냈다. 속은 울렁거리고 머리는 아프고, 몸은 천근만근. 평생 다섯 손가락 안에 들 만한 지독한 숙취였다. 강민에게 전화해야 하는데, 휴대폰 찾아야 하는데…….

단 두 가지를 머릿속에 떠올리던 다은은 그대로 잠에 빠져들었다.

눈앞에 멀쩡한 현이 있었다. 술은 꽤 마신 것 같은데 왜 저 남자는 멀쩡하고 난 이 모양인지 궁금해졌다. 흐트러진 자신과 흐트러지지 않은 그. 그 갭이 마음에 들지 않았다.

"나한테 이러면 아 되지."

술이 취해 어눌한 발음으로 말하자 그가 미소 지었다. 그러니까 저 미소가 마음에 안 든다고. 왜 아무에게나 웃는 건데? 뭐라고 말하는 것 같은데 알아들을 수가 없다. 어깨 위로 따스한 체온이 느껴졌다. 그게 그의 팔인 걸 알아챈 다은이 매정하게 그 팔을 쳐냈다.

"쓰러져도 시켜 쓰지 마!"

날 선 말에도 그는 그저 웃을 뿐이다.

"그여니까 이러 거 하지 마고~."

맨 정신에 하지 못했던, 했어도 어물쩍 넘어갔던 말들이 어눌한 발음이 되어 나왔다. 좀 더 정확하게 전달하고 싶은데 마음처럼 되지 않았다.

그래도 용케 알아들었는지, 그가 또 뭐라고 대꾸했지만 벙긋거리는 입만 보일 뿐 목소리가 들리지는 않았다. 보나 마나 놀리는 말이겠지. 여동생 놀리는 오빠처럼 얄밉게.

뻔히 그런 줄 알면서도 흔들리는 이 마음은 뭘까? 그래, 이건 다 그 때문이다.

"자꾸 허까리게 하지 마. 그여니까 내가……."

뭐? 뭔데. 그러니까, 내가 뭐?

이마로 부드러운 손길이 와 닿았다.

"다은 씨, 이제 일어나야죠."

어디선가 들리는 목소리는 묘하게 익숙했다. 듣기 좋은 저음에 다은이 미소 지었다.

"안 일어날 거예요?"

"음……. 조금만 더 잘게요."

"늦을 텐데?"

늦어? 어딜? 그 순간 눈이 번쩍 뜨였다. 조금 전까지 부드럽게 자신을 깨우던 목소리가 흔적도 없이 사라졌다.

익숙한 천장, 익숙한 반찬 냄새. 이곳이 가게 안 쪽방이란 걸 기억해낸 다은이 작게 한숨을 내쉬었다. 하지만 그것도 잠시, 여전히 누운 채로 손을 들어 머리를 감싸 쥐었다. 조금 전 생생했던 꿈이 어제 끊겼던 필름의 일부인 것 같았다. 자신이 한 말과 행동만 떠올랐지만, 그것으로 충분했다.

미쳤어. 진짜 미쳤나 봐. 술주정을 해도 할 만한 사람한테 했어야지. 헷갈리게 하지 말라니, 대체 뭘? 상대는 생각도 안 하고 있는데 김칫국을 통으로 들이마시는 꼴을 보이다니. 내 꼴이 얼마나 우스웠을까?

쥐구멍에라도 들어가고 싶은 심정이었지만, 그럴 수 없었다. 이제 한 시간여 후면 어쩔 수 없이 마주해야 할 사람. 그렇다면 그냥 없었던 일이라 생각하면……. 물론 그런 게 될 리 없었다.

"일어났네. 슬슬 점심 도시락 배달해야 하는데 괜찮겠어?"

지은이 방문을 열고 걱정스럽게 물어왔다. 생각 같아선 오늘 배달은 무리일 것 같다 말하고 싶었지만, 혼자 동동거리는 지은에게 배달 일까지 하게 할 수는 없었다. 어차피 얼굴 마주쳐야 할 사이인데, 오늘 하나 내일 하나 민망한 건 마찬가지일 테고. 매도 일찍 맞는 게 낫다는 말이 있으니 그냥 빨리 털어내는 걸로 하자. 그렇게 마음은 먹었지만, 여전히 꽉 막힌 가슴은 내려가지 않았다.

"왜 이렇게 전화를 안 받아?"

일차 배달을 마치고 들어오는 다은에게 지은이 걱정 가득한 목소리로 말했다. 뒤늦게 취소한 곳이 있어 알리려고 전화했으나 계속 전화를 받지 않아 걱정하던 참이었다.

"이것 때문에 전화한 거지?"

취소된 도시락 하나를 들어 보이자 지은이 고개를 끄덕였다.

"전화 안 받아서 걱정했잖아."

"미안. 어제 휴대폰을 두고 왔나 봐."

"잃어버린 거야?"

"강민이 가지고 있겠지, 뭐."

바쁜지 전화를 안 받는 게 문제라면 문제.

"그럼 내 거라도 가지고 가. 전화 안 되니까 불안해."

휴대폰을 받아 들고 바이크에 올라타는데 지은이 건네준 휴대폰이 요란하게 울렸다. 액정을 확인한 다은이 헛웃음을 토해냈다. 역시 양반은 못 된다, 강민.

"왜 이렇게 전화가 안 돼?"

-아, 스케줄 있었어. 그러는 넌 왜 이렇게 연락이 안 돼? 전화를 몇 번 했는데?

불길한 예감이 스멀스멀 올라왔다.

"내 휴대폰…… 네가 가지고 있는 거 아니었어?"

-네 걸 내가 왜? 뭐야, 잃어버린 거야? 대체 어디서?

"가게에 있겠지, 뭐."

마지막 희망을 담아 말했지만, 그마저도 강민에 의해 무참히 짓밟혔다.

-그럴 리가. 어제 나도 휴대폰 잃어버려서 내 거 찾는다고 인규 형이 샅샅이 뒤졌다는데. 혹시 대표님 차에 떨어져 있나? 너 어제 대표님이 데려다주셨다던데.

등줄기에 서늘한 한기가 느껴졌다. 그럼 휴대폰이 현에게 있을 가능성이 99퍼센트. 아닐 수도 있다는 1퍼센트에 희망을 걸고 싶었지만, 불가능에 가까웠다.

음원 사이트는 대표님이 만든 노래들로 도배되어 있고, 며칠 전 웹서핑할 때 발견한 대표님의 사진도 들어 있는데. 설마 남의 휴대폰을 뒤지진 않겠지? 만약 가지고 있다면 빨리 돌려받아야 해.

그냥 도시락만 전해주고 오자던 원래의 계획이 수포가 되는 순간, 복잡한 머릿속을 알 리 없는 강민이 계속해서 제 말을 이어갔다.

-아직 대표님께 배달 전이지? 나 지금 회사에 있으니까 도착하면 전화해.

다은의 입에서 안도의 한숨이 흘러나왔다. 강민이 회사에 있다니, 은근슬쩍 강민을 끼워 넣으면 될 일이었다.

다은이 강민과 통화하던 그 시각, 현은 책상 위 휴대폰을 노려보고 있었다. 출근길, 차 뒷좌석에서 발견한 다은의 휴대폰이었다. 그 휴대폰이 지금 현의 심기를 참을 수 없을 만큼 불쾌하게 만들고 있었다.

차라리 꺼뒀으면 좋았을 것을, 다은이 바로 사용할 수 있도록 충전을 한 게 잘못이었다. 충전이 어느 정도 되자 휴대폰이 쉴 새 없이 울려댔다.

일부러 보려는 의도는 없었지만 자연스럽게 눈이 갔다. 언니에게서 온 몇 통의 전화. 아마도 휴대폰을 잃어버렸다 말하지 않은 모양이었다. 도시락 배달을 오는 대로 돌려줘야겠다 생각하던 그때, 다시 휴대폰이 울렸다.

또 언니인가 생각했지만, 액정에 찍히는 이름은 강민. 현의 눈썹이 호선을 그렸다. 한 번, 두 번, 세 번. 시차를 두고 온 세 번의 전화.

스토커도 아니고, 아침부터 무슨 전화를 이렇게 많이 하나 싶었지만 오랜 시간 함께해 온 친구임을 떠올리며 애써 마음을 다잡았다.

그런데 전화를 받지 않자 이번에는 카톡이 오기 시작했다. 잠금 설정이 되어 있지 않아 액정에 뜨는 단어들이 고스란히 눈에 들어왔다.

[전화할 땐 언제고, 설마 내 전화 씹는 거야?]

[우리 우정이 이 정도냐?]

[보는 대로 연락해라. 지금부터 시간 잰다.]

뭔가 불길했다. 남녀 사이에 친구가 될 수 없다는 꽉 막힌 생각을 가지고 있는 것도 아니었고, 다은과 강민이 함께한 세월에 대해 알고 있음에도 기분이 좋지 않았다. 허락도 없이 남의 사생활을 엿보는 건 아니다 싶어 휴대폰을 서랍 안으로 밀어 넣고 다시 일에 집중하려 했지만 한번 엇나간 생각은 쉽게 지워지지 않았다.

그 사이에도 톡 알림음은 계속 이어졌다. 휴대폰을 끄려고 다시 꺼내 든 현은 유독 눈에 띄는 뮤직앱에 저도 모르게 손을 가져다 댔다. 무의식적인 행동이지만 한번 물꼬를 트니 그다음은 쉬웠다.

순수하게 다은이 듣는 음악이 궁금해서라 자신을 정당화하며 플레이리스트를 터치한 현은 그 안에서 제 이름과 같은 파일을 발견하고 고개를 갸웃했다. 설마 하는 마음에 처음부터 끝까지 훑어봤지만, 모두가 자신이 만든 곡들. 대부분이 히트곡이긴 했지만, 멋모르던 시절 만들어 망했던 곡들도 꽤 많이 섞여 있었다. 일부러 찾아본 건가? 입가에 저절로 미소가 떠올랐다.

만족스러운 얼굴로 휴대폰 종료 버튼을 누르는데, 때마침 노크

소리가 들려왔다.

"대표님, 강민입니다."

기분이 꽤 나아지긴 했지만, 좋지 않은 타이밍에 등장한 강민이었다. 휴대폰을 다시 서랍 속으로 밀어 넣으며 현이 무뚝뚝하게 답했다.

"들어와."

사무실에 들어서자마자 강민이 말을 건넸다.

"도시락 배달 아직 안 왔죠?"

"아직."

"도착할 때가 됐는데."

중얼거리는 목소리가 현의 귀에 고스란히 들어왔다.

"왜? 무슨 일이라도 있나?"

"아, 그 친구가 전화를 안 받아서요. 잠시 기다려도 될까요?"

안 된다 하고 싶었지만, 지금은 알아볼 일이 있었다. 강민이 자리에 앉자 잠시 틈을 두고 현이 지나가는 듯 물었다.

"정말 특별한 사이, 아닌가?"

그저 가족 같은 사이라 인규에게 듣긴 했지만, 본인에게 직접 확인하고 싶었다. 질문이 의외라는 듯 강민이 되물었다.

"특별한 사이요?"

"뭐 그런 거 있잖아."

자신이 꺼낸 말이었지만 급속도로 불쾌해져 결국 마지막 말을 입 밖으로 내지 못했다. 끝맺지 못한 말을 용케 알아들은 강민이 말도 안 된다는 듯 손사래를 쳤다.

"다은이가 들었다면 거품 물었을걸요. 저흰 절대 그렇게 묶일 수 없는 사이예요. 허다은과 연애라니, 절대 있을 수 없는 일이죠."

"그래?"

되묻는 이유가 제 말을 의심해서라 생각한 강민이 웃음기를 지웠다. 일전에도 이런 대화를 했던 것 같았지만, 그런 건 중요하지 않았다. 충분히 의심할 수 있는 상황이었다. 해외 진출이 확정된 지금 이 부분은 상당히 민감한 문제. 그냥 선후배 사이에 오가는 대화가 아닌 회사 대표와 소속 가수와의 대화라 생각하니 자연히 신중해졌다.

"제가 주선한 소개팅만 해도 몇 번이었는데요."

"뭘…… 해?"

"소개팅요. 다은이 호응을 안 해줘서 성사된 건 하나도 없지만, 남친이 생기는 날까지 최선을 다할 겁니다."

현의 기분을 알 리 없는 강민이 해맑게 답했다. 이 정도면 충분히 대표님의 오해를 풀었다 스스로를 대견해하면서.

강민은 눈에 띄게 굳는 현의 얼굴을 눈치채지 못한 채 곧이어 들려오는 노크 소리에 귀를 쫑긋 세웠다.

"도시락 배달 왔습니다."

대화의 주인공 다은이 등장했다.

사무실로 들어서던 다은은 현이 혼자가 아님을 알고 안도의 한숨을 내쉬었다. 강민에게 미리 밑밥을 뿌려놓긴 했지만, 저렇게 착실히 제 말을 들어주다니.

"허다은, 역시 양반은 못 되겠다."

평소라면 강민의 말에 눈을 치켜뜰 타이밍이었지만, 기특한 일을 했으니 오늘은 뭘 해도 용서해줄 생각이었다.

"여기 도시락 가져왔어요."

일부러 현의 시선을 피하며 탁자 위에 도시락을 내려놓았다. 이
제 휴대폰의 행방만 물어보면 돼. 그런 생각에 다은이 입술을 달싹
이는데, 강민이 끼어들었다.

"대표님, 혹시 다은이 휴대폰 못 보셨어요?"

강민의 물음에 현이 움찔했지만, 찰나였기에 누구도 눈치채지
못했다.

"글쎄……."

현이 평소와 다름없는 목소리로 답했다. 긍정도 부정도 아닌 애
매한 대답이었으니 정확하게 거짓말은 아니었다.

다은이 안도의 한숨을 내쉬었다. 휴대폰을 가지고 있지 않다니
차라리 다행이었다.

"그냥 찾을 필요 없이 이 기회에 휴대폰 좀 바꾸자. 이 오빠가
바꿔줄게."

현과 다은 사이에 흐르는 미묘한 기류를 전혀 눈치채지 못한 강
민이 의도치 않게 어색한 분위기를 깼다.

"됐……."

소리 지르려던 다은이 현의 존재를 상기하고 목소리를 낮췄다.

"됐어. 아직 쓸 만해."

"쓸 만하기는. 3년 훨씬 넘었지, 아마?"

"이런 개인적인 얘기는 나중에 하자."

보기 드물게 심각한 목소리에 강민이 고개를 끄덕이더니 자리
에서 일어섰다.

"그럼 저희는 이만……."

강민의 말이 끝나기도 전에 짧은 노크 소리가 들리더니 벌컥 문이 열렸다. 열린 문으로 강민의 매니저 인규가 모습을 드러냈다.

"대표님, 죄송합니다."

현에게 양해를 구한 인규가 강민을 잡아끌며 큰소리를 내기 시작했다.

"야! 강민, 너 스케줄 펑크 낼 거냐?"

"무슨 소리야? 스케줄? 아!"

뒤늦게 스케줄이 생각난 건지 강민의 얼굴에 웃음기가 사라졌다. 인규의 잔소리가 이어졌다. 인규의 손에 질질 끌려 나가며 강민이 다은을 향해 소리쳤다.

"휴대폰 꼭……."

마지막 말은 문에 부딪혀 멀어졌다. 강민이 사라지고 난 사무실 안에 정적이 흘렀다. 어색한 분위기를 이기지 못한 다은이 자리에서 일어섰다.

"그럼 저 그만 가볼게요."

"잠깐, 이거 가지고 가야죠."

현이 다은에게 뭔가를 내밀었다. 설마 하는 마음으로 손을 뻗은 다은은 현의 손에서 서서히 존재를 드러내는 휴대폰에 숨을 들이마셨다.

"아까는 모른다고 하셨잖아요."

원망 어린 목소리가 그대로 튀어나왔다.

"강민이 있어서 얼버무렸을 뿐이에요."

"혹시 켜 보셨어요?"

제발 아니기를, 간절한 바람이 다은의 얼굴 가득 묻어났다.

"다은 씨한테 전화 올까 싶어 잠깐 켰다가 껐어요. 받아요."

설마, 저 안에 들어 있는 비밀스러운 것들을 본 건 아니겠지? 제 생각에 빠져 있느라 행동이 느렸던 탓일까, 내미는 손과 받는 손이 엇갈려 휴대폰이 그대로 바닥에 떨어졌다.

순식간에 금이 간 액정을 바라보며 다은이 작게 한숨을 내쉬었다. 아무래도 휴대폰을 바꿀 때가 된 모양이었다.

가게로 들어서는 다은에게 지은이 도시락을 내밀었다.

"금방 왔는데 미안. 이거 선우 엔터테인먼트에 좀 가져다줘. 급하다는데 거절할 수가 없었어. 밖에 나와 있다고 했으니까 그냥 전해주기만 하면 돼."

결국, 다은은 다시 선우 엔터테인먼트로 바이크를 몰 수밖에 없었다. 지은의 말대로 건물 앞에는 직원인 듯한 남자가 기다리고 있었다. 막 도시락을 전하고 돌아가려는데 어디선가 현이 불쑥 나타났다.

"자리 좀 양보해줘요."

다은이 답하기도 전에 현이 손에 들고 있던 헬멧을 쓰더니 운전석에 올라탔다. 무슨 상황인지 알지도 못하고 현에게 끌려간 곳은 선우 엔터테인먼트에서 얼마 떨어지지 않은 곳에 위치한 전자제품 대리점이었다. 예상하지 못한 상황에 예상하지 못한 장소, 놀란 다은이 눈을 동그랗게 떴다.

"잠깐만 내려봐요."

"왜요?"

정말 모르겠다는 듯 물어오는 다은을 가만히 바라보던 현이 드디어 입을 열었다.

"어제 집에 가는 길에……."

다은이 재빨리 바이크에서 내려섰다. 더는 말하지 말라는 무언의 압박이었다.

가게 안으로 들어서자 미리 대기하고 있던 직원이 둘을 방으로 안내하더니 쇼핑백 하나를 건네주었다.

직원이 나가자 다은이 고개를 갸웃하며 물어왔다.

"이게 뭐예요?"

하지만 현은 그녀의 궁금증을 해소해줄 생각은 없는 듯 말없이 쇼핑백에서 상자를 꺼냈다.

"열어봐요."

상자를 열자 최신형 휴대폰이 모습을 드러냈다.

"알아봤더니 다은 씨가 쓰고 있는 휴대폰, 오래된 기종이라 수리가 쉽지 않대요."

"오래되긴 했죠."

"떨어트린 건 내 탓이니까 부담 갖지 말고 받아줘요."

다은이 손사래를 쳤다. 엄밀히 따지면 제대로 받지 못한 자신의 탓이었으니 그가 이럴 이유는 없었다.

"아뇨, 안 그러셔도 돼요. 어차피 휴대폰 바꿀 때도 됐고, 제가 알아서 할게요."

완곡하게 거절했지만, 그는 포기할 생각이 없어 보였다.

"기억 안 나요? 내가 주는 거 거절하지 않기로 했잖아요. 손가락까지 걸었는데."

장난스러운 말이었지만 받아들이는 다은은 심각해졌다. 이래서 약속은 함부로 하는 게 아니라고 하는가 보다. 하지만 그렇다고 이 비싼 걸 받을 수는 없었다.

"그래도 이건 아니에요. 이렇게 비싼 건 받을 수 없다고요."

"어제 나한테 했던 거 기억 안 나요?"

강력하게 반발하던 다은이 꼬리를 내렸다. 정확하게 기억나지는 않지만, 단편적인 기억만으로도 반말에, 술주정에, 추태란 추태는 다 보였던 게 떠올랐다. 다은의 얼굴이 발갛게 달아올랐다.

"기억하나 보네."

고개를 푹 숙인 채 보일 듯 말 듯 고개를 끄덕이는 다은을 보며 현이 미소 지었다. 혹시나 기억하지 못하면 어쩌나 했는데, 다행히 어제 일을 기억하고 있었다. 숨겨진 다은의 마음도 확인했으니 이제 더는 기다릴 필요가 없었다. 좀 더 확실하게 자신의 마음을 전할 방법을 생각해야 했다. 자신의 진심을 고스란히 담아낼 방법을.

여전히 고개를 푹 숙이고 있는 다은에게 현이 다시 한 번 휴대폰을 내밀었다.

"그럼 이거 받아요."

마지못해 휴대폰을 받아 들며 다은이 결심한 듯 입을 열었다.

"대표님이 골라주신 걸로 생각하고 구매할게요."

목소리에 담긴 강한 의지에 현이 미간을 구겼다.

"그런 의미 아닌데……."

"불편한 마음으로 쓰고 싶지 않아서 그래요. 어차피 휴대폰 바꿀 때도 됐고, 그러니 제가 살게요."

자신을 빤히 쳐다보며 제 할 말 다 한 다은이 다시 시선을 내렸다.

"좋아요. 그게 마음 편하다면 그렇게 해요. 그런데 다은 씨."

"네?"

부르기만 했을 뿐, 더 말하지 않는 게 이상했는지 다은이 다시 시선을 들었다. 왜 더 말하지 않는지 모르겠다는 궁금함을 가득 담고. 순진한 다은의 얼굴을 쓰다듬고 싶어 근질거리는 손을 꼭 잡은 채 현이 계속해서 말을 이어갔다.

"다은 씨에게 맞추려고 했어요. 그런데 그러지 못할 것 같아요."

다은은 여전히 현의 말을 이해하지 못했지만, 차마 물어볼 수 없었다. 자신만 오롯이 담기는 눈동자와 흘러나오는 목소리가 너무나 달콤했기 때문이었다.

"이제 내 페이스대로 해도 될까?"

조금이라도 더 네 곁에 있고 싶어 이사까지 감행했지만, 마음만은 천천히 다가가고 싶었어. 그런데 그러지 못할 것 같아. 떠나보내고 후회하는 것 따위 다시는 하고 싶지 않으니까. 그러니 이제 내 페이스대로 가볼까 해. 괜찮겠지?

현은 그렇게 마음속에 꾹 눌러 담았던 자신의 목소리를 뱉어냈다.

그런 마음을 알 리 없는 다은은 묘하게 바뀐 어투에 그저 고개를 끄덕일 수밖에 없었다.

"이제 말 놓을게. 그래도 되지?"

벌써 반말 중이면서 왜 자꾸 허락을 구하는 걸까? 낮추라고 할 때는 거절하더니. 뭐라고 했더라? 때가 되면이라고 했었나? 그럼 지금은 때가 되었다는 거야?

다은의 마음을 읽기라도 한 듯 현이 뒷말을 덧붙였다.

"마음에 안 들어요? 그냥 높일까요?"

"아……. 아뇨, 그런 건 아니에요."

겨우 말 놓는 것에 대해 허락했을 뿐인데 무슨 큰 선물이라도 받은 것처럼 현이 환하게 미소 지었다.

"그럼 편하게 말 놓을게."

조금 전의 고민은 그의 미소 한 번에 날아가버렸다. 역시 말 놓는 편이 좋아. 조금 더 가까워진 느낌이란 말이지. 어제 일도 어둠 속으로 묻혔고, 이래저래 기분 좋아진 다은이 미소 지었다.

언제나와 같은 날이었지만, 다은에게는 명백히 어제와 다른 오늘이었다. 반짝반짝 빛나는 새 휴대폰이 눈에 들어오자 저도 모르게 입꼬리가 올라갔다. 새것에 대한 애착이 별로 없음에도 이 휴대폰은 달랐다.

콧노래를 흥얼거리며 출근 준비를 마치고 현관 앞 거울에 자신의 모습을 점검했다. 화장을 거의 하지 않았음에도 잠을 푹 자서 그런지 피부에서 윤이 났다. 윤이 나는 피부를 보고 있자니, 현이 생각나는 건 왜일까?

마주칠 일이 많고, 부딪치는 일이 꽤 있어서인지 하루의 시작과 끝이 현으로 시작해서 현으로 끝나게 되는 묘한 상황이 이어졌다. 좀 있으면 배달 직원 범수도 복귀할 테니, 조금만 참으면 돼. 볼 기회가 줄어들면 자연히 일상으로 돌아가겠지. 거울에 비친 자신의 표정은 아니라고 말하는 것 같았지만, 무시한 채 다은은 그대로 집을 나섰다.

엘리베이터에서 내려 막 아파트 입구를 향하는데, 뒤에서 클랙슨이 들려왔다. 무심코 뒤돌아본 다은은 어디선가 많이 본 차에 눈을 동그랗게 떴다. 저건 분명…….

생각이 끝나기도 전에 현이 운전석에서 내려섰다. 편해 보이는 셔츠에 슬랙스 차림의 그를 보는 순간 심장이 속도를 더해 뛰기 시작했다. 레몬을 보면 입에 침이 고이듯 자연스러운 반응이었다.

"타. 태워다줄게."

마음은 어서 타라고 말하고 있었지만, 이성이 그런 다은을 막아 섰다.

"괜찮아요. 요 앞에서 버스 타면 금방이에요."

"그러지 말고 타. 30분이나 기다렸는데."

기다려요? 저를요? 말 대신 표정으로 질문하는 다은을 보며 현이 조수석 문을 열었다.

"설마 우연히 마주쳤다고 생각하는 거야? 그런 우연의 5할 이상은 의도된 만남일걸?"

그러니까 결국 이건 대표님이 의도한 만남이라는 얘기잖아요. 그런데 대체 왜요? 차마 물어보지 못하고 눈만 깜빡이는 다은의 바로 앞까지 걸어온 현이 언제나처럼 사람 홀리는 미소를 지었다. 연한 무스크 향이 코를 스쳤다.

넘어가면 안 돼. 넘어가면 안 돼. 다짐, 또 다짐했지만 정신을 차렸을 때는 이미 차에 올라탄 뒤였다. 타의도, 자의도 아닌 애매한 상태로 차에 올라타자 현이 다은의 좌석으로 손을 뻗었다. 본능적으로 몸을 피한 다은이 재빠르게 안전띠를 맸다. 그 모습을 가만히 지켜보던 현이 운전석에 올라탔다.

"그럼 출발할까?"

유독 이 사람에게만 약해지는 이유가 뭘까?

"아침부터 얼굴 보니 좋다."

자신을 향해 미소 짓는 현을 본 순간, 다은은 인정할 수밖에 없었다. 이제 더는 이 남자에게 향하는 마음을 붙잡을 수 없다는 것을.

하루를 어떻게 보냈는지 알 수 없었다. 멍하니 있다가도 의미 없이 나오는 웃음을 막을 수 없었다. 관계의 진전이 있었던 것도 아니고 그저 아침 카풀을 했을 뿐인데 이렇게 들뜨다니.

지은이 몇 번이나 무슨 좋은 일 있냐 물어올 정도였지만, 딱히 대답할 말이 없었다.

점심시간, 선우 엔터테인먼트로 향하는 다은의 심장은 요동치고 있었다.

누군가를 좋아한다는 게 이런 마음이구나. 현을 좋아하면 안 된다고 억눌러왔던 마음이 그러길 포기하기 무섭게 제집을 찾은 양 날뛰고 있었다. 이 정도면 중증이었지만, 억눌렀던 이전보다 훨씬 마음 편했다. 비록 외사랑이라 할지라도 제 마음에 충실할 수 있으니.

현의 사무실 앞에 도착한 다은이 숨을 고르고 있을 때, 안에서 여자 목소리가 들려왔다.

"자꾸 받아주니까 그렇잖아."

평소보다 선명하게 들린다 했더니 문이 살짝 열려 있었다.

"이러다 진짜 버릇 나빠지겠다."

"좀 나빠져도 돼."

답하는 현의 목소리가 너무 다정했다. 친한 사인가?

"사랑을 표현하는 게 나쁜 건 아니잖아."

노크하려던 손이 허공에서 멈췄다. 사랑? 지금 사랑이라고 했어? 생각을 정리하기도 전에 다시 대화가 들려왔다.

"맞는 말이긴 한데, 좀 자제하란 말이야."

"최대한 자제하고 있는 거야. 모르겠어?"

다정한 목소리에 가슴이 콱 막혀왔다. 슬금슬금 뒷걸음치던 다은은 가까이에서 들리는 목소리에 걸음을 멈췄다.

"다은 씨, 여기서 뭐 해?"

축하파티 후, 제법 친해진 수정이었다.

"아, 도시락 배달 왔는데, 대표님 사무실에 손님이 계신 것 같아서⋯⋯."

복잡한 속내와 달리 목소리는 평소처럼 나왔다.

"아~ 선우현의 뮤즈?"

"뮤⋯⋯ 즈요?"

"응. 예전부터 대표님 마음속엔 단 한 사람밖에 없거든."

수정이 현의 사무실 쪽을 바라보며 말했다. 도시락을 쥔 손에 저도 모르게 힘이 들어갔다.

"이사님, 죄송한데 도시락 좀 전해주실 수 있을까요? 대화하시는데 방해하기도 그렇고, 다음 배달이 있어서⋯⋯."

흔쾌히 그러겠다 말하는 수정에게 도시락을 건네고 돌아오는 길, 불과 몇 분 전만 해도 설렘 가득하던 심장이 싸늘하게 식어버렸다.

기계적으로 바이크를 몰아 가게로 돌아온 다은에게 지은이 울상을 지으며 말했다.

"다은아, 내가 소개팅 날짜 잘못 알았나 봐. 다음 주라 알고 있었는데 오늘이래."

아, 소개팅. 안 한다고 해야 했는데. 분명 머리는 그렇게 말하고 있었지만, 나오는 말은 달랐다.

"오늘 하면 되지."

지은의 얼굴이 눈에 띄게 밝아졌다.

지은의 강요에 못 이겨 옷을 갈아입고, 간단하게나마 화장도 하고, 다은은 그렇게 자신이 아닌 듯 자신을 꾸몄다.

버스를 이용하는 대신 택시까지 타고 소개팅 장소로 향하는 길, 다은의 입에서 기어코 한숨이 새어 나왔다.

소개팅을 하겠다고 한 게 후회되었다. 다른 사람을 마음에 품고 소개팅이라니, 이건 상대에 대한 예의가 아니었다. 하지만 취소하기에는 너무 늦어버렸으니, 결국 만나서 거절하는 수밖에 없었다.

창에 비치는 자신의 얼굴이 무척이나 쓸쓸해 보였다. 한참을 그렇게 창밖을 응시하고 있는데 들고 있던 휴대폰에서 진동이 느껴졌다. 별생각 없이 문자 버튼을 누른 다은은 액정에 뜨는 글자에 숨을 멈췄다.

[지금 어디야?]

지금 제 마음을 이렇게 아프게 하는 남자에게서 온 문자. 답을 해야 하나 말아야 하나 망설이던 다은이 작게 한숨을 내쉬고는 휴대폰을 주머니 속으로 밀어 넣었다.

몇 분 후, 약속 장소에 도착한 다은이 카페 안을 살폈다. 준석이 알려준 번호로 전화하려는데, 낯선 남자가 다가왔다.

"허다은 씨?"

"네."

"박성준이라고 합니다."

그제야 다은의 시선이 남자에게로 향했다. 형부가 보증한다던 남자, 박성준. 준석 말대로 훤칠한 키에 호감형의 얼굴을 가진, 엄친아라는 단어가 잘 어울리는 사람이었다. 자리를 잡고 앉자 성준이 들뜬 목소리로 말했다.

"진짜 나와주실 줄 몰랐어요. 제가 준석 형을 많이 졸랐거든요. 형수님이 하시는 가게에 갔다가 다은 씨를 처음 봤었죠……."

성준의 말이 계속되고 있었지만, 관심이란 단어를 듣는 순간 다은의 머릿속에 다른 상황이 펼쳐졌다. 자신의 코앞에서 미소 짓던 현의 얼굴.

'관심 있어서요.'

"다은 씨?"

성준의 목소리에 현실로 돌아온 다은이 고개를 들었다.

"어디 불편하세요?"

"아, 아니에요. 저 잠시 실례할게요."

황급히 자리를 뜬 다은이 화장실로 직행했다. 미안하다는 말부터 꺼냈어야 하는데, 선수를 뺏겨 말할 기회를 놓쳐버렸다. 허다은, 정신 차리자.

차가운 물로 손을 씻고 나자 정신이 드는 것 같았다. 주머니에서 손수건을 꺼내려는데 무음으로 해뒀던 휴대폰이 반짝이는 게 보였다.

우선 이 휴대폰부터 끄자. 서둘러 버튼을 누르려다 손이 미끄러지며 통화 버튼을 누른 건 그 순간이었다.

-끊지 마.

전화기 너머 들려오는 현의 목소리에 숨이 턱 막혀왔다. 종료 버튼을 눌러야 했지만, 그럴 수가 없었다. 작게 한숨을 내쉰 다은이 결국 휴대폰을 귀에 가져다 댔다.

"지금 전화 받기 곤란해요."

-알아.

"……."

-이거 하나만 말하고 싶었어. 장난이었던 적 없어. 한 번도. 드물게 진지해서 겁이 날 정도야.

그의 입에서 나올 거라곤 생각지 못했던 말들이었다.

-면역력 없다고 했지? 그 면역력, 나도 없어. 너에겐.

"……진짜 끊어야 해요."

-기다릴게.

끊기 전 들렸던 마지막 말이 다은을 혼란스럽게 했다.

성준은 유쾌한 사람이었다. 유머와 위트, 배려까지, 무엇 하나 나무랄 곳 없는, 이런 남자가 왜 자신을 만나고 싶어 했는지 의아할 만큼.

하지만 그 모든 것을 즐기기에 다은의 머릿속은 복잡하기만 했다. 거기에 죄책감이 더해졌다. 섣부른 결정으로 성준에게도 실례를 저지르고 있다는 생각이 들었기 때문이었다.

"형님은 다은 씨가 무척 솔직한 사람이라고 하더라고요."

"네, 그래서 가끔 직설적이란 얘기도 들어요."

"그래서 걱정이에요. 싫다고 딱 잘라 거절할까 봐."

어떤 반응이라도 보여야 할 것 같아 말 대신 엷게 미소 지었다. 하지만 웃는 게 웃는 게 아니었다. 성준의 말대로 난 결코 감정을 속이는 사람이 아닌데, 왜 이렇게 겁쟁이가 되어버린 걸까?

결국, 다은은 소개팅 장소로 오는 내내 생각했던 말을 꺼냈다.

"성준 씨, 정말 미안해요."

"네? 뭐가?"

"제 실수예요. 성준 씨를 만날 만큼 마음이 정리되지 않았는데."

상황을 모면하고자 감정을 속일 수는 없었다. 성준이 대꾸할 말을 찾지 못하고 당황하는 사이 몇 번이나 미안하단 말을 전하고 밖으로 나온 다은은 곧바로 택시를 잡아탔다.

그는 진심이라고 했다. 그것이 입에 발린 거짓말일지라도 믿어보고 싶었다.

28년 만에 가슴을 두근거리게 하는 남자를 만났는데 이렇게 보낼 순 없어. 상처받을 게 두려워 도망치는 건 나답지 않아.

"어디로 모실까요?"

택시 기사의 질문에 다은이 힘주어 답했다.

"선우 엔터테인먼트요."

마음은 이미 현에게로 가 있는데, 택시는 너무 느렸다. 신호에 걸려 택시가 정차했다. 창밖을 내다보던 다은이 눈에 익은 간판에 시선을 고정했다. 강민의 계약 축하파티를 했던 가게였다.

그날, 술 취해 추태를 부렸을 때 그는 무슨 생각을 했을까?

바로 그 순간, 그렇게 생각해도 나지 않던 기억의 한 조각이 맞춰졌다.

"저하테 이러시면 아 되죠?"

분명 정신은 멀쩡한데 나오는 발음이 이상하다.

"뭐가 안 된다는 거예요?"

"그여니까 이런 거 하지 말고."

자신의 어깨를 감싸 안은 팔을 떨쳐내려 다은이 몸을 비틀었지만 쉽지 않았다.

"놓으면 바로 쓰러질 거면서."

"쓰러져도 시켜 쓰지 마요."

"그건 안 되겠는데. 하나하나 다 신경 쓸 거예요."

자신이 들은 말이 현의 입에서 나온 것인지는 확실하지 않았지만, 어깨를 감싼 손에는 한층 더 힘이 들어갔다.

그러니까 이런 다정함이 싫다고. 아무에게나 친절한 남자가 얼마나 사람 헷갈리게 하는지 이 사람은 알까? 그럴 리 없다고 생각하면서도 자꾸 기대하게 되는 제 마음을 이 사람은 알까? 나만 고민하고, 나만 신경 쓰고. 결국 다 나 혼자 하는 거잖아! 울컥 눈물이 날 것 같았다.

"추입증, 왜 해주신 거예요?"

"······대외적인 대답을 원해요? 진심을 원해요?"

"진심."

정신없는 와중에도 정확하게 발음한 단어였다.

"출입증 없었으면 그냥 데스크에 맡겼겠죠?"

"······."

"나 보고 가라고 그랬어요. 자꾸 봐야 정도 들죠."

맨 정신이었다 해도 쉽게 이해하지 못할 말을 술 취한 채로 들었으니 이해될 리 만무했지만, 그럼에도 느껴지는 뭔가가 있었다.

"자꾸 허까리게 하지 마라고. 그여니까 내가······."

속에 담고 있던 말이 소리가 되어 나왔다. 답답한 마음을 내보이듯 반 토막 난 채로.

166

"그러니까, 나 때문에 헛갈린다는 건가?"

그래도 철석같이 알아듣는 게 신기하기만 했다. 칭찬이라도 해주고 싶었지만, 입을 열었다간 또 반 토막에 잔뜩 꼬인 발음이 나올 것 같아 고개만 끄덕였다.

"헛갈릴 필요 없는데."

자꾸 감기려는 눈을 부릅뜨는데, 스쳐 지나가듯 그의 목소리가 들려왔다.

"진심이니까."

"나, 조아해요?"

답을 들어야 하는데 눈꺼풀이 무거워졌다. 몇 번이나 힘을 줘 다시 떴지만, 이제는 한계.

"좋아해."

눈이 감기기 직전 나지막한 목소리가 들린 것 같았지만 다은은 이미 눈을 감고 난 후였다.

이제야 선명히 떠오르는 그날의 기억에 다은이 손을 들어 얼굴을 감쌌다. 왜, 이제야 이게 생각나는 걸까?

그 시간, 현은 초조하게 사무실을 배회하고 있었다. 저녁 도시락 배달을 다른 사람이 하는 게 이상해 다은에게 전화했지만 그녀는 받지 않았다. 무슨 일이 있는 건 아닌지, 혹시나 강민은 알까 하고 물어보러 가던 길에 녹음실 앞에서 강민과 지은의 대화를 듣지 못했다면 다은이 소개팅하는 것조차 까맣게 몰랐을 터였다.

소개팅이라니. 전혀 생각지도 못했던 전개에 겁이 났다. 아무것도 못 하고 이대로 다은을 뺏길까 봐 두려웠다. 당장에라도 소개팅 장소가 어디냐 물어보고 싶었지만, 그곳에서 다은을 데리고 나오고 싶었지만 그럴 수 없었다. 지금은 그녀의 선택을 기다려야 했다. 현이 거칠게 머리를 쓸어 올렸다. 분명 그날 내 마음을 전했는데, 마음이 전해지지 않았던 건가? 아니면 내 마음을 받아들이지 않겠다는 건가? 지금이라도 마음이 전해졌기를 바라며 현은 간절한 마음으로 다은을 기다렸다.

영겁 같은 시간이 흐르고 문이 열렸다. 눈앞에 다은이 있었다.

"저, 좋아하세요?"

붉게 물든 얼굴로 당돌하게 질문하는 다은에게 현이 망설임 없이 말했다.

"좋아해."

다은의 눈이 놀라움으로 커졌다. 현이 한 걸음, 한 걸음 그녀에게로 다가섰다.

진작 말했어야 했어. 확실하게 전했어야 했어. 그러지 못해 이렇게 돌아왔나 봐. 그래도, 지금이라도 전할 수 있어서 다행이야. 이제 그만 내 마음 받아주지 않을래?

다은과 눈을 맞추며 현이 그 모든 마음을 담아 말했다.

"우리 연애하자."

다은의 심장이 쿵 하고 떨어졌다.

"싫다는 말은 하지 마. 이미 마음을 들켜버렸으니까."

예상하지 못한 전개이긴 했지만 거절할 수 없었다. 그의 말대로 이미 마음을 들켜버렸으니까. 이제 직진하는 수밖에 없다는 생각에 다은이 숨을 가다듬었다.

"……당분간은 다른 사람들에게 비밀로 했으면 좋겠어요."

좋아하는 사람과 연애를 하게 되어 기뻤지만, 너무 유명한 사람이라 걱정스러웠다. 게다가 강민의 소속사 사장님, 여러 가지 여건들이 공개 연애를 부담스럽게 만들었다.

대범하게 자신이 바라는 바를 말하긴 했지만, 너무 자신의 생각만 하는 건 아닌가 미안해졌다. 쭈뼛거리는 다은을 가만히 바라보던 현이 드디어 입을 열었다.

"원한다면 그렇게 해. 대신, 나에 대한 확신이 생길 때까지만이야."

속에 들어갔다 나온 것처럼 제 마음을 콕 집는 현을 보며 다은이 고개를 끄덕였다. 그렇게 두 사람의 비밀 연애가 시작되었다.

6. 달콤한 첫 키스의 추억

"어제 소개팅 잘 안 된 거지?"

지은의 질문에 다은이 고개를 숙였다.

"말해줄 때까지 기다리려고 했는데 궁금해서……."

온종일 질문하고 싶은 걸 꾹 참았을 언니에게 미안했다. 먼저 말해주길 기다렸겠지만, 정신이 딴 데 가 있어 미처 신경 쓰지 못했다.

"그게, 그렇게 됐어."

"마음에 안 들었어?"

"아니야. 사람은 좋았어."

단지 '사람만'이라는 게 문제야. 마음이 딴 곳에 가 있는데 다른 사람이 눈에 들어올 리가 없잖아.

다은이 작게 한숨을 내쉬었다.

"무슨 말인지 알아들었어. 소개팅은 신경 쓰지 마. 형부한텐 내가 얘기할게. 난 네가 진심으로 사랑할 수 있는 사람을 만났으면 좋겠어."

누굴 만나기로 하긴 했는데 아직 언니한테 말할 수는 없어. 나중에 좀 더 마음이 확실해지면 그때 말할게. 바삐 손을 움직이는 지은을 바라보며 다은이 속의 말을 삼켰다.

"이게 마지막이야. 선우 엔터테인먼트."

식탁 위에 도시락 두 개가 나란히 놓였다. 저 중 하나는 제 것일 게 분명했다.

10분 후, 다은은 건물 밖에 서 있는 현과 마주쳤다.

"왜 나와 계세요?"

"기다렸어."

환하게 웃는 모습이 얼마나 매력적인지, 저 미소가 자신에게만 향했으면 좋겠다. 이제껏 알지 못한 소유욕이 물밀 듯 밀려왔다. 그 마음이 들킬세라 다은이 황급히 입을 열었다.

"날도 더운데."

"괜찮아. 기다리는 동안 충분히 설레었으니까."

불과 어제 사귀기로 한 사인데, 이렇게 훅 들어와도 되는 걸까?

"덥지?"

현이 다은의 손을 잡았다. 차가운 느낌. 그게 아이스팩임을 눈치챈 다은의 입가에 미소가 스쳤다.

"웃으니까 예쁘다."

다은은 그렇게 아이스팩을 사이에 두고 현과 손을 맞잡았다. 이 순간만큼은 둘이 사귄다는 걸 누구에게 들키든 상관없었다. 그게 설사 강민이라 할지라도…….

사이좋게 도시락을 열며 현이 물어왔다.

"배달, 힘들지 않아?"

"배달 자체는 힘들지 않은데, 가끔 이상한 사람들이 있어서 그게 좀 힘들어요."

"어떤?"

다은이 간단하게 자신이 겪은 일들을 털어놓았다. 주차장에 주차하지 못하게 하는 바람에 몇 블록 떨어진 곳에 바이크를 세우고 걸어서 배달했던 일, 꼭 직접 받아야 한다며 30분이나 기다렸던 일 등등.

"속상했겠네."

"네, 솔직히 좀 그래요. 그래도 열심히 배달해야죠."

비장한 표정으로 손을 불끈 쥐고 있는 다은의 모습에 현이 미소 지었다.

"내 생각도 같아. 힘들다고 할 일을 안 할 수는 없으니까 이왕이면 열심히."

도시락을 먹으며 대수롭지 않게 건네는 말이었지만, 그 말에 다은의 얼굴이 환해지는 건 당연했다. 누구라도 해줄 말이긴 했지만 그걸 그가 해줘서 기뻤다.

"이래서 제가 대표님을 좋아하나 봐요."

저도 모르게 나온 말이었다. 생각할 것도 없이 현을 향한 첫 고백, 자신이 무슨 말을 한지도 모른 채 식사하는 현을 바라보던 다은은 갑자기 멈춘 젓가락질에 고개를 갸웃했다.

"입에 안 맞아요?"

진갈색 눈동자가 다은에게 닿았다.

"다은아."

갑작스레 불린 이름. 자신의 이름을 부르는 그의 목소리가 너무나 매력적이라 다은은 작게 입을 벌린 채 답했다.

"네?"

현의 손이 다은의 뺨에 닿았다. 현실감 없는 이 상황은 꿈인가? 현실과 구분되지 않는 지금의 상황이 꿈이라 굳게 믿은 다은이 마치 드라마 속 주인공처럼 그의 손바닥에 자신의 얼굴을 비볐다.

"너무 늦어."

그가 하는 말을 알아들을 수 없었다. 진갈색 눈동자가 평소보다 더 짙어진 것 같은데, 내 착각인가?

"좋아한 건 내가 먼저야."

저음의 목소리가 다은의 온몸을 휘감았다. 그리고 다음 순간 현의 얼굴이 코앞까지 다가왔다.

"그러니까 보상받아야지."

입술을 스치는 따스한 느낌. 처음 접하는 느낌이 생소하면서도 기분 좋았다. 여전히 몽롱한 정신으로 다은이 입을 열었다.

"어떻게요?"

말이 끝나기 무섭게 조금 전 입술에 스쳤던 따스함이 다시 느껴졌다. 몰캉하게 맞닿은 무언가가 따스함을 전했고, 연이어 입술을 부드럽게 쓰는 무언가는 다은의 발끝에 전율을 일으켰다.

쉴 새 없이 몰아치는 생소한 감각에 정신을 차릴 수가 없었다.

뒷덜미를 부드럽게 감싸는 손과 입술에 닿은…… 거기까지 생각하던 다은이 눈을 번쩍 떴다. 현의 얼굴이 코앞, 아니 자신과 겹쳐져 있었다. 교차한 코와…….

하지만 그게 전부였다. 더는 생각이란 걸 할 수가 없었다. 끊임없이 갈라진 틈새를 공략하는 미지의 것이 모든 신경을 마비시켰다.

맞닿은 입술, 침범하는 미지의 것. 달콤하고도 달콤한 시간이 그렇게 흘러가고 있었다.

달콤한 시간이 끝나고 나자, 현이 다은을 자신의 품에 안았다. 음란마귀를 떨쳐내지 못해 결국 다은에게 키스하고 말았지만, 전혀 후회되지 않았다.

오히려 지금까지 참아낸 걸 장하다 칭찬해주고 싶은 심정이었다. 스킨십을 별로 좋아하지 않아 수도승 같단 말을 들은 적도 있었는데, 그녀에게만은 예외였다. 만지고 싶고, 키스하고 싶고, 안고 싶었다.

자신도 모르던 자신을 마주한 기분은 나쁘지 않았다. 다은의 체향에 취해가던 현의 귀에 정적을 깨는 노크 소리가 들려왔다.

따스한 현의 품 안에서 무아지경이 된 다은의 귀에도 같은 소리가 들려왔다. 놀란 다은이 꼼지락거리며 현의 품에서 벗어나고자 노력했지만, 현은 놓아주는 대신 그녀를 안은 팔에 더 힘을 주었다.

"들어오지 마."

대답은 무심했다. 다은의 심장이 조금 전보다 더 쿵쾅거리기 시작했다. 나쁜 짓 하고 들킬 걸 겁내는 학생의 마음. 지금이 딱 그 랬다.

"네, 대표님. 그럼 한 시간 후에 다시 오겠습니다."

문 너머로 여자의 목소리가 들리더니 이어 약한 하이힐 소리가 났다. 다은의 입에서 안도의 한숨이 새어 나왔다.

이제 방해꾼이 사라졌다 싶었을 때, 다은의 휴대폰이 울리기 시작했다. 무시하기엔 너무나 긴 진동에 결국 다은이 현의 품에서 벗어나 휴대폰을 들었다.

-무슨 일 있는 건 아니지?

걱정스러운 지은의 목소리가 들려왔다. 돌아올 시간이 지났는데도 돌아오지 않는 자신을 노심초사 기다렸을 거라 생각하니 미안해졌다.

"아니야. 전화한다는 걸 깜빡했네. 누굴 좀 만나서……."

뒷말을 흐렸지만, 다행히 지은은 별 의심 없이 받아들였다.

-그래? 난 또. 알았어. 잘 만나고 와.

전화가 끊기고 나자 정적이 흘렀다. 이 상황을 벗어나고 싶기도, 벗어나고 싶지 않기도 했다. 종잡을 수 없는 마음으로 내렸던 시선을 들자 현의 얼굴이 보였다.

"부족해."

혼잣말하듯 나지막한 목소리에 다은이 저도 모르게 동조했다.

"그러게요."

"진짜 그렇게 생각해?"

돌아오는 물음에 다은이 눈을 끔뻑거리며 고개를 끄덕였다. 뭔지는 모르지만, 긍정의 답을 해야 할 것 같았다.

"다행이네. 같은 생각이라니."

그 말과 동시에 현의 얼굴이 코앞까지 다가왔다.

"왜…… 왜 이러세요?"

궁지에 몰린 생쥐의 기분이 이럴까? 당황하는 다은과 달리 현은 느긋하기만 했다.

"같은 생각이라면서."

느릿하게 답한 현이 다은에게로 입술을 내렸다. 부끄러움과 당황을 넘어서는 설렘과 기대에 다은은 그대로 눈을 감아버렸다.

반찬가게로 돌아온 다은이 심각한 얼굴로 거울을 들여다봤다. 키스의 여파 때문인지 평소보다 붉어진 입술이 도톰하게 부풀어 있었다. 생각하지 않으려 했지만, 입술에 닿았던 감촉이 자꾸 생각 났다. 아니, 느껴졌다.

다은에게는 첫 키스였지만 현에겐 아닐 게 뻔했다. 손해 보는 느낌이 들었지만 그래도 첫 키스의 상대가 그라서 좋았다. 사귀기로 한 지 겨우 이틀이 지났다거나, 진도가 너무 빠르다거나 하는 생각들은 이상하게도 들지 않았다.

자신이 이렇게나 개방적이었나 하는 생각이 들었지만, 그만큼 그를 향한 마음이 컸기에 생각보다 자연스럽게 받아들일 수 있었다.

도톰하게 부푼 입술을 손끝으로 살짝 쓸어내린 다은이 한숨을 내쉬었다. 좋은 것과 별개로 몇 시간 후면 아무런 대책 없이 그와 대면해야 한다는 생각에 머리가 지끈거리기 시작했다.

고민했던 시간은 너무 빨리 다가왔다. 현의 사무실 앞에 선 다은이 작게 한숨을 내쉬었다. 부디 그가 자리를 비웠기를 기도하며 노크하려는데, 기다렸다는 듯 문이 열렸다.

놀란 다은의 눈이 커졌다. 정신을 차리기도 전에 불쑥 튀어나온 손이 그녀의 팔을 잡아끈 것이었다. 등 뒤로 문이 닫히는 소리가 유난히도 크게 들려왔다.

등 뒤로는 문이, 앞으로는 현이. 다은은 꼼짝없이 둘 사이에 갇혀 있는 모양새였다.

"미안. 놀랐어?"

부드러운 말투와 달리 눈에는 장난기가 가득 담겼다.

"어, 어떻게 아셨어요?"

쿵쾅거리는 심장 소리를 들킬까 다은이 얼른 입을 열었다.

"그게 중요해?"

"글쎄요."

최대한 현에게서 떨어지려 몸을 움직였지만, 그와 문 사이에 끼인 상태라 소득은 없었다. 현의 얼굴이 코앞까지 다가왔다. 여전히 갇힌 자세로 빨려들 듯한 진갈색 눈동자의 공격을 받는 건 생각보다 힘든 일이었다.

결국 중압감을 이기지 못한 다은이 눈을 감았다. 눈을 감았지만, 여전히 자신에게 닿아 있는 시선이 느껴졌다.

현은 아기 새처럼 속눈썹을 떨고 있는 다은을 보며 제 안의 악마와 싸워야만 했다. 꾹 다문 저 입술에 당장에라도 키스하고 자신의 것이라 낙인을 찍고 싶었지만, 그러기에 그녀는 너무 순수했다.

그렇다고 그냥 이대로 그녀를 놓아줄 수도 없었다. 결국, 현은 악마와 천사의 중간 지점에서 타협하고야 말았다.

쪽, 원초적인 소리와 함께 따뜻한 무언가가 다은의 입술을 스치고 지나갔다. 생소하지 않은 감각에 금세 그것의 정체를 알아차린 다은이 속눈썹을 파르르 떨었다.

어서 눈을 떠야 한다는 이성과 조금 전 감각을 다시 한 번 느껴보고 싶다는 감정 사이에서 고민하던 그때, 다시 쪽, 조금 전보다 긴 접촉이 이어졌다.

온몸에 짜릿한 감각이 스치고 지나갔다. 겨우 몇 번 맛본 달콤함에 중독이라도 된 건지, 냉정해야 한다는 이성과 달리 이걸론 부족하다며 온몸이 요동치고 있었다.

현은 눈 한 번 깜빡이지 않고 그런 다은의 미묘한 변화를 지켜봤다. 이성을 붙잡으며 두 번의 짧은 키스를 했지만, 그녀는 여전히 눈을 감은 채였다. 그녀의 눈동자 안에 자신만 오롯이 담기는 걸 보고 싶다는 열망이 마음속에서 아우성쳤다.

"눈…… 안 뜰 거야?"

고막을 침범하는 목소리와 숨결. 온몸에 오소소 소름이 돋는 느낌에 다은이 눈을 떴다. 입술과 입술의 거리는 겨우 몇 센티. 삐딱하게 얼굴을 튼 탓에 다은의 코는 현의 코와 엇갈려 있었고, 그건 누가 봐도 키스하기 좋은 자세였다.

"내가 너무 몰아붙이고 있는 건가?"

저음의 목소리가 못 견디게 매력적이었다. 다은은 저도 모르게 고개를 저었다. 너무 힘차게 저었던 탓일까? 둘의 입술이 부딪쳤다. 키스도, 무엇도 아닌 그저 우연한 접촉.

싫었다. 이 남자와 이 정도의 접촉만으로 끝낸다는 건. 다은의 입술이 순수한 자신의 의지로 현의 입술에 닿았다. 현의 눈이 커졌지만 이미 눈을 감아버린 다은은 알 수 없었다.

아무것도 하지 않고 입만 맞댄 상태였지만, 이 면역력 제로인 아가씨가 자신에게 먼저 키스했다는 것의 의미가 현에게 벅찬 감정을 불러일으켰다. 머릿속이 새하얘졌다.

쪽, 쪽. 원초적이고도 애틋한 접촉이 이어졌다. 이성을 놓아버리자 그 자리에 감성이 자리했다. 다은이 팔을 들어 현의 목을 감쌌다.

겨우 붙잡고 있던 이성이 사라져버린 건 바로 그 순간. 다은을 안은 팔에 저절로 힘이 들어갔다. 부드럽던 이전과 달리 거칠어진 키스가 이어졌다. 작게 틈이 벌어진 입 속으로 현의 혀가 침범했다.

긴 키스가 끝나고 난 뒤, 다은의 손등 위에 현의 입술이 닿았다. 입술과 또 다른 짜릿함이 온몸을 휘감았다.

이 남자는 타고난 사랑꾼임이 틀림없다. 다른 말로는 바람둥이, 카사노바. 그러니 키스도 저렇게 잘하는 거겠지. 어쩐지 억울하단 생각이 들었다. 분명 다른 여자들에게도 이런 식으로 말했겠지.

난 처음인데, 지금 겪고 있는 모든 것들이 다 처음인데.

"……놔주세요."

심술 난 다은이 손을 빼려 했지만, 현은 그녀의 손을 놓치지 않았다.

"좀 참아줘. 잡고 싶으니까."

왜 그런 달콤한 말을 하는 건데요! 나오려는 말을 입 안으로 꾹 삼켰다.

"우리 지난번 그 공원에 커피 마시러 갈까? 진짜 여자 친구라고 자랑하고 싶어."

어린애 같은 말에 표 나지 않게 미소 짓던 다은이 불현듯 떠오른 의문을 입 밖으로 뱉어냈다.

"그런데, 진짜 거기 여자 친구 데려간 적 없어요?"

"자랑하고 싶은 사람이 없었어."

그래, 당연히 여자 친구는 있었겠지. 저 외모에, 저 능력에, 여자 친구 없었던 게 이상한 거지. 쉽게 현실을 인정하며 커피를 마시려는데 현의 목소리가 들려왔다.

"그런데 넌 자랑하고 싶어. 이렇게 예쁜 여자 친구 있다고."

숨이 턱 막혔다.

"노…… 농담하지 마요."

소심하게 외치는 다은에게 현의 얼굴이 다가왔다.

"농담처럼 들려?"

적응될 법도 한데 예고 없이 훅 들어오는 그에게는 여전히 적응되지 않았다. 다은이 대답 대신 고개를 끄덕였다.

"그래? 그럼 정당한 이유를 말해볼까?"

"……"

"웃는 건 사랑스럽고, 화내는 건 귀엽고, 다정한 눈빛으로 바라볼 때는 심장이 떨려. 정신을 차리고 보면 네 얼굴에 눈이 가 있고, 어느 순간 입술로 시선이 내려가. 키스하고 싶은 걸 참느라 내가 얼마나 힘든지 넌 모르겠지. 더 할까?"

사과처럼 발갛게 달아오른 얼굴을 보며 현이 장난스럽게 물어왔다.

"돼, 됐어요. 알았으니까 그만해요."

"진짜 안 거 맞아?"

"……"

"허다은이 내 여자 친구라고 자랑하고 싶은데 할 수가 없네. 강민한테라도 살짝 말해버릴까?"

농담임을 알면서도 다은이 펄쩍 뛰었다.

"안 돼요!"

"그러니까, 비밀 유지하기 위해선 뇌물이 필요하겠지?"

"네?"

뇌물이란 말에 왜 사무실에서의 키스가 생각나는지 알 수 없었다. 하지만 그 생각이 나자마자 가슴이 콩닥콩닥 달음질치기 시작했다.

다은의 생각을 증명이라도 하듯 현의 얼굴이 코앞까지 다가왔다. 하지만 현의 다음 말은 다은을 실망시키기에 충분했다.

"지금부터 허다은의 0순위는 나일 것!"

이미 자신에게 그는 0순위인데. 하지만 모르는 사람에게 꼭 사실대로 밝힐 필요는 없었다. 침묵을 부정의 뜻으로 생각했는지 현이 미간을 구겼다.

"싫다는 건가?"

"아뇨. 그냥 불공평한 것 같아서요."

"그럴 리가. 내 0순위는 이미 너야. 아는지 모르겠지만."

"……."

"면역력이 없다고 했지? 그 말을 처음이라는 뜻으로 받아들여도 될까?"

질문에 답할 수 없었다. 대답 대신 얼굴을 붉히는 다은을 향해 현이 진중한 목소리를 쏟아냈다.

"나도 처음이야. 내 마음 전부를 준 건."

오롯이 한 사람만 담은 눈동자가 다은을 향해 있었다.

시간은 잘도 흘러갔다. 현과 사귀기로 한 이후 다은은 매일 그와 같이 출근했다. 약속을 한 건 아니었지만, 출근길에는 으레 그가 다은을 기다리고 있었다. 그러다 보니 같이 출근하는 게 자연스러워졌다.

"왜 이렇게 일찍 나왔어?"

엘리베이터에서 내리는 다은을 보며 현이 미소 지었다. 새벽이라 해도 무방한 아침. 이른 시각부터 저렇게 멋진 미소를 지을 수 있는 사람이 몇이나 될까 감탄하며 다은이 볼멘소리를 뱉어냈다.

"오빠 더 일찍 나왔잖아요."

사귀기 시작하면서 '오빠'라고 호칭을 정리했다. 처음에는 어색했지만, 이제 제법 익숙해졌다. 약속 시각이 정해져 있음에도 현은 항상 일찍 나오곤 했다. 덕분에 다은이 집에서 나오는 시간도 점점 빨라졌지만, 그를 이길 수는 없었다.

"나이가 들어서 그런지 아침잠이 없어져."

"거짓말."

투덜거리는 다은의 손은 어느새 현에게 잡혀 있었다. 오빠란 호칭이 점점 입에 익숙해지듯 손을 잡는 것도 제법 자연스러워졌다. 같이 출근하는 아침, 오늘이 며칠째더라?

"이제 저 혼자 출근해도 되니까 더 주무세요."

말이 떨어지기 무섭게 현이 걸음을 멈추고는 심각한 얼굴로 물어왔다.

"나하고 같이 출근하는 게 싫어?"

얼토당토않은 질문에 다은이 손사래 쳤다.

"아뇨. 그럴 리가요. 그냥 오빠 피곤할까 봐."

그제야 얼굴을 푼 현이 다시 걸음을 옮겼다.

"잠 더 자는 것보다 네 얼굴 좀 더 보는 게 좋아."

"느끼해요."

말은 그렇게 했지만, 입꼬리가 올라가는 건 어쩔 수 없었다. 차문을 열어주며 현이 다은의 귓가에 속삭였다.

"거짓말하면 나쁜 사람 아닌가?"

귀에서부터 시작된 생소한 느낌이 온몸을 타고 흘렀다.

"네?"

"얼굴에 다 쓰여 있어. 좋다고."

차에 올라타며 붉어진 볼을 숨기느라 다은은 고개를 푹 숙일 수밖에 없었다.

"여기서 내려주세요."

가게 근처에 다다르자 다은이 현을 재촉했다. 다은의 요구에 현이 불만스런 목소리를 내놓았다.

"꼭 그래야 하나?"

며칠째 같은 대화.

"약속했잖아요."

가게에는 지은이 있으니 가게 앞에 세웠다가는 둘 사이를 들키기 십상이었다. 현이라는 걸 눈치채지 못한다 해도 누구냐는 질문에 시달릴 게 뻔했으니 다은으로서는 이게 최선이었다.

"날도 더운데."

다은의 요구대로 차를 세우면서도 현의 얼굴에는 여전히 불만이 가득했다.

"괜찮아요. 바로 이 앞이잖아요."

안전띠를 푼 다은이 빛의 속도로 현의 뺨에 키스하고는 재빨리 차에서 내렸다.

걸음아 나 살려라 뛰어가는 다은을 지켜보던 현은 조금 전, 그녀의 입술이 닿았던 뺨에 손을 가져다 댔다. 찰나의 접촉이었지만, 여전히 온기가 남아 있는 것만 같았다. 가슴속까지 따뜻해지는 느낌에 언제 불만이 있었냐는 듯 얼굴 가득 미소가 피어났다.

그날 오후, 배달할 도시락을 점검하던 다은이 고개를 갸웃했다.
"하나가 모자라는 것 같은데?"
"아, 깜빡했다. 선우 엔터테인먼트, 오늘 배달 취소됐어."
"왜!"
저도 모르게 큰 목소리가 튀어나와버렸다. 격한 반응에 의문을
품은 지은이 하던 작업을 멈추고 고개를 들었다.
"왜 과민 반응이야?"
지은의 눈이 가늘어졌다.
"뭐…… 뭐가?"
"그냥 느낌이 그래."
엄마였다면 다은의 변화를 금방 눈치챘겠지만, 지은은 엄마에
비하면 한참 둔했다. 그런 지은이 저렇게 의심할 정도라면. 마른침
을 꿀꺽 삼키며 다은이 최대한 무심하게 말했다.
"아니, 그냥 매일 배달하는 곳인데 갑자기 배달하지 말라니까
이상해서 그러지. 이거, 이거 포장하면 되지?"
다은이 슬쩍 화제를 돌렸다.
"좀 해줄래? 국에 간 좀 보고 올게."
지은이 조리실로 들어가는 걸 확인한 다은이 현에게 톡을 넣었다.
[무슨 일 있어요?]
출근할 때까지만 해도 아무 말 없었는데 갑자기 도시락 배달을
취소한 게 이상했다.
[아니.]

[그런데 도시락 배달은 왜 취소한 거예요?]

[기다려봐.]

뭘 기다리라는 건지 알 수 없었다. 다시 한 번 물어보려는데 가게 문이 열렸다.

"어서 오세요."

습관처럼 인사한 다은은 자신의 앞으로 걸어오는 남자를 확인하고 눈을 크게 떴다.

"오랜만입니다."

장난스러운 눈빛으로 인사를 건네는 사람은 조금 전까지 톡을 주고받던 현이었다.

"어쩐 일이세요?"

당황한 다은과 달리, 느긋하게 그녀의 앞으로 다가선 현은 탁자 위에 올려진 다은의 손 위에 자신의 손을 포개며 미소 지었다. 심장이 제멋대로 쿵쾅거리기 시작했다.

"볼일이 있어서."

"무슨……."

조리실에서 지은이 걸어 나왔기 때문에 질문은 끝을 맺지 못했다. 현의 장난스러운 눈빛에 그제야 그에게 잡힌 손을 깨달은 다은이 다급하게 손을 빼냈다.

모든 것이 찰나의 순간에 이루어진 일이었지만, 혹시나 지은에게 들키진 않았을까 하는 걱정에 온 신경이 그녀에게로 향했다.

"오셨네요."

지은의 일상적인 인사에 저도 모르게 한숨이 새어 나왔다. 그런 다은을 힐긋 쳐다보며, 현이 인사에 답했다.

"네. 갑자기 죄송합니다."

"아니에요. 말씀하신 것들은 다 준비해뒀어요. 확인해보시겠어요?"

"아닙니다."

오가는 대화를 가만히 듣고 있던 다은은 그제야 현이 가게로 찾아온 이유를 눈치챘다.

반찬 사러 온 거였어? 아주 조금, 사실은 매우 실망스러웠다.

"다은아, 거기 가방 좀."

"응? 아, 여기."

다은의 손에서 현의 손으로 가방이 전달되었다. 손과 손의 스침이 다분히 의도된 몸짓임을 눈치챘지만 어쩔 수 없었다.

혹시나 지은이 눈치채지 않았을까 노심초사했지만, 다행히 지은은 계산하는 데 집중하느라 알지 못했다.

현이 가게를 나설 때까지 다은은 힐끔거리며 지은의 눈치를 봐야 했다. 현이 돌아간 후 안도의 한숨을 내쉬는 다은에게 지은이 물어왔다.

"저분, 목소리 너무 좋지 않니?"

"그런 것 같기도……."

"잘생긴 데다 점잖고, 재력도 엄청나다던데?"

형부 준석 외에 다른 남자에겐 관심 한 자락 없던 지은의 입에서 나온 말이라기엔 뭔가 미심쩍었다. 설마 뭔가 눈치챈 거 아닐까?

"강민이 올 때마다 입에 침이 마르게 말하잖아. 롤모델이라면서."

그제야 의심했던 마음을 내려놓을 수 있었다. 그래, 강민이 있었지.

"나도 들은 것 같긴 해."

"저런 남자 잡는 여자는 복 받은 거겠지?"

그 여자가 자신이라고는 말할 수 없었다. 괜스레 찔리는 마음에 슬쩍 화제를 돌렸다.

"형부한테 다 일러줄 거야."

"애는, 내가 뭘 어쨌다고."

"언니는 그냥 아무 생각 없이 한 말이겠지만 듣는 형부는 아니라는 데 내 한 달 월급을 걸게."

"괜한 분란 만들지 마셔."

지은의 말에 킥킥거리던 다은은 청량한 톡 알림음에 휴대폰을 들었다.

[잠깐 괜찮아?]

슬금슬금 지은의 눈치를 보며 다은이 크게 하품했다.

"아함, 피곤해."

"그러게 아까 들어가라니까. 지금이라도 들어가서 좀 쉬다 나와."

"그…… 럴까?"

느릿한 말과 달리 손놀림은 빨랐다. 재빨리 앞치마를 벗어 던진 다은은 인사를 하는 둥 마는 둥 가게를 나섰다. 가게를 나선 것과 통화 버튼을 누른 것은 거의 동시였다.

"어디예요?"

-코너 돌면 있어.

코너를 돌자 현이 보였다. 자신을 향해 뛰어오는 다은을 보며 현이 미소 지었다. 드디어 손에 닿을 만큼 다은이 가까워지자 현이 손을 뻗어 그녀를 자신의 품으로 당겨 안았다.

둘의 몸이 건물의 틈 사이로 들어간 건 바로 다음 순간. 좁은 틈 사이에 있으려니 자연히 둘의 몸이 밀착될 수밖에 없었다.

너로 물들다 187

"놀랐잖아요."

"가게로 찾아온 게? 아니면 이 틈에 갇힌 게?"

둘 다라는 말이 입 밖으로 나오려 했지만, 바로 코앞까지 다가온 숨결에 말문이 막혀버렸다.

"보고 싶지 않았어?"

슬쩍 고개를 돌려 현의 숨결에서 벗어난 다은이 겨우 입을 열었다.

"아침에 봤잖아요."

"섭섭하네. 난 많이 보고 싶었는데. 자극한 사람치고는 너무 얌전한데?"

자극이라니 얼토당토않은 말이었다.

"내가 언제요."

"기억 안 나?"

대답하기도 전에 따뜻한 무언가가 뺨에 닿았다. 그제야 현의 말뜻을 이해한 다은의 볼이 붉어졌다.

"덜 받은 차비 받아갈게."

귓가를 스치던 숨결이 순식간에 입술을 삼켰다.

"범수, 내일부터 다시 나온대."

막 배달하고 돌아온 다은에게 지은이 반가운 소식을 전했다.

"그래? 생각보다 일찍 나오네."

"젊어서 그런지 회복이 빠른가 봐."

"언니, 그렇게 말하니까 진짜 아줌마 같아."

하하, 호호, 여자들끼리의 수다가 이어지던 그때 다은의 휴대폰이 진동했다.

[시간이 너무 안 가.]

현으로부터 온 톡이었다.

[일 열심히 하면 시간 잘 가는데. 지금 농땡이 부리고 있는 거죠?]

[할 일이 없어.]

아침부터 빡빡한 일정 탓에 출근도 같이 하지 못했고 아침, 점심 배달도 다 취소했으면서 할 일이 없다는 건 말이 안 된다.

[거짓말.]

[난 거짓말 같은 거 안 하는 착한 어른이야.]

실시간 음성 지원이라도 되는 건지, 현의 목소리가 생생하게 들려오는 것 같았다. 웃음을 삼킨 다은이 계속해서 자판을 쳤다.

[전혀 와 닿지 않아요.]

[그래? 그럼 와 닿게 해줘야 하는데. 서로의 마음을 아는 게 중요하니까.]

[어떻게 와 닿게 해줄 건데요?]

[미리 알려주면 재미없지.]

[궁금한데.]

[궁금하면 빨리 와.]

지금이라도 당장 달려가고 싶답니다. 하지만 제겐 해야 할 일이 있지요. 자판으로 옮길 수 없는 말을 속으로 되뇌던 다은이 반찬 담기에 열중한 지은의 눈치를 살피며 슬쩍 가게를 빠져나와 현에게 전화를 걸었다.

"어디예요?"

-집.

"이 시간에요?"

겨우 4시. 퇴근하기엔 분명 이른 시간이었다.

-일찍부터 움직였으니까 좀 쉬어야지.

"많이 피곤해요?"

-사실, 쫓겨났어. 일에 집중을 못하니까 다들 가서 쉬라던데?

그의 말에 걱정이 더 커졌다. 얼마나 안 좋기에 다들 가서 쉬라고 말했을까?

"어디 아픈 건 아니에요? 병원은 가보셨어요?"

전화기 너머로 현의 웃음소리가 들려왔다.

-병원은 갈 필요 없어. 약은 정해져 있으니까.

"그럼 약부터 드시고……."

-그러니까 빨리 와. 가게로 가고 싶은 걸 겨우 참고 집으로 왔어.

그제야 현의 장난을 눈치챈 다은이 입을 삐죽였다. 자꾸 자신을 놀리는 그에게 심술이 났다. 이럴 땐 강하게 나가야 해. 내가 자꾸 당황하니까 더 놀리는 거잖아? 그렇게 결론 내린 다은이 짐짓 심각한 어조로 말했다.

"오지 그랬어요."

-지금이라도 갈까? 가면 분명 납치할 텐데. 괜찮겠어?

절로 한숨이 새어 나왔다. 이 남자를 이길 수가 없다.

결국, 약속이 있다는 핑계로 조금 일찍 퇴근한 다은은 택시를 잡아탔다.

언제 오냐며 두어 번 톡을 넣었던 현은 가게가 바쁘다는 다은의 답에 잠잠해졌다.

놀라게 해줄 생각으로 연락 없이 달려온 다은이 현의 집 앞에서 숨을 골랐다. 당차게 달려온 것과 달리 벨을 누르기가 망설여졌다.

남자 혼자 사는 집에 자발적으로 방문한다는 것의 의미를 너무 깊게 생각한 탓이었다.

　연애 초보. 모든 게 조심스러울 수밖에 없는지라 쓸데없는 걱정을 하며 벨에 손을 가져갔다 내리기를 반복하는데 휴대폰이 울렸다.

　-아직 퇴근 못 하는 건가?

　전화기 너머 들리는 현의 목소리에 다은의 입가에 저절로 미소가 떠올랐다. 그래, 너무 깊게 생각하지 말자.

　"1분 내로 갈게요."

　-1…… 분?

　"네."

　-그럼…….

　현의 말이 끊겼다.

　"여보세요. 잘 안 들려요."

　수신 불량이라 생각하며 다시 말을 건넸지만, 현은 답이 없었다. 다음 순간, 벌컥 현관문이 열렸다.

　"빙고!"

　현이 환하게 미소 짓고 있었다. 그 순간 왜 그의 입술이 눈에 들어온 건지 알 수 없었다. 편한 복장임에도 매력이 철철 넘치는 현을 따라 들어서며 자신의 선택이 잘못됐다는 후회가 들었다. 이러다 먼저 덮치는 사태가 일어날 수도…….

　"차 한잔 줄까?"

　"네?"

　깜짝 놀라는 다은이 이상하다는 듯 현이 고개를 갸웃했다.

　"뭘 그렇게 놀라."

두근거리는 심장 소리가 그대로 전해질 것만 같아 다은이 황급히 입을 열었다.

"아니에요. 차 주세요, 차."

"잠깐 앉아 있어."

현이 주방으로 사라지고, 다은은 어색하게 거실 소파에 앉았다. 두 번째 방문이지만 긴장되는 건 어쩔 수 없었다. 잠시 후 현이 주방에서 나왔다.

"오늘만 손님이야. 다음부턴 손님 대접 안 할 거니까."

장난스러운 말투와 달리 눈빛은 진지하기만 했다. 농담으로 들어야 하는 건지, 진담으로 들어야 하는 건지 종잡을 수 없어 답을 망설이는데 현이 다시 말을 건넸다.

"내 집처럼 편안히는 무리일까?"

"……."

"대답하기 곤란하면 안 해도 돼."

"아니에요. 노력해볼게요."

저도 모르게 목소리에 힘이 들어갔다.

"노력할 필요까진 없어. 자연스럽게 그렇게 될 테니까. 그런데 이런 깜찍한 생각은 어떻게 한 거지?"

"깜찍…… 이요?"

언어 선택이 당황스러웠다. 20대 초반 이후로 이런 단어를 들어본 적이 있었던가?

"이런 서프라이즈 맘에 들어. 자주 해달라고 하면 무린가?"

"그럼 희소성이 떨어지잖아요."

"괜찮아. 네가 하는 모든 게 나에겐 의미 있으니까."

이 남자는 진짜 타고난 카사…… 거기까지 생각하던 다은이 단어를 바꿨다. 로맨티시스트.

현이 로맨티시스트인 게 문제가 아니었다. 진짜 문제는 이제 저런 말들에 제법 적응이 되어간다는 것이었다.

누군가가 그와 같은 사람을 만나고 있다 고백한다면 순수하게만 보지는 않았을 자신이었건만. 입에 발린 말이 아니라는 느낌이 들어서일까? 그것도 아니면 진심이라 믿고 싶은 여심?

"아, 보여줄 게 있는데."

현이 자리에서 일어나더니 다은의 손을 잡아끌었다. 생각에 빠져 있던 다은은 갑작스러운 그의 행동에 당황할 수밖에 없었다.

얼떨결에 현의 작업실로 들어선 다은은 그가 내미는 종이를 받아 들었다.

"이게 뭐예요?"

"한번 봐."

다은이 조심스럽게 종이를 폈다.

"이건……."

"기다리면서 만들어봤어. 아직은 미완성이지만."

"……."

"방금 멜로디가 생각났는데, 한번 들어볼래?"

답을 기다리지 않고 현이 연주를 시작했다. 이 남자는 천재가 틀림없다. 한 음 한 음이 가슴으로 스며들었다.

게다가 자신을 향한 마음을 그대로 담은 가사는 감동 그 자체였다.

노래가 끝나자 다은이 눈을 떴다. 저도 모르게 눈을 감았었나 보다.

"어때?"

현이 조심스럽게 물어왔지만 답할 수 없었다. 뭉클한 무언가가 가슴에서부터 퍼져 나와 목 안쪽을 꽉 막아버린 것 같았다.

대답 없는 다은을 가만히 바라보던 현이 다시 입을 열었다.

"이게 내 마음이야."

뺨을 타고 눈물 한 방울이 떨어졌다. 저 말을 듣고 싶었었나 보다. 나를 생각하며 만들었단 말을 듣고 싶었나 봐. 여전히 머릿속을 떠다니는 노랫말이 가슴에 빼곡히 박혔다.

"이 정도로 감동하면 곤란한데."

장난스러운 말에도 다은의 눈물은 그칠 줄 몰랐다. 누군가에게 이렇게 사랑받고 있다는 사실에 가슴이 벅차올랐다. 현이 손을 들어 다은의 뺨 위로 흐르는 눈물을 닦아냈다. 그리고…….

"사랑해."

현의 입에서 사랑의 고백이 흘러나왔다. 여전히 자신에게만 오롯이 닿은 눈빛에 다은이 볼멘소리를 뱉어냈다.

"보지 마세요."

울어서 통통 부은 눈과 빨개진 코. 거울을 보지 않아도 지금 자신의 모습이 얼마나 우스꽝스러울지 상상이 되고도 남았다.

다은이 민망해하는 걸 알면서도 현은 얼굴 가득 미소를 머금은 채 여전히 그녀를 바라보고 있었다. 현의 시선을 피하느라 고개가 점점 내려갔지만, 용납할 수 없다는 듯 그럴 때마다 그가 다은의 턱을 들어 올렸다.

"보고 싶어."

낮게 가라앉은 목소리가 평소보다 더 매력적이었다.

"부끄럽단 말이에요."

꼭 내 입으로 이런 얘기까지 해야 한단 말인가? 눈치껏 피해 주면 어디가 덧나서!

"날 위해 그 정도는 감수해줘."

불만스런 표정이 그대로 드러난 건지, 어르는 듯한 낮은 목소리가 다은의 귀를 침범했다. 저도 모르게 '네'라는 대답이 튀어나올 것만 같았다. 위험해, 너무 위험해. 마음의 소리가 이성을 일깨웠다.

"집에 갈래요."

다은이 벌떡 일어났다.

"진짜 그러고 싶어?"

그러고자 일어났지만 그러고 싶지 않았다. 망설이는 다은을 보며 현이 진지하게 덧붙였다.

"그러고 싶다 해도 안 될 말이야. 올 땐 마음대로지만, 가는 건 마음대로 못하지."

심장이 덜컹 내려앉는 것 같았지만, 다은은 이미 그에 대해 너무 많은 걸 알고 있었다.

"간다고 하면 보내주실 거잖아요."

"과연 그럴까?"

"네."

망설임 없는 대답에 현이 손을 들어 자신의 이마를 짚었다. 저렇게 단정적으로 말하니 보내줄 마음이 없다 해도 보내줘야 할 것만 같았다.

"그래서…… 갈 건가?"

"음…… 어쩔까요?"

이젠 협상까지 하려 들다니……. 하나를 가르쳐주면 열을 안다 더니, 아주 조금 면역력을 키웠을 거라 생각했던 다은은 이미 경지 에 올라 있었다.

이제 점점 면역력이 없어지는 건 자신 쪽이려나? 현이 작게 한 숨을 내쉬었다. 그때였다.

"좋아해요."

생각지 못한 말에 현의 눈이 커졌다. 평소에는 부끄럼 때문에 똑바로 쳐다보지도 못하던 다은이 한 치의 흔들림 없는 눈빛으로 자신을 바라보고 있었다.

"사랑이 뭔지 잘 모르겠어요. 근데 아까 불러주신 노래, 그런 게 사랑이라면."

잠시 말을 멈춘 다은이 크게 숨을 들이마셨다.

"사랑해요."

수줍은 고백에 심장이 쿵 하고 내려앉았다. 그녀에게서 이런 고 백을 받게 될 거라곤 상상조차 하지 못했다. 아직 면역력 없는 다 은에게 자신의 고백이 빠를 수 있다는 생각도 했었다. 하지만 이 마음을 전하고 싶었다.

다은의 신중한 성격을 생각한다면 매우 급하지만, 그것이 자신 의 진심. 붉어진 얼굴로 여전히 자신을 응시하는 그녀가 너무나 사 랑스러웠다.

"진짜."

"진짜 뭐요?"

"이러면 점점 더 보내기 힘들어지잖아."

말이 끝나기도 전에 다은이 엉덩이를 밀며 슬금슬금 자리를 벌리는가 싶더니 별안간 벌떡 일어났다.

"이만 가는 게 좋을 것 같아요."

말릴 새도 없이 그녀는 그렇게 사라져버렸다. 꽁무니를 빼며 도망가는 모습을 멍하니 보고 있던 현의 입에서 한숨이 흘러나왔다.

7. 폭탄선언

주차장을 지나 엘리베이터에 올라타던 현이 휴대폰을 들었다. 벌써 몇 통째 걸려오는 전화. 끊어줘야 할 필요가 있었다. 아니나 다를까, 휴대폰을 귀에 대자 기다렸다는 듯 들려오는 목소리는 수정의 것이었다.

-대표님, 정말 저한테 다 맡기실 거예요?

까랑까랑한 목소리에 현이 고개를 흔들었다.

"한 입으로 두말하는 성격 아니야."

-너무하세요. 여자라고 봐주는 것도 없고.

"나한테 여자는 한 사람뿐이라서."

-네? 그게 무슨…….

수정의 말이 계속되고 있었지만, 통화 종료 버튼을 누른 현이 엘리베이터에서 내려섰다.

심란한 마음과 달리, 머릿속에는 음표들이 어서 해방시켜달라는 듯 부유하고 있었다. 급한 마음과 달리 느긋하게 잠금장치를 해제하고 집 안으로 들어서는데, 익숙지 않은 온기가 느껴졌다.

"벌써? 아직 안 되는데."

주방 쪽에서 들려오는 목소리에 신발을 벗던 현이 그 자리에 멈춰 섰다. 낮은 발걸음 소리와 함께 다은이 눈앞에 나타났다.

"다녀오셨어요."

생각지 못한 상황에 눈이 커졌다. 분명 가게가 바빠서 오늘은 같이 퇴근 못 한다고 했었는데. 생각이 그대로 입 밖으로 나와버렸다.

"어…… 떻게?"

현의 반응을 다른 뜻으로 해석한 다은이 조심스럽게 말했다.

"무단 침입이긴 한데, 그렇긴 한데, 한 번만 봐주시면……."

일을 저질러놓고 봐달라니, 자신이 듣기에도 어이없어 말꼬리가 흐려졌다. 그렇게 얼마가 흘렀을까.

"허다은."

온몸에 전율을 일으킬 듯 나지막하고도 달콤한 목소리에 다은이 작게 몸을 떨었다.

"혼내실 거예요……?"

겁먹은 얼굴을 하며 다은이 물어왔다. 설마 저런 말을 할 거라 생각 못했지만, 순간 장난기가 발동한 현이 다시 입을 열었다.

"혼낼까?"

"아뇨."

"그냥은 안 되겠는데?"

순식간에 둘의 거리가 좁혀졌다. 완연한 남자의 눈빛. 오롯이 자신에게 닿는 눈빛에서 위험신호를 감지한 다은이 재빨리 입을 열었다.

"아! 국 올려뒀는데! 손만 씻고 나오세요."

다은은 그 말을 남기고 주방으로 쏙 들어가버렸다. 현관에 덩그러니 혼자 남겨진 현은 다은이 사라진 주방 쪽을 바라보며 작게 한숨을 내쉴 수밖에 없었다.

간단히 손을 씻고 주방으로 들어서자 식탁 위에 푸짐한 한상이 차려져 있었다.

"이게 다 뭐야?"

"너무 감동하지는 마세요. 전부 언니 솜씨니까. 제가 한 거라곤 밥밖에 없지만. 냄비 밥이 좀 힘들더라고요."

그제야 주방에 미세하게 남아 있는 탄내의 정체를 알아챈 현이 미소 지었다. 그 미소에 괜스레 제 발 저린 다은이 선수 쳤다.

"냄비 밥이라 약간 탔지만 그래도 먹을 만해요."

"난 아무 말도 안 했는데."

꼭 말로 해야 아나요? 눈빛만으로도 알 수 있는 일들이 아주 많답니다.

식사가 끝난 후, 사이좋게 설거지까지 마치고 나자 현이 차를 내왔다. 향을 음미하며 차를 마시던 다은의 눈이 빛났다. 대형 TV 옆을 장식하고 있는 건 DVD가 빼곡하게 들어찬 장식장. 현의 집에 세 번째 방문하면서도 처음 보는 물건이었다.

"저게 다 DVD예요?"

"응."

"우와."

연신 감탄사를 뱉어내며 다은이 DVD장으로 다가섰다. 시대 불문, 장르 불문. 영화를 좋아하는 그녀에게는 판도라의 상자나 다름없었다. 그런 마음을 읽기라도 한 듯 현이 제안했다.

"영화 한 편 볼까?"

"네!"

아이처럼 들뜬 답을 내놓은 다은의 모습에 현의 입가에는 언제나처럼 미소가 번졌다.

"골라봐."

"음……. 뭐 볼까요?"

눈을 DVD장에 고정한 채 다은이 영혼 없는 질문을 했다. 스릴러, 로맨스, 액션, 없는 것 빼곤 다 있어 하나만 고르기 어려웠다. 30분을 고민하다 고른 건 로맨스 영화. 연애 중이니 달콤한 로맨스물이 적합할 거라는 나름의 계산이었다.

하지만 한 시간 후, 다은은 자신의 선택을 후회했다. 모든 로맨스 영화가 그렇듯 분위기가 무르익을 때쯤엔 어김없이 키스신이 등장했기 때문이었다.

문제는 그런 장면이 나올 때마다 자신의 눈이 자연스럽게 현의 입술로 향한다는 것. 미동도 않고 영화에 집중하는 현과는 대조적인 모습이었다.

애써 시선을 돌렸지만, 이젠 화면 속의 남녀가 자신과 현으로 보이기까지 했다. 나, 밝혀도 너무 밝히는 여자인 건가?

"……자꾸 자극할 거야?"

나지막한 목소리에 생각에 빠져 있던 다은이 화들짝 놀라며 되물었다.

"네?"

여전히 스크린에 시선을 고정한 채로 현이 입을 열었다.

"자꾸 그렇게 보면 참기 힘들어."

"……"

"키스하고 싶어지잖아."

심장이 쿵 하고 떨어졌다. 그리고 입 밖으로 나온 건 스스로도 전혀 예상하지 못한 말이었다.

"참지 않는 쪽이 더 좋아요."

그 말에 자극을 받은 건지 드디어 현의 시선이 스크린에서 다은 에게로 옮겨왔다. 그 순간, 약속이라도 한 듯 다은이 눈을 감았다. 입술을 스치는 부드러운 체온에 속눈썹이 파르르 떨려왔다.

입술에서 시작했지만, 발끝까지 번지는 짜릿한 느낌. 전혀 익숙 해질 것 같지 않은 설렘과 떨림. 찰나의 순간, 다은의 머릿속에 분 위기와 전혀 어울리지 않는 생각이 자리 잡았다.

저녁 먹고 이 안 닦았는데. 하지만 마지막 생각은 입술을 열고 들어오는 말캉한 그것으로 인해 먼지처럼 흩어져버렸다.

긴 키스였다. 영화가 끝나는 것도 모를 만큼 서로에게 집중한 둘은 누군가에게서 흘러나온 신음이 아니었다면 밤새도록 입술을 맞대고 있었을지도 몰랐다.

먼저 정신을 차린 현이 다은을 꼭 끌어안았다.

"그만…… 돌아가는 게 좋겠어."

한층 짙어진 목소리에 가쁜 숨을 몰아쉬던 다은이 고개를 끄덕 였다. 몇 분 후, 둘은 엘리베이터를 기다리며 실랑이 중이었다.

"그냥 혼자 가도 돼요."

"안심이 안 돼."

"하지만, 겨우 몇 층이잖아요."

"싫어?"

그럴 리가요. 그냥 하는 말이죠. 그냥 잘 가라고 인사했다면 섭섭했을 거예요. 하지만 속의 말을 입 밖으로 다 낼 수는 없었기에 그저 작게 고개를 흔들 뿐이었다.

점점 가까워지는 엘리베이터에 다은의 얼굴이 시무룩해졌다. 조금만 더 같이 있고 싶은데, 그러기엔 시간이 너무 늦었다.

그런 마음을 알기라도 하듯 현이 다은의 손에 살며시 깍지를 꼈다. 손에서 시작된 따스한 온기가 심장까지 닿는 것만 같았다.

드디어 엘리베이터가 멈춰 섰고 문이 열렸다. 엘리베이터에 올라타려던 다은의 발걸음이 멈춘 건 바로 그 순간.

열린 엘리베이터 사이로 강민이 의아한 얼굴로 그녀를 바라보고 있었다.

다은을 한 번, 현을 한 번. 둘의 맞잡은 손을 또 한 번. 그렇게 총 세 번의 시선이 와 닿는 동안 다은은 아무 말도 하지 못했다.

다은을 배려해서인지 현이 잡은 손을 놓으려 했지만, 그녀는 허락하지 않았다.

"일단 들어가서 얘기해."

복도에서 삼자대면은 적당하지 않다 판단한 다은이 잠금장치를 해제했다. 그 순간에도 현과 다은은 여전히 손을 맞잡은 채였고, 강민은 그런 둘을 가늘게 뜬 눈으로 쳐다보고 있었다.

"오빠, 들어가요."

애교 넘치는 다은의 목소리에 강민의 눈이 커졌다. 자신이 잘못

들은 게 아니라면 분명 '오빠'라고 했다. 그냥 친근한 표현의 오빠와는 묘하게 다른 어감에 강민이 미간을 구겼다.

"뭐 해? 너도 들어와."

다은이 강민을 재촉했다.

어색한 기류를 풍기며, 세 사람은 거실에 마주 앉았다. 여전히 미간을 구긴 강민이 꿰뚫을 듯한 눈빛으로 다은을 응시했다.

다은은 그런 강민의 눈길을 피하지는 않았지만 쉽게 입을 열 수도 없었다. 뭐라 설명은 해야겠는데, 설명할 말이 떠오르지 않았던 것이다. 고백이 두려운 것도, 두렵지 않은 것도 아닌 묘한 기분. 다은이 그렇게 할 말을 정리하고 있을 때, 정공법을 포기한 강민이 현에게로 시선을 돌렸다.

"대표님."

"내가 설명하고 싶지만, 함구령이 떨어져서."

장난스럽지 않은 목소리로 장난스러운 말을 쏟아내며 현이 어깨를 으쓱했다. 이건 자신의 몫이 아니란 생각 때문이었다. 어차피 설명을 요구할 생각은 없었다는 듯 강민이 다시 다은에게 시선을 고정했다.

"이것만 두고 갈 생각이었어."

다은이 좋아하는 제과점 상자를 들어 보이며 강민이 얼굴을 굳혔다. 강민이 현관에 걸린 우유 주머니에 과자나 조각 케이크류를 넣어두고 가는 일은 종종 있는 일이었다.

"고마워. 잘 먹을게."

"할 말은 그것뿐이야?"

명백한 재촉에 조금 전까지의 고민을 밀어내며 다은이 힘주어 말했다.

"이미 눈치챘겠지만, 나 선우현 대표님과 연애해."

강민의 얼굴에 미세한 균열이 일었다.

그날 밤, 다은과 통화하며 현이 걱정스럽게 물어왔다.

"괜…… 찮겠어?"

-안 괜찮겠죠. 안 괜찮아도 오빠가 책임질 거잖아요. 비밀 연애, 짜릿한 면도 있었지만 제 취향은 아니었어요."

"짜릿했나?"

현에겐 짜릿함보다 아쉬움이 더 컸던 지난 시간들이었다. 후폭 풍을 감수하고서라도 누군가에게든 공개하고 싶었으니까.

-조금은요.

"너라도 그랬다니 다행이군."

목소리에 불만은 전혀 없었다. 지금이라도 강민에게 밝혔다는 게 중요했다. 그것도 다은이 직접 했다는 게 큰 의미로 다가왔다.

-더 중요한 건…….

다은이 말끝을 흐렸다. 현이 저도 모르게 귀를 쫑긋 세웠다.

-이건 비밀. 잘 자요.

뚝 끊기는 전화에 한숨이 새어 나왔다. 일취월장하는 허다은. 하 다 하다 이젠 밀당까지. 그렇게 생각하면서도 입가에 떠오르는 미 소만은 어쩔 수 없었다.

한편 전화를 끊고 난 다은은 손부채질을 하며 거울 앞으로 다가 섰다. 거울에 비친 여자는 붉어진 얼굴에 빛나는 눈을 한, 누가 봐도 사랑에 빠진 얼굴이었다.

거울 속의 자신에게 손가락질하며 혼잣말을 뱉어냈다.

"진짜, 허다은. 연애하면 변한다더니. 네가 산증인이다."

거울 속의 다은이 절레절레 고개를 흔들었다.

배달 직원 범수의 복귀로 다은은 전에 없이 한가한 날을 보내고 있었다. 가게 일을 더 돕고 싶었지만, 지은이 만류했다. 이제 그만하고 싶은 걸 하라는 게 이유였다.

결국 다은은 회사를 그만두면 제일 먼저 다니고 싶었던 영어 학원을 찾았다. 상담을 받고 수강증을 발급받고 나니 기다렸다는 듯 휴대폰이 울렸다. 현이었다.

-어디야?

"학원 알아보러 왔어요."

-어느 학원인데?

"Well 어학원요."

-20분만 기다려. 바로 갈게.

현과의 통화가 끝나고 곧장 화장실을 찾은 다은은 거울 속에 비친 자신의 모습에 긴 한숨을 내쉬었다. 질끈 눌러쓴 모자에 화장기 없는 얼굴, 언제나처럼 스포티한 옷차림까지. 하나같이 마음에 들지 않았다.

가방을 뒤지는 손길에 간절함이 깃들어 있었다. 제발, 제발 뭐라도 있어라. 다은의 기도가 통했던 걸까, 언젠가 홍보용으로 받은 샘플 화장품이 손에 잡혔다.

"있다!"

다은의 입에서 기쁨의 함성이 새어 나왔다. 화장실로 들어서던 여자들의 눈길이 따갑게 와 닿았지만, 지금 그런 것에 신경 쓸 여력은 없었다.

재빨리 샘플용 BB와 립글로스를 살짝 바르고 나자, 조금 전보다 나아진 얼굴이 거울에 비쳤다. 썩 마음에 들지는 않았지만, 지금은 이게 최선이었다.

30분 후, 다은은 사람들에 둘러싸여 있었다. 마침 강의가 끝났는지 어학원에 사람들이 우르르 몰려나왔기 때문이었다. 도롯가가 점점 복잡해져 현이 자신을 찾기 힘들 것 같다는 생각이 들었다. 막 휴대폰을 들어 전화하려던 그때, 정확히 다은이 있는 앞으로 현의 차가 멈춰 섰다.

"어떻게 찾으신 거예요?"

사람들을 뚫고 차에 올라타자마자 다은이 한 질문이었다. 복장도 비슷한 데다 하나같이 모자를 쓰고 있는데 어떻게 자신을 발견한 건지 의아했다.

"넌 어디에서든 찾을 수 있어. 말했잖아. 너만 선명하게 보인다고. 마치 흰 캔버스 위에 찍힌 원색의 그림 같달까?"

살면서 이런 얘기를 들은 기억은 없었다. 그다지 눈에 띄는 외모도 아니고, 튀는 성격도 아닌 탓에 한 번씩 돌출되지 않는 한 그리 존재감이 없는 자신이었다. 그런데 원색이라고?

선뜻 이해되지는 않았지만, 너는 특별하다고 말하는 것 같아 기분 좋았다.

"오늘따라 예쁘네."

엷게 칠한 BB와 립글로스가 빛을 발했다고 하기에는 상태가 그리 좋지 않은데…… . 다은이 입을 삐죽였다.

"그럴 리가요. 얼마나 엉망인데."

이럴 줄 알았음 예쁘게 드라이라도 하고 나올 걸 그랬어. 하다 못해 옷이라도 좀 차려입고 나왔으면 좋았을 텐데. 뒤늦게 후회가 일었다.

그런 마음을 알기라도 한 걸까? 현이 다은의 손을 그러쥐며 말했다.

"내 눈엔 그래."

겹쳐진 손을 바라보며 다은이 한숨 섞인 말을 뱉어냈다.

"앞으론 꼭 약속하고 만나요."

"왜?"

이런 얘기까지 해야 하나 싶었지만, 사귀는 사이일수록 솔직한 게 좋을 것 같았다.

"나도 꾸밀 시간이 필요하다고요."

"내 눈엔 항상 예쁘니까 그런 걱정 하지 마."

다은이 다시 한 번 입을 삐죽였다.

"하지만, 오빠는 항상 멋지잖아요."

타이밍 좋게 신호에 걸린 차가 정차하자 현이 가만히 다은을 응시했다.

"내가 그래?"

나지막한 목소리에 심장이 요동쳤다. 거울을 보지 않아도 얼굴이 붉어졌음을 느낄 수 있었다.

"큰일이네. 곧 예상치 못한 모습도 보게 될 텐데."

현이 중얼거렸지만, 다은은 그 말뜻을 알 수 없었다.

여느 연인들처럼 영화를 보고 밥을 먹고, 그러고도 헤어지기 아쉬워 둘은 집 근처를 배회했다.

"나, 내일부턴 좀 바쁠 거야."

현의 말에 다은이 고개를 끄덕였다. 강민을 모델로 한 MK사의 광고계약이 성사되면서 광고 음악 작업에 들어가야 한다는 얘기는 벌써 전부터 들어왔다.

"내일부터 시작이에요?"

"응. 사실 많이 늦었어. 진작 시작했어야 하는 건데."

"꾀부렸구나?"

장난스러운 질문과 달리 대답은 한없이 진지했다.

"이게 다 너 때문이잖아."

"저요?"

"보고 싶고 만나고 싶어서."

그래서 내가 이런 안 하던 행동을 하는 거잖아. 뒷말을 삼키며 현이 책임지라는 듯 다은을 바라봤다. 틀린 말은 아니었다. 일이 주어지면 뒤돌아보지 않고 동굴로 들어가던 자신이 이렇게 늦장을 부리는 건 모두 그녀를 향한 마음 때문이었으니까.

"피…… 핑계 대지 마세요."

붉어진 얼굴로 속삭이는 다은의 모습은 영락없이 사랑에 빠진 소녀였다.

"빨리 끝낼게."

"빨리하는 것도 좋지만 그보다……."

여전히 발그스름한 얼굴로 하는 말을 가만히 듣고 있던 현이 미소 지었다.

"걱정하지 마. 완벽하게, 또 빨리 끝낼 테니."

"그럼 우리 못 봐요?"

"아…… 마도?"

다은의 얼굴이 순식간에 울상이 되었다.

"견뎌낼 때까지 견뎌내야지."

그 말이 너무나 서운하게 들렸다. 열흘이 될지, 한 달이 될지도 모르는데 무조건 견뎌내겠다니. 나한텐 불가능한 일인데 오빠 가능하다는 거잖아.

불안한 마음이 전해지기라도 한 걸까? 현이 살며시 다은의 뺨에 손을 올렸다.

"너에 대한 그리움을 오롯이 녹여내 볼게. 그러니 조금만 기다려줘."

마지막 말에 기분이 한결 나아졌다.

현과 아쉬운 이별을 하고 집으로 돌아온 다은은 신발장 앞에서 흠칫 몸을 떨었다. 평소와 다르게 환한 집. 분명 불을 끄고 나갔는데, 이 불길한 느낌은 뭐지?

'잘한다. 젊은 애가 그렇게 정신이 없어서 되겠니?'

어디선가 김경선 여사의 목소리가 들리는 듯한 착각과 함께 온몸에 한기가 들었다. 애써 불길한 느낌을 지우며 거실로 들어서는데 주방에도 불이 켜져 있는 게 아닌가!

순간, 이곳에서 벗어나야 한다는 생각이 들었다. 발소리를 죽이며 다시 현관으로 걸어가 조심스럽게 손잡이에 손을 가져다 대던 그때.

"허다은."

등 뒤로 들리는 목소리에 다은이 기계처럼 목을 돌렸다. 눈앞에 팔짱을 끼고 자신을 쳐다보는 김경선 여사가 서 있었다.

"어…… 엄마."

화들짝 놀라는 다은을 보며 경선이 혀를 끌끌 찼다.

"죄지은 거 있어? 왜 이렇게 놀라?"

죄지은 건 없지만, 왜 이 순간 엄마가 그토록 강조하던 배우자의 조건이 생각나는 건지. 아마도 현과 만나는 순간부터 억눌렸던 마음이 이제야 모습을 드러내는 모양이었다.

경선 여사는 딸들의 선택을 존중해주는 민주적인 엄마였다. 사고 때문에 상황이 바뀌기 전까지는 다은이 바이크를 타는 것도 쿨하게 받아들일 만큼.

하지만 딱 하나 예외, 배우자의 선택만큼은 반드시 엄마인 자신의 눈으로 검증하겠다고 어릴 때부터 귀에 못이 박힐 만큼 말하고는 했다. '모나지 않은 평범한 사람'. 그 범주에 들기 위해 형부 준석이 얼마나 노력했던가.

현이 모나지 않은 사람임은 분명했지만 평범한 사람이냐 물으면 선뜻 대답할 수 없었다. 어릴 때부터 봐온 강민도 연예계에 몸담고 있다는 이유로 엄마에게 평범하지 않은 사람이었으니.

한참이 지나도록 답하지 않는 다은이 이상했는지 경선이 슬쩍 그녀의 앞으로 다가섰다. 반사적으로 한 발 물러선 다은이 애써 머릿속 생각들을 밀어내며 밝게 웃었다.

"아직 오실 때가 안 됐잖아. 그래서 그렇지."

물론 그게 다는 아니었지만, 일정 부분 진실이었으니 나머지는 묻어두기로 했다.

"구경 잘 하셨어? 근데 아빠는?"

다은의 말이 떨어지기 무섭게 현관문이 열리더니 장우가 모습을 드러냈다.

"아빠."

외마디 비명과 같은 목소리를 내뱉은 다은이 장우의 품으로 뛰어들었다. 양손 가득 짐을 들고 있던 장우는 그 공격(?)에 고스란히 당할 수밖에 없었지만 현관문에 몸을 부딪치면서도 다은을 포근하게 감싸 안았다.

"보고 싶었어."

애교 가득한 다은의 목소리에 뒤에서 지켜보던 경선이 헛웃음을 토해냈다.

"이산가족 상봉이야?"

"이산가족이지. 한 달이나 우리 막내를 못 봤는데. 어디 보자, 우리 예쁜 다은이."

다은에게서 몸을 떼어낸 장우가 짐 더미를 내려놓고는 딸의 얼굴을 살폈다.

"한 달 새 예뻐졌네?"

"진짜? 아닌데, 나 아빠 보고 싶어서 매일 울면서 보냈는데."

귀여운 거짓말을 하는 다은을 장우가 흐뭇한 눈으로 바라봤다. 다른 사람에게는 애교 없는 딸이었지만, 자신에게만큼은 애교가 넘치는 딸이었다.

"그 아버지에 그 딸, 누가 말려."

말은 그렇게 했지만, 경선도 뿌듯한 얼굴로 둘을 바라보았다.

"당신도 오늘은 푹 쉬어요. 오늘 저녁은 내가 책임질 테니."

장우의 말에 경선이 환하게 미소 지었다. 저러니, 남편을 사랑하지 않을 수가 없다.

"우리 아빠, 솜씨 좀 내실 모양이네?"

"그럼, 이 아빠가 오늘 솜씨 좀 내지. 여보, 정 서방하고 지은이 한테는 연락했어요?"

"정 서방하고 지은이까지요?"

"그럼요, 그리고 한 사람 더……."

장우의 말이 끝나기도 전에 현관 벨이 울렸다.

"어?"

생각지 못한 인물의 등장에 다은의 입에서 외마디 감탄사가 튀어나왔다.

"안녕."

며칠 새 초췌해진 얼굴로 강민이 손을 흔들며 인사해 왔지만, 문을 연 다은은 멀뚱멀뚱 그를 쳐다볼 뿐이었다. 강민이 그런 다은을 지나쳐 거실로 들어섰다.

"아버지, 어머니. 저 왔습니다."

까칠한 얼굴로 꾸벅 인사하는 강민에게 경선이 살가운 인사를 건넸다.

"그래, 잘 왔어. 바쁘다더니 얼굴이 까칠한 것 같네."

"하하, 아닙니다. 청춘인걸요."

"당신은 왜 괜히 바쁜 애는 불러서……."

경선이 장우를 향해 곱게 눈을 흘겼다.

"괜히라니, 강민이도 우리 가족인데 당연히 불러야지."

"그건 당신 생각이죠. 지숙이가 들으면 발끈할걸요?"

"이미 강민이 엄마한테 허락받았어."

장우의 말에 경선의 눈꼬리가 올라갔다.

"언제요?"

티격태격하는 부모를 바라보며 다은이 고개를 흔들었다. 그런 다은의 곁으로 강민이 다가섰다.

"여전히 사이좋으시네."

"그렇지, 뭐."

뭔가 모르게 어색한 사이가 된 듯한 느낌이 들었다.

"너답지 않게 왜 이렇게 살갑냐?"

툭 하고 뱉어내는 강민의 말에 다은은 답하지 않았다. 이유를 알면서도 물어오는 네가 나쁜 거라 생각하면서.

어색한 분위기를 깬 건 의외의 인물이었다.

"삼촌."

비명에 가까운 목소리와 함께 다은의 조카 우주가 강민에게로 뛰어들었다. 폭 안기는 우주를 웃는 낯으로 안으며 강민이 미소 지었다.

"우주도 와 있었어?"

"응. 방에서 자고 있었는데 시끄러워서 깼어."

잠이 덜 깬 눈을 비비며 불분명한 발음으로 하는 말을 용케 알아들은 강민이 아쉬움을 토로했다.

"우주 있는 거 알았으면 선물이라도 사 오는 건데."

"괜찮아. 기다릴 수 있어."

사달라는 말을 잘도 돌려서 하는 우주였다. 결국, 강민은 우주를 근처 문구점으로 데리고 갔다.

"마음에 들어?"

우주가 고개를 끄덕였다.

우주의 손에는 아이가 들기 버거울 정도로 큰 상자가 들려 있었다. 들어준다고 해도 굳이 자신이 들겠다며 우기는 통에 우주는 장난감을, 강민은 그런 우주의 어깨를 감싸고 있었다.

"기다릴 수 있었는데."

우주가 금세 시무룩해졌다. 살 때는 좋았는데 사고 나니 엄마의 반응이 걱정되는 모양이었다.

"걱정하지 마. 삼촌이 사주고 싶어서 사준 거니까."

강민의 위로에도 우주의 얼굴은 펴지지 않았다.

"그래도 혼내면 어쩌지?"

"그땐 할머니 옆에 딱 붙어 있어."

"아! 맞다."

오늘은 자신의 편인 할머니, 할아버지도 계신다는 생각에 우주가 금세 걱정을 떨쳐버리고 해맑게 웃었다.

"미나한테 자랑할 거야."

"여자 친구?"

우주가 수줍게 고개를 끄덕였다.

"우주 다 컸네. 여자 친구도 있고."

"삼촌은 없어?"

걸음을 멈춘 우주가 까만 눈을 들어 강민을 쳐다봤다.

"있어. 여자사람친구."

그게 바로 네 이모란다.

"그거 어디서 들어본 건데. 아! 이모가 전에 남자사람친구, 그렇게 말했어."

뭔가 대단한 걸 알아낸 것처럼 우주가 의기양양하게 외치며 앞서 걸어갔다.

기억력이 유난히 좋은 아이이니, 분명 다은이 그렇게 말했을 거라 생각하며 강민이 헛웃음을 토해냈다.

지난 며칠, 강민은 다은에게 지독한 배신감을 느껴야 했다. 여자 친구가 생기면 가장 먼저 소개시켜 줄 만큼 자신은 다은에게 솔직했다. 그런데 다은은 생애 첫 연애를 하면서 -그것도 상대가 무려 선우현 대표임에도- 자신을 속였다. 그것도 감쪽같이.

다은을 향한 배신감은 현을 향한 배신감으로 이어졌다. 그렇게 자신이 만든 틀 안에서 다은도, 현도 멀리하는 상황이 되다 보니 이차적인 스트레스가 강민을 덮쳐왔다. 고민이 있어도 말할 상대가 없어져 버린 것이다. 생각해보면 지금 제 인생에 고민을 털어놓을 수 있는 상대 둘이 연애를 하고 있는 셈이니, 둘을 외면해서 손해 보는 건 결국 자신이었다.

먼저 연락하자니 살짝 자존심도 상해 어쩌나 하고 있었는데 엄마 지숙과 통화하다가 우연히 오늘 다은의 부모님이 돌아오셨다는 소식을 들었고, 그길로 장우에게 전화를 걸었다. 장우가 집으로 초대한 건 당연한 수순이었다.

"삼촌, 빨리 와."

두어 걸음 앞에서 우주가 강민을 재촉했다.

우주를 따라 아파트 입구로 들어서던 강민은 익숙한 얼굴을 발견하고는 저도 모르게 입을 열었다.

"대…… 표님."

무심코 지나치던 현이 고개를 돌렸다. 밤임에도 까만 선글라스를 쓰고 모자를 푹 눌러쓴 남자. 그런데 목소리가 귀에 익었다.

"강민?"

강민이 선글라스를 벗었다. 현의 눈이 강민의 옆 꼬마에게 닿았다. 처음 보는 아이였지만, 어딘가 익숙한 얼굴이었다.

"아, 다은이 조카예요."

설명이 끝나기도 전에 현이 자세를 낮춰 우주와 눈을 맞췄다.

"네가 우주니?"

우주는 낯선 남자의 살가운 인사에 눈을 동그랗게 뜨더니 곧 고개를 숙여 배꼽 인사를 했다.

"안녕하세요."

"인사도 잘하고, 착한 아이구나. 이모 많이 닮았네."

"우리 이모 알아요?"

"그럼 잘 알지."

현이 손을 들어 우주의 머리를 쓰다듬었다. 한동안 우주와 시선을 맞추던 현이 다시 몸을 일으켰다.

"다은이 부모님이 돌아오셔서요."

꿰뚫는 듯한 진갈색 눈동자가 자신에게 닿자, 강민은 저도 모르게 변명에 가까운 말을 쏟아냈다.

"아, 그랬군. 기다리시겠네. 올라가봐."

강민과 달리 현의 목소리는 평온하기만 했다. 남자사람친구이긴 하지만, 엄연히 남자인데 질투 한 자락 하지 않다니. 어쩐지 심술이 났다.

"네, 그럼."

퉁명스럽게 나온 대답에도 현은 별 반응 없이 우주에게 살갑게 인사를 건넬 뿐이었다.

"우주, 또 보자."

강민과 우주가 엘리베이터에 올라타고 문이 닫히기 전, 현이 나지막하게 속삭였다.

"너무 붙어 있지는 마."

저녁 식사가 끝나고 모두가 입을 모아 장우에게 감사인사를 전했다.

"맛있게 잘 먹었습니다."

장우가 환한 미소로 인사에 답했다.

"간이 좀 안 맞는 걸 빼면 잘 먹었어요."

경선의 날카로운 인사에도 장우는 미소 지었다. 직업 특성상 음식에 유난히 까다로운 그녀가 저 정도로 말한다는 건 아주 잘 먹었다는 뜻이었다.

식사하면서 화기애애한 분위기가 이어졌지만, 다은은 살짝 긴장한 상태였다. 이제 이쯤에서 경선이 무슨 말인가를 할 것만 같았다. 아니나 다를까.

"엄마가 자리 마련할 테니까 선보도록 해."

경선의 폭탄선언에 식탁 위로 정적이 흘렀다.

"여보, 그건 아직 일러요."

장우가 부드럽게 말려봤지만, 경선은 단호하기만 했다.

"이르긴요. 선본다고 다 결혼하는 건 아니잖아요. 제 머리를 못 깎으니 옆에서라도 도와줘야죠."

이제껏 다은의 연애 문제에 한 번도 참견하지 않았지만 멀쩡한 딸이 모태솔로로 나이 들어가는 걸 보니 안타까웠다.

준석이 해줬다는 소개팅에 기대를 걸었는데, 그것도 생각대로 안 된 모양이고. 그러니, 이제 자신이 나서야 할 때였다. 하지만 다은은 순순히 따를 생각이 없는 모양이었다.

"제가 알아서 할게요."

"알아서? 어떻게 할 건데?"

다은이 꿀꺽 침을 삼켰다. 경선 여사 성격에 내일이라도 당장 선 자리를 내밀 텐데. 사랑하는 사람을 두고 선이라니. 그런 일은 절대 있어는 안 되는 일이 아닌가! 현의 존재를 살짝만 드러내기로 마음먹으며 다은이 입을 열었다.

"엄마, 나……."

하지만 이번에도 경선은 다은의 말을 잘라냈다.

"평생 연애 한 번 못해보고 살래?"

연애는 누가 못한다는 거야! 지금도 하고 있는데.

"엄마, 나 만나는 사람 있어."

다은의 폭탄선언에 이번엔 모두의 시선이 그녀에게 쏠렸지만 다들 그 말을 믿는 것 같지는 않았다. 모든 걸 다 알고 있는 강민만이 여유로운 얼굴로 그녀를 쳐다볼 뿐이었다.

"그래? 뭐 하는 사람인데?"

경선의 심문이 이어지자, 다은의 얼굴에 망설임이 스쳤다. 곧이곧대로 말한다 해도 믿어줄 것 같지 않았다.

평범한 허다은이, 유명인사인 선우현과 사귄다 말하면 단번에 믿을 사람이 몇 명이나 되겠는가!

혹시나 현과 사귀는 걸 믿는다고 해도 저 성격에 당장 인사부터 시키라 할 게 뻔한데, 이제 막 작업에 들어간 현을 방해할 수는 없었다.

일단은 다가올 장애물을 피하는 방법 정도는 생각해야 하니까, 어차피 겪어야 할 일이라면 조금 미룬다고 큰일이 나지는 않지. 이제 막 시작한 달달한 연애에 몰려올 장애물. 생각만 해도 머리가 아파왔지만 다은은 그렇게 자신을 다독였다.

그냥 회사에 다니는 사람이라고 돌려 말하면 될 걸, 어려서부터 경선 여사에게 숨기는 게 없었던 다은에게는 그 단순한 거짓말이 꽤나 어려운 일이었다.

머릿속을 가득 채운 복잡한 생각들로 다은이 대답을 망설이자, 경선의 눈매가 점점 가늘어졌다. 분명 거짓말일 거야. 하지만 경선의 의심이 확신이 되기 직전, 강민이 두 사람의 대화에 끼어들었다.

"제가 잘 아는 사람입니다."

그 말을 듣는 순간, 다은의 말을 거짓으로 치부했던 경선의 눈이 빛났다.

"강민이 넌 알고 있었다는 거야?"

"네, 얼마 전에 알게 됐어요."

다은이 인상을 구겼다.

하지 마, 네가 무슨 말을 하려는 건지는 모르겠지만 무조건 하지 마. 다은이 열심히 눈으로 보내는 말을 당연히 알아들었으면서도 강민은 모른 척 시치미를 뗐다.

불안해. 강민이 저런 반응을 보일 때는 항상 무슨 일인가가 터지곤 했어. 이럴 땐 선수 치는 게 최고지.

"엄마, 그게……."

하지만 다은의 말은 끝을 맺지 못했다.

"그래서? 어떤 사람인데? 설마, 다은이하고 같은 과는 아니지?"

"엄마!"

다은이 꽥 소리를 질렀다.

"얘가 왜 이래? 그 남자에 대해 말할 거 아니면 넌 입 좀 다물어."

"이거 엄연히 내 일이야."

툭탁거리는 모녀 사이를 지켜보던 가족들이 동시에 한숨을 내쉬었다.

"그만 좀 해요. 말할 때 되면 어련히 알아서 하겠지."

장우가 말려봤지만, 경선 여사는 일방통행이었다.

"말할 때 되면 알아서 할 걸, 지금은 왜 못하냐고요. 뭔가 하자가 있는 게 틀림없어요."

상황을 보다 못한 강민이 다시 입을 열었다.

"다은이와 같은 과는 확실히 아니에요."

웃음기 없는 담백한 대답.

"그래?"

"네, 믿을 만한 사람이에요. 지금 출장 중인 걸로 알고 있는데……
아마 한동안 만나기 힘드실 거예요."

순식간에 상황을 정리한 강민 덕분에 다은은 불안한 가슴을 쓸어내릴 수 있었다.

"그래, 엄마. 지금 출장 중이야. 장기 출장이 될 거라고 했어."

거짓말에 소질이 없었지만, 작업이란 단어를 출장으로 바꿨을 뿐이라 생각하니 마음이 편해졌다. 이렇게 거짓말에 소질 있는 아이였나, 싶을 만큼 담담한 대답이었다.

의심의 시선이 완전히 거둬지지는 않았지만, 강민의 입에서 나온 말이라 그런지 경선은 그 주제에 대해 더는 논하지 않았다.

저녁 자리가 끝나고 집으로 돌아가는 강민을 배웅하겠단 명목으로 따라나선 다은은 엘리베이터에 올라타자 기다렸다는 듯 날선 말을 쏟아냈다.

"아까 왜 그랬어?"

"뭐가?"

예전부터 느꼈던 거지만 이 자식, 진짜 연기해도 되겠네.

"모르는 척하지 말고."

"도와줘도 난리냐? 너 나한테 빚진 거다."

"도와준 거라고?"

흥분한 다은과 달리 강민은 덤덤했다.

"도와준 거지. 내가 널 너무 잘 알잖냐. 네가 하는 거짓말, 어머님께 통할 것 같아?"

"……."

"대표님 생각해서, 작업을 출장으로 살짝 바꿨을 뿐이야. 어차피 거쳐야 할 난관이긴 하지만 지금은 아니잖아? 어머님 성격에 대표님 존재를 아는 즉시 인사시키라고 하실 게 뻔한데…… 우리 대표님, 상당히 민감한 분이시거든. 작업할 때 방해받는 걸 극도로 싫어해. 오죽하면 동굴로 들어간다는 말이 나왔겠냐. 그러니 조금만 미루자고."

자신과 같은 생각을 하는 강민이 신기해 다은이 저도 모르게 감탄사를 뱉어냈다.

"와~ 우리가 괜히 20년 지기가 아니네. 게다가 듣고 보니 너한테

222

도 좋은 일이잖아. 이번에 대표님이 작업하는 곡이 네가 출연하는 CF에 들어간다면서? 이게 바로 누이 좋고 매부 좋고 아니겠어?"

제 나름대로 결론 낸 다은이 우리는 공범이라는 듯 강민의 어깨를 툭툭 쳤다. 순전히 다은을 위한 행동이었지만, 저렇게라도 마음의 짐을 덜고 싶다니 굳이 바로잡을 생각은 없었다.

"좋을 대로 생각해."

"좋은 대로가 정답이라 찔리지?"

단순에 허당까지. 허다은의 이런 모습을 대표님은 알고 계시려나? 둘 사이에서 중재 잘해야겠는걸? 강민의 얼굴에 엷은 미소가 떠올랐다.

8. 허다은 > 징크스

현의 입에서 긴 한숨이 새어 나왔다.

몇 시간을 앉아 있었는지, 온몸이 뻣뻣해 움직임이 둔해졌다. 가볍게 스트레칭한 현이 조금 전 그려 나갔던 음표들을 훑었다.

처음은 괜찮았지만, 뒤로 갈수록 마음에 들지 않았다. 결국, 현은 참지 못하고 거칠게 종이를 찢어 바닥으로 던져버렸다.

뭔가 잘못된 게 아닌가 싶을 정도로 진도가 나가지 않았다. 이제껏 작업하면서 이렇게 고전하기는 처음이었다.

오죽하면 작사를 하기도 전에 작곡부터 붙잡고 있을까. 어차피 혼자 하는 작업이니 작사와 작곡이 뒤바뀔 때도 있었지만, 이번은 그 모든 상황의 예외였다.

빨리 끝내겠다고 말했는데, 벌써 일주일째 이렇다 할 성과가 없으니 점점 조바심이 났다.

이럴 땐 다은이 보낸 톡이라도 확인해야 마음이 편해질 것 같았다. 현의 눈이 습관적으로 휴대폰을 찾아 헤맸다.

어디에다 뒀지? 작업실에서 거실로, 거실에서 주방으로. 드디어 식탁 위에서 발견한 휴대폰에 안도의 한숨이 새어 나왔다.

작업할 때면 휴대폰을 꺼두는 게 불문율이었으나 이번 작업은 예외였다. 휴대폰 금단 증상이라도 생긴 것처럼 집착했다.

[작업은 잘되어가요?]

30분 전, 다은이 보내온 톡을 확인하며 현이 미소 지었다.

[잘 안 돼.]

재빨리 답을 넣고 커피 머신에 캡슐 하나를 밀어 넣었다. 윙 소리를 내며 커피가 내려지자 진한 커피 향이 코끝을 스쳤지만 그 순간에도 휴대폰에서 시선을 떼지 않았다.

[그럼 잘되라는 의미에서 선물 하나 드릴까요?]

[선물?]

[궁금하죠?]

영상 지원이라도 되는 건지, 미소 짓는 다은의 얼굴과 함께 목소리가 들려오는 듯 어른거렸다.

[궁금해.]

[딱 10분만 기다려요.]

10분? 앞으로 10분을 어떻게 기다리나? 절로 한숨이 새어 나왔다.

내려진 커피를 들고 창가로 다가간 현이 진동하는 휴대폰을 나른한 표정으로 쳐다봤다. 전화 받지 않을 걸 알면서, 전화를 거는 심보는 뭔지.

받을까 말까 고민하다가 결국 휴대폰을 들었다. 받지 않을 걸 알면서 전화했다는 건 급한 일이라는 의미였다. 전화를 받자마자 수정의 목소리가 들려왔다.

-어? 대표님, 전화 받으시네요?

전화해놓고 전화 받는다 타박하는 건 무슨 뜻인지. 현이 실소를 터트렸다.

"중요한 전화겠지?"

-네. 전화 안 받으시기에, 집으로 가려던 길이었어요.

그만큼 중요한 일이라는 뜻이었다.

"무슨 일이지?"

사무적인 음성에 수정도 사무적으로 돌변했다.

-아, MK사에서 연락이 왔어요.

"MK사?"

-광고 콘셉트를 좀 조정할 수 있겠냐고…….

현이 미간을 구겼다.

"이제 와서?"

불과 2주 전, 광고 콘셉트를 논하고 그에 맞는 음악을 만들어달라 부탁했던 MK사였다.

-경쟁사가 그 비슷한 콘셉트로 광고 촬영을 하고 있대요.

"어이가 없군."

이 바닥에서 흔히 있는 일이었지만, 철두철미하기로 유명한 MK사도 당했다는 게 어쩐지 씁쓸했다.

-그쪽 담당자도 지금 거의 멘붕 상태인 것 같더라고요. 일단, 그 콘셉트로 갈 수는 없으니 조정했으면 하는데. 작업은 어느 정도 진척되셨어요? 설마, 벌써 다 끝내신 건 아니죠?

차마 시작 단계라 말할 수 없었다.

"아직……."

-다행이네요. 그럼 콘셉트 조정 좀 해도 될까요?

"시안은 나왔나?"

-오늘 내로 보내준다고 했어요.

"오는 대로 메일 보내줘. 검토해보고 다시 연락하지."

-네, 그럴게요.

그렇게 전화가 끊겼다. 작업이 흐트러질 중대한 변화에 짜증이 날 법도 했건만, 이상하게도 기분이 좋아졌다.

성급하게 결론 내기는 이르지만, 시안이 결정되지 않았다는 건, 그만큼 시간적 여유가 있다는 뜻이기도 했다.

현이 시각을 확인했다. 이제 5분 후면 다은을 만날 수 있다는 생각에 기다리는 시간마저 설레었다.

"뭐 하니?"

기척도 없이 다가온 경선 여사가 다은의 하는 양을 가만히 지켜보다 한마디 했다.

"아, 깜짝이야. 엄마, 인기척 좀 내."

놀란 가슴을 쓸어내리는 다은을 향해 경선이 느릿하게 입을 열었다.

"못 느낀 네가 이상한 거지."

할 말이 없다. 너무 집중했었나?

"주무신다면서."

여행에서 돌아온 지 일주일이 지났는데도 시차 적응 안 된다 투덜거리며 평소보다 일찍 들어와 한숨 자겠다 말한 게 30분 전이었다.

안방이 조용한 걸 몇 번이나 확인하고 일을 벌인 건데! 엄마 눈치 보느라 시간이 더 걸릴 거라 생각하니 억울했다.

그런 생각을 알 리 없는 경선이 다시 한 번 물어왔다.

"말 돌리지 말고. 뭐 하는 거냐고."

"뭐 하긴, 보다시피 볶음밥."

"그거 하나 하는데 주방을 이 지경으로 만든 거야?"

싱크대에 즐비한 그릇들 하며, 자투리 채소들. 누가 보면 거하게 잔치 음식이라도 하는 거라 착각할 듯한 광경에 경선이 헛웃음을 터트렸다.

"음식은 정성이라면서. 정성 좀 들였어."

말이나 못 하면. 경선의 얼굴에 못마땅한 기색이 그대로 드러났다.

하지만 다은에게도 할 말은 있었다.

"그러게 왜 언니한테만 솜씨를 물려줘서는, 난 왜 이렇게 못난 여자로 만들었냐고."

투덜거리는 와중에도 손은 쉴 새 없이 움직였다. 제법 그럴싸하게 볶아낸 김치볶음밥 위에 치즈를 뿌리고는 전자레인지로 직행. 다은이 하는 걸 가만히 지켜보던 경선이 입을 열었다.

"그 정도 낳아줬으면 됐지."

오늘도 김경선 여사는 쿨했다.

"됐어. 우성인자는 다 언니가 가져가고, 난 순 열성이잖아."

"사지 멀쩡하고 건강하게 낳아줬으면 됐지."

"네, 네. 감사하게 생각하고 있습니다."

마지못해 나온 말이었지만, 한결 부드러워진 얼굴로 여분의 볶음밥을 맛본 경선이 고개를 끄덕였다.

"괜찮네."

다은의 얼굴이 순식간에 환해졌다. 입맛 까다로운 엄마 입에도 괜찮다면 이번 건 성공이었다.

"진짜지?"

"뭘 그렇게 좋아해? 괜찮은 게 당연하지. 내가 만든 김치로 한 볶음밥인데."

네, 네. 이번에도 할 말 없습니다. 완성된 음식을 뿌듯하게 바라보고 있는데 경선의 질문이 날아들었다.

"그래서, 내 사위는 언제 온다고?"

"사…… 위?"

"사위지, 설마 연애만 하고 끝낼 건 아니겠지?"

역시 예상했던 대로 경선 여사는 한참을 앞서 가고 있었다. 분명 '평범'한 사람이라고 생각하고 있겠지. 그날 사실대로 말하지 않은 게 천만다행이었다.

"저거 꺼내야 하는 거 아니니?"

경선의 지적에 후다닥 전자레인지 앞으로 다가선 다은이 김이 모락모락 나는, 먹음직스러운 김치 치즈 그라탱을 꺼냈다.

이제 마지막 작업만 하면 되는데, 그러려면 경선 여사를 어서 방으로……. 방법을 모색하느라 머리를 쥐어짜던 다은은 타이밍 좋게 경선의 휴대폰이 울리자 쾌재를 불렀다.

"네, 여보. 아, 그거요? 방에 있을 텐데. 찾아볼게요."

나이스! 역시 내 구세주는 아빠라니까. 이렇게 넋 놓고 있을 때가 아니지.

김이 모락모락 나는 그릇에 후다닥 작업을 마친 다은이 준비해
둔 도시락 가방 안에 조심스럽게 그릇을 넣고는 발소리를 죽이며
집을 빠져나왔다.

엘리베이터의 층수가 내려갈 때마다 심장이 두근거렸다.

현이 보고 싶었지만, 작업을 방해하고 싶지 않았기에 그 생각은
접었다. 최대한 빨리 끝낸다고 했으니 그 시간을 기다려주는 것,
그것이 지금 자신이 할 수 있는 최선의 내조라 생각했다.

내조? 머릿속에 떠오른 단어에 다은의 볼이 붉게 달아올랐다.

현의 집 문고리에 조심스럽게 도시락을 걸고, 벨을 누른 다은이
다시 엘리베이터에 올라타기 위해 뒤돌아섰다.

그때, 어디선가 튀어나온 팔이 그녀를 잡아끌었다.

"가지 마."

낮은 목소리. 현이었다.

순식간에 현의 집으로 끌려 들어간 다은은 정신을 차릴 새도 없
이 그의 품에 안겨 있었다. 현에게서 풍기는 특유의 향기에 머리가
아찔해져왔다.

하지만 당황스러움은 아주 잠깐이었다. 포근하고 포근한, 남자
의 가슴. 현의 체향에 미소 지은 다은이 팔을 둘러 그에게로 파고
들었다.

자신을 옥죄어오는 가녀린 몸에 현의 얼굴에도 미소가 맺혔다.
다음 순간 다은의 입에서 나온 고백에 그 미소는 더 커졌다.

"보고 싶었어요."

"이런, 선수를 놓쳐버렸네. 보고 싶었어. 아주 많이."

현의 말을 곱씹으며 미소 짓던 다은이 다시 입을 열었다.

"작업 안 하고 있었구나. 이렇게 만날 수도 있고."

대답을 바라고 한 말은 아니었다. 하지만.

"아니."

전혀 예상치 못했던 답에 다은의 눈이 커졌다. 작업할 때는 동굴에서 나오지 않는 게 철칙이라고 분명히 그렇게 들었는데?

그런 마음을 알기라도 한 듯 현이 나지막한 목소리로 말했다.

"누구 덕분에 철칙이 깨져버렸어."

"아, 그럼 저, 지금이라도……."

다은이 말끝을 흐리며 현의 품을 빠져나가려 버둥거렸지만, 그게 될 리 없었다.

"가지 말라고 했잖아."

잔뜩 힘이 들어간 목소리에 그제야 다은이 다소곳이 현의 품 안에 다시 자리 잡았다.

"가지 말라시면, 안 갈게요. 그런데 얼굴 좀 보여주면 안 돼요? 오빠 품이 좋긴 한데 보고 싶단 말이에요."

"놀라지 않겠다고 하면."

알아들을 수 없는 말에 고개를 갸웃하던 다은이 문고리에 걸어둔 도시락을 떠올리고는 재빨리 현의 품에서 벗어났다. 예상치 못한 상황에 어이없이 당한 현이 고개를 절레절레 흔들었다.

"식으면 안 되는데."

중얼거리는 목소리와 함께 다은이 현관문을 잡았다.

"가지 말라고 했잖아."

"가는 거 아니에요. 잠깐만요."

가는 게 아니라 말했음에도 기어코 손을 놓지 않는 현 때문에 다은은 한 손을 붙잡힌 채 반대쪽 손으로 겨우 현관 밖 문고리에 걸린 도시락을 들여올 수 있었다.

"이거 선물……."

다은의 말이 끝을 맺지 못했다.

눈앞의 남자는 분명 현이었다. 하지만 저 덥수룩한 수염은 분명……. 머리를 스치는 깨달음에 다은의 입이 벌어졌다.

눈앞의 현, 아니 산적을 보는 다은의 볼은 잔뜩 부푼 채였다.

"보기 흉하지?"

덥수룩한 수염을 손으로 쓸며 현이 어색하게 미소 지었다.

흉하다 답하고 싶었지만 그럴 수가 없었다. 늘 깔끔했던 얼굴이 수염으로 뒤덮여 있어도 잘생긴 건 변함없었다. 오히려 야성미가 넘쳐서 평소보다 더 가슴이 뛰었다. 하지만 그런 마음을 드러내고 싶지 않았다. 그건 다은 나름대로 소심한 복수.

"언제 아셨어요?"

"뭘?"

"마트에서 장난감 내놓으라 떼쓰던 여자가 저였던 거, 언제 아셨냐고요."

"솔직해야 하는 거지?"

당연히 솔직해야죠. 그걸 지금 말이라고 하시는 거예요? 그렇게 다은은 말 대신 무언의 압박을 가했다.

"처음부터."

다은이 곱게 눈을 흘겼다.

"진짜 너무해요."

생각해보면 말하지 않은 걸 원망할 필요까지는 없었다. 사정이 있어서, 또는 사정이 여의치 않아서 말 못했을 수도 있었다. 하지만, 뭔가 억울했다.

진심으로 억울하다는 듯 뾰로통한 표정을 짓는 다은을 가만히 바라보며 현이 입을 열었다.

"그럼, 나 이거 먹지 말까?"

장난기 하나 없는 진지한 어조. 조금 전까지 도시락을 열려던 손은 어느새 식탁 밑으로 내려가 있었다.

그렇다고 먹지 말라는 건 아니었는데, 조금 심했나 싶은 생각에 다은의 목소리가 한풀 꺾였다.

"누가 그러래요?"

현의 얼굴이 밝아졌다.

"그럼 먹어도 되는 거지?"

"네, 일단 드세요."

일단이란 건 이단이 기다리고 있다는 건데. 그런 생각을 하며 도시락을 연 현의 눈이 커졌다.

하얀 치즈 위에 다소곳하게 자리 잡은 완두콩. 그 완두콩들이 모여서 만들어낸 모양은 하트였다.

"이건……."

"완두콩이 몸에 좋대요. 어서 드세요."

부끄러운지 다은의 뺨이 붉게 물들어 있었다. 그 모습이 어찌나 사랑스러운지. 그녀에게로 향하는 팔을 참아내느라 저도 모르게 온몸에 힘이 들어갔다.

"이거, 나에 대한 마음이라 생각해도 되는 거지?"

"그…… 그런 건 물어보지 마세요."

저 스스로 좋아한다 말하는 것보다 대놓고 물어보는 게 더 부끄러운 이유를 알 수 없었다. 한층 더 붉게 달아오르는 다은의 얼굴을 보며 현이 장난스럽게 말했다.

"강한 부정은 긍정이라던데."

"그럼 그렇게 생각하시든가요."

팩하고 토라진 다은을 가만히 응시하던 현이 도시락 뚜껑을 다시 닫았다.

"뭐 하시는 거예요?"

"아까워서 못 먹겠어."

"네?"

"내 거니까 내 맘대로 해도 되지?"

장난기 하나 없는 게, 그렇게 하고도 남을 것만 같았다.

"다음에 또 해드릴게요. 그러니까 그냥 드세요."

"싫은데?"

자신의 말을 증명이라도 하듯 현이 도시락을 소중히 보듬는다. 그때.

"사랑해요."

사랑 고백이라기엔 꽤 큰 목소리가 다은의 입에서 튀어나왔다. 말을 한 다은도, 그 말을 들은 현도 동시에 하고 있던 모든 행동을 멈췄다. 시선과 시선이 허공에서 부딪쳤다.

먼저 정신을 차린 건 다행스럽게도 다은이었다.

"그러니까 그건 드세요."

붉어진 볼과 달리 강단 있는 말투에 현이 고개를 끄덕였다.

"……먹을게."

하지만, 말과 행동은 달랐다. 식탁 위에 도시락을 내려놓은 현이 자리에서 일어났다.

"뭐 필요하세요?"

다은이 물었지만, 대답을 들을 수는 없었다. 겨우 몇 발짝이던 둘 사이의 거리가 순식간에 좁혀졌고, 드디어 현의 얼굴이 다은의 코앞까지 다가왔다.

"왜…… 왜 이러세요?"

"걱정하지 마. 잡아먹진 않을게."

아직은. 뒷말을 생략한 현이 곧장 다은의 입술로 내려왔다.

그가 가까이 다가올 때부터, 어쩌면 식탁에서 일어서는 그 순간부터 예상하고 있었는지도 몰랐다. 자신을 바라보는 그의 눈빛이 유난히 빛나는 그 순간에는 꼭 무슨 일이 일어났으니까.

좋으면서도 은근히 내숭 떠는 건 여자의 본능인 걸까? 현의 입술이 닿기 전 찰나의 순간 다은은 그런 생각을 했다.

하지만 그 생각은 현의 입술이 닿는 순간 산산이 부서져버렸다. 혀가 입술을 핥는 그 접촉 한 번에 온몸의 세포가 요동치는 것 같았다.

입술과 뺨에 닿는 까슬한 수염이 세포 하나하나를 일깨웠다.

자신이 이렇게 감각에 민감한 사람이었나 싶을 만큼 다은은 현과의 키스에 자신을 송두리째 내던졌다.

드디어 입술이 떨어졌지만, 여전히 현은 코앞에 있었다.

"하아, 큰일인데."

중얼거리는 목소리가 숨결을 타고 흩어졌다. 뭐가 큰일이라는

지. 알 수 없었지만, 그가 그렇다니 그런 거겠지.

흐트러진 숨결을 고르던 다은의 귀에 매력적인 저음의 목소리가 들려왔다.

"한 번 더 괜찮지?"

"……."

"대답할 필요 없어. 싫다고 해도 할 거니까."

현의 입술이 다시 내려왔다.

책상 위, 광고 시안을 바라보던 현이 길게 한숨을 내쉬었다. 조금 전, 메일로 도착한 MK사의 새로운 광고 콘셉트 후보들이었다. 모두 전통적으로 먹히는 1번을 추천했으나 마음에 썩 들지 않았다. 도무지 결론이 나지 않아 고민하던 현이 머릿속에 떠오른 생각에 휴대폰을 들었다.

한가로이 TV를 보고 있던 다은이 카톡 알림음에 황급히 휴대폰을 확인했다.

[지금 시간 돼?]

되지요. 되고말고요. 그냥 좀 보자고 하셔도 될 걸, 참 예의도 바르시지요.

다은이 배시시 웃으며 톡을 넣었다.

[네. 시간 완전 많아요.]

너무 적극적이었나 후회했지만, 이미 전송 버튼을 누른 후였다.

바보, 좀 튕기는 맛도 있어야지. 단 한 번의 망설임도 없이 날름 받아먹으면 어쩌니? 하지만 그런 생각은 현의 다음 톡에 눈 녹듯 사라졌다.

[그럼 지금 좀 와줄 수 있어?]

집을 빠져나와 엘리베이터에 올라탄 다은은 엘리베이터에서 내릴 때까지, 긴장의 끈을 놓지 않았다. 김경선 여사의 레이더에 걸리는 순간, 현의 평화로운 작업은 물 건너가는 거나 다름없었다. 기획사 대표라 해도, 김경선 여사에게는 그저 딸이 사귀는 남자일 뿐일 테니.

현의 집에 도착해 벨을 누르자 기다렸다는 듯 문이 열렸다. 어제와 다름없이 덥수룩한 수염을 한 현이 다짜고짜 다은을 안아왔다.

"보고 싶었어."

겨우 하루가 지났지만, 그 마음을 모를 리 없었다. 집으로 들어서자 거실의 반을 채운 종이들이 눈에 들어왔다.

"이게 다 뭐예요?"

"네 결정을 기다리는 후보들."

"네?"

다은이 눈을 동그랗게 떴다.

"어려운 결정을 좀 해야 해서, 도움이 필요해."

"제…… 도움이요?"

자신이 도움 될 게 뭐가 있을까 싶었다. 음악을 듣는 건 좋아했지만, 그것뿐. 그 분야에선 문외한이나 다름없었다.

"네 도움이 절대적으로 필요해."

현이 다은을 잡아끌었다. 힘없이 딸려간 다은은 문제의 거실 중앙에 자리 잡았다.

"이 중에 하나만 골라줘."

"네?"

"길게 생각할 거 없어. 그냥 마음 가는 대로……."

불길한 예감에 다은이 현의 말을 잘라냈다.

"이거, 중요한 거죠?"

"그렇기도 하고, 아니기도 해."

"전 못해요."

선택을 유독 힘들어하는 다은이었다. 사소한 것에도 고민하는 게 일상인데, 저렇게 중요해 보이는 걸 자신의 선택으로 망칠 수는 없었다.

"그럼 할 수 없지."

의외로 쉽게 수긍한 현이 탁자 위에 놓인 메모지에 숫자를 적기 시작했다.

"뭐…… 하시는 거예요?"

"제비뽑기."

한 치의 망설임 없는 대답에 다은이 저도 모르게 소리를 꽥 질 렀다.

"제정신이세요?"

이상한 높임말에 현이 표 나지 않게 미소 지었다.

"아니, 제 말은 그러니까……."

다은이 변명하려 입을 열었지만, 눈앞으로 쏙 다가온 다섯 장의 종이에 뒷말을 이어갈 수가 없었다.

"자, 뽑아."

"……"

"어서."

장난스러운 행동과 다르게 사뭇 진지한 눈빛. 결국 다은은 거실 중앙에 털썩 주저앉고 말았다.

"이 중에서 고르면 되는 거죠?"

"응. 커피 줄까?"

마치 이런 상황을 예상했다는 듯 해맑기만 한 질문에 다은이 한 단어 한 단어 힘주어 말했다.

"네, 진하게 한 잔 주세요."

그러나 정작 현이 가져다준 커피에는 손도 대지 않은 채, 꼬박 한 시간을 고민한 다은이 마침내 한 장의 콘티를 손에 들었다.

"전, 이거요."

콘티를 받아 든 현이 질문했다.

"왜지?"

"스포츠웨어. 걷고 뛰고, 식상하잖아요. 인스턴트 사랑, 거기에 대비한 콘티가 인상적이었어요. 남들이 뭐라 해도 난 이것만 고집한다. 너 하나면 돼. 뭐 그런 느낌?"

처음 만났을 때, 장난감에 대해 브리핑하듯 솔직한 제 생각을 막힘없이 전하는 다은이었다. 이전이었다면 다섯 개 중 가장 먼저 탈락했을 콘티였지만, 그녀의 선택을 받아서인지 모든 게 완벽해 보였다.

현의 시선이 다은에게 닿았다.

"진짜, 허다은."

"왜요? 이상해요? 그러게 왜 저한테 이런 어려운 걸 시키세요. 그냥 오빠 생각대로 하세요."

다 식어버린 커피 잔을 손에 들며, 다은이 잔뜩 볼멘소리를 뱉어냈다.

"또 한 번 반했잖아."

막 커피 한 모금을 삼키려던 다은은 현의 말에 사레가 들리고 말았다.

쉴 새 없이 잔기침을 해대는 다은의 등을 두드리며 현이 휴지를 건넸다.

"갑자기…… 그런 말씀……."

뚝뚝 끊기는 말을 용케도 알아들은 건지 현이 장난스럽게 말했다.

"감정은 표현해야 하는 거라고 누가 가르쳐줘서."

누가요? 설마 제가요? 그의 눈은 그 사람이 너라고, 분명 그렇게 말하고 있었다. 하지만 내가 언제? 다은의 눈이 동그래졌다.

그런 그녀가 귀엽다는 듯 현이 그녀의 머리를 쓰다듬었다.

"완전 많다는 그 시간, 날 위해 써줄 수 있지?"

아무 생각 없이 고개를 끄덕였던 다은은 곧이어 현이 덧붙이는 말에 고개를 갸웃할 수밖에 없었다.

"그럼 사흘 후부터."

"네? 뭐가요?"

다은이 물었지만, 듣지 못한 건지 현이 계속해서 말을 이어갔다.

"대충 정리할 것도 있고."

거실에 널린 종이를 정리하는 손놀림이 분주했다. 같이 종이를 정리하며 다은이 맞장구쳤다.

"정리할 게 많은가 봐요."

"콘티가 바뀌었으니, 여러 가지가 바뀌겠지."

"괜히 3번을 선택해서 일이 많아지는 건 아닌가 모르겠어요."

"아니야. 덕분에 좋은 광고가 나올 것 같아 벌써부터 기대되는데?"

다시 한 번 콘티를 살피는데 현의 휴대폰이 진동했다. 발신인을 확인한 현이 양해를 구하고는 휴대폰을 들었다.

"3번으로 가야겠어. 그러려면 강민 원톱으로는 안 될 테고, 투톱이 되어야 할 텐데. 일이 너무 많아지는 거 아닌가?"

-그게 우리 일인데, 뭐.

할 일이 몇 배로 늘어났음에도 전화기 너머 도준의 목소리는 담담하기만 했다.

"윤 실장 반발이 상당할 텐데?"

-그것도 내가 알아서 할게. 곡이나 잘 만들어줘.

"그럼 부탁해."

휴대폰을 내려놓는 현을 바라보며 다은이 장난스럽게 말했다.

"오빠 다시 동굴로 들어가셔야겠네요."

"그래야겠지. 그런데 이번엔 혼자가 아니야. 네가 함께해 줄 거니까."

"네?"

다은이 눈을 동그랗게 떴다.

"아르바이트라고 생각해. 동굴에 갇혀 있는 남자 친구를 위해 그 정도는 해 줄 거지?"

현이 윙크했다.

"작업할 때는 혼자서 조용히 계신다면서요."

그래서 '동굴'이라고, 게다가 그 덥수룩한 수염까지. 중요한 말들이 빠져 있었지만 알아듣기에 무리는 없었다.

"그랬었지. 작업 들어가면 주위에 아무것도 안 보이니까. 예전부터 하나에 집중하면 주위를 둘러보지 못하는 타입이었거든. 그것 때문에 잔소리도 많이 들었는데 안 바뀌더라고. 그 생활이 흐트러지면 작곡이 전혀 안 됐어. 그게 징크스가 된 거지. 이제까지는."

명백한 과거형. 다은이 호기심을 담은 눈빛으로 현을 응시했다. 무슨 말이 나올까 예상할 수 없었기 때문일까, 심장이 요동쳤다.

1초, 2초, 3초. 유난히 더디게 가는 시간 속에 드디어 그가 입을 열었다.

"그런데 그건 널 만나기 전이야. 다른 건 몰라도 은둔은 안 될 것 같아. 네가 옆에 없으면 견딜 수가 없거든."

다은은 말 그대로 심쿵을 경험했다.

바로 몇 층 위에 김경선 여사가 버티고 있었기에 위험부담이 따랐지만 그런 것 따위는 중요하지 않았다. 널 만나기 전이라니, 그런 멋진 말을 저렇게 진심 어린 어조로 말하는데 거절할 -애초에 거절할 생각도 없었지만- 여자가 얼마나 될까?

게다가 난 이미 선우현이란 남자에게 푹 빠져 있는데. 이쪽이야 말로 감사하죠, 라고 답하지 않은 게 다행이라면 다행이랄까.

사실, 뭐라고 답했는지도 기억나지 않았다. 기억나는 거라고는 이틀 동안 바빠서 못 볼 것 같다며 아쉬워하던 현의 얼굴과 달콤하고도 짧은 키스. 그리고 자신이 할 일을 궁금해하던 다은에게 '할 일은 그때 오면 말해줄게'라며 그가 건넨 의미심장한 말뿐이었다.

며칠 후, 아르바이트를 하러 현의 집으로 가기 전 거울을 확인하는 다은에게 경선이 질문했다.

"선배 일 도와준다는 거 오늘부터야?"

선배 일을 도와주게 되었다고 미리 얘기해 뒀던 터였다.

"응. 오늘부터."

양심에 찔렸지만 일을 도와주는 건 맞으니 완벽한 거짓말은 아니었다.

"그런데……."

분명 어떤 선배냐고 물을 게 뻔했다. 이럴 땐 삼십육계 줄행랑이지.

"엄마, 미안. 나 늦었어. 다녀오겠습니다."

경선이 잡기 전에 후다닥 집을 나선 다은은 007에 버금가는 첩보작전으로 현의 집을 찾았다.

"그럼 일하러 갈까?"

잠깐의 휴식도 없이 현의 손에 이끌려 작업실로 들어간 다은은 그 공간과 괴리감이 느껴지는 책상 하나를 발견했다.

"이거 설마 제 거예요?"

"눈치 빠르네."

새로 장만했을 게 분명한 신상 노트북에 헤드셋, CD 몇 장. 대체 아르바이트가 뭐기에……. 혹시 컴퓨터 만지는 그런 일? 난 그쪽으로 아는 게 전혀 없는데.

"그냥 여기서 하고 싶은 거 하면 돼. 오전에 학원 갔다가 여기서 오후 인강을 들어도 되고, 영화를 봐도 되고. 단, 무조건 내 옆에서……."

현의 설명에 다은의 눈이 동그래졌다. 언뜻 이해가 가지 않았다. 아르바이트가 그냥 옆에 있는 거라고? 다은의 생각 틈으로 다시 한 번, 현의 목소리가 들려왔다.

"……분명 조금 전까지는 그것뿐이었어."

네? 그럼 이제 뭐가 더 있다는 건가요?

"그럼 뭘 더 해야 하는데요?"

"알려줄까?"

귓가를 스치는 목소리가 그의 것이 맞나 싶을 정도로 유혹적이었다. 다은이 저도 모르게 고개를 끄덕였다. 그 앞에만 서면 자동으로 고개가 끄덕여졌다.

다음 순간, 현의 입술이 내려왔다. 항상 그랬듯 다은이 눈을 감았다. 입술을 스치는 따스한 감촉. 까슬까슬한 수염이 닿았다고 생각했는데 너무 순식간이라 착각인지 현실인지 구분할 수 없었다.

다은이 눈을 떴을 때, 현이 바로 코앞에 있었다.

"바로 이거야."

몽롱한 정신으로 다은은 생각했다. 이거요? 이게 뭔데요? 뜻밖에 답은 금방 나왔다.

"한 시간마다 나한테 키스해줘."

너무 놀란 나머지 말이 나오지 않아 입만 벙긋거리는데 현이 찡긋 윙크해왔다.

"그럼 지금부터 시작해볼까?"

분명 장난이 반일 것이라 치부했던 아르바이트는 유감스럽게도 그렇지 않았다.

"시간 된 것 같은데?"

현의 말에 책을 보던 다은이 고개를 들었다.

"꼭 해야 해요?"

"해야지."

"이런 아르바이트는 다시없을 거예요."

다은이 볼멘소리를 뱉어냈다.

"그래서 싫어?"

쉽게 답할 수 없었다. 싫을 리 있겠는가. 문제는 부끄럽다는 데 있었다.

"시간 가는데……."

그러면서 현이 슬쩍 입술을 내밀었다. 작게 한숨을 쉰 다은이 그의 앞으로 다가가 조심스럽게 키스했다. 입술과 입술이 닿는 별다를 것 없는 접촉.

하지만 그 순간의 접촉에 다은의 얼굴은 홍당무가 되었다. 그런 다은을 사랑이 가득 담긴 눈으로 바라보던 현이 작업대로 시선을 옮기며 말했다.

"한 시간 후, 또 부탁해."

그렇게 며칠이 흘렀다.

작업에 들어가면 세상모르게 집중하는 현이었지만, 아르바이트를 봐줄 생각은 없는지 어느 순간부터는 알람까지 맞춰두는 용의주도함을 보였다.

문제는 아르바이트하는 당사자, 다은의 열의도 만만치 않다는 거였다.

물론 처음엔 힘들었다. 먼저 다가가 키스한다는 게 어색하기만 했다. 하지만, 습관이 무섭다고 했던가? 며칠이 지나니 은밀한 터치가 제법 자연스러워졌다.

어느 순간부터는 시간아, 빨리 가라며 노래를 부를 정도였다. 자신 안의 음란마귀가 완전히 똬리를 튼 느낌이었다.

키스라고 해봐야 입술과 입술이 스치는 단순한 접촉. 진한 프렌치 키스와 달랐지만, 그건 그것대로 좋았다. 하긴, 저 남자와 하는 무엇이 좋지 않겠는가!

어김없이 울리는 알람에 다은이 자리에서 일어났다. 물론, 몇 분 전부터 시계만 뚫어져라 쳐다보고 있었던 건 비밀이었다. 여전히 작업에 몰두하는 현을 보고 있자니 장난기가 발동했다.

"왜 뺨이야?"

뺨에 닿는 입술이 불만이라는 듯 현이 시선을 들었다.

"입술이라고 하진 않으셨잖아요."

사실, 이렇게 눈을 마주하고 싶어서요. 일에 열중하는 모습도 좋지만, 오빠 눈동자에 오롯이 내가 비칠 때가 제일 좋거든요.

현의 눈동자에 비친 자신을 확인한 다은의 입가에 만족스러운 미소가 떠올랐다.

"그럼 정정할게. 입술에만이야."

바라던 바였다. 하지만 속내를 그대로 드러내긴 부끄러웠다.

"다음부턴 입술에 할게요."

"아니, 지금."

나지막한 목소리와 함께 현의 입술이 다가왔다. 분명 가벼운 키스라고 했는데, 지금 건 전혀 가볍지 않은 키스였다. 속살이 입술을 열고 들어왔을 때, 다은은 자연스럽게 현의 목에 팔을 둘렀다.

그 행동이 자극이 된 걸까, 순식간에 키스가 깊어졌다.

얼마나 지났을까? 드디어 두 사람의 입술이 떨어졌지만, 다은은 여전히 정신을 차릴 수 없었다. 키스 한 번에 바보가 되어버리는 자신의 모습이 이제 제법 익숙했다.

"이런…… 키스는 무리일까?"

현의 중얼거림이 그대로 전해졌다.

설마, 이런 키스를 한 시간에 한 번? 그랬다간 온종일 정신을 차릴 수 없을 게 뻔했다. 절대 안 될 말이다.

"네, 절대 무리예요."

한 단어 한 단어 힘주어 말하며 다은이 현에게서 떨어졌다.

"나도 무리라고 생각했어."

무심한 말투가 은근히 신경을 자극했다.

"왜요?"

도전적인 질문에 돌아오는 건 더 도전적인 질문.

"몰라서 묻는 거야?"

말문이 막혔다. 질문 때문만은 아니었다. 모르면 지금이라도 알려주겠다 말하는 강렬한 눈빛이 말문을 막아버렸다.

쉽게 대답하지 못하는 다은에게로 현이 다가왔다. 한 발, 두 발, 좁은 방 안에서 그가 가까워질수록 속절없이 뛰는 심장을 부여잡으며 다은이 뒷걸음질 쳤다. 지금 잡히면, 무슨 일인가 일어날 것만 같았다.

등 뒤로 차가운 감촉이 느껴졌다. 이제 더 이상 도망갈 공간은 없었다. 꿀꺽 마른침을 삼키는 소리가 유난히도 크게 들려왔다.

"왜 도망가?"

평소보다 낮은 목소리가 다은의 고막을 침범했다.

"도…… 도망 아니에요."

살기 위한 몸부림이라고나 할까요? 이대로 잡히면 제명에 못 살 것 같은 강한 느낌이 들거든요. 차마 입 밖으로 내지 못할 말을 삼키는데, 현이 속삭였다.

"이래선 힘들잖아."

"네?"

그 와중에도 궁금한 건 못 참겠는지 다은이 눈을 동그랗게 뜨고 물어왔다. 현은 말없이 그런 다은을 자신의 품으로 당겨 안았다.

꼭 맞춘 듯 안겨오는 여체에 긴 한숨이 새어 나왔다.

곁에 있으면 작업이 잘될 거라 생각했다. 그 예상이 어느 정도 맞아떨어지긴 했지만, 문제는 다른 데 있었다.

밀폐된 공간, 그것도 바로 옆에 사랑하는 여자가 있다는 게 남자에게 이렇게 큰 열망을 불러일으킬 줄은 몰랐다.

작업할 때는 그나마 참을 만했다. 문제는 한 시간에 한 번씩 닿는 다은의 입술이었다. 분명 자신이 만든 상황이었건만, 점점 감당하기 벅찼다.

그렇다고 그만둘 생각은 없었다. 그녀 없이 뭔가를 한다는 건 이젠 있을 수 없는 일이 되어버렸다. 그야말로 진퇴양난.

"이제 그만 작업하세요."

어깨 즈음에서 느껴지는 자그마한 목소리에 현실로 돌아온 현은 머릿속 음란마귀를 떨쳐내며 장난스럽게 말했다.

"싫은데?"

다은이 그의 품에서 떨어지더니 단호하게 말했다.

"곤란해요."

"……."

"전 아르바이트의 본분을 다하고 싶은데. 물론 거기엔 오빠가 작업을 성실히 잘 수행할 수 있도록 돕는 것도 포함되어 있어요. 이대로라면 전 아르바이트할 자격이 없는 거잖아요. 저, 집에 갈까요?"

어떤 말보다도 무서운 협박에 현의 얼굴에서 장난기가 사라졌다.

"그러고 싶어?"

되돌아오는 질문에 다은은 당황할 수밖에 없었다.

그녀가 생각한 정답은 '안 그래도 일하려던 참이야' 하고 뒤돌아서는 현이었다. 하지만 눈앞의 그는 전혀 그럴 생각이 없어 보였다.

"이것도 비밀이야?"

한풀 꺾여 들어가려던 다은은 생각을 바꿨다. 다른 건 몰라도 이번 작업은 그에게 아주 중요한 일이었으니 자신이 중심을 잡아야만 했다.

"그러고 싶진 않지만, 계속 이런 식이면 그래야 할 것 같아요."

단호한 대답에 현이 잔뜩 풀 죽은 목소리로 답했다.

"일할게."

현이 책상으로 돌아가는 걸 확인한 다은이 문을 열고 나왔다. 저도 모르게 긴 한숨이 새어 나왔다.

자신에게 이런 면이 있을 거라곤 생각하지 못했었다. 아, 아닌가? 예전에 말썽꾸러기 강민을 다룰 때도 이런 식이긴 했었다. 그때 강민은 나를 조련사라 불렀었지.

그래도 두 번은 못 할 것 같았다. 아무리 현을 위한 행동이었다 해도, 풀 죽은 그의 모습은 다시 보고 싶지 않았다.

커피라도 한 잔 가져다줘야겠다는 생각에 주방으로 들어서던 다은은 식탁 위에 올려둔 휴대폰을 들었다. 부재중 3통, 문자 2통.

[왜 이렇게 전화를 안 받아? 문자 보는 대로 전화해.]

김경선 여사였다.

불길한 예감을 안고 통화 버튼을 누르자, 신호가 울리기도 전에 경선의 목소리가 들려왔다.

-왜 이렇게 전화를 안 받아?

"미안. 가방에 넣어두고 깜빡했어."

-젊은 애가 깜빡할 게 따로 있지.

잔소리가 길어질 것 같은 느낌에 다은이 선수 쳤다.

"할 말 있어서 전화한 거 아니셔?"

-아, 내 정신 좀 봐. 왜 아직 안 와? 일찍 와서 음식하는 것 좀 돕지. 저녁 식사 잊어버렸어?

그제야 아침에 경선 여사가 일찍 들어오라고 신신당부했던 게 떠올랐다. 한 달에 한 번 있는 가족 식사의 날이 바로 오늘이었다. 하지만 혼자 식사해야 할 현을 생각하니 쉽게 발걸음이 떨어지지 않았다.

"오늘만 나 빼고 드시면 안 될까? 한창 바쁠 때라 좀 그런데."

굳이 나 없어도 되잖아. 어차피 목적은 사위 몸보신 시켜주시려 는 거면서.

-가족이 다 모여야지. 한 명이라도 빠지면 되겠니?

안 될 게 뭐 있어? 그냥 드시면 되지. 그 말이 목구멍까지 차올 랐지만, 입 밖으로 내지는 못했다.

그런 마음을 알 리 없는 경선이 불만스러운 목소리를 내놓았다.

-무슨 주말에도 일을 하니?

날카로워진 목소리에 결국 다은은 항복을 선언했다. 뒷일 -현을

소개시키는─ 을 생각해서라도 지금은 경선 여사의 기분을 맞춰줘
야 했다.

"알았어. 지금 바로 갈게."

경선의 목소리가 순식간에 부드러워졌다.

-그럴래?

"네, 여섯 시까지 갈게. 그럼 되지?"

-늦지 마.

살벌한 말과 함께 전화가 끊겼다.

5시 55분. 엄마와 약속했던 시간 5분 전이다.

다은이 조심스럽게 자리에서 일어났다. 현은 헤드폰을 낀 채 완
벽하게 일에 집중하고 있었다.

말을 하고 갈까 고민하다가 조금 전 적었던 종이 한 장을 책상
위에 내려놓았다. 이걸 보면 내 사정을 아시겠지?

밖으로 나온 다은이 현관 앞에서 휴대폰을 들었다.

"엄마, 어디셔?"

-어디긴 집이지.

"아빠?"

-아빠도 계셔. 왜?

"아니, 나 다 왔다고."

부모님의 소재는 확인했고, 그럼 언니한테 전화를⋯⋯.

하지만 다은은 이내 생각을 바꿨다. 모두에게 전화를 걸었다가
는 오히려 의심을 살 수 있었다. 식사 자리에서 말이라도 나오면
완벽하게 변명할 자신이 없었다.

고심 끝에 다은은 계단을 이용하기로 마음먹었다. 아주 완벽한 작전이라 생각하며 문밖을 살피고는 밖으로 한 발 내밀었다.

조심스럽게 현관문을 닫고 비상계단으로 향하는데, 거짓말처럼 엘리베이터 문이 열렸다. 놀란 다은이 후다닥 몸을 숨기려던 그때.

"어? 이모다."

조카, 우주의 목소리가 들려왔다.

외가에 도착한 우주가 인사도 하는 둥 마는 둥 다은을 찾아 온 방을 뒤지기 시작했다.

"할머니, 이모 없어요?"

"아직 안 왔는데. 우리 우주, 이모 많이 보고 싶구나."

귀여운 손주의 머리를 쓰다듬으며 경선이 미소 지었다.

"네, 나 아까 이모 봤는데."

"이모를? 어디서?"

"엘리……."

우주가 답하기 전에 현관문이 열리더니 다은이 따다닥 뛰어와 우주를 끌어안았다.

"우주야, 보고 싶었어."

누가 봐도 이모, 조카 사이의 눈물겨운 상봉이었지만 쿵쿵거리며 뛰어온 다은이 마음에 들지 않아 경선이 미간을 구겼다.

"뭐가 그리 급해서? 아랫집에 피해 준다는 생각은 안 들어?"

"아, 미안. 우주가 너무 반가워서."

숨을 헐떡이며 겨우 답하는 게 안쓰러워 보였다. 저렇게나 보고 싶은 걸 어떻게 참았을까 싶었다.

"하여간 조카 사랑은 유별나지."

경선은 그 말을 남기고 다시 주방으로 사라졌다.

"나 아까 이모 봤는데……."

해맑은 우주의 말에 다은의 얼굴이 하얗게 질렸다. 슬쩍 주방 눈치를 살핀 다은이 우주를 자신의 방으로 이끌었다. 그 순간에도 우주의 조잘거림이 이어졌다.

"아까 내가 5층, 10층을 눌렀거든. 엄마가 딱 두 개만 누르라고 해서. 근데 아까 10층에서 문이 열렸는데 이모가 있는 거야."

요즘 엘리베이터 누르기에 푹 빠져 있다던 지은의 말을 떠올리며 다은이 심각한 얼굴로 물었다.

"엄마도 봤어?"

"아니."

저도 모르게 안도의 한숨이 새어 나왔다. 이 일을 어쩐다. 순수한 아이에게 그건 이모가 아니었다는 거짓말을 할 수는 없었다.

"우주야. 그거 이모랑 우주만 아는 비밀로 하자."

"비밀?"

"응. 우주랑 둘이만 알고 싶어."

우주의 얼굴이 환해졌다.

"비밀 좋아. 아무한테도 말 안 할게."

손가락까지 걸고 우주에게 몇 번이나 다짐받고서야 밖으로 나온 다은은 거하게 차려진 진수성찬에 입을 다물지 못했다.

"뭐가 이렇게 많아?"

"오랜만인데 이 정도는 해야지."

사위 사랑이 넘치다 못해 과한 경선이었다.

"나한테 좀 이렇게 하시지?"

다은이 볼멘소리를 뱉어냈다. 생활비도 꼬박꼬박 받으시면서 너무 신경을 안 써주신단 말이지. 형부한텐 조건 없이 퍼주시고!

하지만 결국 그 말이 제 발목을 잡았다.

"억울하면 너도 남자 친구 빨리 데려와. 똑같이 해줄 테니……."

"왜 얘기가 또 그쪽으로 가."

"대체 언제 오니? 무슨 출장을 그렇게 오래 간대."

말이 길어질 기미가 보이자 지은이 슬쩍 끼어들었다.

"그만큼 능력이 있다는 거겠죠. 근데 음식이 좀 많긴 하다."

"하다 보니 많긴 하네. 오래 두면 맛없는데."

경선의 중얼거림에 다은이 입을 삐죽였다.

쳇, 아까 내가 말할 땐 인정 안 하더니. 역시 엄만 언니한테 약하다니까.

"그러니까. 이거 어차피 남을 것 같은데 다은이 선배한테 좀 싸 보내면 어때요? 혼자 자취한다던 것 같던데."

지은의 말에 좋은 아이디어가 떠오른 다은은 속으로 쾌재를 불렀다. 역시 나에겐 언니밖에 없어.

"아, 안 그래도 나 저녁만 먹고 다시 가봐야 하는데."

슬쩍 흘린 말에 경선이 눈꼬리를 올렸다.

"또?"

"엄마가 갑자기 말씀하셔서 일도 덜 끝내고 왔어."

퇴근 시간이 정해진 건 아니었지만, 일이 덜 끝난 건 거짓말이 아니라 생각하며 다은이 변명했다.

"이 밤에 갔다가 언제 오겠다고."

"근처라고 했잖아. 갔다가 너무 늦기 전에 올 거야."

경선은 여전히 못마땅한 얼굴이었지만, 급하게 부른 건 사실이었으니 더는 태클을 걸지 않았다.

"그럼 좀 싸 가든지."

"그래도 돼?"

다은의 얼굴이 눈에 띄게 밝아졌다.

"하여간 남 퍼주는 건 어지간히 좋아해요."

"그거, 엄마 닮은 거거든요."

다은이 혀를 쏙 내밀었다.

화기애애한 분위기 속에서 식사가 끝났다. 그 분위기에 어울리지 못하는 건 시계를 힐끔거리느라 집중하지 못하는 다은 한 사람뿐이었다.

그냥 식사였다면 20분 정도 만에 끝났겠지만, 장모와 사위 간에 무슨 할 얘기가 그리도 많은지 한 시간이 훌쩍 지나 있었다.

"어머님, 진짜 맛있게 먹었습니다."

"정 서방이 잘 먹었다니 기분 좋네."

연신 준석의 얼굴을 바라보며 경선은 뭐가 그리도 좋은지 얼굴에서 미소를 지우지 못했다.

"이거 정 서방만 오면 난 찬밥 신세니……."

장우의 푸념에 경선이 바로 반발했다.

"어머, 이이는. 내가 언제 당신 찬밥 취급했다고 그러세요."

"지금 그러고 있잖소. 둘째 사위는 꼭 내 편으로 만들어야지."

"편 가르기라도 하자는 거예요?"

"못할 거 뭐 있소. 사위 사랑은 장인이라는 걸 몸소 보여주리다."

다은의 남자 친구를 본 것도 아닌데, 경선과 장우는 벌써 김칫국을 마시고 있었다.

"처제, 남자 친구 언제 보여줄 거야?"

준석이 눈치 없이 물어오자, 모두의 시선이 다은에게로 향했다.

"글쎄요. 아직 인사시킬 만큼 오래 사귄 것도 아닌데……."

말이 끝나기도 전에 경선이 입을 열었다.

"원래는 남자가 여자 집에 와서 교제 허락을 받는 게 순서야."

"요즘 그런 걸 누가 한다고?"

"형부. 생각 안 나니?"

'그건 집 근처에서 데이트하다가 엄마한테 들켜서 그런 거고!'라는 말이 목구멍까지 올라왔지만, 말할 수 없었다. 엄마는 여전히 허락받으러 온 거라 알고 계셨으니.

"엄마, 옛날 얘기는 그 정도만 하세요. 다은이 너 가봐야 한다고 하지 않았어?"

괜스레 제 발 저린 지은이 화제를 돌렸다. 속으로 나이스를 외치며 다은이 맞장구쳤다.

"응. 안 그래도 일어서려던 참이야."

"어서 가봐. 뒷정리는 우리가 하고 갈게."

지은의 말에 경선이 고개를 흔들었다.

"너희도 이만 가봐. 더 늦으면 내일 피곤해."

"하지만 뒷정리가 이렇게 많은데……."

"네, 어머니. 정리하고 갈게요."

"정리는 아빠하고 둘이서 오붓하게 할 테니까, 그만 가봐."

일이 이상하게 돌아가고 있었다. 일단, 먼저 자리를 뜨는 게 좋

256

겠다 생각한 다은이 서둘러 일어났다. 언니 가족보다 먼저 엘리베이터에 타야 한다는 생각에 마음이 급해졌다.

"정 서방 가는 길에 다은이 좀 데려다줄 수 있겠나?"

경선의 부탁에 준석이 망설임 없이 답했다.

"그럼요. 처제, 같이 가. 데려다줄게."

얘기가 그렇게 흘러가다 보니, 다은은 울며 겨자 먹기로 지은 가족과 함께 엘리베이터에 올라타야만 했다.

엘리베이터에 탑승한 우주가 눈을 빛내며 물어왔다.

"엄마, 나 하나만 눌러도 돼?"

"그래, 하나만이야."

지은의 허락이 떨어지자 우주가 10층을 눌렀다. 다은이 저도 모르게 움찔 몸을 떨었다.

10층에서 문이 열리고, 엘리베이터 문 사이로 현의 집 대문이 보였다. 당장 내리고 싶은 마음을 꾹 참으며 다은이 눈을 질끈 감았다.

목적지까지 데려다주겠다는 준석의 호의를 겨우 거절하고 아파트 입구 구석진 곳에 숨어서 준석의 차가 멀어지는 걸 확인한 다은이 다시 걸음을 옮겼다.

작업에 집중하던 현이 고개를 들었다. 목이 뻐근해져 오는 걸 보니 시간이 한참 흐른 것 같았다.

시계를 확인한 현의 미간에 실금이 갔다. 마지막 키스 후, 두 시간이 훌쩍 지나 있었다. 분명 알람이 울렸을 텐데.

헤드폰을 벗고 고개를 돌렸지만, 다은이 있어야 할 자리는 텅 비어 있었다. 현의 눈에 곱게 접힌 쪽지 하나가 들어왔다.

<엄마 호출로 급하게 가요. 방해될 것 같아 인사 못하고 가네요. 밀린 알바는 내일 다 해드릴게요. 저녁 잘 챙겨 드세요.>

그렇다고 말도 안 하고? 다은의 마음을 알면서도 서운해지는 건 어쩔 수 없었다.

주방으로 간 현은 다은에게 톡이라도 보낼 생각으로 휴대폰을 들었다. 이심전심인지 다은으로부터 톡이 와 있었다.

[오빠, 아직 식사 전이죠? 저녁 드시지 마시고 계세요.]

벌써 한 시간 전 도착한 톡. 저녁을 먹지 말고 있으라니, 괜히 기대하게 된다. 현이 재빨리 자판을 두드렸다.

[와서 차려줄 거야?]

기다렸다는 듯 답이 왔다.

[문 앞이에요.]

삑삑, 잠금장치를 해제하는 소리가 들려오자 소파에 앉아 있던 현이 일어났다. 곧이어 나타난 다은의 모습에 저절로 미소가 지어졌다.

"어서 와."

"어? 작업 중 아니셨어요?"

"잠시 쉬는 중."

톡을 확인한 후 작업을 접은 현이었지만, 걱정할 다은을 생각해 둘러댔다.

"잘됐네요. 그럼 저녁 드시고 하세요."

곧장 주방으로 간 다은이 주섬주섬 상을 차리기 시작했다.

"뭐가 이렇게 많아?"

"사위 몸보신 시키신다고 엄마가 솜씨 좀 내셨어요. 사위 사랑은 장모라지만 우리 엄마 사위 사랑은 좀 유별나거든요. 사위 입장에서 좋기만 할 리 없겠지만요."

형부, 준석이 집에 가자마자 소화제를 찾을 거라는 걸 모르지 않는 다은이었다.

"난 좋을 것 같은데?"

"그래요? 잘됐……."

자신이 무슨 말을 하는 건지 깨달은 다은이 돌연 말꼬리를 흐렸다.

"그 사랑, 꼭 받아보고 싶네."

현이 다은의 앞으로 다가서며 환하게 미소 지었다.

경선의 사랑을 받아보고 싶다던 현은 그 말을 증명하기라도 하듯 다은이 싸 온 음식을 남김없이 먹어치웠다.

"너무 많이 드시는 거 아니에요?"

다은이 걱정스럽게 물어왔지만, 현은 괜찮다는 듯 고개를 젓고는 그녀의 손을 잡았다.

"지금부터 소화시키면 되지."

현의 손을 잡고 걷는 거리는 온통 핑크빛 ―밤이라 깜깜했지만 다은은 그렇게 느꼈다― 이었다. 혹시나 가족에게 들킬까 살짝 걱정도 됐지만 분명 아직 정리에 한창일 거라 자신을 안심시켰다. 지금은 이 행복을 포기하고 싶지 않았다.

"작업 중일 땐 밖에 안 나오신다면서요."

"그건 널 만나기 전이지."

현의 말에 다은이 배시시 미소 지었다. 그때였다.

"……다은아."

등 뒤로 들려오는 익숙한 목소리에 오소소 소름이 돋았다. 설마,

아니겠지? 그럴 리 없어. 뒤돌아선 다은의 눈이 커졌다.

"……엄마."

당황해 어쩔 줄 몰라 하는 다은과 달리 상황을 파악한 현이 재빨리 경선에게 인사했다.

"안녕하십니까. 선우현이라고 합니다."

"네."

답하는 목소리가 묘하게 냉랭했다.

"엄마."

집으로 돌아와 벌써 몇 번째 경선을 불렀지만, 돌아오는 대답은 없었다. 잔뜩 굳은 얼굴로 묵묵히 그릇을 닦아 넣는 경선을 한 번, 안절부절못하는 다은을 한 번 보던 장우가 무슨 일이냐며 눈으로 물어왔지만 다은은 고개를 저을 뿐이었다.

경선이 긴 침묵을 깬 건 그로부터 한 시간 후였다.

"출장 가 있다고 하지 않았어?"

"그게……."

"오늘 돌아왔다고 말하고 싶은 거야?"

날카로운 지적에 다은이 입을 닫았다.

"계속 걱정되더라니. 연애 한 번 못 해본 애가 갑자기 연애한다고 했을 때부터 불안했어."

사정이야 어찌 됐건 거짓말했다는 게 마음에 들지 않았다. 게다가 조금 전 봤던 현의 모습은……. 경선의 입에서 한숨이 새어 나왔다. 덥수룩한 수염에 까치 머리, 후줄근한 트레이닝복. 아무리 봐도 '나 백수요'를 온몸으로 뿜어내는 모습이었다. 백수가 아니라면 자기 관리 하나 못하는 사람임에 틀림없었다. 이래저래 마음에 들지 않기는 마찬가지.

아버지 장우를 보고 자라 남자 보는 눈은 있다고 생각했는데, 너무 실망스러웠다.

"그런 거 아니야. 그건 일 때문에……."

다은이 설명하려 했지만, 경선의 귀에는 변명으로밖에 들리지 않았다.

"됐어. 오늘은 머리가 복잡해 더 듣고 싶지 않아."

생각보다 더 부정적인 경선 여사의 반응에 울컥 눈물이 날 것 같았다. 하지만 이렇게 넋 놓고 있을 수만은 없었다. 방으로 돌아온 다은은 걱정하고 있을 현에게 전화를 걸었다.

-괜찮아?

현의 목소리에 걱정이 가득 담겨 있었다.

"그럼요. 괜찮아요."

-오늘 내 상태가 그래서 어머님이 더 실망하셨을 거야.

후회 가득한 목소리에 다은이 고개를 저었다. '편견' 없이 사람을 보라 가르쳤던 경선이니 외모로 현을 평가하지는 않았을 것이다. 문제는 자신이 경선이 제일 싫어하는 거짓말을 했다는 것. 처음부터 솔직하게 말했으면 이런 일이 없었을 텐데 괜히 거짓말은 해서. 배려한답시고 한 행동에 결국 사달이 나고 말았다.

-내일이라도 내가 정식으로 인사를…….

현의 목소리에 현실로 돌아온 다은이 단호하게 말허리를 잘라 냈다.

"절대 안 돼요. 우리 엄마, 그렇게 꽉 막히신 분 아니니까 걱정

말아요. 작업 다 끝나면 그때 정식으로 인사해요."

이제껏 어떻게 견뎌낸 시간인데, 이제 와 헛수고로 만들 수 없었다. 엄마의 허락도 중요했지만 현이 제대로 일을 할 수 있도록 돕는 것도 중요한 일이었다.

엄마라면 시간이 걸리더라도 오빠의 진면목을 반드시 봐주실 테니까. 다은은 그렇게 불안한 마음을 다잡았다.

반찬을 포장하던 경선이 비닐장갑을 벗어 던졌다. 도저히 일에 집중할 수가 없었다. 결국, 경선은 지은에게 가게를 맡기고 밖으로 나섰다.

사람에 대한 선입견은 없었다. 자신이 그랬기에 아이들도 그렇게 교육시켰다. 하지만 딸이 평생을 함께할 배우자에 있어서만큼은 그게 적용되지 않는 모양이었다. 생각해보면 지은이 때도 그랬다. 그래도 지은인 보기와 다르게 제 밥그릇 챙기는 영악함이라도 있지, 다은은…….

거기까지 생각하던 경선이 긴 한숨을 내쉬었다. 타고난 게 그렇다 해도 부모로서 바르게 가르쳤어야 하는데.

"어머님."

누군가가 부르는 목소리가 들려왔다. 생각 없이 고개를 돌리던 경선은 자신을 보며 꾸벅 인사하는 청년과 마주했다.

"나 말인가요?"

경선이 다시 한 번 확인했다. 가게를 하는지라 한 번 본 사람이라도 제법 기억하는 경선이었다. 저런 반짝반짝 빛이 나는 외모를 봤다면 잊을 리가 없을 텐데, 아무리 봐도 아는 사람 같지 않았다.

"어제 제대로 인사드리지 못해 실례를 무릅쓰고 찾아뵈었습니다."

경선이 고개를 갸웃했다. 아무래도 사람을 잘못 본 것 같았다. 그런 마음을 알기라도 하듯 청년이 뒷말을 덧붙였다.

"다은 씨와 사귀고 있는 선우현이라고 합니다."

경선의 눈이 커졌다.

한적한 카페에 마주 앉은 두 사람은 한동안 말이 없었다. 어제와 같은 사람이라고는 믿기지 않게 멀끔한 현이 신기해 경선은 저도 모르게 몇 번이나 그의 모습을 훑었다.

"어제는 죄송했습니다."

"뭐 그렇게까지……."

현이 정중하게 말씀을 낮추시라 청했지만, 경선 여사는 호락호락하지 않았다.

"그건 나중에 할게요. 그런데 어제와는 많이 다르네요. 실례지만 어떤 일을 하고 있는지……."

예상대로 허우대만 멀쩡한 백수라면 당황할 게 틀림없었다. 하지만 현은 전혀 당황하지 않고 답했다.

"작곡을 하고 있습니다."

경선의 이마에 실금이 갔다. 직업에 대한 편견 또한 가지고 있지 않은 경선이었지만, '작곡'이란 말을 듣는 순간 떠오르는 사람이 한 명 있었다. 벌써 몇 년째 도시락을 배달해 먹는 작곡가. 그를 알고부터 작곡가의 삶이 녹록하지 않다는 걸 알게 되었다. 직업 특성상, 밤낮은 뒤바뀌고 그러다 보니 주변에 무심해지고 역시 단골인, 그의 어머니가 반찬가게에 와서 했던 푸념이 아직도 생생하게 기억났다.

비단, 그 사람 때문만은 아니었다. 경선은 다은이 저와 여러 면에서 잘 맞는 사람을 만나 사랑받는 걸 원했다. 그런데 작곡가라니, 다은과 전혀 어울릴 것 같지 않은 직업이 아닌가! 많이 당황스러웠지만 일단 그의 말을 끝까지 들어보기로 했다.

"작업할 때 징크스가 있어 두문분출하는지라, 단정치 못한 모습을 보여드렸습니다."

가수인 강민을 바로 옆에서 본지라 그쪽 사람들의 징크스에 대해선 어느 정도 알고 있었다. 징크스가 꽤나 심한 모양이라 생각하던 경선이 작게 미간을 구겼다.

"그럼 지금 곡 작업 중이라는 건가요?"

"네. 그렇습니다."

"그런데 이렇게…… 괜찮아요?"

이번엔 다은의 짝으로가 아니라 순수하게 걱정되는 마음에서 한 질문이었다.

"사실, 고민도 했고 걱정도 했습니다. 하지만 다은 씨 덕분에 괜찮을 것 같습니다."

거짓이라고는 하나 없는 진중한 눈빛으로 현이 경선에게 눈을 맞췄다.

저를 탐탁지 않게 생각한다는 걸 뻔히 알면서도 일부러 찾아와 인사하고 오해를 풀려는 모습이 듬직했다. 어제와 확연히 다른 깔끔한 외모도 마음에 들었고, 결정적으로 말끝마다 묻어나는 다은에 대한 애정이 경선의 마음을 흔들었다. 한 번 보고 사람을 평가

하는 건 아니니까, 조금 더 지켜보기로 할까? 처음과 확연히 다른 마음으로 경선이 현을 바라봤다.

그날 저녁, 눈치만 보는 다은에게 경선이 먼저 말을 걸었다.
"그래서, 언제 인사시킬 거야?"
"응? 네?"
"급한 일 끝나는 대로 정식으로 인사 오라고 해."
다은의 얼굴이 눈에 띄게 밝아졌다.
"진짜? 꼭 그렇게 할게."
제 할 말만 하고 꽁지 빠지게 방으로 들어가는 다은을 보며 경선이 고개를 흔들었다. 분명 그 청년에게 전화하러 갔을 테지. 저렇게 좋을까? 하긴, 사랑이라는 게 그렇긴 하지. 다음번에 만날 때는 편견 없이 살펴봐야겠다 생각하며 경선이 미소 지었다.

9. 사랑의 족쇄

현의 집으로 들어서던 다은은 어제와 달리 말끔해진 그의 모습에 눈을 크게 떴다.

"작업 끝나셨어요?"

"아니, 아직."

"그런데 수염은……."

말이 끝나기도 전에 현이 다은을 자신의 품 안으로 당겨 안았다.

"확실한 부적이 있으니 괜찮아."

밤샘 작업과 쪽잠에도 다은을 보면 힘이 났다. 좋아서 하는 일이었지만, 힘들었던 지난날과는 확연히 다른 변화. 이건 모두 그녀에게서 나오는 힘이었다. 저도 모르게 다은을 안은 팔에 잔뜩 힘이 들어갔다.

"무슨 일 있으셨어요?"

다은이 걱정스럽게 물어왔다. 경선을 찾아간 일이 있었기는 했지만, 굳이 말하지는 않았다.

"아니, 그냥 좋아서."

드디어 풀린 팔에 발그레해진 볼을 하고 주방으로 들어선 다은이 들고 왔던 쇼핑백을 식탁 위에 내려놓았다.

"아직 식사 전이시죠? 햄버거 사 왔어요."

햄버거에 사이드 메뉴까지 식탁 위에 거한 한 상이 차려졌다.

"뭐 드실래요?"

다은이 다른 맛의 햄버거 두 개를 현의 앞으로 밀며 질문했다.

"글쎄, 둘 다 먹고 싶은데?"

"그럼 반씩 나눠 먹어요. 골고루 맛볼 수 있게. 괜찮은 생각이죠?"

"좋은 생각이네."

현의 답이 떨어지자 다은이 싱크대 쪽으로 몸을 돌렸다. 싱크대에 가까이 있던 현이 고개를 갸웃한다.

"왜? 뭐 필요해?"

"칼요."

"칼은 왜?"

칼은 왜라뇨. 잘라야 하잖아요. 작업하시더니 세상 물정에 어두워지셨나 봅니다. 그럼 제가 친절히 설명해 드리지요. 유치원생에게 설명하듯 나긋나긋한 목소리가 새어 나왔다.

"이렇게, 이렇게 반씩 자르려고요."

"그럴 필요 뭐 있어? 나눠 먹으면 되지."

언뜻 이해가 되지 않았다.

"네?"

"한 입씩 나눠 먹자고."

그러니까 햄버거를 오빠 한 입, 저 한 입 나눠 먹자고요? 매장에서 딱 그렇게 먹는 연인을 보고 속으로 욕했는데, 그걸 지금 우리 둘이 하자고요?

다은의 얼굴이 심각해졌다. 햄버거 봉지를 여느라 그런 다은을 보지 못한 현이 장난스럽게 덧붙였다.

"나 병 없으니까 안심해."

지금 그걸 걱정하는 게 아니잖아요. 그런 걸 걱정했다면 키스도 안 했겠죠. 하지만, 키스와 이건 엄연히 다른 문제라고요. 차라리 키스하는 게 더 나을지도 몰라요. 속내를 얼굴 가득 드러냈지만, 현은 아랑곳하지 않았다.

"그럼 먹어 볼까? Lady first."

현이 다은의 앞으로 햄버거를 내밀었다. 쭈뼛거리던 다은은 재촉하는 눈빛에 입을 앙 벌려 햄버거를 한 입 베어 물었다.

아, 새우버거다. 입 안에 퍼지는 소스와 통통한 새우살의 조화. 업그레이드되어 새로 나왔다더니 꽤 괜찮네.

"맛있어?"

현의 물음에 다은이 고개를 끄덕였다. 현이 햄버거를 베어 문 건 바로 그 순간이었다.

하필이면 자신이 먹었던 곳을 공략하는 그의 행동에 괜스레 부끄러워졌다. 얼굴이 달아오르고 목이 탔다. 자신 앞에 놓인 콜라를 벌컥 들이켜던 다은의 앞으로 또 다른 햄버거가 내밀어졌다.

"그냥 제가 먹을게요."

"그럴래?"

순순히 전해진 햄버거를 베어 문 다은이 맛을 음미했다. 매콤하고도 달콤한, 이 소스는 뭐지? 평론가처럼 음식을 분석하고 있는데 현의 목소리가 들려왔다.

"혼자만 먹을 거야?"

"아, 여기요."

다은이 햄버거를 내밀었다. 분명 받으라고 내밀었는데, 다가오는 건 손이 아닌 얼굴. 게다가 분명 자신이 먹은 쪽과 반대쪽을 내밀었건만 그가 베어 문 건 다은과 같은 방향, 정확히는 같은 곳이었다.

"다른 쪽도 많은데 왜 하필 그쪽을 드세요?"

민망함을 이기지 못한 다은이 볼멘소리를 뱉어냈다.

현이 가만히 다은을 응시했다. 글쎄, 내가 왜 그랬을까?

현은 다은과 다른 이유로 놀라는 중이었다. 누군가와 음식 돌려먹기를 하는 건 평생 처음 있는 일이었다. 위생 관념이 철저해 남자들끼리 하는 그 흔한 숟가락 돌려먹기도 한 번 한 적 없었다.

그런데, 이런 닭살 돋는 행동을 아무렇지 않게 하다니, 심지어는 그게 좋기까지 하다니. 이게 다 너 때문이잖아.

입을 삐죽이며 감자를 집어먹는 다은을 애정 가득한 시선으로 바라보며 현이 다정하게 말을 건넸다.

"입술 대신이야."

"……."

"면역력 제로 허다은 씨, 둘 중 선택해. 어떤 걸 먹을 건지."

생각 같아선 이대로 끝까지 먹고 싶었지만, 점점 붉어지는 다은의 얼굴을 보니 더 이상은 안 될 것 같았다.

"오빠가 먼저 고르세요."

또 자신에게 양보하는 다은을 가만히 바라보며 현이 입을 열었다.

"다은아, 너한테 난 몇 순위야?"

예상치 못한 질문이었지만, 답은 망설임이 없었다. 이미 이전에도 말한 적 있지 않았던가.

"0순위요."

망설임 없는 대답에 가슴이 따뜻해졌다. 다은에게 0순위가 자신이라는 걸 이미 알고 있었지만, 다시 한 번 확인하고 싶었다.

사랑을 확인하고 싶은 옹졸한 남심.

매력적인 미소를 장착한 현이 다은의 고백에 답했다.

"나도 그래."

"어우, 오빠도 참……."

좋은지 흔치 않게 콧소리를 내는 다은에게 현이 기습 질문을 해 왔다.

"그럼 1순위는?"

"1순위는 가족이죠."

역시 망설임 없는 대답이었다.

"그럼 그 외 사람들은 순위권 탈락인 건가? 강민이도?"

왜 강민의 얘기가 나오는지 알 수 없었지만, 다은은 솔직하게 제 마음을 드러냈다.

"네."

다은의 대답에 현의 얼굴이 밝아졌다. 마음을 확인하고픈 남심은 완벽하게 승리했고, 원하던 결과를 성취했다.

먹기 편하도록 사이드 메뉴들을 앞쪽으로 놓아주는 다은을 보며 현이 미소 지었다. 행동 하나하나에 상대에 대한 배려가 배어 있었다. 문제는 강민의 말대로 그게 자기 밥그릇도 못 챙길까 걱정될 정도로 과하다는 것이었다.

"그럼 우리 약속 하나 하자."

다은의 입가에 묻은 케첩을 손으로 훑으며 현이 제안했다. 입술 끝에 닿은 온기에 정신을 빼앗긴 채 다은이 고개를 끄덕였다.

입술에 닿았던 손은 방향을 틀어 다은의 뺨 위에 닿았다.

"양보는 1순위에만."

주제와 또 한 번 어긋난 단어에 다은이 고개를 갸웃했다.

"순위권 탈락은 당연히 신경 쓸 필요 없고, 0순위인 나한테도 그럴 필요 없어. 난 내가 선택하는 것보다 네가 골라주는 게, 네가 해주는 게 더 좋으니까."

"……."

"그러니까 이제부터 무슨 일이든 널 우선으로 생각해."

전해지는 목소리에 진심이 가득해, 울컥 눈물이 날 것만 같았다. 손해 본다고 생각한 적은 없었다. 그저 그게 마음 편했고, 편하다 보니 계속하게 되고 결국 습관처럼 굳어졌다. 익숙해서, 편해서 그랬는데 분명 그것뿐인데. 왜 오빠의 다정한 걱정에 눈물이 날 것 같을까요?

볼에 닿은 현의 손 위로 자신의 손을 포개며 다은이 입을 열었다.

"지금부터 그렇게 할까요?"

낮게 가라앉은 음성에 현이 고개를 끄덕였다.

다은의 입술이 현의 입술에 닿은 건 바로 다음 순간. 순식간에 지나간 키스에 현이 얼떨떨해하고 있을 때, 조금 전과 달리 밝은 목소리가 들려왔다.

"빨리 먹고 일해요, 우리."

햇살이 비치는 침대 위, 한참을 뒤척이던 다은이 결국 눈을 떴다. 더 자고 싶은 마음이 굴뚝같았지만, 이미 너무 늦어버렸다.

습관적으로 시계를 확인한 다은의 입에서 기어코 한숨이 새어나왔다.

오전 8시, 예상대로 평소보다 한 시간이나 더 자버렸다.

알람 없이도 7시면 눈을 뜨는 자신이었건만 근래의 기상 시간은 항상 이즈음이었다. 대체 왜 이렇게 피곤한 거지? 시간을 거슬러 올라가던 다은이 아! 하고 감탄사를 토해냈다.

생각해보니, 현이 제안한 아르바이트를 시작하고서부터인 것 같았다. 별로 하는 일도 없는데. 그저 앉아 있다가…… 거기까지 생각하던 다은이 바로 정정했다. 아니구나. 기가 쪽쪽 빨리고 있구나.

입꼬리가 슬며시 올라갔다. 현을 생각하면 자연스럽게 일어나는 반응이었다.

우리 오빠는 일어나셨으려나? 톡이라도 넣어볼까, 잠시 고민하던 다은이 고개를 흔들었다.

오늘까지 샘플링 파일을 넘겨야 한다며 평소보다 더 무섭게 집중하던 현이었다. 그 바람에 다은은 의도치 않게 게으름 피우는 아르바이트생이 되어야 했다.

작업은 끝났을까? 현이 만들었을 노래가 궁금했다.

그렇게 한참 그에 대한 생각들로 시간을 보내고 있을 때, 휴대폰이 진동했다.

[잠깐 올 수 있어?]

현에게서 온 톡이었다. 이런 질문, 무의미합니다. 당연히 갈 수 있죠. 지금 당장, 급히 자판을 치던 다은이 조금 전 쳤던 단어를 지워 나갔다. 거울에 비친 몰골이 말이 아니었다. 결국, 다은은 자신에게 준비할 시간을 주기로 했다.

[네, 조금 있다 갈게요.]

전송 버튼을 누른 다은이 후다닥 욕실로 사라졌다.

현은 자신 앞에 있는 다은을 가만히 바라봤다. 급하게 내려온 건지 다 말리지 못해 물기가 반짝이는 단발머리, 기대감을 잔뜩 담은 반짝이는 눈동자, 살짝 긴장한 건지 아랫입술을 베어 무는 행동까지. 모두가 현의 한숨을 불러일으켰다.

"유혹하지 마."

현의 말에 다은의 눈이 커졌다.

"네? 제가요? 언제요?"

"지금 그러고 있잖아."

오빠, 뭔가 잘못 아신 거 아닐까요? 제 어디가 유혹이란 말에 어울린단 말인가요? 급해서 겨우 샤워만 하고 내려왔는데, 메이크업이라기에도 민망하게 BB크림만 겨우 바르고 왔는데 그런 제 어디에 유혹이 있단 말씀이세요?

전혀 모르겠다는 얼굴에 한숨이 더 커졌다. 자각 못 하는 게 더 나쁘다는 말을 해줘야 하나? 잠시 고민하는 사이, 다은이 현의 앞으로 훅 다가왔다.

샴푸 향인지 모를 상큼한 향기가 현의 코끝을 스쳤다. 진짜, 위험한데. 밤을 새워서 몸이 천근만근임에도 온몸의 세포는 활발하게 활동하고 있는지 참기 힘든 유혹에 현의 입에서 기어코 신음이 새어 나왔다.

그런 마음을 알 리 없는 다은이 걱정스럽게 물어왔다.

"밤새셨어요?"

"응. 이거 완성하느라."

현이 USB를 들어 보였다.

"아! 드디어 완성하셨구나."

자기 일처럼 기뻐하는 다은을 보고 있자니 피로가 눈 녹듯 사라졌다. 힘이 솟아난다는 말을 실감하며 현이 웃음기 어린 말을 뱉어냈다.

"아직 미완성이야."

아직 갈 길이 멀었다. 완벽한 곡이 되려면 앞으로 수많은 수정과 덧입힘의 과정을 거쳐야 했다. 하지만, 그 모든 것도 거뜬히 해낼 수 있을 것 같았다.

이번 작업이 유난히도 쉬웠던 이유는 다은이 곁에 있었기 때문이었다. 항상 동굴에 들어가던 자신을 끌어내준 단 한 사람.

"아직 미완성이지만 들어주겠어? 제일 먼저 들려주고 싶어."

현이 다은의 팔을 잡아끌더니, 키보드 옆자리에 앉혔다. 샘플링된 파일이 있었지만 직접 연주해서 들려주고 싶었다.

건반이 두드려지는 순간, 다은은 저도 모르게 눈을 감았다. 역시나 노래는 좋았다. 요즘 노래들과 다른 묵직함. 그럼에도 너무 무겁지 않은 그 경계에서 다은은 소리 없는 감탄사를 연거푸 토해냈다.

그 짧은 시간에 저런 멋진 곡을 만들어내다니, 내 남자 친구는 정말 대단한 사람이구나. 다시 한 번 자신이 초라해졌고, 그와 별개로 그가 자랑스러웠다.

곡은 순식간에 끝났다. 잠시 여운을 곱씹던 다은이 순수한 감상을 말했다.

"우와, 진짜 좋아요. 오빠 진짜 천재이신 것 같아요."

다은의 반응에 현이 미소 지었다.

"과한 칭찬인데?"

"그냥 하는 말 아니에요. 진짜 감동했다니까요."

"아직 하나 더 남았어."

현의 말을 한 번에 알아듣지 못한 다은이 고개를 갸웃했다.

현이 건반 위로 다시 손을 뻗었다. 이유 없이 다은의 심장이 요동치기 시작했다.

연주를 시작하기 전, 다은과 눈을 맞춘 현이 건반 위 손가락을 움직이기 시작했다. 낯선 듯했지만 어딘가 익숙한 멜로디. 현의 입에서 첫 소절이 흘러나왔을 때, 다은은 저도 모르게 입을 막았다.

"그리움의 크기를 잴 수 있다 해도 널 향한 내 그리움은 잴 수 없을걸."

현이 사랑을 고백하며 불러줬던 바로 그 노래였다.

"하루 종일 네 생각만 하는 날, 넌 알고 있을까? 더디게 가는 시간을 원망하면서도, 그 시간마저 소중하다 말하면 넌 어떤 표정을 지을까? 보고 싶었다는 말도, 그리웠다는 말도 나를 향해 달려오는 널 보면 할 수가 없는걸. 벅차오르는 가슴으로 그저 두 팔 벌려 널 안을 수밖에. 내 품을 파고드는 너의 체온. 이제야 내 자릴 찾은 거야. 영원히 내가 머물 자리, 영원히 내가 사랑할 사람. 사랑해. 사랑해. 소리 내 말하면 사라져버릴까 두려운 내 사람아. 오늘은 고

백해야지. 내가 사랑할 단 한 사람은 바로 너라고."

여전히 입을 막은 채 다은은 노래에 푹 빠져들었다. 간주가 이어지고, 2절이 시작되었지만 벌어진 입을 다물 수 없었다.

"모를 거라 생각하나요. 날 향한 그대의 그리움."

같은 노래지만, 1절과는 전혀 다른 분위기의 음률과 가사. 저도 모르게 눈이 감겼다.

"모를 수가 없죠. 그 모습 또한 나인데. 내 머릿속엔 온통 그대 뿐, 그대 없이 살았던 시간은 이제 생각조차 나지 않는걸요. 기다리는 시간마저 소중한 건, 그대를 향한 내 마음의 크기. 보고 싶었다는 말도, 그리웠다는 말도 한 사람에게만 듣고 싶은 내 바람. 그대를 향해 달려가는 지금, 난 세상 누구보다 행복한걸. 두근거리는 심장박동, 백 마디 말보다 진실한 그 고백에 오늘도 난 미소 지어요. 이제야 내 자릴 찾았어요. 사랑해요. 영원히 내가 머물 그대."

대비되는 1절과 2절은 서로 같은 마음을 고백하는 남녀의 이야기. 1절이 현의 마음이라면 2절은 말할 것도 없이 다은 자신의 마음이었다. 그래서일까? 노래가 끝났지만, 진한 여운은 쉽게 가시지 않았다.

"어…… 때?"

조심스럽게 물어오는 목소리에 다은이 현실로 돌아왔다. 질문의 요지를 분명히 알고 있었지만, 이상하게도 입을 열 수가 없었다.

다은은 말없이 자리에서 일어나 여전히 답을 기다리고 있는 현을 두 팔 가득 안았다.

"수고했어요."

진심이 가득한 속삭임. 현의 입가에 미소가 떠올랐다. 한참 그를 격려하던 다은이 돌연 몸을 떼어내더니 확신에 찬 목소리로 말했다.

"오빠, 무조건 이 곡으로 해요."

현이 고개를 저었다.

"이건 널 위해 만든 곡이야."

"절 위해 만든 곡이라고 저만 들으란 법은 없잖아요. 처음 들려주셨던 것도 물론 좋지만, 전 이 곡이 더 좋은 것 같아요. 콘티에도 딱 맞고."

다은이 이렇게 나오자 난감해졌다. 광고용 곡 하나의 콘셉트를 잡아두고, 다은을 위해 틈틈이 만든 곡이었다. 광고용 곡보다 훨씬 쉽게 만든 곡이었고 광고는 전혀 염두에 두지 않았는데…….

"들으면서 생각한 건데, 듀엣으로 가면 좋을 것 같아요. 강민 상대역도 캐스팅한다고 하셨잖아요. 이왕이면 그분, 노래 잘 부르시는 분이면 좋겠어요. 생각만 해도 설레요."

"다은아, 이건…….."

"회사로서도 이번 건이 중요하다면서요. 이왕이면 완벽하게 해야죠."

"…….."

"그럼, 두 곡 다 들려주시고 선택하라고 하세요. 분명 이 곡이 선택될 테지만요."

기대감이 가득 담긴 반짝이는 얼굴이 눈부셔 현은 그저 고개를 끄덕일 수밖에 없었다.

샘플링 파일을 보내고 도준과 통화를 마친 현이 작게 한숨을 내쉬었다. 만장일치의 선택이라니, 전혀 의도치 않은 방향으로 일이 진행되고 있었다.

[곡 결정됐어요?]

다은에게서 온 톡에 현이 시간을 확인하고는 통화 버튼을 눌렀다.

-오빠.

반가움이 가득 묻어나는 목소리에 절로 미소가 커졌다.

-곡 결정됐어요? 역시 제 예상이 맞았죠?

목소리는 확신에 가득 차 있었다.

"돗자리 깔아도 되겠어."

-거봐요. 제 말이 맞죠? 맞혔으니까 상 주세요.

"당연히 줘야지. 오늘 데이트 어때?"

누굴 위한 상인지는 알 수 없었지만, 그게 뭐가 중요한가? 지금은 다은을 보고 싶다는 마음이 먼저였다. 그녀도 같은 마음인지 잔뜩 상기된 목소리로 답했다.

-좋아요, 저 서점 가 있을게요. 그쪽으로 바로 오세요.

서점 안으로 들어선 현이 다은을 찾아 걸음을 옮겼다. 전화했지만, 받지 않는 걸 보니 책에 심취해 있는 모양이었다.

다은이 있을 법한 인문학 서적 부근에서 헤매던 현은 구석에서 책을 읽고 있는 그녀를 찾아낼 수 있었다. 얼마나 집중해 있는지, 바로 옆으로 다가갈 때까지도 현의 존재를 눈치채지 못했다.

장난기가 발동한 현이 다은의 옆자리에 털썩 주저앉았다. 여전히 책에 시선을 고정한 채 슬금슬금 거리를 벌려 앉는 다은을 보며, 현은 멀어진 만큼 거리를 좁히고는 가만히 그녀의 반응을 기다렸다.

"오빠, 다 읽어가요. 잠깐만 기다리세요."

생각지 못한 말에 현의 입에서 헛웃음이 튀어나왔다. 자신인 줄 알고 있었다는 얘기였다. 그런데도 슬금슬금 도망갔다고?

"왜 도망가?"

"집중이 안 되잖아요."

"왜?"

"오빠가 옆에 있는데 온전히 책에 집중할 수 있을 리가……."

말을 하던 다은이 돌연 입을 닫았다. 책에 정신이 팔려, 또 속의 말을 그대로 내뱉고야 말았다. 그것도 공공장소에서.

근처에 사람은 없었지만, 그렇다고 부끄럽지 않은 건 아니었다. 거기엔 오롯이 자신에게 닿은 현의 시선도 한몫했겠지만.

"그만 가요."

다은이 자리에서 벌떡 일어났다.

식사부터 하자며 현이 다은을 이끈 곳은 꽤 입소문이 난 레스토 랑이었다. 미리 기다리고 있었던 듯 매니저가 둘을 전망 좋은 창가 자리로 안내했다. 다은이 매장 안을 살폈다. 이벤트를 하려고 이곳 을 예약하려던 제 친구의 남자 친구가 몇 번이나 퇴짜 맞은 곳이 여기라고 하던데. 새삼 자신과 차이 나는 현의 위치가 떠올라 작아 지는 느낌이었다.

편한 슬랙스 차림에, 역시나 편해 보이는 셔츠 하나를 입었을 뿐인데도 저렇게 빛이 나는 사람인데……. 그런 다은의 생각을 증 명하듯, 레스토랑으로 들어설 때부터 여자들의 시선이 현에게 닿 았다 떨어지길 반복했다. 하긴, 서점에서도 그랬었지.

데이트란 생각은 하지도 않고 나온 터라 자신도 편한 옷차림이었지만, 그렇지 않다 하더라도 그와 같은 비주얼일 수는 없었다. 어차피 그가 사랑하는 사람은 자신이니 신경 쓰지 말자, 생각하면서도 그게 또 마음대로 되지 않았다.

"왜 이렇게 잘생기셨어요."

속의 말이 또 한 번 밖으로 나와버리고 말았다.

"잘생겼어?"

"네. 잘생겼으면 키라도 작든가, 아니면 능력이라도 좀 떨어지시든가……."

"그 말은 내가 키 크고 잘생긴 데다 능력도 있다?"

장난기 가득한 물음에 다은의 진지한 대답이 돌아왔다.

"네. 키 크고 잘생긴 데다 능력까지 겸비한……."

다은의 말은 끝을 맺지 못했다.

"그 남자가 사랑하는 사람이 바로 너야."

이런 고백을 바라고 한 말은 절대 아닌데, 그의 고백에 자신감이 급상승하는 건 뭐란 말인가?

"네. 그 남자가 사랑하는 사람이 바로 나죠."

그에게 닿는 여자들의 시선이 더는 부담스럽지 않았다. 그 시선 속에는 분명 자신을 향한 부러움이 섞여 있을 테니. 눈독 들이지 마. 저 남자, 내 남자야! 다은의 고개가 빳빳해졌다.

"그럼 사랑하는 남자가 사주는 우아한 점심 한번 먹어볼까요?"

메뉴판으로 시선을 돌리는 다은을 보며 현이 흐뭇하게 미소 지었다. 레스토랑에 들어서면서부터 약간은 긴장한 듯한 다은이 마음에 걸렸었는데 생각보다 편한 것 같아 다행이었다.

"흠. 봐도 모르겠어요. 오빠가 알아서 주문해주세요."

"나도 잘 모르는데. 처음 오는 곳이야. 여기가 유명하다기에…….
이런 분위기 별로 즐기지 않거든."

직업상 사람들을 만날 때 레스토랑에서 약속 잡는 일이 있긴 했
지만 그건 아주 가끔 있는 일이었다.

기본적으로 현은 레스토랑이 주는 딱딱한 이미지 자체가 싫어,
피치 못해 약속을 잡을 때도 익숙한 한 곳만 이용했기에 유명하다
는 이곳까지 올 기회는 없었다.

"그럼 저 솔직히 말씀드려도 돼요?"

현이 고개를 끄덕였다.

"제가 뭘 가리는 식성은 아닌데요."

거기까지 말하던 다은이 돌연 그에게로 몸을 바짝 붙였다. 무슨
말을 하려 저렇게 뜸을 들이는 걸까 궁금해졌다.

"가격 대비라는 게 있잖아요. 여긴 그게 좋을 것 같지 않아요."

메뉴판에 적힌 숫자들이 음식점에서 흔히 보던 것과는 단위부
터가 달랐다. 아무리 장소며 분위기가 좋고, 유명한 레스토랑이라
지만 이 가격까지 치르고 음식을 먹어야 하나 고민할 만큼 다은에
게는 큰돈이었다.

음식은 먹어봐야 알겠지만, 형부 준석의 레스토랑보다 나을 것
같지 않은데 가격은 거의 두 배. 형부도 재료라면 모두 최고를 쓰
는데, 아무리 자리가 좋고 유명하다지만 이건 너무하다 싶었다.

여전히 목소리를 죽인 채 다은이 계속해서 말을 이어갔다.

"다음에 레스토랑 가고 싶으시면 제가 다른 곳 안내할게요."

"어디?"

"있어요, 괜찮은 곳."

"그럼 거기 가자."

생각지 못한 제안에 다은의 눈이 커졌다.

"네?"

아니, 뭘 이렇게 급하게. 이런 행동력 사랑하긴 하는데요, 지금은 아니거든요. 제가 실언을 한 거예요. 여기 좋아요. 분위기 좋고, 먹어보진 않았지만, 맛도 분명 좋을 거고요. 그러니까 그냥 오늘은 여기서 먹어요. 네?

하지만 눈빛 공격이 통하지 않은 건지 현이 다은에게 손을 내밀었다.

"아직 주문 전이니까 나가도 무리는 없을 것 같은데?"

진지하기만 한 목소리에 현이 내민 손을 잡으면서도 머릿속은 바쁘게 돌아갔다.

그도 그럴 것이, 다은이 말한 레스토랑은 형부인 준석이 하는 곳이었다. 아직 언니에게 남자 친구가 현임을 제대로 말하지도 못했는데, 아무런 준비 없이 형부에게 먼저 인사하는 건 아닌 것 같았다. 그렇다고 다른 레스토랑으로 대체하려니 아는 곳이 없다는 게 문제였다. 그때, 다은의 귀에 매니저의 목소리가 들려왔다.

"죄송합니다. 모두 예약이 되어 있어서……."

계산대와 멀지 않은 자리라곤 하나 소머즈의 귀라도 되는 양 또렷하게 들려오는 목소리가 해답을 제시했다. 역시 죽으라는 법은 없었다.

"아! 예약. 거기도 예약해야 해요."

어색하기 그지없는 변명이었지만, 현은 의심 없이 받아들였다.

"그래? 그럼 거긴 다음에 가기로 하지, 뭐."

여전히 현에게 손이 잡힌 채 다은이 놀란 가슴을 쓸어내렸다.

"그럼 만장일치로 결정된 거네요."

음식을 오물거리며 그럴 줄 알았다는 듯 다은의 목소리에 힘이 들어갔다.

"제 귀, 쓸 만하죠?"

대답 대신 현이 고개를 끄덕였다. 귀만 쓸 만하겠는가? 곡의 영감을 불러일으킨 것 자체가 다은이었으니 이번 곡은 그녀에 의해 만들어졌다 해도 과언이 아니었다.

"그럼 듀엣으로 가는 거예요?"

궁금함을 잔뜩 담은 채 눈을 빛내는 다은은 만지지 않고는 못 견딜 정도로 귀여웠지만, 현은 가까스로 그 유혹을 이겨냈다.

"아직 모르겠어. 적임자를 찾긴 한 것 같은데 캐스팅이 쉬울 것 같지는 않아."

다은으로서는 이해가 되지 않았다. 연예계를 다 아는 건 아니지만, 이건 분명 좋은 기회였다. 강민이 그렇게 외치던 해외 진출도 손쉽게 할 기회 같은데.

눈앞의 스테이크를 전투적으로 자르던 다은이 속의 말을 고스란히 내놓았다.

"좋은 기횐데 왜 마다할까요? 아, 혹시 톱가수라든지……."

"그건 아닌데, 예감에 쉬울 것 같진 않아. 직원들 실력을 믿어봐야지. 안 된다면 강민 혼자 부르는 거로 편곡하고."

스테이크를 자르던 손이 멈췄다.

"그 곡은 절대 듀엣인데……."

아쉬움 가득한 말에 현의 얼굴이 장난기로 반짝였다.

"그럼 네가 불러줄래?"

"하하, 농담이시죠? 제 입으로 이런 말 그렇지만, 제 노래는 제가 들어도 최악이에요."

"……"

"학교 다닐 때 제일 싫었던 게 음악 시간, 정확하게는 노래 부를 때였어요. 합창은 그나마 낫죠. 입만 벙긋거리면서 노래하는 척하면 되니까. 초등학교 때 합창 경연이 있었거든요. 학기 초였는데, 반별로 하는 경연이었어요. 연습하는데 갑자기 선생님이 독창을 해보라는 거예요. 아마 그때 제 주변에 누군가가 노래를 잘했겠죠. 그걸 저라고 철석같이 믿으신 게 화근이었어요."

"그래서?"

현이 재촉했다.

"그땐 선생님 말씀이 곧 법이었거든요. 저 아니라고 하면 될 걸, 그걸 못해서 애들 앞에서 노래하는데 쥐구멍에라도 숨고 싶었다니까요. 그때 제일 놀렸던 게 강민이었어요."

다시 생각해도 분하다는 듯 다은이 파르르 몸을 떨었다.

"강민?"

"네. 어찌나 놀려대는지, 진짜 피 터지게 싸웠다니까요. 결과적으론 그 일로 친해지게 된 거지만."

강민의 얘기를 할 때, 다은은 현이 아는 다은과 달랐다. 그렇다고 다은이 자신을 가식적으로 대한다는 건 아니었다. 저렇게 솔직하게 자기 마음을 표현하는 여자가 있을까 싶을 정도로 진심으로 자신을 대하고 있다는 걸 알고 있었다.

문득 다른 사람들에게 자신의 얘기를 하는 다은은 어떨까 하는 궁금증이 일었지만, 그런 생각은 오래가지 못했다.

"그래도 오빠가 원하시면 듀엣 할 수는 있는데요. 그건 회사가 망하는 지름길이라 단언합니다."

"우리 회사 꽤 탄탄한데, 설마 그 한 번에 망하기야 하겠어?"

"그럼 타격 정도로 해둘게요."

"타격 정도, 충분히 감당할 수 있는데……."

현이 말꼬리를 흐리자 다은이 시선을 들었다. 마치 그러길 기다렸다는 듯 그의 말이 이어졌다.

"네가 싫으면 그게 뭐든 안 해도 돼."

순간 말문이 막혔다. 이 남자는 왜 이렇게…….

"반칙이에요. 이렇게 갑자기 매력 어필하시면 겨우 생긴 면역력이 한순간에 날아간다고요."

"나한텐 면역력 없어도 돼."

무슨 그런 말씀을 하세요. 이렇게 뛰는 심장을, 시간이 갈수록 더해지는 박동을 계속 달고 살라고요? 저 이러다 진짜 심장병 생길지도 몰라요. 오빠, 그건 너무 가혹하잖아요.

머릿속의 말들을 한 단어로 압축하던 다은의 귀에 나지막한 현의 목소리가 들려왔다.

"나도 그러니까."

"……오빠, 가끔 많이 느끼한 거 아세요?"

살짝 붉어진 얼굴로 마음에도 없는 말을 하는 다은이 너무 사랑스러웠다. 그 순간, 느긋했던 마음이 바빠지기 시작했다.

"다 먹었어?"

"네, 식사는 다 했어요. 이제 후식⋯⋯."

말이 끝나기도 전에 현이 다은의 손목을 낚아챘다.

"갈 곳이 있어. 지금 당장."

"어딘데요?"

"따라와 보면 알아."

비밀을 간직한 미소와 함께 현이 다은을 잡아끌었다.

얼마 후, 두 사람이 도착한 곳은 유명 쥬얼리숍이었다.

"여긴 왜요?"

규모부터 어마어마한 곳에 발을 들이려니 마음이 편치 않았다.

"상 주려고."

상이요? 무슨 상이요? 설마, 제가 생각하는 그런 상은 아니겠지요?

"예약한 물건 찾으러 왔습니다."

현의 말이 떨어지기 무섭게 상자 하나가 둘의 앞에 내밀어졌다.

"열어봐."

나지막한 목소리로 현이 다은을 재촉했다. 조심스럽게 뚜껑을
열자 드러나는 실체에 다은의 얼굴에 실망이 스쳤다. 상자 안에는
세련된 백금 목걸이가 들어 있었다.

"마음에 들어?"

"네, 예뻐요. 그런데 이거 비싼 거잖아요."

"아르바이트생에게 주는 보너스야."

아르바이트생에게 이런 걸 주신다고요? 오빠도 참, 아닌 거 다
아는데. 입꼬리가 슬며시 올라갔지만, 짐짓 심각한 어조로 입을 열
었다.

"보너스가 너무 과해요."

"일을 너무 잘해줘서, 이 정도는 줘도 돼."

일을 잘해줘서, 단지 그것뿐인가요? 아까 레스토랑에서는 잘도 말씀하시더니, 한 번 더 말씀해주시면 안 될까요?

하지만 그런 마음이 현에게까지 닿지는 못한 듯 기대했던 것과 다른 말이 그의 입에서 새어 나왔다.

"한번 껴볼래?"

껴요? 거는 게 아니고요? 목걸이를 낀다는 말은 처음 들어봤는걸요? 다은의 눈에 떠오른 질문을 읽은 현이 대답 대신 행동으로 자신의 말을 설명했다.

가느다란 백금 목걸이에 걸린 펜던트가 순식간에 분리되더니, 다은의 손가락에 안착했다.

"이건……."

"완벽한 속임수지."

현이 찡긋 윙크했다. 액세서리를 잘 하지 않는 다은의 취향을 고려해 고른 깔끔하고 세련된 디자인의 반지는 다은의 손가락 위에서 꼭 맞춘 듯 빛났다.

반지를 주문한 건 훨씬 전이었지만, 혹시나 부담스러워하진 않을까 전하기가 조심스러웠다. 하지만 오늘에서야 그런 고민들이 부질없음을 깨달았다.

"받아줄 거지?"

현이 조심스럽게 물어왔다. 다은이 환하게 미소 지었다. 안 받을 이유가 없었다. 조금 전 상자를 열었을 때, 목걸이임을 확인하고 실망하지 않았던가. 아마도 그에게 반지를 받고 싶었나 보다.

너로물들다 287

"비싼 건 아니니까 부담 갖지 마. 부모님께 정식으로 허락받을 때까지는 그냥 목에 걸고 다녀야겠지만, 나 만날 땐 손가락에 있었으면 좋겠어."

"네, 그럴게요. 그런데 이게 다예요?"

질문을 파악하지 못한 현이 되물어왔다.

"뭐가?"

대답을 듣지 않아도 알 것 같았다. 다은이 점원을 향해 말했다.

"이거하고 세트로 된 남자 반지 좀 보여주세요."

잠시 후, 다은과 똑같은 디자인의 반지가 현의 앞에 놓였다. 조심스럽게 반지를 빼낸 다은이 현의 손가락에 끼워주더니 싱긋 미소 지었다.

"잘 어울려요. 이걸로 주세요."

여기까지는 연인들이 사랑의 징표를 나눠 끼는 순간이었다. 하지만, 현실적인 문제 앞에서 둘은 한 치의 양보도 없었다.

"내가 살게."

"왜 오빠 걸 오빠가 사요? 이건 내가 살 거예요."

"오늘은 내 말 다 들어주기로 했잖아."

"그거랑 이건 엄연히 다른 문제예요. 왜 제 권리를 뺏어 가시려는 거예요?"

다은이 부담스러워할 걸 생각해 비싸지 않은 거로 고르긴 했지만, 그래도 꽤 부담되는 금액일 터였다. 그런 생각을 모를 리 없는 다은이 산뜻하게 해결책을 제시했다.

"그럼 좋아요. 오빠가 계산하세요."

그제야 현의 얼굴에 안도감이 스쳤다. 하지만……

"대신, 제 아르바이트비로 계산하셔야 해요."

그렇게 누구의 승리도 아닌 싸움이 끝나고, 쥬얼리숍을 나서는 둘의 손가락에는 같은 디자인의 반지가 끼워져 있었다.

반지가 가지는 의미가 부담스러워, 한 번도 껴본 적 없는 현이었다. 그런데 아이러니하게도 지금은 반지의 의미에 기분 좋아졌다. 족쇄라 읽고, 사랑이라 해석해서일까?

"와, 예쁘다. 너무 마음에 들어요."

손에 끼워진 반지를 들여다보며 다은이 감탄사를 연발했다.

"다행이네."

"오빠, 이 반지, 절대 빼면 안 돼요."

현이 살며시 다은의 손을 잡았다.

"절대 안 뺄게. 그런데 언제 인사드리러 갈까?"

목소리에 살짝 긴장이 서려 있었다. 현의 눈치를 살피던 다은이 조심스럽게 물어왔다.

"……오빠, 진짜 괜찮으시겠어요?"

"뭐가?"

"인사 가는 거요. 보셔서 아시겠지만 엄마가 보통 분은 아니셔서 오빠 부담스럽게 만들 수도 있고……."

현이 부드럽게 다은의 말을 잘라냈다.

"그 말은 좀 섭섭한데."

"네?"

대체 뭐가요? 어디가 섭섭하시다는 건가요? 저는, 오빠가 부담스러우실까 봐, 오빠 생각해서…….

다은의 생각 틈으로 현의 목소리가 들려왔다.

"시간과 감정이 꼭 비례하는 건 아니야."

네, 물론 그건 그렇죠. 그건 제가 제일 잘 아는걸요. 시간과 감정이 비례하는 거라면 오빠에 대한 제 감정이 이렇게까지 커질 수 없는 거잖아요.

"내가 그걸 알게 된 건 네 덕분이야."

"……."

"제어가 안 될 만큼 감정이 커져 버렸어. 그래서 겁나."

오빠, 그건 제 마음인데요. 왜 제 마음을 오빠 마음대로 갖다 붙이시는 건가요? 그런데, 그런데도 오빠의 그 말에 눈물이 날 것 같아요. 같은 마음이라는 게 이런 거구나, 이제야 알겠어요.

"겁내지 마세요. 그 또한 제 마음이니까요."

현이 선물했던 노래 가사를 인용하며 다은이 미소 지었다.

"다녀왔습니다."

집으로 들어서며 언제나처럼 인사하는 다은을 장우가 미소로 맞이했다.

"늦었구나."

"일이 좀 있었어요."

어딘가 상기되어 있는 얼굴, 위로 승천할 듯 올라간 입꼬리. 평소에도 잘 웃는 다은이었지만 평소와는 다른 느낌이었다.

"무슨 좋은 일이라도 있었어?"

"네, 있었어요."

짧게 대답한 다은은 뭐가 그리 급한지 방으로 쌩하니 사라져버렸다. 얼마 전까지만 해도 비밀 없는 부녀 사이였는데, 연애한다

선언하고부터는 묘하게 거리감이 느껴졌다.

장우가 섭섭해하는 걸 알 리 없는 다은은 방으로 들어서자마자 가방을 대충 내려놓고는 침대에 털썩 누워버렸다. 손가락에서 반짝이는 건 분명 현에게서 받은 반지. 꿈이 아니라는 걸 다시 한 번 확인한 다은이 이불로 입을 가리고는 키득거리며 웃기 시작했다.

반지가 주는 의미, 물론 그것도 좋았지만 절 생각하며 반지를 골랐을 현을 생각하니 다시 입꼬리가 승천했다. 저렇게 멋진 남자가 내 남자 친구라고 소리 지르고 싶은 걸 참느라 얼마나 애를 썼는지. 반지를 들여다보던 다은이 다시 한 번 이불 속에서 웃음을 삼켰다.

'난 언제라도 괜찮으니까 부모님 스케줄에 맞춰.'

현이 했던 마지막 말이 머릿속에 떠오르자, 거짓말처럼 차분해졌다. 그의 마음을 알고 있었지만, 지금 당장은 안 될 말이었다.

그에게는 중요한 작업이 아직 남아 있었고, 다은도 나름의 준비가 필요했다. 슬슬 현의 위치에 대해 조금씩 정보를 흘려야 했다. 고민에 빠진 다은의 이마에 작은 실금 한 줄이 생겨났다.

이럴 땐, 친구가 필요하지. 고개를 끄덕이며 휴대폰을 든 다은이 망설임 없이 단축번호를 눌렀다.

그 시간, 현이 건넨 파일을 수십 번 돌려 듣던 강민의 입에서는 쉴 새 없이 탄성이 터져 나왔다.

"진짜 천재."

흔하지 않은 코드에 흔한 코드를 접목해 새롭게 창조해낸 곡은 천재란 말이 아깝지 않을 정도였다. 게다가 가사는 어떤가? 이전 곡들과는 다른 가사가 가슴을 울렸다.

가사를 훑어 내려가던 강민의 생각이 한곳으로 향했다. 이건 아무리 봐도, 허다은에게 전하는 선우현의 마음이었다. 결국, 이 노래가 있을 수 있었던 건 다은 덕분이란 얘기가 되나?

강민의 입에서 헛웃음이 튀어나왔다. 내 친구가 이렇게 대단한 사람인 줄 몰랐네. 다시 곡에 집중하려는데 휴대폰이 진동했다. 다은이었다.

-너의 도움이 필요해, 친구.

전화 받자마자 다은의 말이 쏟아졌다.

"뭐가 이렇게 거창해?"

-오빠, 아니 선우현 대표님에 대한 정보를 좀 흘려줘.

몰래 전화하는 건지 목소리가 들릴 듯 말 듯 했지만, 청력이 아닌 감으로 알아들은 강민이 입꼬리를 올렸다.

"갑자기 정보라니, 알아듣게 말해."

전화기 너머로 다은의 한숨 소리가 들려왔다.

-아무 대비 없이 인사했다간 수습 불가의 상황이 벌어질 수도 있겠다 싶어서. 우리 엄마 성격 알잖아. 그래서…….

강민의 미간에 미세한 주름이 잡혔다.

"인사…… 가기로 한 거야?"

-응. 더 이상은 못 버틸 것 같아. 걱정하지 마. 곡 완성되고 나서 할 생각이니까.

"대표님도 동의하셨나 보네."

-오빠가 먼저 얘기했는걸? 아! 나 커플링 했다.

어린아이처럼 들뜬 목소리가 다은의 기분을 대변해주고 있었다. 그렇게 좋은가? 액세서리 거추장스럽다 했던 게 불과 얼마 전인데……. 괜스레 심술이 난 강민이 퉁명스럽게 말했다.

"촌스럽기는."

-촌스러워서 미안하다. 그래서 도와줄 거야? 말 거야?

"자기 일은 스스로 알아서. 바빠서 끊는다."

일방적으로 끊어버린 전화를 바라보며 강민이 미소 지었다. 도와줄 생각이었지만 이 정도 애는 태워야지. 나름대로의 소심한 복수였다.

"잘돼가?"

녹음실로 들어서며 현이 물어왔다. 생각지 못한 현의 등장에 당황한 강민이 어색하게 미소 지었다.

"그냥 보고 있어요."

"너라면 잘 소화할 거라 믿어. 고칠 부분이 있다면 언제든 말하고"

자신이 만든 곡을 저렇게 말할 수 있는 사람이 몇이나 될까? 그러고 보면 그는 항상 그랬다. 자식 같은 곡을 내어주면서 노래 부를 가수와의 코드를 생각했고, 가수의 의견대로 곡을 수정한 적도 셀 수 없이 많았다.

언젠가 조심스럽게 자신의 의견을 내놓은 강민에게 현이 말했었다.

'뭐가 그렇게 조심스러워? 부를 사람이 인정하는 게 제일 중요한 거지. 그래야 제대로 된 곡이 나오는 거 아니겠어?'

그는 그런 사람이었다.

"……저, 다은이와 대표님이 사귀신다고 하셨을 때, 솔직히 기분이 좀 이상했어요."

대화와 전혀 어울리지 않는 주제에 현이 악보에서 시선을 들었다.

"뭐랄까? 소중한 걸 뺏기는 기분이랄까? 아예 모르는 사람이었다면 좀 덜하지 않았을까 싶기도 했는데 지금 와 생각해보면 다은의 상대가 대표님이라서 다행이에요. 한 번은 말씀드려야 할 것 같아서요."

정리가 필요하다는 표현이 정확했다. 강민의 말을 가만히 듣고 있던 현이 장난기 없는 목소리로 물어왔다.

"여자 친구의 20년 지기에게 인정받은 건가?"

"네, 완전히 인정합니다. 그래서 말인데……."

말꼬리를 흐리는 강민에게 어서 말해보라는 듯 현이 고개를 끄덕였다.

"다은이 어머님, 여장부 스타일이시라 좀 힘드실 수 있어요. 문제는 사위 이상형이 '평범'이라는 건데, 정도 많고 좋은 분이시니 분명 허락하시리라 믿어요. 처음부터 너무 저자세인 것도, 너무 고자세인 것도 둘 다 조심하셔야 할 거예요. 대신, 한번 마음 주면 한없이 다정한 분이니까 첫 단추 잘 끼우셔야 해요."

생각지 못한 지원군의 등장. 현의 입가에 미소가 떠올랐다.

외출했다가 돌아온 경선이 앞치마를 매며 지은에게 물어왔다.

"별일 없었지?"

"별일 있을 게 뭐 있다고. 좀 더 놀다 오시지."

가게를 잘 비우는 일이 없는 경선이 한 달에 한 번 마음 놓고 가게를 비우는 날, 오늘은 경선의 여고 동창 모임이 있는 날이었다.

"다들 바쁘다잖아. 손주들 봐준다고 제 몸이 제 몸이 아니래."

오랜만에 만난 동창들과 마음껏 수다 떨지 못한 게 못마땅한 듯, 경선이 툴툴거렸다.

"하긴, 친구들만 봐도 부모님께 애들 맡기는 경우가 많더라고요. 맞벌이 부부가 많으니까 아무래도 그렇겠죠."

"다음에 날 잡아 단풍구경이나 가야지, 뭐. 저녁 도시락 준비 다 됐어?"

"거의 다 했어요. 잠만 좀 봐주세요."

배달할 도시락 목록을 확인하던 경선이 한 곳에서 시선을 멈췄다.

"선우 엔터테인먼트. 이거 대표한테 가는 거 맞아?"

"네."

"안 그래도 오늘 지숙이가 얘기하더라. 강민이가 소개했다고."

지숙이라면 경선의 고교 동창이자, 강민의 엄마였다.

"맞아요. 강민이 덕에 사무실에서 많이들 사 먹었어요. 거기 대표님이 배달하신 이후로, 직원들 배달도 늘었고요."

"그래? 지숙이가 거기 대표 칭찬을 얼마나 하던지."

"반찬 사러 가끔 오시는데, 요즘 뜸하네요."

그때, 저녁 배달을 하기 위해 범수가 가게 안으로 들어섰다.

이제 바쁜 시간. 선우 엔터테인먼트 대표에 대한 호기심을 저 멀리 밀어버리며 경선이 분주하게 손을 움직였다.

그 시각, 강민은 어머니 지숙과 통화 중이었다.

"동창회는 재미있으셨고?"

-항상 그렇지, 뭐. 다들 바빠서 얼굴 보는 게 다야.

안부 인사는 이 정도면 됐고, 이제 본론을 꺼낼 시간이었다.

"다은이 엄마는 만나셨어?"

-만났지.

"그래서?"

목소리에 다급함이 묻어났다.

-그래서는, 우리 아들 시키는 대로 했지. 근데 생각해보니 나 너희 회사 대표라는 사람, 한 번 만난 게 다인 거 있지?

계약할 때 외에는 현을 본 적이 없었으니, 분명 한 번이었다. 물론 잘생긴 데다 예의 바르고, 무엇보다 강민을 잘 케어해주니 여러모로 호감 가는 건 틀림없었지만 칭찬에 인색한 성격에 한 번 본 사람을 칭찬하려니 영 어색했다.

-근데 왜 다은 엄마한테 너희 대표 칭찬을 하라고 한 거야?

호기심이 가득 묻어 있는 질문이었지만, 그 이유를 말해줄 수는 없었다. 어머니, 그건 나중에 말씀드리죠.

"그럴 일이 좀 있어. 엄마, 나 녹화 들어가야 해. 끊어요."

후다닥 자신의 말만 늘어놓고 지숙과의 통화를 종료한 강민이 단축번호를 꾹 눌렀다.

버스에서 내리던 다은은 진동하는 휴대폰에 환하게 미소 지었다. 우리 오라버니, 그새를 못 참고 전화하셨나? 하지만 액정에 반짝이는 이름은 강민이었다.

"이게 누구셔? 친구 부탁 매정하게 거절한 무늬만 친구 아니신가?"

퉁명스런 목소리에 강민의 입꼬리가 슬쩍 올라갔다는 걸 다은이 알 방법은 없었다.

-너, 나중에 나 양복 한 벌 해줘야 한다. 그것도 아주 비싼 거로. 알지? 나 한류 스타인 거.

뜬금없이 전화해 뜬금없는 말을 늘어놓다니. 나 너한테 쌓인 거 많거든? 심심하면 딴 사람한테 전화하라고. 하긴, 너 친구 없지? 다은이 입을 삐죽였다.

"앞뒤 다 잘라먹고, 나더러 알아들으라는 거야?"

-20년 지기 친군데 이 정도는 당연히 알아들어야지. 양복 예약, 잊지 마라.

제 할 말만 하고 뚝 끊긴 전화에 다은의 이마에 진한 주름 하나가 생겨났다.

"어디서 나쁜 것만 배워서는. 내가 이 버릇, 고치고 만다!"

씩씩거리며 한 발 내디디는 찰나, 어디선가 나타난 손이 다은의 팔을 잡아 돌렸다. 순식간에 일어난 일이라 중심을 잡지 못하고 비틀거리던 다은은 다음 순간, 익숙한 품 안에 갇혀 있었다.

"이렇게 얌전하면 안 되는 거 아닌가?"

머리 위로 들려오는 현의 목소리에 다은이 고개를 들었다.

"왜요?"

"다른 사람이면 어쩌려고?"

코너를 도는 길, 인적이 드문 곳이란 생각에선지 평소보다 대담하게 다은이 현의 등 뒤로 팔을 둘렀다.

"에이, 그럴 리가요."

자신을 감싸오는 팔에 따뜻한 기운이 흘러넘쳤지만, 그래도 짚고 넘어갈 건 짚고 넘어가야 했다. 현이 짐짓 심각한 어조로 말했다.

"이 아가씨가 겁이 없네."

"제가 감이 좋거든요. 게다가 개코고……."

거기까지 말한 다은이 힘껏 숨을 들이마셨다.

너로 물들다 297

"아, 오빠 향기."

얼굴 쪽으로 진동이 느껴졌다. 현이 웃고 있는 것이리라. 하지만 들려오는 목소리는 울리는 진동과 전혀 다른 종류의 것이었다.

"얼렁뚱땅 넘어갈 생각 하지 마."

"진짠데, 그럼 오빤 이런 상황에 어쩌실 건데요?"

도전적인 질문에 돌연 현이 한 발 멀어졌다.

"일단, 물러서서."

"그다음에는요?"

다은이 재촉하자 싱긋 미소 지은 현이 다시 입을 열었다.

"확인하고……."

확인하고? 그리고요? 저도 모르게 재촉하는 눈빛이 되었었나? 현이 바로 다음 말을 뱉어냈다.

"확인했으면……."

오빠, 저 숨넘어가는 거 보고 싶으신가요? 그냥 한 번에 죽 말씀해주실 수 없어요? 표정으로 질문을 대신하는 다은의 얼굴 앞으로, 순식간에 현의 얼굴이 다가왔다. 숨결이 닿을 듯 가까운 거리. 숨을 멈춘 다은이 현의 다음 말을 기다렸다. 겨우 몇 초였건만, 영겁 같은 시간이 흐른 후 드디어 현의 입이 열렸다.

"느껴야지."

그리고 곧장 입술에 닿는 익숙하지만, 익숙할 수 없는 감촉에 다은의 눈이 스르르 감겼다.

10. 진심을 전하다

아이스커피를 쪽쪽 빨던 다은이 시간을 확인했다. 항상 약속 10분 전쯤 도착해 있는 현보다 일찍 오려고 욕심을 부렸더니 한 시간이나 일찍 와버리는 바람에 공원 바리스타 아주머니와 수다 삼매경을 하고도 시간이 남은 터였다.

이제 10분 남짓. 조금 있으면 저기로 오빠가 걸어오겠지? 예상은 적중했다.

"오빠, 여기요."

저 멀리 걸어오는 현을 향해 다은이 힘차게 손을 흔들었다.

그로부터 10분 후, 아이스크림 통에서 자신이 좋아하는 맛을 골라먹기에 여념 없는 다은에게 현이 말을 걸어왔다.

"난 준비 다 됐는데."

어느새 코앞까지 다가와 있는 현이 부담스러워 살짝 몸을 뒤로 빼며 다은이 고개를 갸웃했다.

"네? 무슨 준비요?"

"인사 갈 준비."

"하지만 아직 CF가……."

"캐스팅 문제도 마무리됐고, 곡 해석은 가수들이 알아서 할 거고. 제반 사항은 안 이사와 윤 부장이. 그러니 내가 할 역할은 끝."

오빠, 그게, 저에게도 준비가 필요…….

거기까지 생각하던 다은은 문득 자신이 현에 대해 아는 게 별로 없음을 깨달았다. 하다못해 가족관계도 모르지 않는가?

그렇다고 가족관계가 어떻게 되세요, 대뜸 묻는 것도 이상할 것 같아 망설이고 있는데 다은의 앞으로 아이스크림 숟가락이 다가왔다. 조금 전까지 눈에 불을 켜고 고르던 맛의 아이스크림이 소복이 담겨 있었다.

"어? 분명 제가 다 먹었는데?"

화수분이나 마법이 아닌 이상 이 맛이 또 있을 리 없었다. 그런 마음을 읽기라도 한 듯 현이 미소 지었다.

"두 개 사 왔어. 이 맛 좋아하는 것 같아서."

아, 그래서 봉투를 접지 않으셨구나. 근데 왜 난 몰랐지? 하긴, 오빠와 함께 있으면 온 신경이 선우현 한 사람에게 집중되다 보니 모르는 게 무리도 아니었다.

"이제 궁금한 거 물어봐."

오빠, 진짜 귀신이세요. 제 마음속에 들어갔다 나오기라도 하셨나요?

"셋 셀 동안 질문 안 하면 기회는 없어."

현의 말에 현실로 돌아온 다은이 생각할 새도 없이 질문했다.

"저도 인사드려야 하지 않을까요?"

경선 여사를 신경 쓰느라 현의 가족을 까맣게 잊고 있었다. 현과 만나기 전, 이미 강민을 통해 부모님이 일찍 돌아가셨다는 얘기를 듣기는 했었지만 그렇다고 인사드릴 가족이 없다고 단정할 수는 없었다.

"아, 혈연관계를 말하는 거라면 없어. 어머닌 지병으로 어릴 때 돌아가셨고, 아버지는 중학교 때 사고로 돌아가셨어. 그래도 사랑은 듬뿍 받고 자랐어. 아버지가 가정적이셨거든. 아마 어머니 몫까지 해주시느라 더 정성을 들이셨던 거겠지. 미리 대비라도 하셨던 것처럼 사는 데 지장 없을 만큼 남겨주셨고, 돌아가신 후에는 가족 같은 사람들도 만났어. 어머니와 누나와 동생이라기엔 뭐한 친구까지……."

현이 찡긋 윙크했다. 마치 다은의 마음을 모두 알고 있다는 듯, 자신은 전혀 개의치 않으니 걱정 말라는 듯. 현의 미소에 다은의 고민도 스르르 사라졌다.

"완벽한 가족이네요."

"……."

"오빠 가족, 좋은 분들일 것 같아요."

진실만 담은 눈동자에 현이 미소 지었다. 그녀라면 이런 반응을 보이지 않을까 상상하긴 했지만, 막상 입으로 듣고 보니 또 달랐다.

"좋은 분들이야."

"어떤 분들인지 궁금해요."

"그 궁금한 가족, 보러 갈까?"

"네?"

갑작스러운 제안이었다. 오늘 옷차림도 그렇고, 아무 준비도 안 됐는데 이렇게 급하게요?

"강요하는 거 아니니까 부담스러우면 다음에 가도 돼."

현이 웃으며 말했다. 갑작스러운 제안이 당황스럽지만 그래도 뵙고 싶었기에 더는 고민할 이유가 없었다.

"그럼 옷만 좀 갈아입고 가요."

"지금도 충분히 예뻐."

그거야, 오빠 눈에만 그런 거고요. 다른 사람 눈엔 오빠와 같이 다니는 내가 오징어로 보일 수도 있다고요. 오빠 평생 알지 못했으면 하는 진실이지만요. 속내를 꼭 숨긴 다은이 다시 입을 열었다.

"그래도 그런 게 아니에요."

무려 누나라고요. 여자에게 선보이는 여자의 마음을 오빠가 알리 없지요.

"가까우니까 금방 다녀올게요. 오빠 여기, 아니 어디 카페라도 들어가 계세요."

"그러지 말고, 이렇게 하자."

현이 해결책을 제시했다.

한 시간 후, 다은은 하늘거리는 원피스와 그에 어울리는 단화를 신고 현의 차에 올라탔다. 이벤트 매장에서 저렴한 가격으로 득템 했다는 생각에 만족스러운 다은과 달리 현은 조금 불만스러운 얼굴이었다.

"무슨 남자가 뒤끝이 그렇게 길어요?"

장난스러운 말에도 현이 눈꼬리를 올렸다. 매장에서 사준다는 걸 꾸역꾸역 이벤트 매장을 택하더니, 계산도 본인 카드로 한 다은이었다.

돈 많은 애인 둔 덕을 털끝만큼도 안 보려는 여자 친구. 이걸 좋아해야 할지, 섭섭해해야 할지. 물론 지금 기분은 완벽한 후자였다.

"무슨 여자가 그렇게 고집이 세?"

"그래서, 싫어요?"

"……."

"난 오빠가 뒤끝 긴 것도 좋은데."

하루가 다르게 업그레이드되는 허다은을 어쩌면 좋을까? 작게 고개를 흔드는 현의 앞으로 다은의 얼굴이 훅 다가왔다.

"그래서 싫으냐고 물었잖아요."

"이건, 명백한 유혹이지?"

목소리가 낮게 가라앉았다 느껴지는 건 그냥 내 착각이겠지? 그렇게 생각하면서도 다은은 현에게서 순식간에 멀어져 시트에 깊게 몸을 묻었다. 살짝 입까지 가린 채로. 귓가에 현의 웃음소리가 들려왔다.

"우리 다은이, 아직 멀었네."

뭐야, 놀린 거야? 다은의 이마에 작은 실금이 갔다.

"나도 유혹 정도는 할 수 있다고요."

"유혹…… 정도?"

"안 해서 그렇지, 하면 또 열심히 잘……."

짐짓 심각한 어조로 말하던 다은이 돌연 말꼬리를 흐렸다. 옆얼굴에서 현의 숨결이 느껴졌기 때문이었다.

"그래?"

차 안을 가득 메우는 저음의 목소리와 수컷의 향기. 다은은 저도 모르게 다시 슬금슬금 좌석 끝으로 몸을 움직였다.

"그냥 그럴 것 같다고요. 어디까지나 가정이라는 거죠."

목소리가 점점 작아졌다. 선무당이 사람 잡는다잖아요. 저 처음이니까, 그러니까 갖다 붙이자면 선무당이니까 가능하지 않을까 싶다는 거죠. 하지만, 뒷말까지 할 용기는 없었다.

분명 도발한 쪽은 자신이었지만 점점, 아니 확실히 주객이 전도된 상황이었다. 당장에라도 조수석 밖으로 튀어나갈 듯 문 쪽으로 몸을 붙이는 다은을 바라보며 현이 입을 열었다.

"널 만나면서 알게 된 건데, 내가 인내심이 매우 부족한 사람이더라고. 그러니 유혹할 필요 없어. 손가락만 까딱해도 바로 넘어갈 테니까."

매우란 말에 악센트가 들어간 것 같은데? 귀가 잘못됐나?

"너무 오래 기다리게 하지 마."

나조차도 내 행동을 제어하지 못할 테니까. 입 밖으로 나오려는 말을 꾹 삼키며 원래의 자리로 돌아간 현이 부드럽게 말했다.

"이제 가볼까?"

조금 전과 같은 사람인지 의심되는 순간이었다.

차가 신호에 걸려 멈춰 서자, 현이 다은을 향해 고개를 돌렸다. 얼굴 가득한 미소가 넌 내게 소중한 사람이라 말하는 것 같았다. 다은의 입가에 슬며시 떠오르는 미소에 현의 얼굴이 한층 환해졌다.

"나보다 한 살 많은 누나야. 내 절친의 누나이고, 동시에 내 누나이기도 하지."

목소리에 애정이 가득했다.

"결혼해서 아들이 하나 있고. 아! 임신 중이니까 조카가 둘인 거네."

불현듯 처음 현을 유부남이라 생각했던 일이 떠올랐다. 그럼 그때 임신했다던 사람이 지금 만나러 가는 누나인 걸까? 궁금함을 참지 못한 다은의 속의 말을 내놓았다.

"그럼 전에 반찬 사 갔던 게……."

"맞아. 입덧이 심해서 한동안 못 먹었는데 신기하게도 그건 먹더라고."

말하자면 현과 자신을 이어준 매개체 역할을 해준 사람이라는 거였다.

"어떤 분일지 궁금해요."

"직접 보면 알 거야. 이제 거의 다 왔어. 긴장돼?"

"괜찮아요. 아직은."

남들은 인사 갈 때 긴장된다던데, 이상하게도 편안했다. 내가 이렇게나 강심장이었나? 그렇다고 하기엔 이제까지 살아온 인생이 그게 아닌데…….

현이 살며시 다은의 손을 잡았다. 이젠 제법 익숙해진 반지의 감촉이 확 느껴지는 순간, 다은은 깨달았다. 자신을 향한 현의 마음 덕분에 한층 더 단단해지는 마음을…….

"이게 다 오빠 덕이에요."

"응?"

"아뇨. 그런 게 있어요."

비밀을 간직한 것처럼 혼자 키득거리는 다은을 향해 현이 의문

가득한 시선을 보내왔지만, 그 순간 바뀐 신호 때문에 그대로 차를 출발시킬 수밖에 없었다.

차가 목적지에 멈춰 서자 다은이 걱정스럽게 말했다.

"너무 갑작스러운 거 아닐까요?"

인사 가는 사람도 준비가 필요했지만, 인사를 받을 사람도 준비가 필요한 법이었다. 우리 집에 인사 오는 건 준비가 필요하다 못 박았음에도, 그걸 현의 가족에게 대입하지 못한 게 실수였다. 하지만 현의 생각은 다른 듯했다.

"괜찮아. 그 정도는 감당할 수 있는 사람이니까."

"그래도……."

"그보다 너무 덤덤한 거 아닌가?"

긴장을 풀어주기 위한 농담임을 알고 있으면서도 농담으로만 받아들일 수 없었다. 덤덤하다니요. 그럴 리가요. 조금 전까지 떨리지 않는다 생각했던 건 그저 저의 착각이었을 뿐인걸요? 두근거리는 이 심장 소리를 들려드릴 수도 없고……. 그래도 괜찮아 보인다니 다행이네요.

다은의 얼굴에 드러나는 감정들을 읽은 건지 현이 흘러내린 그녀의 옆머리를 부드럽게 쓸어 넘겨주었다.

"넌 너 그대로 빛나니까, 긴장할 거 없어."

"오빠 눈에만 그런 거예요."

"그럼 나한테만 집중해. 내가 다 알아서 할게."

인사 가는 처지에 현에게만 집중할 수 있겠냐만, 그 안에 들어 있는 배려가 다은을 한결 편하게 해주었다.

"노력해볼게요."

다은의 말을 끝으로 엘리베이터 문이 열렸다.

"어서 와요."

수은이 환한 미소로 다은을 반겼다.

"초대해주셔서 감사합니다."

미리 준비해 온 간단한 선물을 건네며 다은이 인사말을 건넸다. 반강제적인 초대일지라도, 일단 초대는 초대라 생각하며 건넨 말에 수은이 다시 한 번 미소 지었다.

"이쪽으로 들어와요."

여성스러우면서도 단아한 수은은 어쩐지 낯설지 않았다. 안면이 있는 건 아닌 것 같은데, 묘하게 익숙한 느낌. 하지만 다은의 생각은 거기서 끊겼다.

쿵쿵 소리와 함께 현을 향해 돌진하는 남자아이에게 시선을 뺏겨버렸기 때문이었다.

"삼촌!"

격앙된 목소리와 함께 현의 품 안으로 뛰어드는 남자아이는 도착 전 현에게 들었던 조카 지후가 분명했다.

"조심해야지. 넘어지면 어쩌려고."

목소리에 애정이 듬뿍 들어 있었다.

"괜찮아. 난 이제 형님이니까 이 정도로 안 넘어져."

제법 어른스러운 목소리를 내는 지후에게 순식간에 마음을 뺏겨버린 다은이 지후의 앞에 무릎을 꿇고 눈을 맞췄다.

"안녕?"

또 다른 누군가가 있을 거라고는 생각하지 못했는지 지후의 눈이 커졌다. 하지만 이내 현에게서 몸을 떼어내고는 90도로 배꼽 인사를 해왔다.

"안녕하세요."

"네가 지후구나. 잘생겼네."

"네. 저는 서지후입니다. 그런데 누구세요?"

아이 특유의 순수함이 묻어나는 질문에 다은은 멈칫할 수밖에 없었다. 뭐라고 답해야 하지? 삼촌의 친구? 간단하면서도 어려운 대답, 다은을 구제한 건 현이었다.

"삼촌 여자 친구야."

"아, 그렇구나."

금방 수긍한 지후가 다은을 향해 웃어 보였다. 그 미소가 너무 예뻐 다은도 미소로 답했다.

"지후, 삼촌한테 매달려 있으면 못 들어오시잖아."

수은이 짐짓 엄한 어조로 말했지만 지후는 현에게서 떨어질 생각이 없어 보였다.

"괜찮아. 놔둬."

현이 지후를 번쩍 안아 들었다. 그 순간에도 꼭 잡은 다은의 손은 놓지 않은 채였다.

"갑자기 초대해서, 차린 게 별로 없어요."

소담하게 담긴 쿠키와 머핀, 레모네이드. 이 정도면 차린 게 별로 없다고 말할 수 없었다.

"이거 누나가 다 만든 거야. 먹어봐."

현이 다은에게 쿠키 하나를 집어줬다. 누나 앞에서 민망할 법도 한데 전혀 거리낌이 없으니 이런 일이 자주 있었나 의심되는 마음은 어쩔 수 없었다. 찜찜한 마음을 안고 쿠키를 입 안으로 밀어 넣는 순간, 다은의 입에서 감탄사가 새어 나왔다.

"이걸 직접 구우셨다고요?"

열 마디 칭찬보다 진심이 담긴 반응이 더 큰 찬사임을 수은은 알고 있었다.

"괜찮아요? 입덧 때문에 맛을 못 봐서 좀 자신 없어요."

"너무 맛있어요. 전 요리 잘하시는 분들 보면 너무 부러운 거 있죠. 제가 그런 쪽으론 영 소질이 없어서."

"요리는 얘가 잘하니까 걱정 마요. 웬만한 여자들보다 더 잘해요."

그냥 하는 말일 수도 있었지만, 말 속에 다른 의미가 들어 있는 듯한 느낌이었다.

"들었지? 요리는 내가 하면 되니까 걱정하지 마."

남매가 쿵 짝이 되어 자신을 놀리고 있는 것 같은데? 아니면, 내가 그렇게 받아들이고 있는 건가? 저도 모르게 자신의 바람을 대입시켜서.

편안하게 대해주는 수은과 스스럼없이 대하는 다은 덕에 인사를 왔다기보다는 여자들의 즐거운 수다 시간이었다. 시간 가는 줄 모르고 대화하던 둘은 시계를 보고는 깜짝 놀라며 동시에 웃었다.

"내가 너무 오래 붙잡았나 봐요. 시간이 이렇게 지났다고는 생각 못 했네요."

"아니에요. 저야말로, 너무 신세 졌어요."

"다음엔 지후 아빠하고 같이 봐요. 얘기하면 아마 당장 만나고 싶다고 성화일 거예요."

한쪽 옆에서 현이 선물한 장난감을 만지느라 여념 없던 지후가 고개를 들었다.

"나도, 나도 삼촌 여자 친구 좋아. 다음에 또 만날래."

"그래? 그럼 지후, 다음에 삼촌 여자 친구 또 만날까? 다은 씨, 괜찮아요? 내가 현이 비밀 많이 얘기해줄게요."

장난스러운 말에 다은이 고개를 끄덕이자 어느새 그녀의 옆으로 다가온 지후가 새끼손가락을 내밀었다. 조카 우주를 생각하며 손가락을 거는 다은의 귀에 현의 나지막한 속삭임이 들려왔다.

"누나, 너무 부담 주지 마."

"왜? 부담 팍팍 줄 거야. 처음으로 인사시켜주는 아가씬데 놓치면 안 되잖아?"

"처음⋯⋯."

저도 모르게 속의 말이 입 밖으로 새어 나갔다.

"다은 씨 몰랐구나. 선우현, 그런 건 미리미리 말해줬어야지."

영문을 모르겠다는 듯 현이 멀뚱멀뚱 수은을 쳐다봤다. 그런 현에게 곱게 눈을 흘긴 수은이 다은을 향해 미소 지었다.

"다은 씨가 이해해요. 남자는 여자와 다르잖아요. 이래 보여도 좀 덜렁거려요."

네? 덜렁과 오빠는 전혀 상관관계가 없어 보이는데요? 입 밖으로 내지 못한 질문을 알아듣기라도 한 건지 수은이 다음 말을 덧붙였다.

"자기 관심 없는 건 아무리 큰일이라도 관심 없고, 남 시선 신경 안 쓰고, 근데 또 정은 많아요. 많아도 너무 많아서 탈인데 지금까지 정 줄 곳을 못 찾아서 많이 방황했거든요."

"누나!"

현이 경고했지만, 수은은 멈출 생각이 없어 보였다. 선우현이 꼼짝 못 하는 이수은. 친누나와 다름없다는 말을 듣긴 했지만, 눈치 없는 다은도 그게 다가 아닌 것 같다는 느낌을 받을 만큼 둘 사이는 친근해 보였다.

"이제 그 방황의 끝이 보이네요. 우리 현이, 잘 부탁해요."

수은이 다정하게 다은의 손을 잡으며 부탁했다.

차로 걸어가며 다은이 자신의 손을 감싼 현의 손을 응시했다. 약지에서 반짝이는 반지가 오늘따라 더 의미 있게 다가왔다.

"누나 말 신경 쓰지 마. 워낙 걱정이 많아."

운전석에 올라탄 현이 웃음기 어린 말을 뱉어냈다.

"애정의 다른 말이 걱정이래요."

"그런가?"

자신을 향해 쏟아지는 따스한 눈빛에 다은이 결심한 듯 입을 열었다.

"혹시 오빠의 뮤즈가 누님이세요?"

다은의 질문에 당황한 현은 말 속에 들어 있는 따스함을 눈치채지 못했다. '뮤즈'의 뜻이 '첫사랑'이란 걸 모를 리 없었다. 분명 다은을 만나기 전까지의 뮤즈는 수은이었다. 하지만 사실대로 말하기도, 그렇다고 거짓말을 하기도 망설여졌다.

전자는 다은에게 상처를 줄까 봐, 후자는 떳떳하지 못한 자신이 될까 봐. 고심하던 현이 진중한 목소리를 뱉어냈다.

"널 만나기 전의 일이야."

가만히 대답을 듣고 있던 다은이 현에게 손을 내밀었다.

"이리 와요. 안아줄게요."

다음 순간, 현은 따스한 다은의 품 안에 안겨 있었다.

"힘들었죠?"

"······기억이 안 나."

그냥 하는 말이 아니라 정말 기억나지 않았다. 힘든 순간도 분명 있었을 테지만, 그 시간들이 있었기에 다은을 만날 수 있었던게 아닐까? 그래서 현은 과거의 아픔에 감사한 마음마저 들었다.

예상보다 담담한 대답에 다은이 현의 등을 부드럽게 쓸어내렸다. 처음에는 조금 이상한 기분이 들었지만, 자신을 만나기 전의 그가 누구에게 어떤 마음이었든 그건 과거일 뿐이었다.

수은의 목소리를 듣는 순간 알 수 있었다. 그녀가 수정이 말했던 현의 '뮤즈'라는 걸.

그리고 그렇게 확신하는 순간, 현의 아픔이 신경 쓰였다. 그는 얼마나 오랜 시간 짝사랑에 아파했을까? 짝사랑을 해보지 않은 다은은 그게 어떤 마음인지 알지 못했지만, 현이 만약 자신을 사랑하지 않았다면 어땠을까 생각하니 가슴에 구멍이 생긴 듯 공허했다.

"넌 괜찮아?"

현이 조심스럽게 물어왔다.

"솔직히 백 퍼센트 괜찮지는 않아요. 좋은 기분은 아니지만, 못견딜 정도도 아니에요. 이제 오빠 뮤즈는 나잖아요? 누님은 오빠의 소중한 가족이니까 나도 소중하게 대할게요."

언제나처럼 자신의 마음을 솔직하게 표현하는 다은 때문에 웃을 상황이 아님에도 현의 입에서 웃음이 새어 나왔다.

"못 당하겠다."

"음, 괜찮아요. 내가 오빠 감당할게요."

"감당할 수 있겠어?"

"네? 당연히……."

여전히 다은의 품 안에 안긴 채 현이 말을 잡아챘다.

"큰일이다. 허다은, 내 인내심이 자꾸 시험당하고 있어."

"오빠라면 당당히 이겨낼 것 같은걸요?"

농담조의 말에 돌아오는 건 한없이 진지한 대답이었다.

"그 모든 게 적용되지 않는 게 너잖아. 그러니까 책임져. 끝까지."

결코 놓아주지 않겠다는 듯, 현이 다은을 옥죄어왔다.

막 엘리베이터를 타려던 장우가 주머니에서 진동하는 휴대폰을 들었다. 경선으로부터 걸려온 전화였다. 연애 시절, 바쁜 회사 일 탓에 대충 끼니를 때우던 때부터 점심시간이 끝날 때쯤이면 어김없이 확인 전화를 하는 경선이었다.

-식사했어요?

세월이 흐른 만큼 바뀔 법도 했지만, 언제나 똑같은 인사.

"했지. 당신은 했어요?"

-지금 밥 먹을 기분 아니에요.

그러고 보니 전화기 너머 경선의 목소리가 심상치 않았다.

"무슨 일 있어요?"

-다은이가 또 바이크를 탔대요.

"다은이가?"

-네. 도시락 배달 갔다가 고객한테 들었지 뭐예요. 대체 애들이 무슨 생각으로.

생각할수록 화가 난다는 듯 경선의 목소리가 커졌다. 그에 비해 장우의 목소리는 조금 전보다 더 침착해졌다.

"이미 지나간 일이잖소. 분명 무슨 사정이 있었을 거야. 우리 애들이 그렇게 생각 없지 않아요."

-범수가 다리를 다쳐서 며칠 못 나왔다나 봐요.

"그것 봐요. 그러니까 흥분하지 말고, 일단 집에 와서 얘기해요. 괜히 애들한테 아는 척하지 말고."

-네? 어떻게 아는 척을 안 해요. 당장 불러서 혼내야…….

"글쎄, 내 말대로 해요."

힘이 들어간 장우의 목소리에 전화기 너머로 경선의 한숨 소리가 들려왔다. 경선이 이길 수 없는 단 한 사람이 있다면 그건 남편인 장우였다.

-휴. 당신 말대로 할게요. 오후에도 수고하세요.

경선의 말을 마지막으로 전화가 끊기고, 어느새 1층에 도착한 엘리베이터 문이 열리자 훤칠한 청년이 눈에 들어왔다. 분명 어디선가 본 얼굴인데? 생각에 빠진 장우의 귀에 듣기 좋은 청년의 목소리가 들려왔다.

"난 집에 들어가는 중이야. 아니, 어디 안 좋은 건 아니고 잠을 좀 못 잤더니."

전화하는 중에도 청년은 깍듯이 고개를 숙여 장우에게 인사를 건넸다.

"피로가 풀릴 방법이 딱 하나 있긴 한데……."

닫히는 문 사이로 들리는 목소리는 부드럽고도 부드러웠다. 아마도 사랑하는 사람과의 통화겠지. 우리 다은이도 남자 친구와 저런 애틋한 통화를 하려나? 걸음을 옮기는 장우의 입가에 미소가 떠올랐다.

엘리베이터에 올라탄 청년은 다름 아닌 현이었다. 사람이 있었다면 끊겠지만, 마침 엘리베이터에 자신뿐이었으니 전화를 끊을 이유는 없었다.

-그게 뭔데요?

영상 지원이라도 되는 듯, 질문하는 다은의 얼굴이 머릿속에 선명하게 떠올랐다.

"몰라서 묻는 거야? 그렇다면 실망인데."

-몰라서 묻는 거긴 한데, 실망하시는 이유를 모르겠어요.

"내 피로를 풀 수 있는 건 허다은뿐이라는 거, 몰라?"

-아이, 오빠 진짜…….

목소리에서 웃음기가 느껴졌다.

"사실대로 말한 것뿐이야."

-흠흠. 저도 피곤해요. 어제 잠 못 잤거든요.

현의 얼굴에 금세 걱정이 떠올랐다. 분명 누우면 바로 잠든다고 들은 것 같은데, 잠을 못 잤다니 걱정되는 것도 당연했다.

"왜?"

-누가 보고 싶어서요.

"……."

-그게 오빠 거 알죠?

뚝 하고 끊기는 전화에 현이 작게 고개를 흔들었다. 허다은에겐 정말 이길 수가 없다.

머리가 아픈 건 진짜였고, 집에 도착하면 아무 생각 없이 푹 쉴

너로 물들다

생각이었는데 이상하게 공허했다. 혼자 있는 걸 즐기던 자신이 어느 순간부터 혼자인 게 싫었다. 그 어느 순간이 다은을 사랑하고부터라는 건 부정할 수 없는 진실.

아, 우리 다은이 보고 싶다.

현은 그런 생각을 하며 눈을 감았다.

현관문을 열고 들어서던 다은은 적막한 실내에 고개를 갸웃했다. 응? 오빠 주무시나? 머리 아프시다더니, 많이 아프신가?

조심스럽게 거실로 들어선 다은은 수십 번 망설이다 침실 문을 열었다. 문소리가 나지 않길 바라며 온 신경을 곤두세웠더니 머리가 다 어질어질했다. 현의 집에 수십 번은 왔었지만, 침실에 발을 들이는 건 처음이었다.

많이 아픈 건 아닌지 확인만 하고 나가는 거야.

굳게 마음먹은 다은이 침대로 다가갔다. 현은 미동도 않고 바른 자세로 누워 있었다. 얼굴만 봐서는 아픈 것 같지 않았지만, 그래도 한 번의 확인은 필요했다.

손을 뻗었다 거둬들였다, 몇 번을 반복하던 다은이 눈을 질끈 감고는 현의 이마에 손을 가져다 댔다. 자유로운 한 손으로 자신의 이마를 짚어본 다은이 작게 한숨을 내쉬었다. 다행히 뜨겁다 느껴지지는 않았다. 그냥 피곤해서 자는 거였나 보다.

그나저나 누구 애인인지 참 잘생겼다. 이런 멋진 남자가 내 애인이라니, 순간순간 실감하면서도 또 순간순간 실감 나지 않았다. 이 남자에게 어울리는 여자가 되기 위해 좀 더 노력해야지. 일단 오늘은 작전상 후퇴.

조심스럽게 손을 거둔 다은이 뒤돌아서려 했지만, 손목을 잡아채는 강한 힘에 순식간에 현의 몸 위로 풀썩 쓰러졌다.

"그냥 가려고?"

잠긴 목소리가 현의 것임은 의심할 여지 없었지만, 미친 듯이 뛰고 있는 심장은 자신의 것인지 그의 것인지는 알 수 없었다.

"하하, 주무신 거 아니었어요?"

"잘 수가 없었어."

"……"

"이제 잘 수 있을 것 같아."

"다행이네요. 그럼 전 이만 가볼게요."

말을 끝내고 재빨리 몸을 일으켰지만, 현은 손을 놓아줄 생각이 없는 듯했다. 오히려 악력이 더 강해졌다 느끼는 건 내 착각일까?

"오빠, 손……"

기어들어가는 목소리를 용케 들은 건지 현이 곧바로 사과했다.

"아, 미안."

뭐, 미안하실 것까진 없고요. 이대로 그냥 손만 놔주시면 될 것 같아요. 하지만 현의 다음 행동은 전혀 예상하지 못한 것이었다.

"이 자세는 불편하지? 옆으로 와."

네? 옆으로 오라고요? 설마, 저더러 오빠 옆에 누우라는 건가요? 눈과 눈이 마주쳤다. 현과 눈이 마주친 순간, 다은은 자신이 하려던 말을 까맣게 잊고 말았다.

"그냥 안고만 있을게. 오빠 믿지?"

장난스러운 말이었지만, 아이러니하게도 장난기 하나 없는 목소리. 무엇에 홀린 듯 다은이 입을 열었다.

"저는 절 못 믿겠…… 어요."

다은의 말이 끝나기도 전에 현이 숨을 멈췄다. 뒷말이 끝나고 마침표까지 찍었지만, 아무 말도 할 수 없었다. 그저 다은을 안은 팔에 저절로 힘이 들어갔을 뿐이었다.

다음 순간, 다은의 몸이 순식간에 뒤집혀 현의 몸 아래에 놓였다. 대담한 발언을 한 사람이라고 생각할 수 없을 만큼 어쩔 줄 몰라 하며 다은이 자신의 심장 근처에 손을 가져다 댔다. 콩닥콩닥 뛰는 심장박동이 금방이라도 뚫고 나올 듯한 기세다.

평소보다 짙어진 눈빛을 고스란히 받으며 다은이 눈을 감았다. 말을 했으면 책임을 져야 했지만, 행동으로 옮길 만한 담력은 없었다.

파르르 떨리는 속눈썹을 가만히 내려다보던 현이 다은의 목에 얼굴을 묻었다. 잔뜩 긴장해 굳은 몸이 느껴졌다.

"진짜, 허다은."

목을 타고 귓가에 닿는 목소리가 온몸에 소름을 불러일으켰다. 작게 한숨을 내쉰 현이 움찔 몸을 떠는 다은에게서 몸을 떼어냈다. 서늘한 느낌에 살며시 눈을 뜬 다은이 잠긴 목소리로 말했다.

"왜, 왜요?"

왜 더 안 하세요? 설마, 이게 진도의 끝이라고요? 하지만, 제가 듣고 본 것들로 미루어볼 때 이건 그냥 시작인데요? 분명 이보다 더 진한 진도가…….

생각이 끝나기도 전에 잔뜩 잠긴 현의 목소리가 들려왔다.

"부모님께 인사 빨리 드리자."

"네? 하지만 그건 광고 촬영 끝나고……."

"안 돼, 절대. 말 나온 김에 내일 어때?"

"네? 그렇게 빨리요?"

"내일 아니면 모레, 부모님 편하신 때로 잡아. 더 미루는 건 안돼."

분명 광고가 완성된 후라고 합의를 봤었는데, 갑자기 일정을 앞당기는 이유를 알 수 없었다.

"갑자기 왜요?"

현이 다시 그녀의 목덜미에 얼굴을 묻으며 말했다.

"선을 넘나드는 누구 때문에 피 말라 죽겠다."

아쉽게 현의 품에서 놓여난 다은은 언제나처럼 007작전을 방불케 하는 움직임으로 집 앞에 도착했다. 엄마가 퇴근하려면 한 시간은 더 있어야 했지만 벌써 긴장되기 시작했다. 인사 온다는 얘기를 어떤 식으로 전하면 좋을까?

"왔니? 일찍 왔네."

생각지 못한 목소리에 다은이 화들짝 놀라며 물러섰다.

"뭘 그렇게 놀라."

"아니, 갑자기 나오시니까."

평소와 다른 반응이 이상한 듯 경선이 다은을 응시했다. 매도 먼저 맞는 게 낫다고 그냥 말해버리자!

"엄마, 인사 말인데……."

겨우 두 마디 했을 뿐인데, 경선은 바로 알아들었다.

"작업 끝난 거야?"

"응."

무심코 답하던 다은이 순간 드는 의문에 고개를 갸웃했다. 분명 엄마의 말에서 묘한 괴리감이 들었는데. 하지만 궁금증을 해결하기도 전에 경선의 질문이 이어졌다.

"혹시 강민이 소개해준 거니?"

차마 배달하다 만났다고는 할 수 없어 고개를 끄덕였다. 연결고리를 만들어줬으니 소개해준 거나 마찬가지지. 게다가 몇 번인가 소개팅을 주선했던 강민이었으니 엄마도 이 정도면 믿으리라는 생각이 들었다.

다행히 경선은 의심 없이 받아들이는 듯했다.

"절대, 절대 괜찮은 사람이야."

다은이 기어코 한마디를 덧붙였다. 반짝이는 다은의 눈을 바라보며 경선이 한숨을 내쉬었다. 지난번 만남에서 괜찮은 사람일 거라 생각하긴 했지만, 한 번 보고는 알 수 없는 노릇이었다. 한 번 더 만나보기로 했으니 이번에는 찬찬히 살펴봐야겠다 생각하며 경선이 입을 열었다.

"그럼 내일 저녁 오라고 해."

자신의 방으로 들어선 다은이 긴 한숨을 내쉬었다.

기획사 대표라고 말할 걸 그랬나? 후회가 일었지만 그랬다가 혹시나 더 안 좋은 인상을 받을지도 모른다는 생각에 작게 고개를 흔들었다. 사윗감은 '평범한 사람'이어야 한다고 강조하던 경선이었으니 충분히 그럴 수도 있는 일이었다. 결국, 내일까지만 그 사실을 숨겨야겠다 생각하며 다은이 휴대폰을 들었다.

-오빠, 내일 괜찮으세요?

전화기 너머 다은의 목소리가 묘하게 가라앉아 있었다.

"난 괜찮아. 부모님께 말씀드렸어?"

-네. 그런데…….

다은이 머뭇거리며 쉽게 뒷말을 잇지 못했다. 무슨 말을 하려는지 알 것만 같았다.

"최대한 '평범'하도록 노력해볼게. 그럼 되지?"

-어떻게 아셨어요?

다은이 놀란 목소리로 물어왔다.

"든든한 지원군이 알려줬어."

그 지원군이 강민이란 건 말하지 않아도 알고 있으리라.

-미안해요. 혹시나 편견을 가지고 보실까 봐 오빠에 대해 솔직하게 말하지 못했어요. 솔직히 오빠랑 너무 차이 나서 겁도 나고…….

목소리에 묻어난 감정에 현이 미간을 구겼다. 자신에게 과분한 다은은 가끔 이런 식으로 자기 자신을 깎아내렸다.

"어딜 봐도 네가 나보다 나으니까 그런 말 하지 마."

-혹시 반대하시더라도 제 마음은 변함없으니까 오빠도 절대 변하면 안 돼요.

"그런 일은 없어. 걱정 마."

다은과의 통화를 끝낸 현이 단축번호를 눌렀다. 이럴 때 도움받을 수 있는 한 사람이 떠올랐다. 현의 설명을 듣고 난 수은이 한 옥타브 높은 목소리를 뱉어냈다.

-인사를 간다고? 그것도 내일?

"마음이 급해서."

다른 사람은 몰라도 수은에게만은 자신의 마음을 모두 털어놓을 수 있었다. 세상에서 하나밖에 없는 누나였으니. 이제 완전한 누나, 이수은. 현의 입가에 미소가 떠올랐다.

-살다 보니 우리 현이 이런 모습도 보네.

-왜? 처남 무슨 일 있대?

전화기 너머로 수은의 남편 하진의 목소리가 들려왔다.

-인사 간대요. 다은 씨 집에.

-그런 거라면 내가 조언해야지. 처남, 나야.

순식간에 통화 상대가 바뀌었다.

"예, 형님. 일찍 들어오셨네요?"

-응, 지후 엄마가 보고 싶어서……

-어머, 하진 씨!

이 부부의 애정표현은 시도 때도 없이, 상대를 가리지 않고 이루어졌다. 작게 고개를 흔든 현이 짐짓 심각한 어조로 말했다.

"형님, 닭살 행각은 그 정도로 하시죠."

-왜? 이게 어때서?

"저도 다은이 보고 싶어집니다."

잠시 침묵이 흘렀다.

-처남, 축하해.

"네?"

-누군가를 사랑한다는 건 축복이야. 그 사랑이 보답 받으면 더할 나위 없는 행복이고. 그 모두를 다 하고 있으니 처남은 복 받은 사람이야.

하진이 하는 말이 어떤 의미인지 충분히 알 수 있었다.

"저도 그렇게 생각하고 있습니다."

-내일 인사 간다고? 그럼 비장의 노하우를 전수해주지.

현은 귀를 쫑긋 세우고 하진의 말을 경청했다.

다음 날, 다은의 집은 분주했다. 새벽 일찍 나서서 하루 팔 반찬을 만들고, 도시락 배달 준비까지 모두 마치고 돌아온 경선은 그길로 또 팔을 걷어붙였다.

마음에 들고 안 들고를 떠나 집으로 초대한 손님인데, 허투루 대접할 수는 없었다. 안 그래도 깨끗한 집이 먼지 한 톨 없을 정도가 되어서야 만족스러운 미소를 지으며 청소기를 내려놓았다.

그렇게 현을 맞을 준비가 거의 마무리되어 갈 무렵, 슬쩍 도망나온 다은이 휴대폰을 들었다.

[오빠, 식구들 다 도착했어요. 천천히 올라오세요.]

다은의 톡을 확인한 현이 소파에서 일어났다. 이제 올라가야 할 시간이었다. 이상하게도 평상심이 유지된다 싶더니, 그건 딱 집을 나서기 전까지였다.

엘리베이터를 기다리는 그 잠깐 동안 어디에 숨어 있었는지 모를 긴장감이 물밀 듯 밀려왔다. 극도의 긴장에 손바닥은 축축해졌고, 심장은 자신의 것이 맞나 싶을 정도로 속도를 더해 뛰었다.

"선우현, 진정해."

그렇게 스스로를 다독이고 있는데, 엘리베이터 문이 열렸다. 엘리베이터에 올라타며 현이 먼저 타고 있던 중년 남자에게 정중히 인사했다.

"올라가는 거예요."

잘못 보고 탄 거라 생각하며 중년 남자가 친절하게 말해주었지만, 눌러진 층수를 확인한 현이 입을 열었다.

"저도 15층 가는 길입니다."

"아…… 15층."

고작 5층. 엘리베이터는 순식간에 목적지에 도착했다.

"먼저 내리세요."

예의 바르게 중년 남자가 먼저 내리길 기다린 현이 그 뒤를 따랐다. 그런데 이상하게도 가는 방향이 같았다. 평소라면 금세 알아차렸겠지만, 지금 그는 긴장으로 제정신이 아니었다.

앞서 가던 남자가 걸음을 멈췄다. 느리게 뒤돌아서는 남자의 얼굴이 다은과 겹쳐 보인 건 그 순간. 머릿속을 스치는 생각에 현의 눈이 커졌다. 장우를 알아본 현이 90도로 고개를 숙였다.

"처음 뵙겠습니다. 선우현이라고 합니다."

"아, 선우현 군. 다은이와 사귀고 있다는……."

"네."

잠금장치에 손을 가져가던 장우가 다시 현과 눈을 마주했다. 선한 눈매이었지만, 한편으론 꿰뚫어 보는 듯 날카로웠다.

"아마 쉽지 않을 거예요. 다은이 엄마가 자식 사랑이 넘치는 사람이거든."

"말씀 낮추십시오."

정중한 말에 장우가 미소 지었다.

"진심을 전한다면 다은 엄마도 마음의 문을 열겠지. 진심만큼 통하는 건 없으니까. 그리고 되도록 자주 부대껴야 정이 들 텐데, 그건 걱정 안 해도 되겠고……."

"아, 그건……."

"난 다은이 편이니까 힘내요."

문을 열기 직전, 장우가 건넨 말이 현의 긴장을 풀어주었다.

잠금장치가 해제되는 소리에 유난히 귀가 밝은 준석이 앞치마를 벗으며 말했다.

"아버님 도착하셨나 봅니다."

"그래? 바쁘다더니 그래도 제시간에 도착하셨네."

평소라면 한 시간은 일찍 퇴근했겠지만, 평일인 데다 회사 일이 바빠 겨우 시간을 뺀 장우였다. 온 식구가 장우에게 인사하기 위해 현관으로 모여들었다.

현관문이 열리고 장우가 모습을 드러내자 모두 웃으며 인사를 건넸다. 아니, 건네려 했다. 그걸 방해한 건 두 옥타브는 높아진 다은의 목소리였다.

"오빠!"

뜬금없는 오빠 소리에 고개를 갸웃하던 식구들은 일제히 한 사람을 떠올렸다. 그리고 약속이라도 한 듯 다은의 시선이 향한 곳, 장우 뒤를 따라 들어오는 사람에게로 시선을 옮겼다.

"처음 뵙겠습니다. 선우현이라고 합니다."

거실에서 살갑게 인사가 오가는 사이 주방에서 식사 준비를 하던 지은이 다은의 귀에 귓속말을 해왔다.

"너 엄마한테 말씀은 드렸어? 저 사람, 강민 회사 대표라는 거."

"아니."

"어쩌려고?"

현관으로 들어서는 현을 보고 얼마나 놀랐던지, 앙큼하게 비밀 연애를 했다는 것 따위는 중요하지 않았다. 엄마 마음에 들어야 할 텐데. 지은은 진심으로 그러길 빌었다.

"난 오빠를 믿어."

목소리에 신뢰가 가득했다.

"뭐 하니? 이것 좀 가져가."

경선 여사가 둘을 미심쩍은 눈으로 쳐다봤다. 이제, 모든 건 현의 손에 달린 것. 선우현 대표님, 부디 김경선 여사님을 넘어서길 바라요. 지은은 저 멀리 현에게로 응원의 눈길을 보냈다.

"일단 식사부터 해요. 얘기는 나중에 하고."

'먹을 때는 편하게'가 경선 여사의 철학이었기에, 어색하긴 했지만 비교적 편안한 분위기의 식사가 이어졌다.

하지만 그건 딱 식사가 끝나기 전까지였다. 식사가 끝나고 차와 과일이 차려지자 경선 여사의 눈빛이 바뀌었다.

그런데 그 눈빛이 묘했다.

먹이를 앞에 둔 하이에나의 그것이어야 할 눈빛이, 그것과는 묘한 괴리가 느껴졌다. 대화의 물꼬를 튼 건 경선이었다.

"다은이가 사귀는 사람이 있다고 했을 때, 솔직히 믿지 않았어요. 알지 모르겠지만, 우리 다은이 모솔이거든요."

경선의 말에 다은의 볼이 붉어졌고, 식구들은 당황한 기색이 역력했다. 초면인 데다 -경선은 초면이 아니었지만 아는 사람은 없었다- 인사 온 사람에게 저런 말을 건네는 이유를 알 수 없었다. 하지만 현은 전혀 당황한 기색 없이 대답했다.

"알고 있습니다."

"우리 다은이 어디가 좋은가요?"

다짜고짜 물어오는 질문에 당황한 건 가족들이었다. 부드러운 분위기에서 천천히 물어도 될 질문을 공격적으로 하는 경선이 낯설었다. 하지만 현은 전혀 당황하지 않고 다은을 응시했다.

진중한 진갈색 눈동자가 오롯이 다은에게 닿았다. 누가 봐도 사랑에 빠진 남자임을 알 수 있을 만큼 애틋함으로 가득 채워진 눈빛이었다. 다은에게 닿았던 눈동자를 경선에게로 옮기며 현이 입을 열었다.

"어디가 좋은지는 솔직히 잘 모르겠습니다."

생각지도 못한 대답에 모두가 숨을 죽였다.

"다은 씨를 만나고 다은 씨에게 물들어버렸습니다."

"……물들어요?"

경선이 설핏 미간을 구겼다. 무슨 의미인지 바로 와 닿지 않았다.

"흑백으로만 보였던 세상에 색깔이 있다는 걸 알아버렸습니다. 다은 씨 덕분에."

작곡가라더니, 예술을 하는 사람이라 그런가 표현이 남달랐다.

"그래서 제가 책임지고 따라다녔습니다. 다시는 이런 인연 못 만날 것 같아서요."

현의 얼굴은 평온했지만, 목소리마저 그러지는 못했다. 가늘게 떨리는 음성이 다은을 향한 진심을 고스란히 전하고 있었다. 다은이 현과 맞잡은 손에 힘을 줬다. 나도 그렇다고, 전하고 싶었다.

진심이 통한 건지 경선을 제외한 모두가 두 사람을 따스한 눈으로 바라보고 있었다. 이건 명백한 허락.

하지만 지금 제일 중요한 건 경선의 의견이었다. 알 수 없는 얼굴로 두 사람을 바라보는 경선의 눈치를 보며 준석이 입을 열었다.

"실례가 안 된다면 하시는 일이 뭔지 물어봐도 될까요?"

너로 물들다   327

"노래를 만듭니다."

"노래. 아, 그러고 보니 성함이……."

선우현, 선우현, 두어 번 현의 이름을 되뇌던 준석의 눈이 커졌다.

"설마 제가 아는 그 선우현 작곡가님?"

'님'이란 존칭에 현이 쑥스러운 듯 어색하게 미소 지었다.

"네, 아마도 그 사람이 맞을 겁니다."

"이렇게 인연이 되다니, 제가 노래를 잘 듣는 편은 아닌데 작곡가님 노래는 꼭 찾아 듣습니다."

반가운 마음을 호들갑스럽게 전하는 준석와 달리, 경선은 답답하기만 했다. 준석의 반응으로 봐서는 유명한 작곡가가 분명한데 요즘 노래는 아는 게 없으니 그럴 수밖에 없었다.

"아, 그런데 선우 엔터테인먼트 대표님 아니시던가요?"

준석의 말에 경선의 머리가 회전하기 시작했다. 강민 회사 이름이 저 비슷했던 것 같은데, 그러고 보니 얼마 전, 동창회에서 지숙이 분명 선우 엔터테인먼트라고 했었다.

모든 게 딱딱 제자리를 찾아갔다. 경선이 다은에게 날카로운 눈빛을 보냈다. 왜 미리 말하지 않았느냐 책망을 담은 눈빛이었다.

첫인상에 편견을 가지고 있었지만, 일단 사람 자체는 괜찮아 보였다. 자신도 사람인지라 눈에 처음 보이는 훤칠한 외모가 마음에 들었고 몸에 밴 예의는 더욱 마음에 들었다. 다은을 향한 눈빛에서 묻어나는 애정에 이미 경선의 마음은 현에게로 기운 거나 다름없었다.

그런데 강민이 몸담은 선우 엔터테인먼트 대표라고? '작곡가'라는 걸 알았을 때와는 또 다른 걱정이 생겨났다. 능력이 어느 정도는 있었으면 좋겠다 생각하긴 했지만, 이건 차이가 너무 났다.

딸, 다은을 예뻐하고 사랑하기는 했지만 그리 뛰어난 인물을 가진 것도, 여자로서 매력이 넘치는 것도 아니었기에 저런 멋진 남자가 다은에게 푹 빠졌다는 게 선뜻 이해되지 않았다. 물론 현이 조금 전 했던 말들을 못 믿는 건 아니었다. 하지만, 이건 너무……. 경선의 생각 틈으로 현의 목소리가 들려왔다.

"부모님은 모두 돌아가셨습니다. 피붙이라 부를 만한 사람들도 없고, 가족처럼 지내는 사람들이 있긴 하지만 고아나 다름없습니다."

예상치 못한 고백에 살짝 당황한 경선이 위로의 말을 건넸다.

"외로웠겠네요."

"외롭다고 생각해본 적은 없었습니다. 어쩌면 외로움이 익숙해서 느끼지 못했던 걸지도 모르겠습니다. 그걸 다은 씨를 만나고 깨달았습니다. 다은 씨는 제게 그런 존재입니다."

저는 이만큼 따님을 좋아합니다. 따님이 없는 인생은 상상조차 할 수 없습니다. 그 모든 의미가 담긴 말에 경선의 눈빛이 흔들렸다. 허락과 반대의 갈림길, 하지만 어느 쪽도 선뜻 선택할 수 없을 것 같았다.

잠시 침묵이 흘렀다. 그 고요를 깬 건 장우였다.

"우리 다은이가 사랑을 듬뿍 받고 있구나."

"그러게요. 우리 처제 좋겠네."

"아이, 부끄럽게 왜들 그러세요."

발그레한 볼이, 위를 향해 승천하는 입꼬리가 사랑받는 여인의 전형을 보여주고 있었지만 그럼에도 쉽게 허락할 수 없었다. 평생 딸과 함께할지 모를 저 남자를 좀 더 알아봐야 했다.

"아, 집이 어디라고 했죠?"

장우가 슬쩍 물어왔다. 당황한 현이 집에 온 후 처음으로 말을 더듬었다.

"그게…… 10층…….."

드디어 저 사람도 실수하는구나. 사는 곳을 물었는데 층수를 말하다니. 자신이 처음 인사 왔을 때를 떠올리며 준석이 슬쩍 끼어들었다.

"많이 긴장하셨나 보네요."

사실을 모르니 저렇게 받아들일 수도 있겠지. 이제 곧 일어날 상황을 예감하며 다은이 작게 한숨을 내쉬었다.

"이 아파트, 이 라인. 10층에 삽니다."

또박또박 자신의 거처를 말하는 현 때문에 다은과 장우를 제외한 모두가 꿀 먹은 벙어리가 되었다. 아마 모두의 머릿속에 같은 생각들이 오고 가리라. 그 생각들이 정리되기도 전에 현이 다시 입을 열었다.

"그래서 말인데, 어머님. 저 아침 좀 주십시오."

다은은 깜짝 놀랄 수밖에 없었다. 전혀 예상치 못한 건 둘째 치고, 절대 만만치 않은 경선 여사에게 저렇게 넙죽 말할 수 있는 용기라니. 경선의 눈빛이 다시 한 번 미묘하게 바뀌었다.

"한번 시작하면, 내가 그만하라고 할 때까지 할 수 있어요?"

경선의 물음에 살짝 당황했지만, 현은 이내 긍정의 답을 내놓았다.

"그럼 좋아요. 알다시피 가게 때문에 우리 집은 아침을 일찍 먹어요. 여섯 시. 아침 먹으러 올라와요."

"엄마, 우리가 언제 여섯……."

잡아먹을 듯한 눈빛에 다은은 하던 말을 멈췄다.

"그럼 내일부터 잘 부탁드립니다."

현은 그렇게 넉살 좋은 남자의 전형을 보여주었다.

-오빠, 괜찮으세요?

전화기 너머 다은의 걱정 가득한 목소리에 현이 작게 한숨을 내쉬었다. 괜찮을 리 없었다. 집에 돌아오자마자 소화제 하나를 먹고 옷만 겨우 갈아입은 채 침대에 드러누워버렸다.

빼먹지 않는 운동 덕에 체력만큼은 자신이었다. 몇 날 며칠 밤새는 작업에도 끄떡없었건만, 다은의 집에 있었던 그 짧은 시간이 그보다 몇 배는 힘들었다. 하지만 그렇다고 그녀에게 걱정을 더해 주기는 싫었다.

"괜찮아."

-아닌 것 같은데. 목소리에 힘이 하나도 없어요. 우리 엄마, 대단하시죠?

"넌 아버지를 닮은 것 같아."

돌려 말하긴 했지만, 명백한 긍정의 대답이었다.

"분위기 괜찮아?"

-아, 저야, 뭐. 한바탕 걱정을 늘어놓으시긴 했는데, 아빠가 중재해주셨어요. 이건 비밀인데 우리 엄마, 아빠 바보거든요.

"그건 나하고 비슷하시네. 나도 허다은 바보잖아."

전화기 너머로 다은의 웃음소리가 들려왔다.

"나 진짜 괜찮으니까 걱정하지 마."

-그런데 오빠, 왜 그런 말을 하셨어요? 솔직히 좀 놀랐어요.

많은 게 생략된 말이었지만 아침 식사에 관한 것이라는 걸 모를 리 없었다.

"조언을 들었거든. 진심으로 대하라, 최대한 많이 부대껴라."

-누가요?

"우리에게 소중한 사람들이……."

-그게 누구…….

거기까지 말한 다은이 갑자기 목소리를 줄였다.

-엄마가 찾으세요. 나중에 통화해요.

그러곤 끊기는 전화에 현의 입에서 헛웃음이 새어 나왔다. 김경선 여사님의 포스를 직접 느꼈고, 힘들었지만 한편으론 다은이 부럽기도 했다. 그 이면에 숨어 있는 자식에 대한 깊은 사랑이 그대로 느껴졌기 때문이었다.

사위가 되면 그 사랑, 받을 수 있으려나? 이전에도 그랬지만 이제 더더욱 경선 여사의 사위가 되고 싶었다. 한 번으로 완벽한 허락을 얻을 거라 생각하지 않았으니, 이 정도면 성공적인 첫인사.

'다른 거 없어. 진심. 잘 보이려는 노력보다는 진심을 전하려 노력해봐. 그럼 분명 닿을 테니까.'

하진이 했던 충고가 큰 힘이 되었다. 그리고 또 한 사람, 전혀 예상치 못한 조력자 장우까지.

이제 내일부터 시작이었다. 사위 사랑은 장모라는데, 거꾸로 말하면 장모 사랑은 사위. 먼저 진심으로 다가선다면 분명 마음을 얻을 수 있으리라.

사랑받기 위해 뭘 해야 할까? 현의 머릿속이 분주하게 움직였다.

11. 22송이의 카네이션

"왜 이렇게 일찍 일어났어?"

힐긋 시간을 확인한 경선이 다은 쪽은 쳐다보지도 않고 물어왔다. 일어난 게 아니라 밤을 새웠습니다. 애써 하품을 참으며 다은이 슬쩍 경선의 옆으로 다가섰다.

"어? 엄마 좀 도와드릴까 하고."

"됐어. 방해되니까 그냥 앉아 있어."

더는 말 붙이기 힘든 단호함에 쭈뼛쭈뼛 식탁 의자에 앉은 다은이 망설이다가 입을 열었다.

"엄마, 근데 왜 새벽 여섯 시라고 말한 거야?"

"뭐가?"

"그렇잖아. 아빠랑 난 엄마가 전날 해둔 아침 먹고, 엄만 가게에서 드시는데 왜 새벽 여섯 시에 밥 먹으러 오라고 한 걸까 궁금해서……."

어제는 분위기가 그래서 물어볼 수 없었지만, 궁금함을 참을 수 없었다. 가족이 같이 식사하는 걸 중요하게 생각하는 경선이었지만, 아침만은 예외였다. 자신의 시간에 식구들을 맞추라고 할 수 없었기에 따로 식사를 해결했다.

왜 굳이 새벽 6시라는 시간까지 내세우며 아침밥을 주겠다고 한 걸까? 안 준다고 한 것보다야 기쁜 제안이었지만, 현에게도 경선에게도 힘든 일일 게 분명한데…….

"거절할 수가 없었어."

나지막한 목소리를 완전히 알아듣지 못한 다은이 다시 물어왔다.

"응?"

"그냥 좀 시험해보고 싶었어. 왜? 난 그럼 안 되니?"

엄마, 나 아무 말도 안 했는데. 왜 이렇게 화를 내셔? 원인 제공을 한 건 자신이니 할 말은 없었지만, 그렇다고 불만을 완전히 감출 수도 없었다. 시험은 무슨. 서로 좋아한다는데, 사랑한다는데, 서로가 아니면 안 되겠다는데, 그냥 쿨하게 '그래' 해주면 어디 덧나나? 물론 돌다리도 두드려보고 건너는 경선이 그럴 수 있을 리 없었다. 게다가 상대는 여러 가지 면에서 자신과 차이 나는 현이었으니 더 신중해질 수밖에 없으리라. 그걸 알기에 더 걱정스러웠다.

그런 마음을 아는지 모르는지 경선이 쐐기를 박았다.

"넌 눈에 콩깍지가 제대로 붙어서 그 사람을 제대로 볼 수가 없잖아. 그러니 엄마가 봐줘야지."

그러다 엄마 등쌀에 나가떨어지면? 그럼 내 사랑은 어떻게 되는 건데? 그런 일은 절대 일어나서는 안 돼.

"엄마가 허락 안 해도 난 계속 오빠하고 만날 거니까 그렇게 알고 계셔."

다은으로서는 꽤 용기를 낸 말이었지만 경선에게 먹힐 리 없었다.

"쓸데없는 소리 하지 말고, 수저나 좀 놔."

모녀 사이에 묘한 기류가 흐르던 그때, 현이 도착했고, 곧 아침 식사가 시작되었다.

"선우현 군 덕분에 오랜만에 온 가족이 둘러앉아 아침을 먹네요."

장우의 말에 경선이 눈치를 줬다.

"어머, 여보. 그게 무슨 말씀이세요? 우리 항상 이렇게 먹었잖아요."

하지만 경선의 눈치를 완벽하게 무시한 장우가 웃음기 어린 말을 뱉어냈다.

"아무리 나라도 새벽 여섯 시에 아침은 좀 버거워요."

"오늘따라 왜 이러실까? 신경 쓰지 말고 많이 들어요."

경선이 반찬을 현 쪽으로 밀어주었다.

"네, 그럼 잘 먹겠습니다."

맛깔스럽게 잘 먹는 현과 달리, 다은은 밥이 코로 들어가는지 입으로 들어가는지 모를 지경이었다. 걱정으로 밤을 새우다시피 했더니 정신도 몽롱했고, 무엇보다 보이지 않는 식탁 위 긴장감에 숨이 막혔다.

"어머님, 이건 무슨 반찬인지 여쭤봐도 될까요?"

식사하던 현이 자신 앞에 놓인 반찬에 시선을 집중했다.

"아, 그거? 고들빼기예요. 입맛에 안 맞아요?"

"아닙니다. 예전에 먹은 적이 있는 것 같아서……."

"씁쓸한 맛 때문에 싫어하는 사람들도 많아서, 호불호가 갈리는 음식이에요."

"네."

현은 그렇게 답하고는 계속해서 밥을 먹었다. 두 번에 한 번은 고들빼기로 젓가락을 가져가면서.

식사 후 집으로 돌아가기 전, 현이 경선에게 무언가를 내밀었다.

"이게 뭐예요?"

"별거 아닙니다. 식사에 대한 보답이라기엔 거창하고, 그냥 좋아하실 만한 노래들이라 가져와 봤습니다. 가게에서 들으시면 좋으실 것 같아서요. 마침 제가 선배님들 곡을 앨범으로 만들어둔 게 있어서, 정식 절차 거쳐 만든 거니 편하게 들으시면 됩니다."

장난스럽게 뒷말을 덧붙이는 현에게서 CD를 받아 들며 경선이 답했다.

"고마워요."

"제가 오히려 감사하죠. 맛있는 식사 감사히 잘 먹었습니다."

꾸벅 인사하고 돌아서는 현의 뒤에서 경선이 희미하게 미소 지었다.

가게에 출근하자마자 경선은 현이 선물해준 CD 중 하나를 틀었다. 제 연령대의 취향에 맞춘 듯 노래가 하나같이 다 마음에 들었다.

한 바퀴 다 돌고 나자 아쉬워져 다음 CD를 꺼내 들었다.

"응? 이거 뭐예요? 처음 듣는 노래인데, 좋네요."

한참 노래를 듣던 지은이 고개를 갸웃하며 케이스를 집어 들었다.

"가수가 누구지? 엄마, 여기 쪽지 있어요."

<얼마 후에 공개될 CF 주제곡입니다. 다은 씨를 생각하며 만든 곡이라 어머님께 먼저 들려드리고 싶었습니다.>

쪽지를 확인한 경선이 정지 버튼을 눌렀다. 아무리 그 세계를 모르는 아줌마라 해도 음원 유출에 따르는 후폭풍이 거세다는 것쯤은 알고 있었다.

"못 쓰겠네. 공개되지도 않은 걸, 날 뭘 믿고."

"그러게요. 강민한테 듣기로는 이런 부분에 철저하다던데. 아마 엄마한테 자기 마음을 보여드리고 싶었나 봐요."

지은이 편들고 나섰지만 소용없었다.

"그래도 그렇지."

단호한 음성에 지은이 작게 고개를 저었다. 말린다고 들을 경선이 아니었다. 확신을 얻기 전까지는 탐색의 시간을 가지리라, 남편 준석에게 그러했듯이…….

"그럼 조금 더 겪어보세요. 너무 오래는 말고요."

지은의 말에 경선이 고개를 끄덕였다.

점심시간, 도시락을 열던 현이 고개를 갸웃했다. 언제나처럼 배달되어 온 도시락에는 평소와 달리 반찬 통이 하나 더 들어 있었다. 궁금한 마음에 뚜껑을 열자, 고들빼기가 빼곡히 들어 있었다. 마음이 따스해져왔다. 일부러 챙겨주신 건가?

주섬주섬 반찬 통을 꺼내던 현은 도시락 사이에 붙어 있던 메모지를 발견했다.

<CD는 잘 들었어요. 노파심에 말하자면 공개되지 않은 곡을 준 건 조금 신중하지 못한 것 같네요. 유출되지 않도록 혼자만 조용히 들을게요. 고들빼기, 좋아하는 것 같아서 넣어봤어요. 밥 든든하게 먹고, 오후에도 수고해요.>

정갈한 글씨체. 손편지를 받아본 게 언제던가? 현은 곧 탁자 위 메모지를 꺼내 들었다.

점심 도시락통을 정리하던 지은이 경선에게 뭔가를 내밀었다. 몇 번에 걸쳐 꼼꼼하게 접혀 있는 종이 한 장이었다.

"이게 뭐야?"

"모르겠어요. 거기 어머님께라고 적혀 있어서……."

경선이 메모지를 펼쳤다.

<제 마음을 보여드리고 싶은 마음에 신중하지 못했던 것 같습니다. 어머님 말씀, 명심하겠습니다. 보내주신 도시락으로 맛있는 점심 먹었습니다. 어릴 때 어머니께서 고들빼기를 씻어서 밥 위에 올려주시던 기억이 떠올랐습니다. 오랫동안 잊고 있던 추억인데, 어머님 덕분에 어느 때보다 따뜻한 식사를 할 수 있었습니다. 감사합니다.>

현과 딱 어울리는 정갈한 글씨체였다.

"아직 시작도 안 했는데, 자꾸 마음이 흔들리네."

한숨 섞인 말과 달리 경선의 얼굴에는 미소가 떠올랐다.

새벽 6시의 아침 식사는 2주 넘게 계속되고 있었다. 언제나 말끔한 얼굴로 다은의 집을 찾는 현이었지만, 누구도 알지 못하리라. 그가 알람을 다섯 개씩 맞춰놓고 잔다는 사실을.

한 번도 표 낸 적은 없지만, 기본적으로 야행성인 현이 그 시간에 일어나기 위해서는 초인적인 힘이 필요했다.

말끔한 얼굴로 다은의 집을 찾으려면 최소 5시 30분에는 기상. 가끔 회사 일이 바쁠 때 일찍 출근하기는 했지만, 그래 봐야 7시 정도였다.

두 시간 차이. 피부로 와 닿는 시간은 그보다 훨씬 컸지만, 2주 넘게 이런 생활을 하다 보니 야행성인 현의 일상도 조금씩 바뀌어갔다.

그걸 증명이라도 하듯 이제는 알람을 맞추지 않아도 5시 정각에 눈이 떠졌다. 침대에 좀 더 누워 있거나 여유를 부려도 되겠지만, 현은 침대에서 벌떡 일어나 준비를 서둘렀다.

오늘은 매일 타는 엘리베이터 대신 계단을 이용할 생각이었다. 계단을 오르며 현이 경선 여사에게 문자 한 통을 넣었다.

[어머님, 저 지금 올라가는데 괜찮으실까요?]

15층 계단의 마지막, 현은 인기척에 고개를 들었다.

"엘리베이터로 오는 줄 알았는데?"

경선이 미소 띤 얼굴로 현을 반겼다.

"나와 계셨어요?"

"다은 아빠, 아직 주무시고 계시거든."

이제 제법 아들처럼 살갑게 현을 대해주는 경선이었다.

"아, 제가 너무 일찍 왔나 봅니다."

"아니야. 사실, 마중 한번 나와보고 싶었어."

그 순간, 경선의 얼굴에 누군가가 겹쳐 보였다.

'우리 현이, 학교 잘 다녀왔어?'

어울리지 않는 앞치마를 하고 자신을 반겨주던 아버지의 얼굴이 떠올랐다.

"이런 느낌, 너무 오랜만이네요."

"응? 뭐가?"

"기다리는 누군가가 있다는 게……."

현이 뒷말을 잇지 못했다. 다은이 기다려줄 때도 이런 느낌이 들곤 했었다. 하지만, 다은을 제외하고 아버지를 떠올리게 하는 누군가가 자신을 기다려줬다고 생각하니 괜스레 울컥했다.

그런 현의 마음을 아는지 모르는지 경선이 조금 전과 다름없이 따뜻하게 미소 지었다.

"섭섭하네. 난 항상 기다렸는데. 설마, 내가 마음에 들지도 않는 사람에게 새벽밥을 지어 먹였다고 생각하는 건 아니겠지?"

생각지 못한 경선의 말에 현의 눈이 커졌다.

[어디야?]

현으로부터 온 톡에 다은이 재빨리 통화 버튼을 눌렀다.

"오빠, 저 집이에요."

-그래? 그럼 30분 후에 아파트 옆 공원으로 좀 나올래? 다 와가면 다시 전화할 테니까, 일찍 나오지 말고 그때 나와.

전화를 끊고 난 다은이 고개를 갸웃했다. 헤어지기 싫어 공원을 산책한 적은 있어도, 거기서 만난 적은 없었다. 이제 집에도 인사했으니 마음 놓고 연애하자는 뜻인가 싶어 괜스레 입가에 미소가 떠올랐다.

30분 후, 생각에 빠져 있던 현이 무심코 고개를 돌리자 언제 왔는지 다은이 옆에 앉아 있었다.

"왔으면 말을 하지."

"너무 심각한 얼굴이시길래. 무슨 생각을 그렇게 하신 거예요?"

"아주 중요한 생각."

네, 그런 것 같긴 한데, 그게 뭔지가 궁금하다고요. 표정에 생각이 드러난 건지 현이 뒷말을 덧붙였다.

"오늘 정말 중요한 일이 있어."

"중요한 일요? 광고 촬영 들어가는 거예요?"

순진한 눈망울로 자신을 응시하는 다은을 향해 현이 진지한 목소리로 말했다.

"그것보다 더 중요한 일이야. 내 인생을 통틀어 다섯 손가락 안에 꼽힐 만큼 중요한 일."

"네? 그럼 오빠, 지금 이러고 있을 때가 아니잖아요. 준비해야죠."

무슨 일인지 알 수는 없었지만, 모든 일에는 사전 준비가 필요한 법이었다. 다은이 현의 팔을 잡아끌었다. 분명 잡아끌었다고 생각했으나 어느새 다은은 현의 품에 안겨 있었다. 갑작스러운 접촉에 정신을 차리지 못하고 있는데 현이 낮은 목소리로 속삭였다.

"준비하러 왔잖아."

네? 설마 이게 준비라고요? 입 밖으로 내지 못한 말을 알아듣기라도 한 듯 현이 다시 입을 열었다.

"힘 받으러 왔는데, 안 줄 거야?"

다은이 결심한 듯 현의 품에서 벗어나 발끝을 들었다. 곧이어 입술과 입술이 맞닿았다. 짧은 버드 키스였지만 공공장소에서 다은이 스스로 했다는 게 현에게는 큰 의미로 다가왔다.

다은이 다시 현의 품에 폭 안기더니 등 뒤로 팔을 둘렀다. 몇 초간, 자신을 꼭 죄어오는 팔에 현이 작게 한숨을 내쉬었다. 이 작은 몸이 자신에게 얼마나 큰 힘을 주는지, 그녀는 알고 있을까?

힘을 줬던 팔이 풀리고, 등 뒤로 토닥거림이 느껴졌다. 토닥토닥, 박자를 맞춰 움직이는 작은 손과 함께 다은의 목소리가 들려왔다.

"다 잘될 거예요."

배달 도시락 작업을 하고 있던 경선은 갑작스러운 현의 등장에 당황했다.

"저 왔습니다, 어머님."

하루도 빠짐없이 아침을 먹으러 오길 2주 남짓, 이제 어머님 소리가 제법 입에 뱄다.

"어서 와. 뭐 필요한 거 있어?"

"네, 어머님 시간이 좀 필요합니다. 잠시 납치 좀 해도 될까요?"

납치라고 하기엔 너무나 정중한 부탁이었다.

"지금 바쁜 시간인데……"

"걱정하지 말고 다녀오세요. 이제 바쁜 시간도 거의 끝나가고, 혼자 해도 충분해요."

현으로부터 미리 전화를 받았던 지은이 그에게 힘을 실어줬다.

"어디 가려고?"

"오늘은 저만 따라오세요."

주차장에 세워진 으리으리한 차 문을 열어주며 현이 찡긋 윙크했다. 현이 경선을 안내한 곳은 준석의 레스토랑이었다. 얼떨떨한 얼굴로 문을 열자, 말끔하게 차려입은 준석이 경선을 반겼다.

준석이 안내하는 테이블로 발을 옮기던 경선의 눈이 커졌다. 정신이 없어 몰랐는데, 입구에서부터 테이블까지 길게 촛불이 켜져 있었다. 테이블 위는 갖가지 꽃들로 예쁘게 장식이 되어 있었고, 그 중간을 차지한 건 예쁜 케이크. 이건 누가 봐도 프러포즈용 세팅이었다.

"이걸 내가 먼저 봐도 되는 건가?"

다온이를 위한 것 같은데. 뒷말을 삼키는 경선의 뒤에서 살며시 의자를 빼주며 현이 답했다.

"당연히 어머님이 보셔야 합니다."

맞은편으로 자리를 옮긴 현이 자신의 의자 위에 놓인 카네이션 다발을 들어 올렸다.

"22송이의 카네이션입니다."

"……."

"제가 22년 동안 저희 어머님께 드리지 못한 카네이션을 어머님께 드리고 싶습니다. 제 어머님이 되어주세요."

의문형으로 끝나야 할 것 같은 질문이 살짝 바뀌어 있었다. 현이 건네는 카네이션 다발을 받아 들며 경선이 입을 열었다.

"꽃을 주니 받긴 하겠는데……."

생각지 못한 대답에 현의 얼굴에서 미소가 사라졌다. 거절하실 거라곤 생각하지 못했었다. 최악의 상황을 생각했어야 했던 건가? 분명 호의적이라고 생각했는데…….

혼란스러운 현의 얼굴을 바라보던 경선이 다시 입을 열었다.

"다은이가 그런 말을 하더군. 자네 고생 그만 시키라고."

"......"

"한 끼 식사를 만들기 위해 어느 정도의 수고가 들어가는지 알면 그런 말 못할 텐데. 이래서 딸 키워봐야 헛수고라 하는 건가 봐."

목소리에 웃음기가 가득했지만, 현에겐 그마저도 혼란으로 다가왔다. 경선이 하고 싶은 말이 무엇인지 도무지 알 수 없었다.

"다들 내가 말하는 '평범'의 뜻을 오해하는 것 같은데, 내가 말하는 '평범'은 모나지 않은 사람이야. 일보다 가정을 조금 더 생각할 수 있는 사람. 내 딸을 사랑해줄 수 있는 사람 말이지. 처음엔 분명 자넬 더 겪어보고자 하는 마음이었어. 하지만 그 마음이 바뀌는 데는 오랜 시간이 걸리지 않았다네. 얼마 전에 자네가 보내온 쪽지에 이런 내용이 적혀 있었지. '오랫동안 잊고 있었는데, 어머님 덕분에 잊었던 추억 하나를 떠올리게 되었습니다' 그때부터 자넨 내 아들이었어."

경선의 마지막 말을 듣는 순간, 가슴속 뭔가가 툭 하고 터졌다. 친어머니처럼 생각하는 수은과 수한의 엄마 정희가 있었음에도, 채워지지 않는 무엇이 있었다. 괜찮다고, 아무렇지 않다고 스스로를 세뇌했지만, 밖으로 드러나지 않았을 뿐 언제나 자신 안에 숨겨져 있던 그것은 어쩌면 결핍.

시야가 부옇게 흐려졌다. 뺨 위로 흐르는 미지근한 액체가 눈물임을 뒤늦게 깨달은 현이 황급히 눈물을 닦아냈다.

어느새 현의 옆으로 다가온 경선이 팔을 뻗어 그를 끌어안았다. 자신의 어깨 정도밖에 오지 않는 작은 체구에 안긴 우스꽝스러운 자세였지만, 세상 어떤 것보다 포근한 품. 그 안에서 애써 눈물을 삼키는 현의 귀에 한없이 부드러운 경선의 목소리가 들려왔다.

"마음껏 울어. 이제 내가 울타리가 되어줄게."

마음먹고 일찍 일어난 다은이 거울에 비친 자신을 향해 주먹을 쥐어 보였다. 오늘은 기필코 말해야지.

주방으로 들어서자 아침 준비로 분주한 경선이 보였다.

"엄마, 나 할 말 있어."

밑도 끝도 없이 할 말 있다 불러 세우는 다은에게 힐긋 시선을 준 경선이 별말 없이 식탁에 앉았다.

"아직 오빠가 못 미더워? 그 사람, 작곡하는 사람이라 밤낮이 뒤바뀐 생활을 밥 먹듯이 해. 새벽 여섯 시에 우리 집에 오려면 몇 시에 일어나야 하는지 알아?"

"누가 그러라든?"

순간 말문이 막혔다. 엄밀히 말하면 이 일을 만든 건 현이었으니 당연히 감당도 그가 해야 하는 게 맞았다. 하지만 안쓰러운 걸 어쩌겠는가? 그동안은 혹시나 역효과가 날까 싶어 꾹 참았지만, 점점 초췌해져가는 -다은이 보기에는 그랬다.- 현을 보고 있자니 더는 안 되겠다는 생각에 어렵게 꺼낸 말이었다.

"엄마가 허락한다고 한마디만 해주면 되잖아. 그럼 엄마도 이렇게 새벽마다 번거롭게 아침 준비 안 해도 되고, 오빠도 고생 안 해도 되고."

숨 쉴 틈 없이 제 생각을 늘어놓은 다은이 경선의 대답을 기다렸다.

"허락하지 않겠다고 한 적 없는데."

애매모호한 대답에 반박하려던 다은은 현관 벨소리에 자리에서 일어났다. 힐긋 시계를 보니 6시 정각.

문을 열자 현이 환하게 미소 지으며 다정하게 인사해왔다. 하지만 그뿐. 그는 그대로 다은을 지나쳤다. 응? 이건 뭐지? 평소와는 다른 느낌에 고개를 갸웃하고 있을 때, 주방 쪽에서 유난히 밝은 그의 목소리가 들려왔다.

"어머니, 저 왔습니다."

"왔어? 어서 앉아."

분명 평소와 다름없는 인사가 오갈 뿐이었는데, 평소와 다른 뭔가가 있었다. 내가 한 말이 효과가 있었나? 평소보다 좀 더 분위기가 좋은 것 같은데?

"다은아, 아버지 오시라고 말씀드려."

"네."

경선의 목소리가 들렸던 건지, 장우가 말끔한 얼굴로 방에서 걸어 나왔다.

"아빠, 식사하세요."

"그래, 식사하자꾸나."

장우가 다은을 안쓰러운 눈빛으로 바라봤다. 새벽 6시의 아침 식사 이후, 나날이 까칠해져가는 다은이었다. 사윗감을 겪어보기 위해 생각해낸 일이라지만 다은이 더 안절부절인 게 마음에 걸렸다. 그만큼 현을 좋아하고 있다는 방증이라 생각하니, 좋으면서도 섭섭한 기분이 들었다. 오늘은 경선을 설득해 시간을 늦추든, 아니면 다른 방법을 내든 해야겠다 생각하며 장우가 여전히 미동 않는 다은의 얼굴을 살폈다.

"무슨 일 있어?"

"드디어 엄마한테 말했어요. 여섯 시 식사는 너무하지 않냐고."

"그래서? 한바탕 난리라도 났어?"

불같은 경선의 성정을 알고 있기에 장우가 걱정스럽게 물어왔다.

"아니, 그런 건 아닌데……. 일단 식사하러 가세요."

하지만, 몇 분 후 둘은 평소와 다른 분위기에 어안이 벙벙했다.

"이것도 좀 먹어봐. 요즘 제철이라 아주 맛있어."

현의 밥 위에 반찬들을 올려주는 경선이 낯설었고.

"네, 역시 어머니 음식 솜씨는 최고예요. 이러다 저 살찌겠는데요?"

넉살 좋게 받아치는 현도 낯설었다. 다은의 눈이 경선에게로, 또 현에게로 몇 번을 이동했다. 내가 한 말이 이런 결과를 불러온 건가? 하지만 그렇다고 하기에는 현의 행동이 의심스러웠다.

불과 하루 전과 너무도 달라진 분위기에 당황한 건 장우도 마찬가지였다.

평소라면 자신의 그릇에 반찬을 두 번은 올려줬어야 할 경선이 벌써 다섯 번째 현에게만 반찬을 올려주고 있었다. 데자뷔처럼 다가오는 무엇. 이건 분명 준석이 사위가 되기 직전의 상황이었다.

하지만, 이렇게 빨리? 정 서방도 6개월 걸렸는데? 그럴 리가. 아무리 현이 최고의 사윗감이라고 해도 경선이 이렇게 빨리 허락할 리 없었다. 그렇게 머릿속에 떠오르는 생각을 밀어낸 장우가 여전히 화기애애한 경선과 현을 보며 고개를 갸웃했다.

식사를 마치고 집으로 돌아가는 현을 따라 나온 다은이 궁금함을 참지 못하고 질문했다.

"제가 모르는 무슨 일인가 있었던 거죠?"

엘리베이터에 올라타며 현이 되물어왔다.

"무슨 일?"

자연스럽게 엘리베이터에 같이 올라탄 다은이 입술을 모았다.

"아닌데, 분명 뭔가 있었는데……."

다은이 의심을 시선을 거두지 않자, 현이 표 나지 않게 입꼬리를 올렸다.

"어제 일이 잘됐어."

현의 대답에 수긍하면서도 한편으론 석연치 않았다. 분명 내가 모르는 무슨 일인가 있었는데, 그렇지 않고서야 하루 사이에 저렇게 살가운 모자 사이……. 순간 저도 모르게 떠오른 단어에 다은이 격하게 고개를 끄덕였다. 묘하게 괴리감이 느껴지던 그것의 정체를 드디어 알아냈다.

현이 경선을 부르는 호칭이 바뀌어 있었던 것이다. 분명 어머니라고 했었다. 어제까지는 분명 어머님이었는데. 어머님과 어머니, 그게 뭐 어때서? 라고 묻는다면 딱히 답할 말은 없었지만, 어머님보다 어머니가 더 친근감이 드는 건 사실이지 않은가?

"안 내려?"

현의 말에 현실로 돌아온 다은이 걸음을 옮겼다. 근데 이게 아닌데, 나 다시 올라가야 하는데? 하지만 엘리베이터 문은 이미 닫혔고, 아래로 내려가는 중이었다.

이른 아침, 부지런한 누군가가 이용하려는 거겠지. 이렇게 된 이상 튼튼한 다리로 에너지 절약이나 해야겠다. 조금 전까지 머릿속을 차지하던 생각들이 흐지부지된 건 한순간이었다.

"일이 잘됐다니 다행이에요."

"이게 다 네 덕분이야."

"네? 제가 뭘 했다고요."

다은이 배시시 웃었다.

"하루 사이에 잊어버렸어?"

싱긋 웃는 얼굴이 어딘가 위험해 보였다. 발 빠르게 위험을 감지한 다은이 한 발짝 뒤로 물러서며 말했다.

"음. 저는 그만 가볼게요. 그럼 오늘도 수고하세요."

45도 인사와 함께 발길을 돌리려던 다은을 현의 팔이 옭아맸다. 백허그 자세로 다은의 어깨에 턱을 괸 현이 속삭였다.

"잊어버린 것 같아서, 상기시켜주는 거야."

"오빠, 이 자세가 아니었던 것 같은데요."

제가 한 건 정자세라고요. 이런 백허그가 아니라. 이렇게 안으시면 제 뱃살이 너무 적나라하게 드러나잖아요. 진짜, 단기 다이어트에라도 돌입해야 하나 고민하던 다은의 몸이 돌려졌다.

"미안, 나름 응용한 건데 역시 응용보다는 이쪽이 좋지?"

"이것도, 저것도 다 좋⋯⋯."

말을 하던 다은이 입을 닫았다. 아무리 진실이라지만, 이른 아침, 바로 앞집 문이 언제 열릴지도 모를 상황에서 할 말은 아니었다.

"내가 요즘 사람 마음 읽는 법을 공부 중인데."

네? 그런 걸 왜 하시는데요? 아, 사업하시려면 필요할 수도 있겠네요. 근데 오빠, 이제 이것 좀 놓고 얘기하시면 안 될까요? 이상하게 열이 나는 것 같아요. 요즘 잠을 좀 못 잤더니 면역력이 떨어졌나 봐요.

뻐끔뻐끔. 현의 어깨에 얼굴을 파묻은 채, 다은은 입 밖으로 나오지 않는 말을 하려 애썼다.

"내가 공부한 내용에 비추어 볼 때, 넌 이것보다는 이걸 더 좋아하는 것 같아."

다은의 귓가에 현의 숨결이 느껴졌다.

"사랑해."

간지럽고도 달콤한 고백에 다은의 온몸에 힘이 쭉 빠졌다.

오빠, 저 정말 몸에 이상 있는 것 같아요. 열도 나고 힘도 없고, 오늘은 병원에 꼭 가봐야겠어요. 그때, 어디선가 달칵 하며 익숙한 소리가 들려왔다. 빛의 속도로 현에게서 벗어난 다은이 몸을 떼기 직전 속삭였다.

"전 아까 것도 지금 것도 다 좋아요."

다은이 비상계단으로 사라진 것과 옆집 문이 열린 건 거의 동시였다. 옆집 남자와 자연스럽게 눈인사를 하고 집으로 들어서며 현이 한숨 섞인 말을 뱉어냈다.

"빨리 데려와야겠다. 우리 다은이."

시간은 빠르게 흘러갔다. 캐스팅에 난항을 겪긴 했지만 도준이 신의 한 수로 캐스팅을 이뤄냈고 녹음 작업은 일사천리로 진행되었다. 거기에 수정의 철벽 마크가 더해져 음원은 완벽하게 지켜졌다. 강민이 온 정성을 다했다는 광고가 전파를 타는 날, 수정은 흥분에 겨워 현의 사무실을 찾았다.

"CF 보셨어요? 진짜 예술로 나왔죠? 노래 진짜 좋고, 캐스팅도 예술이었지만 편집과 영상도 한몫했다는 거 인정할 수밖에 없네요. MK사가 괜히 MK사가 아닌가 봐요."

잔뜩 흥분한 수정과 달리 서류에 시선을 고정한 채 현이 무심하게 답했다.

"못 봤어."

"네? 왜요? 오늘 처음 전파 탔다고요. 아까 회의실에서 다 같이 본다고 할 때도 거절하시더니, 샘플 가져왔을 때도 안 보시고. 대표님, 첫 무대는 항상 모니터하시잖아요."

"같이 볼 사람이 있어."

그 사람이 누구냐 물어보기도 전에 사무실 문이 벌컥 열렸다.

"하아, 하아, 늦었어요. 죄송해요."

다은이 숨을 헐떡이며 서 있었다. 자신이 왔을 때는 고개조차 들지 않던 현이 자리에서 일어나 다은에게 다가서더니, 이마에 송골송골 맺힌 땀을 손수 닦아주며 다정하게 말했다.

"뛰어왔어? 그럴 필요 없는데."

수정의 입이 벌어졌다. 지금 내가 보고 있는 게, 진짜 선우현이 맞는 건가 의심스러웠다. 여자들과 사귀는 걸 본 적이 있긴 했지만 언제나 여자들이 매달리는 게 확연히 눈에 보일 정도였는데, 이 조합에선 아니었다. 저 다정한 목소리와 따뜻한 눈빛이 내가 아는 선우현이라고?

"아, 부장님도 계셨네요."

뒤늦게 수정의 존재를 눈치챈 다은이 어색하게 미소 지었다. 인사를 되돌릴 생각도 못하고 충격에 빠져 있던 수정이 겨우 입을 열었다.

"두 분, 무슨 사이세요?"

"연인 사이."

현의 입에서 나오는 망설임 없는 대답에 한 번 더 충격받은 수정이 인사도 하는 둥 마는 둥 사라지고 나자, 다은이 조심스럽게 입을 열었다.

"충격받으셨나 봐요."

"받을 만도 하지."

이런 자신의 모습을 상상이나 했겠는가? 진심으로 다정한 선우 현이라니, 예전의 자신이었다면 상상도 할 수 없는 모습이었다.

"그렇죠? 제가 여자 친구라는 게 좀 의외였겠죠."

"그거 무슨 뜻이야?"

조금 전까지 부드러웠던 현의 목소리가 언제 그랬냐는 듯 심각해졌다. 자신이 실수했다는 걸 깨달은 다은이 조심스럽게 뒷말을 덧붙였다.

"그냥, 객관적으로 그렇다는 거예요."

말이 나와서 말이지만, 사실이잖아요. 못 느끼는 게 이상한 거지. 현실을 제대로 바라보는 게 잘못된 건 아니잖아요. 중요한 건, 그런데도 아무렇지 않다는 거예요. 오빠가 사랑하는 사람은 세상에 저 하나뿐인 걸 아니까요. 그렇죠?

하지만, 눈으로 전하는 마음을 알아채지 못한 현은 잔뜩 얼굴을 굳혔다.

"알아요. 오빠가 사랑하는 사람은 저인 거. 그러니까 그런 얼굴

하지 마세요."

바로 코앞까지 다가온 현이 다은의 손을 들어 자신의 가슴에 가져다 댔다.

"느껴져? 다시 한 번 반했어."

쿵쿵, 평소보다 몇 박자 빨리 뛰는 심장박동이 느껴졌다.

"이거 정상 아니에요? 전 항상 이런데……."

다은은 사람을 놀라게 하는 재주가 있었다. 특히나 이렇게 순진한 눈망울로 저런 말을 아무렇지 않게 내뱉을 때는 이성을 무너뜨리기 충분했다. 이럴 땐 그녀를 안고라도 있어야 했다.

현이 다은을 향해 팔을 뻗었지만, 그녀는 이미 자신의 품을 벗어난 후였다. 잠깐 사이, 책상 앞으로 다가선 다은이 여전히 해맑은 얼굴로 휴대폰을 들어 보였다.

"오빠, 전화 왔어요."

작게 한숨을 내쉰 현이 휴대폰을 받아 들었다. 이런 중요한 순간에 전화라니, 거절 버튼을 누르고 싶었지만 가요계에 몇 안 되는 친구 중 하나인 한성의 전화인지라 울며 겨자 먹기로 통화 버튼을 눌렀다.

-노래 좋던데?

"고맙다."

-이번 건 전작들과 많이 다르던데, 심경의 변화라도 있었던 거야?

한성의 질문에 현의 시선이 자연스럽게 다은에게 닿았다.

있었지. 심경의 변화.

"자세한 얘기는 만나서 하자."

-OK, 그럼 조만간 술 한잔 사. 대박 기원한다.

"그래, 조만간 보자."

반짝이는 눈과 소머즈의 귀로 현의 통화에 초집중하던 다은이 휴대폰을 내려놓는 그의 앞으로 다가섰다.

"오빠, 방금 통화하신 분. 진짜 한성 씨 맞아요?"

한껏 상기된 얼굴과 한 옥타브 올라간 목소리, 설마 한성의 팬이라거나 그런 건 아니겠지? 좋지 않은 예감이 들었다.

"팬이야?"

평소의 다은이었다면, 목소리에 깃든 불편한 기운을 눈치챘겠지만, 살짝 들뜬 지금은 예외였다.

"그럼요, 한성 씨 안 좋아하는 사람도 있나요? 제가 유일하게 듣는 라디오가 그분 프로잖아요. 늦은 시간에 라디오에서 흘러나오는 목소리, 정말 달콤하죠."

그때 눈치챘어야 했다. 현의 얼굴에 드러난 미묘한 변화를. 하지만 순진하게도 속마음을 다 내보인 다은은 결국 마침표까지 찍고야 말았다.

"진짜 꿀성대. 저, 완전 팬이에요."

현의 미간이 확 구겨졌다. 반짝이는 눈동자가 자신으로 인한 것이 아니라는 게 못마땅했다. 그런 그의 기분을 알 리 없는 다은이 계속해서 말을 이어갔다.

"많이 친하신 거예요?"

다은의 질문을 못 들은 척하며 현이 수정이 두고 간 USB를 작동시켰다.

"오늘 CF 오픈됐어. 같이 보자."

목소리가 뭔가 모르게 싸늘하다 느껴졌지만, 대수롭지 않게 넘기며 다은이 고개를 끄덕였다. 완성된 곡은 이미 들었고, 강민에게 앨범까지 받은 후였지만 CF와의 조화가 어떨지 궁금했다.

그렇게 겨우 1분 남짓의 CF를 본 다은은 화면이 끝난 후에도 TV에서 눈을 떼지 못했다.

"와……. 한 편의 드라마 같아요."

"그걸 염두에 둔 콘티였으니까."

"진짜 곡하고 잘 어울려요."

"마음에 든다니 다행이군."

잔뜩 굳은 얼굴로 전혀 다정하지 않은 목소리를 뱉어내는 현은 어딘가 불만이 가득해 보였다. 다은이 고개를 갸웃했다.

"오빠 마음에 안 드세요?"

"아니, 마음에 들어."

"그런데 표정이 왜 그러세요?"

작게 한숨을 내쉰 현이 입을 열었다.

"한성을 그렇게 좋아하는지 몰랐군."

잔뜩 심술이 난 목소리였다. 그제야 그의 기분이 가라앉은 이유를 눈치챈 다은이 짐짓 심각한 어조로 말했다.

"오빠도 좋아하잖아요."

현의 눈썹이 꿈틀거렸다. 사랑이 아니라 좋아한다는 말이 마음에 들지 않는 눈치였다. 다은이 자리에서 일어나 그의 곁으로 다가갔다.

"어떻게 다른지 보여드릴게요."

보여줘? 뭘? 잔뜩 굳은 얼굴에 감정이 그대로 드러났다. 언제나

포커페이스인 현이 이렇게 쉽게 감정을 드러내는 건 자신과 관련된 일에서만이었다. 그 사실을 다시 한 번 깨달은 다은이 미소 지으며 몸을 숙였다.

순식간에 입술과 입술이 스쳤다. 친근한 접촉에도 여전히 얼굴을 굳히고 있는 현의 귓가에 다은의 속삭임이 들려왔다.

"이런 건 오빠하고만 하고 싶어요. 그리고 이것도."

조금 전과 다름없이 스친 입술, 하지만 이번은 달랐다. 한 번, 두 번, 세 번. 입술을 두드리는 무엇에 현의 입술이 열렸다. 서툴게 입 안을 훑어가는 다은의 것을 옭아매며 현은 생각했다. 이 정도 보상이라면 질투가 나쁜 것만은 아니라고.

잠시 후 다은이 돌아가고 생각에 빠져 있던 현이 휴대폰을 들었다. 몇 번의 신호 후 달각거리는 연결음이 들리자 상대의 대답을 기다리지도 않고 현이 먼저 입을 열었다.

"나, 너희 프로 게스트로 좀 나가자."

MK사의 CF는 큰 반향을 불러일으켰다. 처음엔 반신반의하던 MK사에서도 콘티 선택이 신의 한 수였다는 걸 인정할 수밖에 없었다. 아시아권에 국한되었던 광고는 이제 전 세계로 전파를 타기 위한 준비에 돌입했다.

선우 엔터테인먼트는 그야말로 축제 분위기였다. 해외 진출을 그토록 바라던 강민은 행복한 비명을 질렀고 선우 엔터테인먼트는 한층 더 기반을 확고히 할 수 있었다.

그중 가장 성공을 거둔 건 곡을 만든 현이었다. 곡이 유명해지다 보니, 그가 만든 이전 곡들도 다시 회자되기 시작했고, 몇 년 전

썼던 곡들이 순위권을 싹쓸이하는 기이한 현상까지 벌어졌다.

일 때문에 새벽 일찍 출근한 장우를 뺀 세 사람. 현과 다은, 경선
은 언제나처럼 도란도란 대화를 나누며 아침 식사를 하고 있었다.
경선이 현의 밥 위에 생선을 발라 놓아주며 연신 걱정 가득한 말
을 뱉어냈다.

"아무리 바빠도 끼니 거르면 안 돼."

"싸주신 도시락으로 잘 챙겨 먹고 있으니 걱정하지 마세요."

"얼굴도 좀 까칠한 것 같은데, 한약이라도 한 재 지어줄까?"

"저보다는 어머님이 드셔야 할 것 같은데, 가시는 한의원으로
저하고 같이 가시죠."

"됐네. 아직 보약 먹을 정도 아니야."

오가는 대화가 꼭 모자간의 그것 같아 다은은 배실배실 새어 나
오려는 웃음을 겨우 참아냈다. 반대할까 마음 졸였던 게 먼 옛날
일인 것처럼 죽이 착착 맞는 둘이었다.

식사가 끝나갈 무렵 현이 조심스럽게 입을 열었다.

"며칠 어딜 좀 다녀와야 할 것 같습니다."

그 말에 당황한 다은과 달리, 경선은 전혀 당황한 기색이 없었
다. 현의 말이 떨어지기 무섭게 다은이 한 옥타브 높은 목소리로
물어왔다.

"어디를요?"

"일 때문에 잠시. 멀리 가진 않을 거야."

달래듯 부드러운 목소리에도 다은은 쉽게 진정하지 못했다.

"그럼 우리 못 봐요?"

저도 모르게 울먹이는 목소리가 나와버렸다. 그런 다은을 못마땅하게 쳐다보던 경선이 한숨을 내쉬었다.

"내 딸이지만, 너무 감정적이야. 자네, 고생 좀 하겠어."

"그런 다은이라서 더 좋습니다."

장난기 하나 없는 진지한 목소리에 손들었다는 듯 경선이 고개를 저었다.

집으로 돌아가는 현의 뒤를 졸졸 따르면서도, 다은은 입을 꾹 다문 채였다. 조만간 어딘가 다녀올 수도 있다는 얘기를 듣기는 했지만, 이렇게 갑자기일 거라고는 생각지도 못했었다.

"저 혼자 여행 간다고 했을 때, 오빠도 이런 기분이셨어요?"

며칠 전, 지나가는 말로 혼자 여행이라도 다녀올까 한다고 말했던 다은이었다. 하지만 여행을 계획했던 건 현의 일상에 방해되지 않기 위한 나름의 계산에서였다. 지금이 그에게도, 회사에도 얼마나 중요한 시기인지 알고 있었지만, 그의 옆에 있다가는 보고 싶은 마음에 불쑥불쑥 찾아갈 것만 같았다. 선천적으로 감정을 숨기지 못하는 타입인 데다, 점점 참을성이 없어졌으니 충분히 가능한 시나리오였다.

하지만 뚜껑을 열고 보니, 그 계획은 애초에 불가능한 것이었다. 겨우 며칠 못 본다는 생각에도 이렇게 불안한데, 하루도 못 참고 돌아왔을 게 뻔했다. 다은의 생각 너머로 현의 목소리가 들려왔다.

"어떤 기분인데?"

"제가 아무것도 아닌 것 같아요."

제가 오빠한테 중요한 사람이 아닐 수도 있다는 이상한 기분이 들어요. 비약인 걸 알면서도, 혼자서 뭔가를 할 수 있다는 게 꼭 저

없어도 된다는 것 같아서. 그런 생각에 우울해졌다. 흐려지는 다은의 얼굴로 손을 가져가며 현이 다정하게 말했다.

"비슷해. 일은 일이니까. 난 일해야 하고, 너도 여행 가야 하고. 타이밍이 맞아떨어진 것뿐이야."

"얼마나 다녀오실 건데요?"

"정확히는 몰라. 영상통화도 있으니까 보고 싶을 땐……."

네? 지금 그걸 말씀이라고 하시는 거예요? 정확한 일정도 없다니, 그럼 저더러 기약 없이 기다리라는 말씀이신가요? 절대, 그렇게는 못해요.

"저 여행 안 가요. 그러니 이틀 내로 끝내세요. 아니면 저도 데려가시든가요……."

목소리가 너무 작아 정확하게 알아듣지 못한 현이 고개를 갸웃했다. 다은이 뺨 위에 놓인 현의 손위로 자신의 손을 겹쳤다.

"오빠 어떨지 몰라도 전 영상통화, 그런 거로 만족 못 해요. 이틀은 어떻게든 견뎌볼게요. 근데 더 이상은 자신 없어요. 그러니 이틀 내로 끝내주세요."

자신의 마음을 솔직하게 표현하는 다은을 보며 현이 환하게 미소 지었다.

12. 너로 물들다

끈질기게 진동하는 휴대폰이 현의 반듯한 이마에 주름을 만들어냈다. 당분간 방해하지 말라고 엄포를 놓았음에도 수정은 끈질겼다. 다은과의 연락 때문에 진동으로 해둔 게 잘못이었다. 개인 휴대폰을 하나 더 개통해야 하나 고민하며 현이 통화 버튼을 드래그했다.

"할 말 있으면 문자로 해."

딱딱한 목소리에 전화기 너머 수정의 목소리가 커졌다.

-대표님, 이러시면 저 집으로 갈 거예요.

협박조의 말에 실소가 튀어나왔다.

"방송 스케줄이라면 잡았어."

-네? 어디로요? 그렇게 말씀드려도 꿈쩍도 안 하시더니…….

살짝 상기된 목소리와 함께 사각, 종이 넘기는 소리가 들려왔다.

살짝 입꼬리를 말아 올린 현은 수정이 메모할 수 있도록 속도를 늦춰 말했다.

"한성의 라디오. 자세한 건 그쪽 PD와 상의하고, 모든 연락은 문자로 해."

할 말만 하고 휴대폰을 내려놓은 현은 다시 헤드폰을 썼다. 낭비할 시간이 없었다.

이틀이 지나고 3일째 아침. 현이 없음에도 새벽 6시의 아침 식사는 이어졌다. 그새 일상이 되었는지 그 시간에 어김없이 눈을 뜬 식구들은 약속이라도 한 듯 식탁에 모여들었다.

"한 사람 없는 것뿐인데 식탁이 텅 빈 것 같아요."

경선의 푸념에 장우가 고개를 끄덕였다.

"든 자리는 몰라도 난 자리는 안다잖소."

겨우 밥알 몇 개를 입 안으로 집어넣던 다은이 젓가락을 내려놓았다.

"죄송해요. 저 먼저 일어날게요."

유난히 처진 어깨가 안쓰러워 장우가 다은을 불러 세우려 했지만, 경선이 만류했다.

"그냥 두세요. 열병 앓는 중이에요."

방으로 들어선 다은이 휴대폰을 들었다. 목소리라도 듣고 싶었지만, 이제 겨우 6시. 현은 아직 자고 있을지도 몰랐다.

같은 하늘 아래라는 말이 새삼 이해되는 다은이었다. 가까이 있어도 하루에 한 번 보는 일상이었지만, 그마저도 못한다 생각하니 미칠 듯이 그리웠다. 숨이 턱 막히는 느낌에 물 한 잔 마실 생각으로 주방으로 들어설 때였다.

"그럼, 우리야 식사했지. 그런데 왜 이렇게 일찍 일어났어. 거기서라도 늦잠 좀 자지."

경선의 목소리가 한 옥타브 올라간 거로 봐서 상대는 현이 분명했다. 경선의 앞으로 다가선 다은이 입 모양으로 현이 맞는지 물어왔다.

"다은이 목 빼고 기다리네. 바꿔줄게."

생각지 못한 전개에 살짝 당황해 한 발 물러섰지만, 경선을 이기기엔 역부족이었다. 결국 다은의 귀에 휴대폰이 장착됐다.

"흠흠. 오빠."

-일찍 일어났네?

일찍 일어난 게 아니라 못 잔 거예요.

"그러는 오빠도 일찍 일어나셨네요."

-누가 보고 싶어서 저절로 눈이 떠졌어.

거짓말. 그럼 저한테 먼저 전화하셨어야죠. 다은이 입을 삐죽였다.

-한성, 좋아한다고 했지?

갑자기 바뀐 화제에 다은이 저도 모르게 '네' 하고 답했다. 그러고선 아차 싶어 아랫입술을 깨물었다. 우리 오빠, 질투하시는 거 아닐까?

-오늘 그 방송에 출연하거든. 같이 갈래?

같이한다는 단어 하나에 바로 답이 튀어나왔다.

"좋아요. 하지만 이건 어디까지나 오빠와 같이할 수 있어서예요. 한성 씨 때문이 아니라."

질투를 원천봉쇄하는 설명에 전화기 너머로 현의 웃음소리가 들려왔다.

-알고 있어. 허다은이 사랑하는 건 선우현이라는 거.

"그 반대도 성립하는 거죠?"

질문의 요지를 정확히 파악한 현이 망설임 없이 답했다.

-사랑해. 온 마음을 다해.

고작 몇 분의 통화로 다은은 지난밤 고민했던 문제에 대한 해답을 얻을 수 있었다. 이렇게 떨어져서는 못 살아. 그러니 이제 이 남자를 내 걸로 만들어버려야겠어. 다은의 눈이 반짝반짝 빛났다.

그날 밤, 다은은 현이 보내준 차를 타고 방송국에 도착했다. 사무실 앞에서 기다리고 있던 현이 반갑게 다은을 맞았다.

"왔어? 내가 데리러 가고 싶었는데, 생각보다 시간이 빠듯해서."

"편하게 왔어요."

사흘 만에 보는 현은 그사이 더 멋있어진 것 같았다. 보고 싶었다고, 그리웠다고, 당장에라도 그의 품에 안기고 싶었지만 그러기엔 보는 눈이 너무 많았다.

"능력 있는 남자 친구 둔 덕분에 방송국 구경도 하고 좋아요."

해사하게 웃는 다은을 따라 현의 얼굴에도 미소가 피어났다.

"한성은 한창 라디오 준비 중이라서, 끝나면 소개해줄게."

한성은 머릿속 어느 자리도 차지하지 못했지만, 다은은 고개를 끄덕였다. 미리 말해둔 건지, 라디오 부스 바깥쪽에 다은의 자리가 마련되어 있었고 얼마 후, 방송이 시작되었다.

부스 밖에서 한성의 목소리를 들으며, 다은은 생각했다. 한성이 꿀성대라는 말을 취소해야 할 것 같다고. 프로를 이끌어가는 한성의 목소리보다 간간이 대답하는 현의 목소리가 훨씬 듣기 좋았다.

대답하는 중간중간 현은 부스 밖을 응시하며 미소 지었다. 그 모습에 여자 스태프들이 흥분해 속닥거렸지만, 다은은 동요하지 않았다. 그 미소가 자신을 향해 있다는 걸 누구보다 잘 알고 있었기 때문이었다.

"이번 곡은 기존의 선우현 씨 곡과는 또 다른데요. 심경의 변화라도 있으셨던 겁니까?"

장난기 어린 한성의 질문에 현이 미소 지었다.

"심경의 변화라, 확실히 있었죠."

"그래요? 이런 대답을 기대했던 건 아니었는데 그랬었군요. 저는 한 가지밖에 떠오르지 않는데요. 구체적으로 어떤 변화인지 여쭤봐도 될까요?"

"사랑이죠."

현의 대답에 부스 밖 다은의 뺨이 붉게 물들었다. 꽤 멀리 떨어진 거리에서도 자신을 바라보며 사랑이란 단어를 말하는 현이 보였기 때문이었다.

"이거 엄청난 폭탄 발언인데요. 벌써부터 골수팬들의 아우성이 들리는 듯합니다. 그분들을 위로하는 의미로 CF에 수록된 '널 향한 마음', 라이브로 부탁드려도 될까요?"

"부족하지만 마음을 담아 불러보겠습니다."

현이 일어나 라이브 박스로 자리를 옮겼다. 헤드폰을 끼고, 기타를 메고, 어딘가 긴장된 표정에 다은마저도 긴장해 심장이 쿵쾅거렸다.

"그리움의 크기를 잴 수 있다 해도 널 향한 내 그리움은 잴 수 없을걸……."

다은의 입에서 짧은 한숨이 새어 나왔다. 강민이 부른 버전보다 현이 부른 버전이 훨씬 좋았다. 방송 이후, 현의 인기가 치솟을 것만 같았다.

오늘, 꼭 말해야지. 내일이 오기 전에 결판을 내고 말 거야. 잠시 딴생각을 하는 동안 간주가 끝나고 2절이 시작되었다. 그런데 이상했다. 분명 연결되는 곡임에도 1절과 다른 멜로디가 흘러나왔다.

설마, 긴장으로 다른 곡을 연주하신 건가? 하지만, 그렇다고 하기에 현의 표정은 무척이나 평화로웠다. 방송을 위한 이벤트인가 고개를 갸우뚱하던 다은의 귀에 다시 현의 목소리가 들려왔다.

"넌 알고 있을까? 너로 인해 바뀌어버린 나. 널 만나고 무채색이던 캔버스에 점 하나가 찍혔어. 그때부터 내 인생은 변하기 시작했지. 캔버스 위 점 하나가 색색으로 물들어가던 순간, 나는 깨달았어. 어느새 내가 너로 물들어가고 있음을. 믿을 수 없는 변화, 그걸 가능하게 한 건 바로 너."

다은의 눈에서 기어코 눈물 한 방울이 떨어졌다.

"사랑해, 사랑해. 내 마음을 전하기에 한없이 부족한 한마디. 너로 인해 알아버린 이 벅찬 감정은 세상 어떤 말로도 다 전할 수 없는걸. 네가 없는 나는 다시 무채색. 너 없는 삶은 상상조차 할 수 없어. 내 전부를 너와 함께하고 싶어. 그러니 이제 내게 와줘."

여운이 긴 노래가 끝났다. 노래 안에 든 감정이 그대로 전해져 다은의 심장에 스며들었다. 저건 누가 들어도 청혼가였다.

다은의 눈이 현의 눈과 얽혀들었다. 노래가 끝났음에도 여전히 자리를 지키고 있던 현이 조심스럽게 입을 열었다.

"……다은아, 그래줄 거지?"

다은은 작게 '네'라고 답했다. 당장에라도 달려가 그러겠다 답하고 싶었지만, 현의 폭탄 발언에 우왕좌왕하는 스태프들을 보니 자신까지 보태서는 안 되겠다는 생각이 들었다.

DJ 한성도 당황한 표정이 역력했지만, 베테랑답게 자연스러운 진행을 이어갔다.

"이런 파격적인 이벤트를 저희 프로그램에서 해주셔서 감사합니다. 그분의 답이 궁금해지는데요."

그 후의 시간이 어떻게 흘러갔는지 몰랐다. 다은은 꼼짝도 하지 않은 채 그저 멍하니 현이 불렀던 노래를 떠올렸고, 그가 했던 질문을 떠올리며 몇 번이고 같은 대답을 했다.

"마지막 질문입니다."

모니터에 떠오른 질문지에 한성의 얼굴에 당황이 스쳤다. 아무래도 작가의 실수인 듯싶었다. 애드리브로 넘길까 했지만, 자신도 궁금했기에 한성은 질문을 강행했다.

"이건 앞서 해야 했을 질문이 아니었나 싶지만, 수많은 프로에서 섭외 요청이 들어온 것으로 아는데 저희 프로를 선택하신 특별한 이유가 있을까요?"

현이 슬쩍 입꼬리를 올렸다.

"여자 친구가 한성 씨를 좋아합니다."

핵폭탄 발언을 한 뒤라 여자 친구라는 단어에도 큰 요동은 없었다. 생방송 라디오에서 청혼까지 한 마당에, 여자 친구라는 단어가 별거겠는가!

"아……. 그럼 전 그 여자 친구분에게 감사의 말씀을 드려야겠네요."

재치 있게 받아친 한성이 마무리 멘트에 들어갔다.

"네, 오늘 선우현 작곡가님과 함께한 시간 어떠셨는지요? 10년 지기 친구인 저도 오늘의 선우현 작곡가는 신선했는데요, 앞으로 팬들과 소통할 기회를 더 많이 만들어주셨으면 합니다."

의례적인 인사 후 드디어 생방이 끝났다. 부스 안에서 헤드폰을 벗은 한성이 현에게 친구 모드로 투덜거리기 시작했다.

"한 건 제대로 터트리네. 게시판 난리 났다. 미리 귀띔이라도 해주든지."

"리얼리티를 추구한다면서?"

언젠가 한성이 한 말을 인용하며 현이 반박했다.

"인사는 언제 시켜줄 건데?"

"인사는 다음에."

현은 그 말을 남긴 채 라디오 부스를 나섰다. 한성의 눈이 커진 건 바로 다음 순간. 부스 밖에서 이쪽을 바라보던 여자 -현의 스타일리스트 정도로 생각했던- 에게로 곧장 걸어간 현이 세상 가장 소중한 것을 대하듯 여자를 보듬었기 때문이었다. 현이 사라지고 난 후, 한성은 곧장 부스를 벗어났다.

"방금 그 여자, 누구야?"

하지만, 대답할 수 있는 사람은 아무도 없었다.

혹시나 있을 사태를 대비해 주차장에 미리 준비해둔 차로 움직였다. 방송국 주차장을 벗어나며 현이 조심스럽게 입을 열었다.

"다은아."

"네."

들릴 듯 말 듯한 목소리로 다은이 답했다. 라디오 부스를 나서는 순간부터 지금까지, 한 번도 눈을 마주치지 않은 다은이었다. 처음에는 사람들의 시선을 의식해서라 생각했지만, 어깨를 끌어안는 자신의 손길을 거부하지 않는 걸 보니 그건 또 아닌 것 같았다. 현이 조심스럽게 질문했다.

"왜 날 안 봐?"

"……."

대답이 없으니 불안했다. 생방송 중에 이루어졌던 모든 것이 청혼이었다는 걸 알고 있을 텐데 왜 아무 말이 없는 걸까? 게다가 눈도 마주치지 않고. 사랑하지만 결혼은 이르다고 생각하는 걸까? 현의 머릿속에 부정적인 생각들이 오가던 그때, 나지막한 목소리가 들려왔다.

"안 보는 게 아니라 못 보는 거예요."

현은 더 묻지 않고 자유로운 손으로 다은의 손을 감싼 채 운전에 집중했다. 다은은 자신의 손을 감싼 현의 손을 바라보며 생각에 잠겼다. 계획했던 일이 수포로 돌아갔으니, 차선책을 마련해야 했다.

차가 멈춰 선 곳은 시내에서 떨어진 한적한 카페였다. 테이블을 사이에 두고 마주 앉은 다은이 드디어 현과 눈을 마주쳤다.

"이제야 봐주네."

"……보고 싶었어요."

목소리에서 느껴지는 떨림에 현이 미소 지었다.

"나도 보고 싶었어."

종업원이 테이블 위에 간단한 먹을거리와 함께 아메리카노 두 잔을 가져다주었다. 종업원이 사라지고 나자 다은이 조심스럽게 입을 열었다.

"제 캔버스에는 정의할 수 없는 색깔들이 어지럽게 뒤섞여 있었어요."

"……."

"제 색깔을 못 내서 가끔은 화도 나고 손해도 봤지만, 그게 나구나 하고 체념하고 살았어요. 그런데 오빠 만나고 생각이 바뀌었어요. 무채색의 캔버스에 제대로 된 색을 하나씩 채워나가는 것. 그게 지금 제가 하고 싶은 일이에요."

현의 눈동자가 떨려왔다. 이 뒤에 나올 말은 분명 거절이리라. 다은이 그런 결정을 내린다 해도 이해할 수 있었다. 결혼에 대해 일언반구 없다가 갑작스럽게 청혼했으니 시간이 필요하겠지. 결혼이 아직 이르다면 좀 더 기다리면 돼. 현은 그렇게 애써 자신을 다독였다.

"오빠가 함께해주실래요? 아니, 꼭 함께해주셔야 해요. 제대로 된 색은 오빠와 함께여야만 찾을 수 있을 테니까요."

생각지 못한 말에 현의 눈이 커졌다.

"제가 먼저 하고 싶었단 말이에요. 온종일 거울 보며 연습했는데, 오빠한테 선수를 뺏길 줄은 몰랐어요."

물론 연습한 건 '우리 결혼할까요?'란 단순한 말이었다. 현이 멋진 가사로 청혼하는 바람에, 그에 맞는 말을 준비하느라 차 타고 오는 내내 머리 터지게 생각했다는 건 비밀. 그것까지 말하고 싶지는 않았다.

"청혼…… 하는 거야?"

그렇게 대놓고 물으시면, 부끄러운데. 그렇게 생각하면서도 다은은 현과 눈을 맞추고 진심을 가득 담아 답했다.

"네, 결혼하자고 조르는 거예요."

그제야 현의 얼굴에 미소가 떠올랐다. 조금 전까지 머릿속을 점령했던 부정적인 생각들이 한꺼번에 밀려 나가고, 그 자리에 벅찬 감동이 자리했다. 여전히 자신의 답을 기다리며 눈을 빛내는 다은을 향해 현이 장난기 어린 말을 건넸다.

"내가 먼저 물었잖아."

"대답했잖아요. 몇 번이나 같은 대답을 했는데 못 들으셨어요? 오빠가 노래 부르던 그 순간부터, 지금까지 전 계속 'yes'라고 외쳤다고요."

이제야 풀린 긴장감에 작게 한숨을 내쉰 현이 손을 들어 자신의 이마를 쓸었다.

"그러니 이제 오빠가 대답해주세요. 넘어와 주실 거예요?"

의미 없는 질문이었다. 청혼한 사람에게 다시 청혼하는 엉뚱함이라니. 하지만 그래서, 그런 다은이라서 좋았다.

"이미 넘어갔어. 얘기했잖아. 너 없는 삶은 상상하기도 싫다고."

"그럼 됐어요. 우리 언제 결혼할까요?"

순진무구한 표정으로 당돌하게 질문하는 다은을 보며 현은 작게 한숨을 내쉬었다. 인내심은 오늘도 시험당하고 있었다.

현과 헤어지고 막 현관으로 들어서는 다은에게 경선이 쏜살같이 달려왔다.

"그래서 어떻게 됐어?"

밑도 끝도 없는 질문에 답할 수 있을 리가 없었다. 고개를 갸웃하며 다은이 되물었다.

"응? 뭐가?"

경선이 아주 잠깐 미간을 구겼지만, 이내 고개를 끄덕였다. 전혀 모르겠다는 표정이 꾸며낸 것 같지는 않았다. 하긴, 내가 알 거라 생각 못 하는 게 당연하지.

"공개 청혼까지 받았으면 엄마가 물어보기 전에 알아서 말해야 하는 거 아니니?"

다은의 눈이 커졌다. 엄마가 청혼받은 걸 어떻게 아시는 거지? 아무리 공개 청혼이었다지만, 라디오를 잘 듣지 않는 경선이 아니던가.

"어떻게 아셨어?"

다은의 질문에 경선이 미소 지었다. 며칠 전 가게로 찾아온 현이 결혼 문제로 미리 상의했었지만, 오늘의 공개 청혼에 모종의 모의가 있었다는 건 다은에게는 비밀이었다.

여전히 놀란 얼굴로 자신의 답을 기다리는 다은에게 경선이 모르는 척 시치미를 뗐다.

"어떻게 안 게 뭐가 중요해. 지금 중요한 건 네가 했을 대답이지."

"그러기로 했어."

들릴 듯 말 듯한 대답에 경선이 고개를 끄덕였다. 승낙할 거라 생각하고 있었지만, 너무 갑작스러운 청혼에 다른 답을 했으면 어쩌나 걱정스러웠다.

"잘했어. 네가 어디 가서 그런 남자를 만나겠어. 태어나서 네가 제일 잘한 일이야."

기가 막혔다. 얼마 전까지 검증을 해야 한다며 현에게 딱딱하게 굴던 그 경선 여사가 맞는지 의심스러울 지경이었다.

반대하지 않는 건 좋았지만, 그것과 별개로 조금 섭섭했다.

"엄마 딸은 엄연히 난데, 왜 오빠가 엄마 아들처럼 느껴지는 거지?"

"너도 내 딸이고, 현도 내 아들이야."

아무리 현이 마음에 들었다고는 하나 안 시간에 비해 너무 급격히 친해진 경선과 현이었다. 자신이 모르는 뭔가가 있었던 게 분명했다. 뭐지? 뭘까? 물어볼까?

"엄……."

하지만, 다은의 말이 끝나기도 전에 '내가 이러고 있을 때가 아니지'라고 중얼거린 경선은 뭐가 그리 급한지 뛰다시피 주방으로 사라졌다.

결국 질문할 기회를 놓친 다은은 다음을 기약하며 걸음을 옮겼다.

다음 날, 현의 공개 청혼은 대대적으로 이슈가 되었다. 그렇게 될 거라 예상했던 현은 출근하는 대신 도준에게 전화를 걸었다.

-이제 한 여자의 남자가 되기로 한 거야?

웃음기를 머금은 목소리에 현이 입꼬리를 올렸다.

"그렇게 됐어."

-이거 적응 안 되는데?

"상황은 어때?"

-바깥 상황을 말하는 거라면, 그럭저럭. 문제는 안의 상황인데…….

도준의 목소리가 멀어지더니, 그 자리를 수정의 목소리가 차지했다.

-대표님, 일 좀 덜어달라고 했더니 보태시면 어떡해요.

현이 작게 한숨을 내쉬었다. 미리 언질을 줄 수도 있었겠지만, 누군가가 먼저 알게 되는 게 싫었다. 한 회사의 대표로서 책임감 없는 행동이었지만 같은 상황이 온다 해도 다르게 행동할 것 같지는 않았다.

"윤 부장한테는 미안해. 본의 아니게 일 하나를 더 보탠 게 되어버렸네."

-아시면, 그 음원이나 빨리 공개해주세요. 벌써 난리예요.

"공개할 생각 없는데……."

현의 말이 떨어지기도 전에 수정이 쇳소리를 뱉어냈다.

-네?

수정의 긴 잔소리가 시작되기 전에 통화를 끝내야 했다.

"생각은 해볼게. 며칠 집에 있을 거야. 휴대폰도 꺼둘 거고. 급한 일은 둘이 의논해서 처리해줘. 회사 잘 부탁해."

전화기 너머로 자신의 이름을 애타게 부르는 수정의 목소리가 들려왔지만, 현은 매정하게도 통화 종료 버튼을 눌러버렸다.

그 시간, 다은은 밀려드는 전화에 진땀을 빼고 있었다. 지은으로부터 시작된 전화는 마치 릴레이라도 하듯 준석을 거쳐 재인까지

너로물들다 373

이어졌고, 강민이 마침표를 찍었다.

-대표님이 청혼가까지 손수 만들어 불러주셨다니 부럽네.

자신만을 위해 만든 노래를 부르던 몇 시간 전을 떠올리던 다은의 입에서 웃음소리가 새어 나왔다.

"응. 헤헤."

-좋냐?

그렇게 노골적으로 물어본다고 내가 대답 못 할 것 같지?

"좋아. 너무 좋아서 잠도 안 올 것 같아."

길 한복판에서 소리라도 지르고 싶은 심정이었다. 허다은이 선우현에게 세상에서 가장 로맨틱한 청혼을 받았다고.

-점점 뻔뻔스러워지냐.

"솔직한 거라고 말해줄래?"

-됐고. 그래서, 유부녀가 되는 역사적인 날은 언젠데?

"나 이제 청혼받았거든? 벌써 결혼 날짜가 정해졌을 리 없잖아."

-그건 네 생각이고, 어머님께서 벌써 날짜 잡으셨을걸?

"말도 안 되는 소리."

-말이 되는지 안 되는지는 두고 보면 알 일이고.

강민이 의미심장한 말을 했지만, 그 말을 신경 쓰기에 다은은 너무 흥분한 상태였다.

다음 날 아침, 가게가 쉬는 날임에도 6시의 아침 식사는 어김없이 이루어졌다. 아침 식사를 하러 온 현에게 경선이 대뜸 달력을 내밀었다.

"이날 어때?"

질문의 요지를 파악하지 못한 현이 고개를 갸웃했다. 그런 현의 옆에 꼭 붙어 달력을 쳐다보던 다은이 참지 못하고 입을 열었다.

"무슨 날인데?"

"너희 결혼식."

순간, 말문이 막혔다. 아무리 봐도 이번 달 말일. 겨우 한 달 남짓 남아 있는데, 결혼이라고?

"평소에 사주 같은 거 믿진 않는데, 이왕이면 좋은 날이 좋잖아. 지숙이가 잘 간다는 철학관에 부탁했는데 이날이 제일 좋다지 뭐니."

며칠 전 전화로 사주를 물어보시더니, 결혼식 날짜를 뽑으시려 그러신 거였나? 현의 생각 틈으로 장우의 목소리가 들려왔다.

"아무리 그래도 그날은 너무 이르다니까. 너무 서두르지 말아요. 아직 결혼에 대한 구체적인 얘기들도 오가지 않았잖소."

"그건 그런데, 이날 놓치면 6개월은 기다려야 한다는데 그럼 너무 늦잖아요. 마침 식장도 금방 구할 수 있을 것 같고……."

경선의 말이 계속되고 있었지만, 다은은 6개월이란 단어에 머릿속이 새하얘졌다. 기껏 두세 달을 예상했던 다은에게 6개월은 청천벽력이나 다름없었다.

"다은이만 괜찮다면 그날이 좋을 것 같습니다."

마치, 현이 그렇게 대답할 줄 알았다는 듯 경선의 눈이 빛났다.

결혼 준비는 일사천리로 진행되었다. 결혼 얘기가 오간 이틀 후, 현이 피를 나눈 가족보다 소중하게 생각하는 사람들과의 상견례가 있었다. 대구에서 공무원으로 근무하는 수은의 엄마 정희는 평일에 휴가까지 내는 열정을 보였고, 수은의 남편 하진도 병원 손님들에게 양해를 구하고 상견례에 참석했다.

어색함은 잠시였다. 동갑내기 지후와 우주, 그리고 그들의 부모인 하진과 수은, 지은과 준석 커플은 공감대가 형성되자 물 만난 고기처럼 대화를 이어갔다. 부모님들의 사정도 다르지 않았다. 화끈한 정희와 더 화끈한 경선이 만났으니 막힘이 있을 리 없었다. 장우도 그 옆에서 흐뭇하게 상황을 지켜보고 있었으니 긴장한 건 다은과 현뿐, 상견례 분위기는 화기애애했다.

헤어지기 전, 정희가 경선의 손을 잡으며 말했다.

"비록 제 속으로 낳은 자식은 아니지만, 그래도 제 아들이에요."

정희의 말에 경선이 미소 지었다.

"제게도 이미 자식입니다."

더 이상 무슨 말이 필요하겠는가, 두 어머니가 현을 자식으로 생각한다는데. 이미 자식으로 받아들였다는데.

다은이 살며시 현의 손을 잡았다. 이제, 오빠에게 가족은 우리 모두예요. 손에서 손으로 따스한 마음이 전해졌다.

신혼살림은 현이 지금 사는 곳에서 시작하기로 했다. 월세로 있었기에 구매하겠다는 현을 말린 건 경선이었다. 낡은 아파트라는 게 표면적인 이유였지만, 진짜 속내는 처가 가까이 사는 게 불편해지면 언제든 이사 가라는 배려였다.

가전과 가구가 필요 없다던 현은 '내 영역은 침범하지 말라'는 경선의 말 한마디에 순한 양이 되었다. 종류도 많고 기능도 많아가전과 가구들에 결정하기 힘들다던데, 경선과 현에게는 예외인 모양이었다. 둘은 말 그대로 결정의 제왕들이었다. 죽은 또 얼마나 착착 맞는지, 척하면 척. 환상의 콤비가 따로 없었다. 신기한 건, 이젠 선택을 힘들어했던 다은마저도 그들에게 물들어버렸다는 것이었다.

너무 죽이 잘 맞으니 현과 다은이 자신에게 맞추는 거라 생각한 경선이 가전매장에서 돌발 질문을 해왔다.

"자, 골라봐. 여기서부터 1, 2, 3, 4번."

경선의 예상과 달리 현도 다은도 망설이지 않고 2번을 택했고, 그 후로도 비슷한 질문과 답이 몇 번이나 이어졌다. 가전매장을 나서며 입이 귀에 걸린 경선이 중얼거렸다.

"취향까지 같은 자식을 얻었네."

하지만 이미 둘만의 세계에 빠져버린 현과 다은에게 경선의 말이 들릴 리 없었다. 같은 마음으로 같은 걸 선택했다는 사실에 기뻐 맞잡은 두 손에 저절로 힘이 들어갔다.

현의 차가 아파트에 도착하자, 경선의 입에서 지친 목소리가 흘러나왔다.

"난 먼저 들어갈 테니까, 너흰 데이트하고 와."

대답은 애초에 들을 생각도 없다는 듯 경선이 사라지고 나자 현이 손을 들어 다은의 볼을 쓸었다.

"피곤하지?"

"아뇨. 하나도 안 피곤해요."

"거짓말. 얼굴이 퀭해."

요즘 들어 부쩍 수척해진 다은이 안쓰러웠다. 가까운 지인들에게 청첩장을 건넬 때마다 돌아오는 반응들은 경악에 가까웠다. 속도위반이냐는 질문을 몇 번이나 받았는지, 셀 수도 없었다. 자신의 욕심 때문에 다은이 무리하고 있는 건 아닌지 걱정스러웠다.

"그거야, 오빠가 밤마다 꿈에 나타나서⋯⋯."

말을 하던 다은이 돌연 입을 닫았다. 미쳤어. 미쳤나 봐. 아무리 잠을 설쳤다지만 그런 얘기까지 하고 싶니? 자책하고 있는데 현의 목소리가 들려왔다.

"밤마다 꿈에 나타나는 건 이쪽도 마찬가진데?"

"네?"

"내용이 같은지는 모르겠지만."

설마요. 내용이 같을까요. 저는 이런저런, 저런, 이런, 낯 뜨거운⋯⋯. 머릿속으로 꿈을 재생하던 다은이 눈을 질끈 감았다. 음란 마귀여, 사라져라!

"꿈에서 뭐 했는지 말해줄까?"

은근한 목소리에 다은이 세차게 고개를 저었다. 어쩐지 자신이 입을 닫았던 것과 같은 종류의 말이 그의 입에서 흘러나올 것만 같았다.

"싫다면 할 수 없지. 대신 간단하게 맛보기는 괜찮지?"

다은이 답하기도 전에 현의 입술이 살짝 닿았다 떨어졌다.

"처음은 이렇게 시작했거든."

"그리고요?"

다음을 기다리는 다은의 목소리가 떨려왔다.

"기억을 더듬어볼게."

웃음기 어린 목소리를 뱉어낸 현이 다시 입을 열었다.

"아마도 이렇게?"

곧이어 입술과 입술이 맞물렸다. 꼭 맞춘 듯 맞물린 입술 사이로 서로의 혀가 오갔다. 이다음이 무엇일지 순진한 다은도, 그보다 덜 순진한 현도 알고 있었지만 누구도 그 선을 넘을 생각은 하지 않았다. 아니, 적어도 현은 그랬다.

그날 밤, 두 사람은 같은 꿈을 꾸었다. 키스와 프렌치 키스를 넘어선 그다음 단계의 무엇이 밤새도록 둘을 괴롭혔다.

결혼식 이틀 전, 경선의 욕심에는 못 미치지만, 어느 정도 구색을 갖춘 물건들이 현의 집에 완벽하게 자리 잡았다.

빼곡하게 들어찬 가구며 가전들을 보고 있자니, 이게 내 살림이구나 하는 생각에 입꼬리가 슬며시 올라갔다. 모든 게 제자리를 찾았으니 이제 남은 건 결혼식뿐이었다. 결혼식이 끝나면 진짜 부부가 되는 거지?

"혼인신고 하러 가야지."

현의 목소리에 현실로 돌아온 다은이 되물었다.

"네? 뭐라고 하셨어요?"

전혀 모르겠다는 얼굴로 눈을 깜빡이는 다은을 향해 현이 손을 내밀었다.

"혼인신고 하러 가자고."

"혼인…… 신고요?"

다은의 얼굴에 당혹감이 스쳤다. 그걸 그냥 지나칠 현이 아니었다.

"왜 그런 얼굴이야?"

"아니, 아직 결혼식도 하기 전이고. 보통 그건 결혼식하고 그 후에 한다고……."

"안 돼, 절대."

현이 다은의 말을 자라냈다. 결혼식까지 겨우 이틀. 이제껏 참았는데 좀 더 참아도 되겠지만 그럴 수 없었다. 인내심이 이렇게 없나 싶을 정도로 조바심이 났다. 더 참으라는 건 고문이나 다름없었다.

한편 다은은 절대 안 된다는 현의 반응에 고개를 갸웃했다. 절대라는 말을 할 만큼 뭘 잘못 말한 것 같진 않은데 오빠가 왜 저러나 궁금했다. 그런 다은의 생각을 알 리 없는 현이 단호하게 덧붙였다.

"도망 못 가게 확실하게 못을 박아야 해."

"네?"

누가요? 제가요? 제가 왜 도망을 가요? 그건 오빠한테나 해당 사항이 있는……. 거기까지 생각하던 다은이 현의 손을 잡아끌었다. 지금 도망갈 걸 걱정해야 하는 건 자신이었다. 그러니 자신에게 지금 필요한 건 스피드였다.

구청에 도착한 다은이 제일 먼저 한 일은 혼인신고서와 현의 신분증을 받는 일이었다.

"저 혼자 갈 거예요."

다은의 폭탄선언에 현은 말문이 막혀버렸다.

"같이 가겠다 고집부리시면 이건 결혼식 끝나고 나중으로 미뤄질 거예요."

공인인 자신을 배려해서 하는 말이란 걸 알고 있으면서도 쉽게 마음을 접을 수는 없었다.

"같이 들어가서 신고하자. 내가 보기엔 그게 맞는 것 같아."

"결혼 선물이라고 생각하세요. 저 혼자 다녀올게요."

세상에서 가장 이해할 수 없는 결혼 선물. 현은 얼떨결에 다은에게 말도 안 되는 결혼 선물을 안겨주고 말았다. 그렇게 현의 철저한 준비성 -혼인신고서의 증인란은 이미 도준과 강민의 이름이 적혀 있었다- 과 다은의 추진력으로 혼인신고는 순식간에 이루어졌다. 모든 걸 마치고 돌아온 다은의 손에는 서류 한 장이 들려 있었다.

"이건 제 결혼 선물이에요."

다은이 건네는 서류를 들여다보던 현의 얼굴에 묘한 감정이 스쳤다. 가족관계 증명서 한 칸을 차지하고 있는 배우자 허다은. 이제, 자신에게도 법적인 가족이 생겼다.

"일부러 오빠 이름으로 출력했어요. 얼마나 떨리던지, 손을 벌벌 떨었다니까요. 아직도 실감이 안 나……."

순식간에 다은은 현의 품 안으로 빨려 들어갔다.

"오빠."

다은이 현을 불렀지만, 대답을 들을 수는 없었다. 현이 지금 느끼는 감정이 무엇인지 알 수 없었지만, 괜찮다 위로해주고 싶었다. 그런 마음을 담아 다은이 그의 등을 두드리기 시작했다. 토닥토닥, 일정한 속도로 움직이는 다은의 손길 안에서 현은 무엇과도 바꿀 수 없는 안식을 얻을 수 있었다.

그날 저녁, 피부 관리를 위해 얼굴에 막 팩을 붙이려던 다은은 진동하는 휴대폰에 슬쩍 액정을 확인했다. 강민이었다. 청첩장을 준 이후 연락이 끊기다시피 했는데 결정적인 순간에 방해하다니!

작게 미간을 구긴 다은이 통화 버튼을 눌렀다.

"나 지금 바빠."

-내가 너보다 안 바쁠 것 같냐?

대뜸 전화해 한다는 말이라니, 물론 바쁘기야 네가 더 바쁘겠지. 하지만 난 일생일대의 중요한 순간을 앞두고 있단 말이다, 이 철없는 중생아! 평소 같으면 그렇게 쏘아붙였겠지만, 오늘만큼은 화내고 싶지 않았다. 서류상으로 유부녀가 된 뜻 깊은 날이었으니.

다은의 생각 틈으로 다시 강민의 목소리가 들려왔다.

-완전 중요한 일이니까 지금 바로 나와. 집 앞이야.

제 할 말만 하고 뚝 끊기는 전화에 작게 한숨을 내쉰 다은이 대충 옷을 걸쳐 입고 엘리베이터에 올라탔다. 오빠 지금쯤 뭐 하고 계실까? 한 층 한 층 내려가는 숫자판을 바라보며 상상의 나래를 펼치고 있을 때, 엘리베이터 문이 열리고 현의 모습이 보였다.

"오빠!"

반갑게 자신을 부르는 다은을 보며 현이 웃음을 토해냈다. 이건 아무리 봐도 강민의 작품이었다.

"기분이 썩 좋지는 않네. 아무리 남자사람친구라고는 하지만, 다 늦은 저녁에 호출이라니."

"네? 그럼 오빠도?"

다은이 눈을 동그랗게 뜨며 물어왔다.

"일단 내려가보자."

현이 다은의 손을 부드럽게 그러쥐었다.

다정하게 손을 맞잡고 걸어오는 둘을 보고 강민이 입을 삐죽였다.

"어쩌면 이렇게 타이밍까지 딱딱 맞으십니까?"

"부부 일심동체라는 말 몰라?"

그런 것도 모르냐는 듯 잔뜩 무시하는 다은의 대답에 강민의 목소리가 퉁명스러워졌다.

"몰라. 아직 알고 싶지도 않고."

강민의 푸념에 현의 입꼬리가 슬쩍 올라갔다. 남사친, 강민. 적응될 것도 같았다.

"우릴 부른 이유는?"

한결 부드러워진 목소리에 강민이 입꼬리를 올렸다.

"아! 결혼 선물 드리려고요. 일단 타세요."

마구잡이로 밀어 넣는 강민 때문에 둘은 엉겁결에 차에 올라탔다.

"선물이 뭔데?"

다은이 물어왔지만, 강민의 대답은 한결같았다.

"서프라이즈니까 더는 묻지 마세요."

무슨 선물을 얼마나 거하게 줄 생각인지 궁금했다. 근사한 식사라도 대접할 생각인 건가?

"쟤, 좀 오버하는 경향이 있어요. 너무 기대하지 마세요."

귓속말을 해오는 다은에게 현이 귓속말로 답했다.

"같이 있는 시간을 늘려주니 난 좋은데?"

저런 말을 아무렇지 않게 하는 이 남자는 사랑꾼이 틀림없었다.

그렇게 얼마나 이동했을까, 어딘가 익숙한 동네 풍경에 다은이 고개를 갸웃했다. 분명 언젠가 와본 적이 있었던 것 같은데, 도무지 기억나지 않았다. 잠시 후, 드디어 차가 멈춰 섰다.

"다 왔습니다."

"여기가 어디……."

말을 하던 다은이 순간 머릿속에 떠오른 기억에 입을 다물었다. 간판도 없이 장사한다고 투덜거렸던 그 철학관이 분명했다. 어쩜 이렇게 깜찍한 생각을 했을까?

"저는 여기서 기다리고 있을게요. 어렵게 예약한 곳이니 궁금한 거 다 풀고 오세요."

선물이라고 했으니 받아야겠지만, 허름한 주택 앞으로 무조건 내모는 강민의 행동은 도저히 이해할 수 없었다.

"여기가 뭐 하는 곳이지?"

강민에게서 속 시원한 답을 들을 수 없었던 현이 다은에게 물어 왔다.

"음……. 오빠, 사주 믿으세요? 여기가 그런 거 보는 곳이래요. 일단 들어가요."

현이 뭐라고 대꾸하기도 전에 다은이 그를 잡아끌었다.

"왔어?"

여전히 음침한 목소리의 젊은 여자가 다은을 반겼다.

"둘 다 앉아. 지붕 안 무너져."

쭈뼛쭈뼛 자리를 잡고 앉는 다은과 달리 현은 자리에 선 채였다. 여자의 시선이 현에게 닿았다.

"안 좋은 얘기라면 듣지 않겠습니다."

"왜? 들으면 마음이 변할까 봐?"

여자가 도발했지만, 현은 전혀 동요하지 않았다.

"그럴 일은 없습니다. 단지, 마음 약한 제 아내가 신경 쓸 게 걱정될 뿐입니다."

아내라는 말에 다은의 볼이 발갛게 물들었다. 혼인신고를 했으니 서로의 배우자가 맞긴 했지만, 그의 입에서 나오는 아내라는 말은 다른 느낌으로 다가왔다. 여자의 시선이 현에게서 다은에게로 옮겨왔다.

"아가씨는 앞으로도 그렇게 본래 성격대로 흔들려."

도무지 이해할 수 없는 말이었다. 흔들리라고? 마음을 다잡는 게 아니고?

"총각은 지금처럼 혼자만의 동굴 속에서 끊임없이 고민해."

현의 눈썹이 꿈틀거렸다. 결혼을 앞둔 예비부부에게 덕담 대신 악담을 퍼붓는 것만 같았다.

"흔들리는 마음은 든든하게 뿌리내린 나무가 잡아줄 테고, 뼛속까지 스며든 외로움은 작지만 맑은 옹달샘이 보듬어줄 거야."

명확하게 와 닿지는 않았지만, 무슨 말을 하고 싶은지는 알 것만 같았다.

"……잘 어울린다는 말이죠?"

다은의 질문에 여자가 발끈했다.

"쯧. 내 말을 뭐로 들은 거야? 일생에 한 번 올까 말까 한 천생연분이라고 했잖아."

다은과 현의 얼굴에 같은 미소가 떠올랐다.

"원래 이렇게 긴장되는 거야?"

살짝 떨리는 목소리가 다은의 상태를 말해주고 있었다. 재인이 그런 다은을 안심시켰다.

"다들 그렇다 하긴 하더라."

"심장이 터질 것 같아."

현과 함께 촬영할 때까지만 해도 괜찮았었는데, 그가 사라지고 나자 기다렸다는 듯 긴장이 몰려오기 시작했다.

이제 신부 입장만 남겨두고 있는데, 왜 이러지? 심장이 튀어나올 듯 쿵쾅거렸다. 다은은 눈을 꼭 감은 채로 손을 들어 가슴께에 가져갔다. 이러지 말자. 이제 곧 식이 시작되잖아.

그녀의 긴장이 옆에 있는 재인에게까지 전해졌다. 신부가 긴장하는 게 뭐 그리 큰일일까만, 손까지 덜덜 떠는 게 심상치 않았다. 이럴 줄 알고 청심환도 하나 먹였는데 갈수록 상태가 심해지기만 하니. 이대로는 안 되겠다 생각한 재인이 머릿속을 스치는 생각에 황급히 자리를 떴다.

긴장감에 재인이 사라지는 것도, 누군가가 대기실로 들어오는 것도 눈치채지 못했던 다은은 입술에 닿는 익숙한 감촉에 파르르 떨리는 눈꺼풀을 열었다. 눈앞에 현이 있었다.

"오빠, 여기 계시면 어떡해요."

지금쯤 단상에 서 계셔야 하잖아요. 이제 곧 신부 입장인데요.

"걱정돼서."

"네? 무슨 문제라도 있어요?"

다은이 눈을 동그랗게 떴다.

"신부가 도망가진 않을까, 걱정돼서."

장난이라기엔 너무나 진지한 목소리였다. 심장께를 꼭 누르고 있던 손이 어느새 현의 가슴께로 옮겨가 있었다. 쿵쾅쿵쾅, 자신과 다르지 않게 뛰는 심장박동이 손바닥을 타고 그대로 느껴졌다.

"나도 이만큼 긴장하고 있어."

이상했다. 현의 말을 듣는 순간부터 다은의 심장이 제 박동을 찾아갔다. 그렇게 애써도 안 되던 걸, 눈앞의 남자가 단 몇 초 만에 이루어냈다.

"아무래도 나, 내가 생각하는 것보다 오빠 더 사랑하는 것 같아요."

뜬금없는 고백에 현이 미소 지었다.

"그건 내가 할 말이야. 가늠할 수도 없을 만큼 사랑해."

결혼식은 이미 머릿속에서 사라지고 없었다. 세상에 둘만 있는 느낌. 충만한 이 느낌을 떨쳐버릴 수 없을 만큼 둘은 서로에게 빠져들었다.

그때, 쿵쿵 구두 굽 소리가 요란하게 울리더니 대기실 문이 벌컥 열렸다.

"신랑님, 여기 계시면 어떡해요?"

신랑이 없어져 적잖이 당황한 직원이 쇳소리를 뱉어냈다.

버진 로드의 끝에 장우의 팔짱을 낀 다은이 서 있었다.

"긴장되지?"

재인에게서 다은의 상태를 전해 들은 장우가 걱정 가득한 목소리로 물어왔다.

"아뇨. 괜찮아요."

이 길의 끝에 오빠가 있잖아요. 꽤 먼 거리임에도 자신에게만 고정된 현의 시선이 느껴졌다.

"그럼, 이제 오늘의 하이라이트. 신부 입장이 있겠습니다."

곧이어 생소한 신부 입장 곡이 흘러나왔다. 현이 청혼했던 '너로 물들다'의 멜로디가 식장 안에 잔잔하게 울려 퍼졌다.

다은이 한 발, 두 발 버진 로드를 걸어 나갔다. 많은 사람이 있었지만, 다은의 눈에는 단 한 사람만 보였다. 이 길의 끝에 현이 있었다.

앞으로 나가고 싶은 걸 꾹 참아낸 현이 영겁 같은 시간을 거쳐 드디어 장우에게서 다은의 손을 건네받았다. 맞잡은 손과 손, 그 속에 들어 있는 수많은 의미가 현의 가슴에 스며들었다.

'내게로 와줘서 고마워.'

말하지 않아도 느껴지는 마음에 다은이 수줍게 답했다.

'내 앞에 나타나줘서 고마워요.'

마주 보는 시선에 사랑이 넘쳐났다.

"지금 제 앞에는……."

드디어, 주례사가 시작되었다. 이제 하나가 될 시간.

아낌없이 사랑했고, 사랑하며, 사랑할 시간들.

나는 너로, 너는 나로, 그렇게 우리는 서로에게 물들어갈 것이다.

에필로그

우웅, 우웅. 끊임없이 이어지는 진동 소리에 꼼지락거리던 다은
이 이불 밖으로 가느다란 손을 내밀었다. 단잠을 방해하는 것의 정
체를 찾아내려는 듯 허공을 더듬던 손이 침대 옆 작은 탁자에 안
착하려던 순간, 이불 속에서 또 다른 손이 튀어나와 순식간에 다은
의 손을 잡아챘다.

그와 동시에 다은의 여린 여체를 옥죄는 힘도 한층 더 강해졌
다.

"받지 마."

잠에 취한 목소리가 어깨 언저리를 스쳤다.

"포기 안 할 거예요."

저렇게 끈질기게 전화할 사람은 '윤수정' 한 사람밖에 없었다.
회사에 무슨 일이 생긴 게 분명했다. 급한 일일 텐데. 다은이 반항

하며 다시 손을 뻗으려 했지만 어림없었다.

"말 안 들으면 내 마음대로 해버릴 거야."

나른한 목소리에 강한 의지가 담겨 있었다. '내 마음대로'라는 의미가 무엇인지 단번에 알아들은 다은이 반항을 멈췄지만 이미 늦어버렸다.

어깨 주변을 배회하던 숨결이 가녀린 목덜미에 살포시 내려앉았다. 결혼 2년차. 적응될 법도 했지만, 여전히 다은에게는 생경한 감각이었다. 다은의 입에서 작은 신음이 새어 나왔다. 반응을 보이면 안 되는데, 그럴 수가 없었다. 지분거리던 입술이 목을 타고 쇄골 아래로 넘어오기 직전 다은이 힘겹게 입을 열었다.

"말 들었잖아요."

그 말이, 자극이 되기라도 한 걸까, 순식간에 현이 다은의 위로 올라왔다. 이불이 가리고 있던 맨몸의 상체가 고스란히 눈앞에 드러나자 다은이 어쩔 줄 몰라 하며 시선을 돌렸지만, 그마저도 녹록지 않았다. 낮게 웃음을 흘린 현이 다은의 귓가에 바짝 입술 붙이고는 속삭였다.

"아직 부끄러워?"

다은이 작게 몸을 떨었다.

"그럼 더 노력해야겠네. 우리 다은이 부끄럽지 않을 때까지."

웃는 낯으로 말하는 게 농담처럼 들렸지만 그렇지 않다는 걸 제일 잘 아는 사람이 다은이었다. 대체 이 이상 어떻게 노력한단 말인가? 결혼 후, 2년이 되도록 특별한 사유를 제외하고는 밤마다 그냥 잠드는 법이 없는 현이었다.

"양심 없으세요?"

다은의 입에서 격앙된 목소리가 새어 나왔다. 부끄럼을 타던 조금 전과는 확연히 다른 변화였다.

"대답해보세요. 양심 없으시냐고요."

"응, 없어."

허무한 대답에 다은이 한숨을 내쉬었다. 그 틈을 타 현의 손이 슬립 안으로 침입했다. 다은이 저도 모르게 파르르 몸을 떨었다.

"입지 말라니까."

목소리에서 뚝뚝 떨어지는 페로몬에 다은이 눈을 질끈 감았다. 이 남자는 양심이 없는 게 분명했다.

결국 다은이 모든 걸 포기하고 현에게 몸을 맡기려 할 때, 집 전화가 요란하게 울렸다. 일순 현이 모든 행동을 멈췄다. 집 전화번호를 아는 사람은 가족뿐이었으나, 아주 급한 일이 아니면 집으로 전화할 리가 없었기 때문이었다.

이때다 싶어 다은이 현을 밀어내고 침대에서 일어났다.

"응. 엄마."

전화 상대가 장모님인 걸 확인한 현이 한숨을 내쉬었다. 제 욕심을 채우려던 계획은 그렇게 수포가 되었다. 야속하게 전화통만 붙잡고 있는 다은을 보다가 밖으로 나온 현은 식탁 위에 얌전하게 올려진 자신의 휴대폰을 들었다.

부재중 통화 10개. 발신인은 모두 한 사람이었다.

-대표님.

전화기 너머 앙칼진 수정의 목소리에 현이 미간을 구겼다.

-대체 뭘 하셨기에 다은 씨까지 전화를 안 받아요?

순간 현은 고민해야 했다. 사실대로 말해줘 버릴까? 이런저런 걸 하느라 그랬다고. 말끝에 부부간의 은밀한 시간을 방해하지 말라고 덧붙이는 것도 좋겠지. 하지만 이내 그 생각을 접어야만 했다. 그 말을 하는 즉시 다은의 미움을 받게 될 게 뻔했기 때문이었다.

"간단하게 용건만."

-강민 계약…….

"그건 윤 부장이 전적으로 맡아서 하라고 했잖아."

-말을 끝까지 들으셔야죠. 강민 계약 건은 마무리했고 다른 급한 건들도 정리해뒀어요.

수정의 말을 가만히 듣고 있던 현이 고개를 갸웃했다. 뭔가 이상했다. 겨우 이런 보고를 하기 위해 아침부터 그렇게 전화를 했단 말인가? 그럴 리가 없다는 결론을 낼 무렵, 조금 전과 달리 잔뜩 힘이 들어간 목소리가 들려왔다.

-저 오늘부터 휴가 좀 쓸게요. 기간은 대표님 신혼여행 다녀오신 한 달 정도만. 아! 안 이사님도 어제부터 휴가인 거 아시죠? 그럼, 다녀오겠습니다.

뭐라 대꾸하기도 전에 그렇게 전화가 끊겨버렸다. 아무리 좋게 봐도 보고가 아닌 통보인 데다 하극상. 자신을 물 먹이려는 의도가 분명했다.

"오빠."

자신을 부르는 다정한 목소리에 잔뜩 굳어 있던 현의 얼굴이 펴졌다. 어느새 옷을 갈아입은 다은이 다가오고 있었다.

"어디 가?"

"언니, 분만 중이래요. 어젯밤부터 진통이 있었다는데 이제 연락 왔다고. 엄마 지금 가게 일 때문에 못 움직인다셔서 먼저 병원 가보려고요."

그제야 웬만해서는 집으로 전화하지 않는 경선이 전화한 이유가 납득됐다. 아직 예정일이 좀 남은 거로 아는데 갑자기 분만이라니. 다은의 얼굴이 어둡진 않은 걸로 보아 무슨 일이 있는 것 같지는 않았다.

"같이 가. 금방 옷 갈아입고 나올게."

"오빠는 출근하셔야죠. 오늘 중요한 회의 있다고……."

현이 부드럽게 다은의 말을 잘랐다.

"가족보다 중요한 건 없어."

병원에 도착하자 형부 준석의 모습이 보였다. 일어서지도, 앉지도 못하는 어정쩡한 자세가 현재 준석의 마음을 그대로 드러내주고 있었다.

"형부."

다은의 부름에도 준석은 분만실에서 눈을 떼지 못한 채 인사했다.

"왔어? 들어간 지 얼마 안 됐어."

가족 분만을 신청해 같이 들어가도 될 테지만, 그럴 수 없었다. 지은이 강력하게 반대하고 나섰기 때문이었다.

출산 시 진통이야 다들 겪는 거겠지만, 지은의 진통은 유독 심했다. 무통 분만을 하면 고통이 덜하다던데, 지은은 그것조차 듣지 않았다. 우주 때 가족 분만으로 분만실에 같이 들어갔던 준석은 지은의 진통에 하염없이 눈물을 흘렸었다. 의사가 이러다 산모보다

보호자가 쓰러질 것 같다고 걱정할 정도였다.

"괜찮을 거예요. 우주 때와는 다를 수도 있잖아요."

다은의 위로에 준석이 고개를 끄덕였다. 다은의 뒤에 서 있던 현이 말없이 준석에게 따뜻한 커피 한 잔을 내밀었다. 파리한 안색의 준석이 눈으로 고마움을 표했다.

경선과 장우까지 모두 도착하고 얼마나 지났을까?

"허지은 씨 보호자분."

모두가 짠 듯이 간호사에게로 달려갔다. 순식간에 어른 다섯 명에게 둘러싸인 간호사는 약간 당황한 얼굴로 품에 안은 아기를 보여주었다.

"예쁜 공주님입니다."

발갛고 쪼글쪼글한 아기였지만 모두가 한마음으로 예쁘다 말했다. 지은에게 축하 인사까지 건넨 현과 다은은 병원을 나섰다.

집으로 돌아가는 길, 유독 말이 없는 현이 이상해 다은이 질문했다.

"무슨 생각 해요?"

작게 미소 지은 현이 자유로운 한쪽 손으로 다은의 손을 그러쥐었다.

"형님이 부럽다는 생각."

현의 대답에 다은이 웃음을 터트렸다. 갓 태어난 아이에게서 눈을 떼지 못한다 했더니 그런 생각을 하고 있었던 건가?

"아빠 되고 싶어요?"

현은 대답 대신 속도를 올렸다. 조금 전보다 확연히 빠른 속도로 그의 차가 도로 위를 질주하기 시작했다.

집에 도착하자마자 현이 다은을 번쩍 안아 들더니 곧장 침실로 향했다. 조심스럽게 자신을 침대 위로 내려놓고는 그 위를 차지하는 현에게 다은이 웃음기 어린 말을 건넸다.

"출근해야 한다면서요."

"그러려고 했는데 마음이 바뀌었어. 나 없다고 회사가 안 돌아가는 것도 아닌데."

"그래도……."

더는 말하지 말라는 듯 현이 다은의 입술을 집어삼켰다. 원초적인 소리를 내며 부딪쳤던 둘의 입술이 떨어지고 나자 방 안에는 후끈한 열기와 거친 숨소리만 남았다.

"지금부터 반항하면 진짜 내 마음대로 해버릴 거야."

다은이 미소 지었다. 처음부터 그럴 생각도 없었지만, 이 말만은 해줘야 했다.

"혹시 아이 만들려는 거예요?"

그걸 몰라서 묻느냐는 듯 현이 눈썹을 휘었다. 휘어지는 눈썹을 따라 다은의 손가락이 유영했다. 조금 더 있다가 말해줄 생각이었는데, 어쩔 수 없이 지금 말해야겠다. 조금만 더 애태운 후에…….

"그럴 필요 없는데."

현의 얼굴이 심각해졌다. 설마 아이를 원하지 않는 건가? 다은이 원하지 않는다면 강요할 생각은 없었지만, 이제껏 그런 말을 한 적은 한 번도 없었는데. 아! 그러고 보니 일주일 전쯤, 경선이 언제쯤 아이를 가질 거냐 묻는데도 다은은 웃기만 할 뿐 대답하지 않았다.

너로 물들다

결혼 2년차. 구체적으로 가족계획을 세우거나 한 적은 없었지만, 아이 얘기가 나올 때마다 별말 없었던 다은이니 언젠가는 가질 거라 생각했었다. 안일한 생각이었나?

점점 더 심각해지는 현의 얼굴을 보며 다은이 표 나지 않게 미소 지었다. 이제, 그만 말해줄까? 다은이 현의 손을 들어 자신의 배 위에 올렸다.

그때까지 자신만의 생각에 빠져 있던 현은 갑작스러운 다은의 행동에 멍하니 그녀를 바라봤다.

"이미 여기 와 있거든요."

다은의 말이 이해되지 않았다. 여기 와 있다고? 뭐가? 현은 자신의 손바닥 밑, 평평한 다은의 배를 뚫어지라 응시했다. 분명 자신이 놓치고 있는 아주 중요한 게 있는 것 같은데.

"우리 아기요."

"……!"

다은의 설명에 현이 숨을 멈췄다.

"5주 좀 넘었대요. 아직 표는 안 나지만."

다은의 배 위에 올려진 현의 손이 파르르 떨려왔다.

"여기에……."

부모님이 돌아가시고, 혈육의 정이란 걸 느끼지 못했었다. 물론 피보다 더 진한 가족의 정을 느끼며 살았고, 다은을 만나고는 처가 식구들의 넘치는 사랑을 받았다. 그런데도 가슴 한편, 채워지지 않은 뭔가가 있었다.

우리 아기가 생겼다고? 여기 이곳에? 다은의 배 위에 올려진 자신의 손을 바라보던 현의 뺨 위로 뜨거운 뭔가가 흘러내렸다. 다은이 손을 들어 그의 뺨을 부드럽게 쓸었다.

"우리 신랑, 울보였네."

그제야 현은 자신의 뺨 위로 흘러내린 것이 눈물이란 걸 알 수 있었다. 다은의 입술이 현의 입술에 잠깐 닿았다 떨어졌다.

"좀 더 애태우려고 했는데, 실패."

미소 짓는 얼굴이 멀어지고 있었다. 슬로모션으로 멀어지는 다은의 입술을 다시 머금으며 현은 생각했다. 이 여자를 제게 준 신에게 감사한다고. 한시도 그 마음을 잊은 적 없었지만, 오늘은 그 감정이 폭발했다.

부드럽지만 긴 키스가 끝나고 드디어 둘의 입술이 떨어지자 현이 다은을 소중히 보듬었다. 혹시 자신의 체중이 다은에게 부담을 줄까, 옆으로 비켜 눕는 것도 잊지 않았다.

"이렇게 행복해도 되는 걸까?"

머릿속의 생각이 입 밖으로 그대로 튀어나왔다. 너무 행복하니 불안했다. 자신이 이렇게 행복해도 되는 걸까? 현의 생각 틈으로 다은의 목소리가 끼어들었다.

"그럼요. 오빠는 그럴 자격이 충분해요."

다은의 대답을 듣고서야 모든 걱정이 옅어졌다. 현에게는 다은의 말 한마디, 행동 하나하나가 섬겨야 할 신과 다름없었다.

"좀 더 행복하게 해드릴까요?"

이보다 더 행복하게? 다은의 말을 해석하기도 전에 현의 눈앞으로 휴대폰이 들이밀어졌다.

"우리 아기예요."

액정의 시커먼 화면 속에 흐릿한 뭔가가 보였다. 언젠가 누나

수은이 보여줬던 지후의 초음파 사진과 똑같았다.

"예쁘다……."

"나보다 더요?"

질투라곤 하나 없는 담백한 질문에 현이 고개를 저었다.

"너보다 더 예쁜 건 없어."

"그럼 증명해봐요."

그 순간, 수은이 지후를 가졌을 때 참고삼아 봤던 임신 초기 주의 사항들이 선명하게 떠올랐다.

"조심해야 하지 않아?"

다은이 미소 지었다.

"그러니까 요령껏 증명해봐요."

금방이라도 잡아먹을 듯한 짙은 눈빛으로 현이 다은을 응시했다.

"그거 알아? 내 삶이 너로 인해 완성되었다는 거……."

"그건 나하고 같네요."

"사랑해. 온 마음을 다해."

말을 끝낸 현이 다은의 위로 올라왔다. 조심스럽고도, 조심스럽게 현은 그렇게 요령껏 자신 안의 사랑을 넘치도록 표현했다.

-마침-

작가 후기

제 첫 작, 『그와 그녀의 연애사』의 아픈 손가락 선우현에게 짝을 만들어주자. 그렇게 시작된 이야기가 이렇게 책으로 나오게 되었습니다.

연재와 수정 작업까지 1년을 꼬박 채우고 드디어 빛을 보게 되었네요. 1년여의 기간 동안, 현과 다은의 이야기를 풀어나가면서 행복했습니다.

특별한 사건도 없고, 이야기를 끌어가줄 악역도 없지만 제가 쓰고 싶었던 글을 제 생각대로 쓸 수 있어 그게 가장 좋았어요.

제목 『너로 물들다』처럼 두 연인이 서로에게 물드는 모습을 보여드리고 싶었는데, 조금이나마 전해졌기를 바라봅니다.

수정의 늪에서 허우적거리던 저의 버팀목이 되어준 가족들, 조언과 격려를 아끼지 않으셨던 김 박사님과 지인 작가님들, 더 나은 글을 만들기 위해 오랜 시간 함께 고민해주셨던 편집자님께 감사드립니다.

마지막으로 연재부터 출간까지 『너로 물들다』를 기다려주신 독자님들과 앞으로 이 책을 읽어주실 모든 독자님들께도 감사의 말씀을 전합니다.

어제보다 오늘, 오늘보다 내일, 더 나은 글을 쓸 수 있는 글쟁이가 되도록 노력하겠습니다. 여러분의 인생에 가장 빛나는 로맨스, 그날의 기억처럼 하루하루 행복한 날들 되시길…….

-파란딱지 드림.